Arne Dahl
Totenmesse

Arne Dahl

Totenmesse

Kriminalroman

Aus dem Schwedischen
von Wolfgang Butt

Piper Nordiska

Mehr über unsere Autoren und Bücher:
www.piper.de

Die Originalausgabe erschien 2004 unter dem Titel »Dödsmässa« im Albert Bonniers Förlag, Stockholm.

Von Arne Dahl liegen bei Piper außerdem vor:
Misterioso
Böses Blut
Falsche Opfer
Tiefer Schmerz
Rosenrot
Ungeschoren

ISBN 978-3-492-05018-0
© Arne Dahl 2004
Deutsche Ausgabe:
© Piper Verlag GmbH, München 2009
Satz: Mitterweger & Partner
Druck und Bindung: CPI-Clausen & Bosse, Leck
Printed in Germany

1

Fossilien, dachte er, überall Fossilien. Auf der obersten Treppenstufe hielt er inne.

Sein Fuß bedeckte zur Hälfte das wohlbekannte Muster auf der rötlichen Granitfläche der Kellertreppe. Mit einem leisen Kratzen bewegte er den Fuß zehn Zentimeter zur Seite, sodass der ganze Orthozeratit sichtbar wurde. Das Urzeitrelikt glänzte schwach im Dämmerlicht, das durch die vom Großstadtstaub verschmutzte Scheibe der Kellertür hereinfiel.

Er blickte zu den petroleumgrauen Wolken auf und sah in einem Augenblick der Klarheit, dass der Himmel dahinter vollkommen blau war.

Klarblau.

Es dauerte nur einen Augenblick. Dann war der Himmel wieder grau, grau wie gewöhnlich, grau von verbrannten fossilen Brennstoffen.

Unter dem Fuß Fossilien und Fossilien über dem Kopf, in den Lungen, im Blutkreislauf.

Die Unauslöschlichkeit des Vergangenen.

Aber der Himmel kann wieder blau werden, dachte er und schlug mit der Hand auf die Innentasche seines Kordjacketts.

Er schloss die Augen und atmete tief. Er sollte an den Tod denken. Er war ein bisschen enttäuscht von sich selbst. Es kamen keine existenziellen Gedanken über den magischen Charakter des Todesaugenblicks, über den Zustand, von dem niemand erzählen kann. Keine göttliche Offenbarung, keine letzte Einsicht in einen Sinn jenseits des Vergehens, kein Leben, das vor seinem inneren Auge Revue passierte.

Er lachte auf. Stumm. Da war nicht viel Leben, das Revue passieren könnte. Vielleicht geschah es gerade jetzt, ohne dass er es merkte. Vielleicht rollte die Leere, die Nichtigkeit, die Erbärmlichkeit vorüber, ohne auf seiner Hirnrinde einen einzigen Abdruck zu hinterlassen.

Die leere Geschichte seines Lebens.

Stattdessen dachte er an Dinosaurier. Eine Welt, die unterging und einer neuen den Weg bereitete. Tote Dinosaurier, die unter die Erde gepresst und zu Öl, Kohle und Gas werden, die dort ruhen, bis die nächste Welt sie ausgräbt und verbrennt und die giftigen Rückstände zum Himmel schickt.

Der Himmel ist von ausgestorbenen Dinosauriern bedeckt.

Er lachte erneut. Wieder stumm. Strich mit der Hand über den Umschlag in seiner Innentasche und dachte an die drei. Die drei Karten, die drei toten Brüder, die schweigende Bruderschaft im Keller, die von einer flammenden Hölle umzingelten glasklaren Gedanken.

Vater, dachte er.

Vorsichtig schob er die Kellertür einen Spaltbreit auf. Die feuchte Kühle des Frühsommermorgens drang sofort durch die Kleidung. Nahm er an. Denn spüren konnte er sie nicht. Auch den muffigen Großstadtgeruch nahm er nicht wahr. Er musste sich auf anderes konzentrieren.

Manchmal schaltet ein Sinn den anderen aus. Um mehr Raum zu bekommen. Alles, was er benötigte, waren Ohren und Augen. Nie mehr würde er einen Geruch oder einen Geschmack wahrnehmen, nie mehr eine Berührung spüren. Aber er würde noch sehen und hören. So viel wie möglich. Bis zum Ablieferungsort. Dann würde der Tastsinn für die letzten Sekunden alles übernehmen. Er hoffte, dass es wenige sein würden.

Ja, Herrgott, dachte er und blickte hinaus. Die Straße lag verlassen da. Etwas anderes hatte er auch nicht erwartet. Sie wussten, wie man unsichtbar bleibt. Alle beide. Beide Lager.

Wenn es nicht mehr als zwei waren.

Die frühen Stunden. Wann enden die frühen Stunden?

Während er auf die Straße schlich, fiel ein letzter Blick auf das Fossil auf der Treppe. Näher bin ich einem Haustier nie gekommen, dachte er.

Näher bin ich einer Familie nie gekommen.

Der Ablieferungsort, dachte er. Darum geht es jetzt. Nur darum.

Es war eine Seitenstraße, etwas verwahrlost. Eine Gasse. Ein Ort für einen Überfall. Ein verborgener Ort. Eine verborgene Tür zu einem verborgenen Ort.

Als würden sie ihn nicht kennen.

Als würden sie nicht auf der Lauer liegen.

Als wären sie nicht schon jetzt, vor dem Anstieg, hinter ihm her.

Es war eine flache Stadt. Er kannte nicht viele andere Erhebungen. Doch hier kam man herauf und hatte einen Überblick über die materialisierten Träume.

Träume, die sich materialisieren, werden zu Albträumen.

Er liebte diesen Ort, den winzigen Park mit einer einzigen Bank, auf der man sitzen und sehen konnte, wie die Mauer sich ausbreitete, mit dem Niemandsland als einer Zone, die mehr mit Wahnsinn als mit Minen vermint war. Und es gab ziemlich viele Minen.

Doch jetzt blieb er nicht stehen. Im Laufschritt durchquerte er die Stadt. Keine Spur von Leben.

Und dort unten im Grau – einem künstlichen Nebel, der vermutlich aus verbrannten fossilen Brennstoffen bestand, alten Dinosauriern – schlängelte sich die Mauer dahin, bis sie von dem grauen Himmel verschluckt wurde, der die Sonnenscheibe, die er nur sah, wenn er sich umdrehte, nicht zu verdecken vermochte.

Denn die Sonne geht im Osten auf.

Und sein Blick war nach Westen gerichtet.

Als er sich umwandte, um die Sonne zu sehen, ahnte er in der Stille eine Bewegung. Vielleicht war die Bewegung nicht hinter seinem Rücken, sondern in seinem Kopf. Dort hatten sich im Verlauf der letzten Wochen viele Dämonen eingenistet. Im gleichen Maße, in dem sie in der Außenwelt auftauchten. Oder umgekehrt.

Es war schwer, die äußeren Dämonen von den inneren zu unterscheiden.

Ihre Zahl war Legion.

Herrgott, der Ablieferungsort. Es war noch zu weit. Sie durften noch nicht kommen. Wie sollte er es schaffen? Er machte längere Schritte, aber er durfte nicht rennen. Dann wüssten sie, dass er sie gesehen hatte, und würden ihn einfach greifen. Dann wäre die Hölle los.

Sie hielten sich noch zurück, warteten. Er wusste nicht genau, worauf.

Noch einmal fuhr er mit der Hand über die Innentasche – und zugleich über sein Herz. Doch, es schlug noch. Unter dem Tagebuch und den drei Teilen in dem ockerfarbenen Umschlag.

Ohne das schlagende Herz wäre nichts. Nur drei Papierstücke.

Die drei toten Brüder, deren Vater er gewissermaßen war.

Vater, dachte er. Hätte ich dich doch getroffen.

Wenn du dies hier hättest sehen können, dachte er und machte längere Schritte. Sein Blick schweifte über die Stadt. Die Fassaden der Häuser, die noch standen, waren zerfressen. Eine graue Ruinenstadt mit noch grauerem Himmel.

Davon hast du nicht geträumt. Jetzt weiß ich, wie du gedacht hast. Jetzt habe ich endlich deine Worte gelesen.

Deine Träume waren größer als das hier.

Aber das hier ist alles, was ich gesehen habe. Meine Stadt. Die Mauer, die ewige Mauer, dort draußen und ebenso in meinem Kopf. Und die fossilen Brennstoffe bewohnen meinen Körper.

Ein einziges Mal hatte er die Stadt verlassen können. Es war nicht einfach gewesen. Nach Moskau. Um die Vergangenheit zu besuchen.

Um die Vergangenheit zu verändern.

Noch sah er den Park nicht. Wenn die ersten Baumkronen auftauchten, würde er anfangen zu laufen. Erst dann. Die Frage war vor allem, *wann* sie ihn greifen würden. Denn *wer* es tat, spielte kaum eine Rolle.

Es gab drei Wege zum Park. Er hatte sie im Kopf. Die anderen sicher ebenso, aber es sollte möglich sein, sie zu täuschen. Es *sollte* möglich sein.

Rein theoretisch.

Noch ein Blick zurück über die Schulter. Ein Mensch jetzt – oder eher eine rasche Bewegung zu einer Haustür hin. Einen Moment noch als Abbild auf der Netzhaut. Eine optische Erinnerung.

Er wusste, wer sie waren. Diese übertrieben gut geschneiderten Anzüge, als hätten sie alle denselben Schneider. Die Anzüge des Bruderlands sahen anders aus. Als hätten sie überhaupt keinen Schneider. Aber sie waren bestimmt auch in der Nähe.

Die russischen Anzüge. Wie eine Schar von Bauern.

Noch keine Baumwipfel. Und das Licht der Dämmerung, das sich durchs Grau zwingt. Aber noch keine Menschen.

Keine außer ihnen. Verstecken sie sich nicht mehr? Die gut geschneiderten Anzüge scheinen jetzt überall zu sein. Oder sind sie nur in meinem Kopf?

Zwei jetzt. Scharfe Konturen gegen die matte Sonnenscheibe. Kein Grund, sich länger zu verstecken.

Dann war es so weit. Er bog an einem Zaun ab, lief über einen Spielplatz, schwang sich über eine Hecke, nahm eine Seitenstraße an einer Kreuzung und rannte. So schnell er konnte.

Der zweite der drei Wege zum Park.

Schritte. Er hörte die Schritte. Das Knirschen auf dem Kies des Spielplatzes. Du schaffst es. Du kannst es schaffen. Du kannst es immer noch schaffen.

Er bog um eine Kurve und rannte eine größere Straße entlang, bog wieder ab, durch einen Hinterhof, in eine Waschküche und auf der anderen Seite wieder hinaus. Keine Schritte mehr.

Wirklich nicht? Er konnte nicht stehen bleiben, um zu horchen. Und noch keine Baumwipfel.

Er tat es trotzdem. Blieb stehen. Lehnte sich an eine Haustür, die tief in die Fassade eingelassen war. Horchte.

Kein Laut. Sah sich um.

Ein Straßenkehrer fünfzig Meter entfernt. War es nicht zu früh für Straßenkehrer? Er meinte, unter dem Blaumann einen bäurischen Anzug zu erkennen.

Und lief in die entgegengesetzte Richtung. Bis er tatsächlich über den Fassaden die Baumwipfel sah.

Waren sie wirklich da?

Nichts war sicher. Außer dem Ablieferungsort, dem Umschlag in der linken Innentasche. Und der Pistole in der rechten.

Er rennt. Dreht sich um. Der Straßenkehrer ist weg. Bewegungen in den Gassen. Verdammt. Bäurische Anzüge.

Und vor ihm der Park. Kurz, weit; weit, kurz. Weiß nicht, kann sich nicht entscheiden. Läuft.

Schritte, Laufschritte. Wo? Woher? Hinter ihm? Vor ihm?

In den Park. Zwischen die Bäume. Der tiefste Punkt des Wäldchens. Laufschritte. Wo? Bitte, ihr dürft mich jetzt nicht sehen, nicht jetzt, wo ich den Umschlag in das Loch hinter den Zweigen des am schwersten zugänglichen Baums schiebe.

Seht mich jetzt nicht, ihr Teufel.

Und er durchquert den Park. Etwas leichter. Jeder Schritt ein Sieg. Jeder Schritt, den er lebend tut. Er ist jetzt fast auf der Straße. Läuft wie wild jetzt, rast. Ein Scharren auf dem Asphalt. Der Straßenkehrer. Er nimmt ihn aus dem Augenwinkel wahr.

Alles ist so unsäglich dumm.

Es sind vier. Ein Straßenkehrer und drei in bäurischen

Anzügen. Er wird ihnen nicht entkommen. Eigentlich läuft er nicht vor ihnen davon, sondern von dem Baum weg, dem Ablieferungsort. Jeder Schritt ein Sieg.

Sie kommen näher und näher. Dann bleiben sie plötzlich zurück. Warum? Er läuft weiter und begreift. Er sieht die Umrisse gegen die verschmutzte Sonnenscheibe, die noch immer nicht komplett ist. Er sieht die Umrisse der maßgeschneiderten Anzüge. Er hält inne. Sieht sich um. Der Straßenkehrer und die drei Bauern warten ab, gehen langsam weiter. Die Maßgeschneiderten auch, von der anderen Seite.

Er selbst ist zwischen ihnen. Ohne Ausweg.

Doch hinter ihm ist eine kleine Kirche. Sie dient nur noch als Kartoffellager. Er erkennt sie. Er ist hier getauft worden.

Ich wünschte, ich könnte beten.

Zu dir, Gott, an den ich nicht glaube.

Und die Zeit wandelte sich. Er blieb stehen. Atmete aus. Lächelte. Lachte vielleicht. Sank in die Hocke, den Rücken an der Kirchenwand. Nur Fassaden. Keine Alternative. Keine Alternative zur rechten Tasche. Zur rechten Innentasche.

Er zog die Pistole hervor. Nicht um zu töten. Sondern um zu sterben.

Er hockte an der Wand. Die Pistole schleifte über den Asphalt. Zeichnete unlesbare Figuren. Er schaute nach rechts. Die Straßenkehrergang näherte sich. Bauernlümmel. Ihre Blicke waren nicht mehr auf ihn gerichtet. Vielmehr auf die vier Maßgeschneiderten, die von links kamen. Er wandte den Blick dorthin.

Keiner sah ihn an. Keiner schien ihn zu sehen.

Und da begann er zu schießen. Nach beiden Seiten. Hoch über ihre Köpfe. Er wollte nicht sterben als einer, der getötet hat.

Ich sterbe, ohne getötet zu haben, dachte er und schoss.

Sie dürfen mich nicht kriegen. Das habe ich immer gewusst. Sie würden mich dazu bringen, alles zu verraten.

Er hatte noch eine Kugel.

Er drückte nicht ab. Wartete. Beobachtete ihre Reaktionen. Sah, wie es beide Lager durchzuckte. Ein kollektives Zucken von einer abgründigen Einsicht.

Sie kam in der Sekunde, in der er den Mund öffnete und den Pistolenlauf hineinschob.

Sie kam viel zu spät.

Vater, dachte er.

Dann war der Himmel vollkommen klarblau.

2

Viggo Norlander war kein Polizist. Heute nicht. Nicht an diesem schönen Sonntag Mitte März.

Heute war er Pfleger.

Kümmerte sich um einen Pflegefall.

Einen Wahnsinnigen, der in die Randbezirke des Universums fahren und Geld für alte Möbel zum Fenster hinauswerfen wollte, statt neue bei Ikea zu kaufen.

»Es wird Spaß machen«, hatte der Pflegefall gesagt. »Ein Familienausflug.«

»Schnauze«, hatte Viggo Norlander mit erlesener Finesse entgegnet.

Woraufhin sich die beiden Familien in einem alten Minibus der Marke Toyota Picnic zusammenpferchen ließen. Neun Personen auf einem Familienausflug nach Roslagen. Und von diesen neun Personen hatte nur eine gute Laune.

Nämlich der Pflegefall.

Der auch noch fuhr, und zwar gern, aber erbärmlich. Darin waren die übrigen acht einer Meinung.

Der sehr weißhaarige Pflegefall an Viggo Norlanders Seite besaß zweifellos eine gewisse Fähigkeit, in seiner eigenen Welt zurechtzukommen.

Er sah sich um und verkündete der sauertöpfischen Schar: »Seht nur, wie schön der Schnee auf dem Dach der Roslags-Bro-Kirche glitzert. So ein Anblick muss die heimkehrenden Kreuzfahrer nach dem zweiten Kreuzzug im Winter 1150 empfangen haben. Nach Jahren von Krieg und Leid die Rückkehr ins Paradies.«

»Du solltest lieber auf die Straße achten, Arto«, entgegnete seine Frau schüchtern von der Rückbank.

Arto Söderstedt waren ihre Worte jedoch ebenso entgangen wie die Tatsache, dass der Minibus auf der schlecht geräumten Landstraße schon dreimal den Straßengraben tangiert hatte.

Seine Frau Anja war eine tolerante Ehefrau, die sich selten den Einfällen ihres Mannes widersetzte. Vielleicht war sie auch nur realistisch genug, um einzusehen, dass es sinnlos gewesen wäre. Stattdessen warf sie einen besorgten Blick auf die zweite Frau im Wagen, Viggo Norlanders Lebensgefährtin Astrid. Obwohl deren Töchter Charlotte und Sandra immer wieder wie Fäustlinge auf ihren Kindersitzen hin und her geworfen wurden, schien sie die Situation nicht zu beunruhigen. Dagegen war sie immer noch wütend auf Viggo.

»Aber du begreifst nicht, Astrid«, hatte Viggo Norlander gesagt, als sich das Paar am Samstagabend zu entspannen versuchte, nachdem die beiden kleinen Mädchen endlich im Bett waren. Viggo hatte sie durch ein Bettwetthüpfen aufgeputscht, was ihm nicht nur schmerzende Knochen, sondern auch eine Gardinenpredigt eingebracht hatte.

»Was begreife ich nicht?«, hatte Astrid in einem Tonfall gefragt, der in seiner Sanftheit mindestens so entschieden war wie Arto Södersteds zerstreute Variante.

Viggo Norlander hatte es versucht: »Er hat sich in den Kopf gesetzt, irgendwo in Norrland auf einer Auktion einen alten Schreibtisch zu kaufen. Klingt das wirklich aufregend? Wir könnten stattdessen etwas Nützliches tun, wir sollten ... tja ... zu Ikea fahren und einen Badezimmerschrank kaufen.«

»Ich finde, es klingt spannend«, hatte Astrid geantwortet.

Damit war die Entscheidung gefallen.

Jetzt erwiderte Astrid Anjas Blick und verdrehte die Augen zum Himmel. Es war ein Augenverdrehen von der Art, die Frauen auf der ganzen Welt beherrschen. Es bedeutet: Männer! und überwindet jede Sprachbarriere.

Hinten im Wagen waren die Proteste deutlicher. Von den fünf Kindern der Familie Söderstedt hatten die beiden ältesten, Mikaela und Linda, freibekommen. Aber Peter, Stefan und die kleine Lina waren mit von der Partie, und wenn sie sich nicht prügelten, bockten sie.

Der Einzige auf der Vorderbank, der das ewige Gezanke hörte, war Viggo Norlander. Er versuchte, es auszublenden, indem er sich in den Straßenatlas vertiefte. Es gelang ihm nicht besonders gut. Er konnte die Kinder auch nicht anbrüllen, weil es nicht seine waren. Und der Vater legte die übliche Verantwortungslosigkeit an den Tag, wie er da mit dämlichem Lächeln am Steuer saß.

»Pflegefall«, sagte Norlander.

Was mit einem engelblauen Blick und den Worten quittiert wurde: »Wenn Pulverschnee unberührt auf den Feldern liegt und die Schneeflocken sich in kleinen Wolkenformationen an die Dachfirste klammern, dann ist es die beste Zeit des Jahres. Spätwinter. Siehst du nicht, wie schön es ist, Viggo? Nimm mal die Augen von der Karte und guck raus.«

Norlander lag sein Lieblingsausdruck ›Schnauze‹ auf der Zunge, doch der Blick durchs Fenster war wirklich betörend. Die tief stehende Sonne breitete ihre Strahlen über die zuckerwattegleiche Schneedecke und verwandelte die Landschaft in ein Meer aus Licht- und Farbschattierungen. Und am Waldrand sprang doch wahrhaftig ein Rehkitz hervor. Es fehlte nur noch ein ordentlicher Elch.

So war es meistens. Söderstedt ließ Norlanders Widerstand in sich zusammenfallen, und es war diesem verflixten Finnen nie anzumerken, dass er kämpfte. Doch es herrschte stets eine Art Machtkampf bei diesem Zweigespann in der Spezialeinheit für Gewaltverbrechen von internationalem Charakter bei der Reichskriminalpolizei, besser bekannt als die A-Gruppe. Der Machtkampf bestand meistens darin, dass Söderstedt versuchte, Norlander dazu zu bewegen, den Blick zu heben, beispielsweise von einer Straßenkarte.

Und wieder einmal war es gelungen. Anscheinend ohne jede Anstrengung. Norlanders Blick schien ewig auf der Winterlandschaft verweilen zu wollen.

Also hatte er keine Möglichkeit zu beurteilen, wie viel Zeit vergangen war, als Arto Söderstedts unverkennbar finnland-schwedische Stimme verkündete: »Wir sind da.«

Der Minibus bremste etwas nachlässig, schleuderte und kam als Letzter in einer langen Schlange am Straßenrand geparkter Wagen zum Stehen. Sämtliche neun Insassen saßen einen Augenblick reglos da, bevor sie wie auf einen wortlo-sen Beschluss zu der Ansicht kamen, dass sie auch diesmal nicht im Straßengraben gelandet waren.

Söderstedt sprang geschmeidig aus dem Wagen, stieg aufs Trittbrett und klopfte vorsichtig an den neuen Dachgepäck-träger. Er zog zur Probe an ein paar Gummistrippen und sah, dass alles gut war.

Norlander seinerseits sprang in den Straßengraben und versank bis zu den Hüften im Schnee.

Während der Rest beider Familien sich auf der Fahrerseite aus dem Wagen zwängte, hörten sie – ohne eine Miene zu verziehen – eine Serie atemberaubender Flüche. Schließlich offenbarte sich ein schneebedecktes und äußerst erbostes Wesen vor der Motorhaube.

»Yeti«, sagte Peter Söderstedt zu seinem jüngeren Bruder. Sie lachten eine Weile.

Charlotte Olofsson-Norlander, bald vier Jahre alt, zeigte auf ihren Papa und fragte: »Mama, was ist denn mit Papa?«

»Schneeblind«, sagte Astrid Olofsson und zog mit ihren Töchtern ab. Nach und nach folgten die anderen. Arto Söderstedt schloss zu Viggo Norlander auf und sagte: »Lass gut sein jetzt, Viggo. Der Alltag ist nichts anderes als eine Serie von Missgeschicken. Wenn man das akzeptiert, ist das Leben gar nicht so schlecht.«

Norlander blieb stehen, in der Absicht zu explodieren. Stattdessen betrachtete er seinen sonderbaren Kollegen und stellte zu seiner Verwunderung fest, dass sein Zorn sich legte. Er lachte, ging weiter und sagte: »Jetzt erzähl mal von diesem bescheuerten Schreibtisch.«

»Ich habe es ja schon versucht«, sagte Arto Söderstedt. »Da warst du nicht besonders empfänglich.«

»Ich kann nur nicht begreifen, warum ein zweihundert Jahre altes, verrottetes Teil besser sein soll als ein ordentlicher Ikea-Schreibtisch.«

»Es ist eine Entdeckung, Viggo. Ein deutsches Barockstück mit zahllosen raffinierten Fächern und Schubladen. Ein bisschen abgenutzt, aber mit einer Aura von Geschichte. Ein Schreibtisch aus dem 18. Jahrhundert. Stell dir nur mal vor, was der mitgemacht hat. Alle, die daran gesessen und geschrieben haben, alles, was in seinen Fächern und Schubladen gelegen hat. Meine Dokumente werden Teil einer Geschichte sein.«

»Aber alles, was du brauchst, ist ein Schreibtisch.«

»Nein«, sagte Arto Söderstedt. »Das ist ganz und gar nicht alles, was ich brauche.«

Er sah auf die Uhr. Es war zwei. »Eine halbe Stunde noch, dann ist er dran«, sagte er. »Gutes Timing.«

Inzwischen waren sie am Hof angelangt. Er lag am Rand des Ackerlands, und das Einzige, was als Erklärung für die vielen geparkten Autos dienen konnte, war ein in Blockbuchstaben geschriebenes Schild: ›Frühjahrsauktion. Sonntag, 16. März, 13.00 Uhr‹

Die Familien waren verschwunden. Das einzig sichtbare menschliche Wesen war ein dicker bärtiger Mann, der auf dem Altan des Hauses stand und allmächtig aussah. Als das Duo sich näherte, vollführte er eine Geste nach links. Sie starrten ihn so lange an, bis er sich genötigt sah, seine Geste zu erklären. »Wir haben die Auktion ins Freie verlegt«, sagte er in breitem Roslagsdialekt. »Bei dem schönen Wetter. Folgen Sie den Fußspuren.«

Der Schnee auf der linken Hofseite war auf breiter Front niedergetreten. Das Interesse für antike Möbel und Gegenstände hatte in den letzten Jahren drastisch zugenommen. Söderstedt wusste, dass es am Fernsehen lag. Es gab neuerdings eine Reihe von Fernsehprogrammen, die sich mit Antiquitäten befassten, und diese Programme übten auch auf ihn eine gewisse Faszination aus. Enthusiastische Experten, die sich umständlich durch die Geschichte eines Objekts hindurchkommentierten, während der Besitzer wie auf Kohlen saß und nur wünschte, dass es endlich zur entscheidenden Frage kam: Was war der Mist wert?

Nein, das war ungerecht. Vielleicht gab es einen Zusammenhang zwischen dem verstärkten Geschichtsinteresse in Schweden und dem wachsenden Interesse an Antiquitäten.

Er fragte sich nur, wie dieses Interesse aussah.

Und vor allem fragte er sich, wie weit es die Preise in die Höhe treiben würde. Wer war er also, um den ersten Stein zu werfen?

Als die beiden Familienväter um die Hausecke kamen, bewarfen Peter und Stefan Klein-Lina mit Schneebällen, und Charlotte wusch ihrer Schwester Sandra das Gesicht mit Schnee. Die Mütter standen ein paar Meter entfernt und unterhielten sich, sodass die verantwortungsbewussten Väter einschreiten und die Ordnung wiederherstellen mussten. Durch Schimpfen.

Das Ergebnis war dürftig, aber als der Auktionator nach einer wohl nur kurzen Pause zurückkehrte, wurde die Aufmerksamkeit in eine neue Richtung gelenkt, und die Kinder konnten einander in Ruhe weiter malträtieren.

An der rückwärtigen Veranda des Hauses war eine große Anzahl unterschiedlicher Gegenstände zu besichtigen. In ihrer Mitte schritt der Auktionator mit passendem Bauernkäppi einher. Die Dinge wurden über die Köpfe der potenziellen Käufer hinweg ausgerufen, und es war kaum möglich zu folgen. Söderstedt spürte eine gewisse Unruhe, er könnte den Schreibtisch verpassen.

»Was für ein Haufen Mist«, flüsterte Norlander.

»Es sind Goldstücke darunter«, flüsterte Söderstedt zurück. »Sieh dir mal das Service da an.«

Das Service, vermutlich von der Manufaktur Rörstrand aus den frühen Zwanzigerjahren, komplett in vierundzwanzig Teilen, ging für zweitausend Kronen weg, und Söderstedt war ein wenig beruhigt. Die Gefahr überhöhter Preise schien sich in Grenzen zu halten.

Sie waren von Menschen eingeschlossen, und es wurden immer mehr. Alle waren wegen des Schreibtischs gekommen, dachte Söderstedt. Mindestens zehn Antiquitätenhändler aus Stockholm sind hier, um den Preis in die Höhe zu treiben.

Dagegen hatte er keine Ahnung, wo die Kinder steckten. Er erlaubte sich die Annahme, dass die Mütter zur Vernunft gekommen waren und ihre mütterlichen Pflichten erfüllten. Denn sein Interesse galt im Augenblick einem vermutlich 1764 in der Werkstatt des angesehenen Leipziger Möbeltischlers Weissenberger hergestellten Barockschreibtisch.

»Und jetzt, meine Damen und Herren«, rief der Auktionator, »eine Kollektion Flickenteppiche aus einem waschechten Roslagshaushalt aus den Vierzigern. Ländliche Handarbeit von hoher Qualität.«

Eine klapperdürre Dame um die fünfundsiebzig tauchte an Söderstedts linker Achselhöhle auf und zischte: »Grässlich!«

Er warf ihr einen erstaunten Blick zu.

»Nicht das geringste Unterscheidungsvermögen«, verdeutlichte die Dame. »Wie sie Krempel und Antiquitäten vermischen, verrät abgrundtiefe Unkenntnis.«

»Kann man auf solchen Auktionen keine Schnäppchen machen?«, fragte Söderstedt und suchte vergebens nach Norlander, um eventuell aus dessen Lieblingsausdruck einen Vorteil zu ziehen.

»Natürlich kann man«, sagte eine Männerstimme in Söderstedts rechtes Ohr. »Gleich kommt hier ein Prachtstück. Ein Schreibtisch. Er soll um halb drei ausgerufen werden.«

Arto Söderstedt betrachtete den Mann und nickte. Widerwillig sagte er: »Haben Sie vor, dafür zu bieten?«

Der Mann, robust, gut trainiert, um die fünfzig, zuckte mit den Schultern. »Ich glaube nicht«, sagte er. »Ich suche Besteck. Besteck und Krüge. Aber wer weiß?«

»Ich biete vielleicht«, sagte die alte Dame. »Ich habe gehört, dass das Mindestgebot bei zweitausend liegt.«

»Ich habe eins fünf gehört«, sagte Söderstedt und fand die Unterhaltung allmählich ganz angenehm.

»Es ist jetzt vier Minuten vor halb drei«, sagte der Mann und sah auf seine Armbanduhr. Sie weckte Söderstedts Interesse. Eine Rolex, wahrscheinlich späte Fünfzigerjahre, Oyster Perpetual.

»Schöne Uhr«, sagte Söderstedt.

»Ich nenne sie Chronometer«, sagte der Mann mit einem schwachen Lächeln.

Die Dame fiel ein: »Um Viertel vor drei kommt ein Satz Besteck aus der Jahrhundertwende. Sie könnten ihn sich doch ansehen.«

»Gute Idee, danke«, sagte der Mann und verschwand in der Menge.

»Schön, dass wir den los sind«, sagte die dürre Dame.

»Wieso?«, fragte Söderstedt erstaunt.

»Großkotziger Typ«, sagte die Dame. »Chronometer.« Dann ergriff sie seinen Arm und sagte: »Jetzt geht es los. Mann gegen Mann.«

Der Auktionator zog mit dramatischer Geste eine Menge Wolldecken von einem Möbelstück. Gut, ein bisschen mitgenommen sah er aus – ein paar Beschädigungen, ein falsches Bein, mehrere fehlende Griffe und Knöpfe, einige deutliche Risse –, aber aufs Ganze gesehen, bot der Barockschreibtisch einen imponierenden Anblick.

Tatsache war, dass Arto Söderstedt Geld beiseitegelegt hatte. Ganz heimlich hatte er für diesen Schreibtisch ein Konto eingerichtet. Er hatte nicht vor, die alte Dame – oder sonst irgendjemanden in der weiten Welt – gewinnen zu lassen.

»Das Mindestgebot ist zweitausend Kronen«, rief der Auktionator.

Hmmm, dachte Arto Söderstedt misstrauisch.

Der Auktionator fuhr atemlos fort: »Und das ist natürlich ein Hohn angesichts dieses prachtvollen Stücks, das sehr gut nicht nur Goethe, sondern auch Beethoven gedient haben kann. Stellen Sie sich vor, dass der Faust oder die Neunte auf dieser Tischplatte geschrieben wurden, und bieten Sie dementsprechend.«

Die dürre Dame reckte mit einem verschmitzten Blick auf Söderstedt die Hand in die Höhe.

»Vornehme Gäste, wie ich sehe«, sagte der Auktionator und zeigte auf die Dame. »Zweitausend bietet die ehrwürdige Firma Lauras Antik auf Östermalm in Stockholm. Sie wissen selbst, Frau Laura, dass dieses Gebot einen Hohn auf die gesamte Branche darstellt.«

Verflixt und zugenäht, dachte Arto Söderstedt und blinzelte erbost auf die Dame hinunter. »Dreitausend«, sagte er möglichst unbeteiligt und hob die Hand.

»Dreitausend«, sagte der Auktionator und zeigte auf Söderstedt. »Danke. Wir wollen natürlich weiter.«

»Fünf«, rief Frau Laura mit ganz neuer Stimme. Professionell.

»Fünf fünf«, erklang eine Stimme weiter hinten. Söderstedt blickte sich um und sah einen Mann im Nadelstreifenanzug und mit karierter Fliege in der winterlichen Landschaft stehen. Er war von Profis umringt. Und er hatte nichts gemerkt.

Aber das machte ja wohl den Profi aus …

»Wollen Sie im Ernst halbe Tausender für dieses Meisterwerk bieten?«, rief der Auktionator gekränkt.

»Sechstausend«, sagte Söderstedt und fürchtete die nächsten Minuten.

»Sieben«, rief Frau Laura ungerührt.

»Acht«, sagte der Fliegenmann von hinten.

Herrgott, dachte Söderstedt und verfluchte seine Naivität. Wie hatte er glauben können, er bekäme den Schreibtisch unter fünfzehntausend? Das war alles, was er auf seinem Spezialkonto hatte. Und die Knete, die er sicherheitshalber vom Familienkonto abgehoben hatte, sollte er besser nicht anrühren.

»Neuntausend« sagte er, und seine Stimme gab ein wunderliches Echo auf dem großartigen Hofplatz. Bald würde sie verstummen, bald würde ihr Inhaber sich den höhnisch lächelnden Familien zuwenden und den ganzen Heimweg bis nach Södermalm ironische Kommentare hören.

Verflucht, in einer solchen Schicksalsstunde Angestellter im öffentlichen Dienst zu sein.

Verflucht auch, Polizist zu sein.

Er blickte zu seiner linken Achselhöhle hinab und wusste, was er von der absurden Frau Laura zu erwarten hatte.

Aber sie war nicht mehr da. Und ihre Stimme auch nicht.

Verwirrt blickte er sich in der Menschenmenge um, aber Frau Laura war nirgendwo zu sehen.

»Zehntausend Kronen«, hallte dagegen die hochtrabende Stimme des Fliegenmanns.

»Elf«, rief Söderstedt und fürchtete, dass seine Verzweiflung zu spüren war.

Ist es nicht das, was man ein Luxusproblem nannte? Dachte er und wartete auf die Antwort des Fliegenmanns.

Doch die blieb aus. Es war vollkommen still.

Nicht ein Laut störte den schönen Spätwinternachmittag. Die Zeit war angehalten. Der Hammer des Auktionators war in der Luft erstarrt. Der Mund des Auktionators stand weit offen, als wollte das quirlige Mundwerk nie wieder einen Ton hervorbringen. Und Arto Söderstedt war davon überzeugt, dass er gestorben war. Dass so der Tod aussah. Dass der gestorbene Mensch sich außerhalb der Zeit bewegt, zwischen den Augenblicken. Man wird in seinem Todesaugenblick angehalten und verharrt so auf ewig.

Der Tod als Standfoto.

Doch nein. Es war ein Glücksmoment. So sah es aus – jetzt, wo er sich der fünfzig näherte. Keine erotischen Visionen mehr, nichts von der Art. Es war kindisch. Wie sehr er es auch von sich wies, dies war ein materielles Glück, geradezu ein materialistisches. Die Freude über Gegenstände.

Es sollte zweischneidig sein, doch so war es nicht. Das Glück, als der Wortschwall aus dem quirligen Mundwerk erneut hervorbrach, war ungetrübt.

»Aber Freunde«, dröhnte es. »Wollen wir diesen prachtvollen Eichenschreibtisch wirklich für lächerliche elftausend gehen lassen? Ist das eines Auktionspublikums dieses Kalibers würdig?«

Ja, dachte Söderstedt, und es fehlte nicht viel, und er hätte es gerufen.

»Also dann«, rief der Auktionator. »Gestatten Sie, dass ich dem weißhaarigen Herrn in der siebten Reihe gratuliere. Zum Ersten ... Zum Zweiten ... und Dritten. Verkauft.«

Als Arto Söderstedt sich mit beflügeltem Schritt einen Weg durch die Menge bahnte, suchte sein Blick vergeblich seinen Kollegen. Er kam vorn an, bezahlte und suchte weiter. Verdammt, Viggo, dachte er. Alles, was ich von dir brauche, ist deine großzügig bemessene Muskelkraft. Den Rest können wir wie üblich vergessen.

Auf einmal war er da. Hinter ihm. Eine unverkennbare männliche Stimme sagte: »Du hast ihn also bekommen?«

Die Visage des Kollegen trug ein verschmitztes Lächeln, das Söderstedt nicht richtig kannte. Er zwinkerte kurz und nickte in Richtung des Schreibtischs, um den sich drei robuste Roslagsburschen versammelt hatten und sich die Hände rieben.

»Dann pack mal mit an«, sagte er nur.

Und Viggo Norlander packte an. Es waren die drei Träger und nicht zuletzt Arto Söderstedt selbst, die eindeutige Probleme hatten, das Möbel anzuheben.

»Pflegefall«, sagte Norlander und schleppte den Schreibtisch, die Roslagsträger im Kielwasser, davon. Die Menge teilte sich wie das Rote Meer vor Moses. Aus reinem Selbsterhaltungstrieb.

»Make a hole!«, brüllte er wie in einem amerikanischen U-Boot-Film.

Sie vereinigten sich mit den Familien an der Hausecke. Die Kinder waren ordentlich schneedurchweicht. Und die Mütter fuhren, ungestört von der Außenwelt, in ihrer Unterhaltung fort.

Auf der Verandatreppe saß ein Mann im Nadelstreifenanzug und mit karierter Fliege und massierte sich das Schienbein. Er blickte zu Söderstedt auf, hob die Hand und drohte mit dem Zeigefinger. »Beim nächsten Mal aber sauberes Spiel, meine Herren«, rief er.

Söderstedt hielt inne und betrachtete ihn voller Verwunderung. Schließlich brach er in schallendes Gelächter aus.

Viggo, ach Viggo.

Dieses verschmitzte Lächeln ...

Vielleicht brauche ich doch nicht nur deine großzügig bemessene Muskelkraft.

Viggo Norlander selbst erschien total ungerührt und schleppte gemeinsam mit den Roslagsburschen den Schreibtisch zu dem alten Toyota. Söderstedt kam nicht rechtzeitig, um mit Hand anzulegen, als sie den Schreibtisch auf den Dachgepäckträger wuchteten. Dann sprang Norlander in den Wagen. Auf der Fahrerseite diesmal.

Arto Söderstedt dankte den Trägern mit je einem Zwanziger und forderte mit galanter Geste die Familienschar zum Einsteigen in den Minibus auf. Die Damen würdigten ihn keines Blicks. Einen Moment lang fragte er sich, ob sie überhaupt wussten, wo sie sich befanden.

Er reckte sich, um die Gummistrippen festzuspannen. Von

24

der anderen Seite stieg Norlander noch einmal aus und zog seine Enden fest. Die beiden Kriminalbeamten wechselten zwischen den in die Luft ragenden Beinen des Schreibtischs einen kurzen Blick.

»Danke«, sagte Arto Söderstedt aufrichtig.

Viggo Norlander lächelte verschmitzt und sagte: »Pflege-fall.«

3

Der Mann sah auf seine Armbanduhr. Er besaß sie seit Jahrzehnten, und sie würde ihn auch diesmal nicht enttäuschen.

Das wichtigste Mal.

Er beugte sich übers Lenkrad vor und blickte die Skeppargata hinauf und hinunter. Eine schicke blonde Frau um die vierzig ging mit einem blauen Paket in der Hand vorbei. Er folgte ihr mit dem Blick und dachte einen Moment lang an eine andere schicke blonde Frau. Sie hatte einen Tragegurt vor der Brust und blickte auf die blaue Meeresbucht hinaus, drehte sich zu ihm um und sah ihm in die Augen, sie strahlte etwas aus, was man als Glück bezeichnen konnte. Dann sah er sie mit blaulila verfärbtem Gesicht und mit Augen, die zur Hälfte aus dem Kopf getreten waren.

Nein. Weg.

Städtische Arbeiter in orangefarbenen Overalls schlurften durch den Schneematsch. Er wartete, bis sie vorbei waren.

Die ganze Planung, alles, was perfekt passen musste, jede Einzelheit – er ging das Szenario in Gedanken durch. Noch einmal. Ein letzter Sicherheitscheck. Die städtischen Arbeiter trödelten vorbei wie Relikte aus einer verschwundenen Zeit.

Als hätte er davon nicht genug.

Dann lag die Skeppargata verlassen da.

Der Mann mit der Uhr stieg aus dem Wagen und ging die wenigen Schritte zum Haus. Er gab den Code ein und öffnete die Tür. Es war ein prächtiges Treppenhaus, Jugendstil mit dicken Teppichen und Originalglas in den Lampen. So hatte es beim letzten Mal nicht ausgesehen. Es war viel passiert, seit er in diesem Gebäude sein dubioses Leben geführt hatte.

Er konnte nicht umhin, diese eleganten Östermalmshäuser aus den Gründerjahren zu mögen. Was wäre Stockholm ohne sie. Trotz allem.

Doch er wusste, dass der Müllkeller nicht so elegant war. Der Raum, in den die Müllschächte mündeten, war kein Ort, an dem sich die Wohnungsinhaber jemals aufhalten mussten. Sie brauchten nicht einmal zu wissen, dass es ihn gab. Als ob der Müll sich in nichts auflöste, sobald er in den Schacht geworfen wurde. Ein dunkler, übel riechender Raum unter der Erde, um den sich nie jemand kümmerte. Solange alles reibungslos funktionierte. Solange Arbeiter da waren, die unbemerkt die Überreste des großbürgerlichen Lebens beseitigten.

»Da das Geld als der existierende und sich betätigende Begriff des Wertes alle Dinge verwechselt und vertauscht, so ist er die *allgemeine Verwechselung und Vertauschung* aller Dinge, also die verkehrte Welt, die Verwechselung und Vertauschung aller natürlichen und menschlichen Qualitäten.«

Der Mann mit der Uhr stieß ein kurzes Lachen aus; fast kam ein Ton über seine Lippen. Die Erinnerung spielt dem Menschen so manchen Streich. Karl Marx' ökonomisch-philosophisches Manuskript aus Paris, 1844. Die Worte, die sich festsetzten, bevor alles zu Dogmen und zum Vorwand für Machtmissbrauch und Gewalt wurde.

Ein Anflug von Unbehagen, dann sah er sich wieder um. Er ging eine halbe Treppe abwärts, stellte die Tasche vor einer Tür auf den Boden, wühlte zwischen Laptops, Kuhfüßen, Brecheisen und Hämmern, angelte einen kleinen Apparat heraus und steckte die Spitze des Apparats ins Schloss. Ein kurzes, dumpfes Brummen ertönte, und dann klickte es. Er öffnete die Tür, glitt hinein und zog sie hinter sich zu. Als wäre er nie da gewesen.

Der Keller war einigermaßen stilgerecht, ein armer Vetter des Jugendstiltreppenhauses. Geruch nach Erde und ländlicher Vergangenheit. Im Hintergrund eine weitere

Tür, äußerst schäbig. Der Mann mit der Uhr ging hin und wiederholte die Prozedur mit dem Apparat.

Er war im Müllraum. Nicht einmal hier roch es besonders unangenehm. Entweder wurden die Mülltonnen häufig geleert, oder selbst der Müll der Reichen roch besser als der anderer Leute.

Er duckte sich hinter eine Mülltonne und versetzte sich in den Wartezustand. Sein Puls sank, sein Atem wurde langsamer, die Gehirnaktivität näherte sich dem Minimum an, jede Bewegung hörte auf. In der guten alten Zeit hatte er diesen Zustand für eine Form des Vegetierens gehalten. Eine extreme Passivität, die eine extreme Aktivität ankündigte. Ein Sonnenblumensamen in der Wintererde.

Das war lange her. Die Zeiten waren andere.

Die Minuten vergingen. Der Mann mit der Uhr saß vollkommen still. Sein Körper erinnerte sich an alles. Hierfür war er geschaffen. Der Rest war Beiwerk. Der Rest war die Scheiße.

In seinem Körper tickte eine innere Uhr. Er hätte sich auf sie verlassen können. Sie ging immer richtig.

Aber das tat die Armbanduhr auch. Sie war das Einzige außerhalb von ihm, das nie trog.

In dieser trügerischsten aller Welten.

Er betrachtete das perlmuttweiße Zifferblatt. Der fadendünne Sekundenzeiger tickte langsam zwischen den Zahlensymbolen an der linken Seite nach oben.

Sieben, acht, neun, zehn.

Das Leben, dachte er. Was daraus wurde.

Er sah das Bild einer blonden Frau mit einem Tragegestell vor der Brust. Sie blickte über eine blaue Meeresbucht.

Eins, zwei, drei, vier.

Es war Donnerstag, der 20. März, und die Uhr zeigte exakt 10.40 Uhr.

4

Staffagefigur. Ein seltsames Wort.

Es kommt aus dem Deutschen und wurde in der Mitte des 19. Jahrhunderts ins Schwedische übernommen. Es bezog sich damals auf etwas sehr Spezifisches, nämlich auf die Barockmalerei. ›Staffage‹ sind kleinere Nebenfiguren in einem Landschaftsbild, die die künstlerische Darstellung beleben sollen.

Am Ende des 19. Jahrhunderts wurde das Wort ›Staffagefigur‹ von ›Staffage‹ losgelöst und in übertragener Bedeutung für eine Person benutzt, die – in welchem Zusammenhang auch immer – eine untergeordnete Rolle spielt.

Das Wort hatte sich in ihr festgesetzt, sie hatte das Gefühl, zur Existenz einer Staffagefigur verdammt zu sein.

Aber Cilla Hjelm hatte es satt, sie hatte es gründlich satt, eine Nebenfigur zu sein, untergeordnet, ohne eigene Persönlichkeit.

Es hatte irgendwann in der Zeit begonnen, als die Kinder geboren wurden, Danne und Tova, vor fast zwanzig Jahren. Eine Art von Selbstverleugnung. Alle außer ihr im Mittelpunkt. Als ihr Mann Paul bei der Polizei Karriere machte und sie versuchte, verlorenen Boden zurückzugewinnen und der Mensch zu werden, der sie im Innersten war, musste etwas schiefgelaufen sein. Sie hatte versucht, wieder die zu werden, die sie vor zwanzig Jahren gewesen war, und das war natürlich unmöglich. Es kam zu einem Konflikt, dessen Ergebnis eine große existenzielle Verwirrung war.

Eines wusste sie auf jeden Fall: Von jetzt an würden sie selbst und ihre Wünsche im Mittelpunkt stehen. Nur was waren ihre Wünsche? Die Entfremdung zwischen ihr und Paul wurde immer größer. Er war so aufdringlich in seinem

Wunsch nach Intimität, sie fühlte sich bedrängt, er ließ ihr keinen Raum zum Atmen. Schließlich bekam sie keine Luft mehr. Kontakte zu anderen Menschen wurden wichtiger als der zum Ehemann, und um etwas rekonstruieren zu können, musste sie alles verwerfen, was irgendwie Pauls Sphäre zugerechnet werden konnte. Und die Sexualität gehörte zu seiner Sphäre. Sie musste sich verweigern, um sich nicht ganz zu verlieren.

Paul Hjelm kam mit dem ihm aufgezwungenen Zölibat nicht zurecht. Plötzlich war er einfach verschwunden, hatte seine Siebensachen gepackt und war gegangen.

In der Tiefe ihres Herzens fühlte sie sich verraten.

Fast ein Jahr war inzwischen vergangen.

Ganz schuldlos war sie selbst wohl auch nicht.

Das war eine neue und nicht ungeteilt angenehme Einsicht.

Es war einfacher, wenn er an allem schuld war.

Cilla Hjelm hatte eine neue Arbeit gefunden und war jetzt Abteilungsleiterin in einer Klinik für plastische Chirurgie im Sophiaheim im Stockholmer Stadtteil Östermalm. Ein ruhigerer Job – denn war sie nicht einfach *ausgebrannt* gewesen?

Sie hatte die Ambulanz und die ständigen Überstunden hinter sich gelassen, ihr Lohn war höher, das Tempo ruhiger, die Stimmung angenehmer – aber war sie zuvor wenigstens ein kleines bisschen Florence Nightingale gewesen, mit einem hauchzarten Anstrich von Idealismus, so war sie jetzt eine krasse Realistin.

Entwicklung? Na ja. Zumindest Überleben.

Es war Donnerstagvormittag, und sie schlenderte auf dem Weg zur Arbeit die Skeppargata hinauf. Es war einer ihrer beiden späten Arbeitstage; sie arbeitete Teilzeit und kam gut damit zurecht. Auf dem Weg vom U-Bahn-Aufgang am Östermalmstorg zum Sophiaheim am Valhalläväg wollte sie noch in die Bank und die Reste einiger abstürzender Fonds retten. Das Reihenhaus in Norsborg war bezahlt, ihre Lebenshaltungskosten waren niedrig. Sie hatte es nicht über sich gebracht, den Kontakt zum anderen Geschlecht wieder herzustellen. Sie fragte sich, ob sie je wieder Lust auf Sex haben würde.

Aber sie hatte ja Tova. Zumindest manchmal. Und morgen hatte sie Geburtstag, die Kleine. Achtzehn. Volljährig. Die meisten Teenagerkrisen waren überstanden. Cilla drückte das blaue Paket an sich. Gewagt, einer Achtzehnjährigen ein Kleid zu kaufen. Ein leichtes, dünnes Sommerkleid. Tova entwickelte sich zu einer richtig gut aussehenden Frau, das musste die Mutter einräumen, und gerade deshalb mussten die Ambitionen, ständig in die Welt hinauszuziehen, gebremst werden. Da war Paul wie üblich viel zu tolerant.

Paul, ja, Paul ...

Hätten wir unsere Verschiedenheiten nicht *für* uns statt *gegen* uns sprechen lassen können? All die bitteren Worte. Die verbalen Misshandlungen. Seine wohlgesetzten Bosheiten.

Und all ihre Neins ... *Nein* als Lösung für alles. *Nein* als das Passwort der Identität.

Sie bog aus der Skeppargata in den Karlaväg ein, betrat die Bankfiliale und zog eine Nummer. Fünf waren vor ihr. Es würde nicht länger als zehn Minuten dauern, eine Viertelstunde, wenn es hoch kam. Zwei geöffnete Schalter. Und tatsächlich saßen fünf Personen auf den Sofas der gediegenen klimatisierten Östermalmsbank. Es fehlte nur noch ein wenig dezente Stimmungsmusik.

Wie in der Abteilung für plastische Chirurgie.

Ihre Gedanken machten sich selbstständig. Warum? Weil ihre Tochter morgen volljährig wurde? Weil es gewissermaßen *ihr letzter Tag als Mutter* war?

Aber war das nicht ausschließlich ihr eigener Fehler? Sie hatte Paul zum Sündenbock erkoren, hatte beschlossen, alles Ungute in ihrem Leben ihm anzulasten. Sie wollte nichts als arbeiten, schlafen und mit Freundinnen verkehren, die besser lebten als sie selbst und an deren Leben sie Anteil nehmen konnte.

Alle anderen hatten es sowieso besser.

Die roten Leuchtdioden blätterten zur nächsten Nummer vor, jetzt warteten nur noch vier auf den Sofas, und zwei standen an den Schaltern und ließen sich viel Zeit.

Sie dachte an Pauls affektierte Argumentation. Was passiert mit der weiblichen Sexualität, wenn die Frau beschließt, keine Kinder mehr zu bekommen? Sie – ermüdet.

Wenn das Geheimnisvolle verschwunden ist, ermüdet die Frau. Und wenn die Kinder geboren sind, auch. Die weibliche Sexualität existiert nur angesichts des Unbekannten. Unbekannter Mann, unbekannte Kinder. Sie hatte das natürlich abgestritten. Männlicher Chauvinismus, ganz einfach.

Seine Worte: »Ich kenne keine einzige länger andauernde Beziehung, in der der Mann nicht irgendwann sexuell frustriert gewesen ist.«

Es war ein Geschlechterkrieg.

Aber im Nachhinein musste sie sich eingestehen, dass sie ihre eigene Sexualität nicht richtig verstand. Es war so unglaublich kompliziert. Jede Erfahrung war wie ein Strang in einem Netz aus Hindernissen, Kindheit, Pubertät, Erwachsensein, Elternschaft. Für ihn war es so verdammt einfach. Er wurde geil, ganz klar.

Sigmund Freud widmete Jahrzehnte dem Bemühen, die weibliche Sexualität zu verstehen. Gegen Ende seines Lebens entrang sich ihm in einem Gespräch mit Marie Bonaparte die Frage: ›Was will das Weib?‹ Er hatte nichts verstanden.

Aber er war ja auch ein alter Chauvi.

Cilla griff nach ihrem Handy. Es war das denkbar jüngste Modell, komplett mit Kamera und Zoom. Sie blätterte im Adressbuch und stieß auf Paul. Wie durch Zufall. Seine Nummer bei der Arbeit, die neue Nummer bei der Sektion für Interne Ermittlungen; die Nummer seiner Wohnung auf Messer-Söder; ein Diensthandy und ein privates Handy.

Warum hatte sie vier Nummern von ihrem Exmann?

Und warum trug sie immer noch den Nachnamen Hjelm?

Es machte wieder Pling im Schalterraum. Noch drei Personen vor ihr.

Auf ihrem Handy, oberhalb von Paul Hjelms Diensthandynummer, zeigte die Uhr 10.39. Nein, sie sprang gerade um.

Auf 10.40 Uhr.

Was dann geschah, wollte nicht in sie hinein. Es kam ihr die ganze Zeit nicht wirklich vor.

Die zwei maskierten Männer. Die harten Worte auf Englisch. Die Tatsache, dass sie auf den Marmorfußboden gepresst dalag. Die Plastikpakete, die an die Wände geklebt wurden. Das Brüllen der Maschinenpistolen. Das zersplitterte Glas.

Aha, fuhr es ihr durch den Kopf. Deshalb waren die Gedanken so schnell abgerollt. Weil ich sterben soll.

Und Cilla Hjelm war keine Staffagefigur mehr.

5

In der Kampfleitzentrale stand ein Fernseher. Natürlich sollte dort kein Fernseher stehen. Der kleine Sitzungsraum, in
dem die Spezialeinheit für Gewaltverbrechen von internationalem Charakter bei der Reichskriminalpolizei, besser
bekannt unter dem Namen A-Gruppe, ihre Besprechungen
abhielt, war kein Ort, an dem man fernsah.

Aber jetzt guckten alle.

Allerdings waren die Umstände außergewöhnlich.

Es war Krieg in der Welt.

Wieder einmal.

Am Dienstag, dem 18. März, hatte der Präsident der USA,
George W. Bush, dem Diktator des Iraks, Saddam Hussein,
ein Ultimatum gestellt. Saddam und seine Söhne hatten 48
Stunden Zeit, den Irak zu verlassen – andernfalls wartete
Krieg. Bush behauptete, es bestünden keine Zweifel daran,
dass der Irak noch immer über Massenvernichtungswaffen
verfüge und dass der Irak Terroristen unterstützt, ausgebildet und geschützt habe. Die USA hatten während mehr-
monatiger Vorbereitungen 235 000 Soldaten um den Irak
zusammengezogen, Großbritannien 45 000 und Australien
2 000. Dutzende Kriegsschiffe und fast 600 Kampfflugzeuge
befanden sich vor Ort.

Die 48 Stunden waren verstrichen. Bomben waren gefallen. Jetzt. Heute Morgen. Es war Donnerstag, der 20. März.
Kurz vor dem Morgengrauen waren über Satellit gesteu-
erte Bomben auf eine Fernsehstation, ein Zollgebäude und
andere öffentliche Gebäude in einem südlichen Vorort von
Bagdad abgeschossen worden. Der Präsident verkündete
im Fernsehen, dass dies der Auftakt zur ›Operation Iraqi
Freedom‹ sei. Präsident George W. Bush, die merkwürdigs-

te Lebensform, die es der amerikanischen Demokratie bisher hervorzubringen gelungen war.

»›Operation Iraqi Freedom‹«, wiederholte Arto Söderstedt sachlich, also in einem an diesem Ort häufig vorkommenden Tonfall, ein Erbe des pensionierten Chefs Jan-Olov Hultin.

Das waren die einzigen Worte, die im Laufe einer halben Stunde geäußert worden waren.

»Stellt euch vor, es ist so«, sagte eine Stimme, die in letzter Zeit eine Verwandlung durchgemacht hatte. Jon Anderson, das jüngste Mitglied der A-Gruppe, beteiligte sich inzwischen lebhaft an allen Diskussionen. Wenn er sie nicht selbst anstieß. Vor einem knappen Jahr war er, nach Atem ringend und mit mehreren Messerstichen im Körper, dem Tod nahe gewesen, und das in Poznan in Polen. Damals war etwas geschehen – es war eine brutale, aber für ihn notwendige Art des Coming-out gewesen. Jetzt war er offen homosexuell und zu seiner unverhohlenen Verblüffung keinerlei Repressalien ausgesetzt gewesen. Abgesehen von seiner Mutter in Uppsala, die nicht aufhören wollte zu weinen. Überraschenderweise hatte sein grundreaktionärer Vater die Nachricht besser aufgenommen. Vielleicht kam das Erbe ganz einfach von seiner Seite.

Söderstedt blinzelte Anderson an und sagte: »Stellt euch vor, es ist was?«

»Stellt euch vor, es bringt dem Irak die Freiheit«, sagte Jon Anderson.

Söderstedt zuckte die Schultern. »Bush ist ein waschechter Ölpräsident«, sagte er schleppend. »In den Händen texanischer Ölmilliardäre. Sie wissen, dass die Ölvorkommen auf der Welt noch höchstens fünfzig Jahre reichen, und sie wissen auch, dass alles restliche Öl schon weit früher in muslimischen Händen sein wird. Jetzt geht es darum, in möglichst vielen muslimischen Ländern Marionettenregime zu schaffen. Egal, mit welchen Mitteln. Vielleicht erinnert ihr euch an das, was ich vor ein paar Jahren hierüber gesagt habe, als die A-Gruppe noch jung war ...«

»Diese Haltung wird zu einer Verteidigung für Unterdrückungsregime«, sagte Anderson. »Kein irakischer Schwuler, der jetzt nicht jubeln würde.«

»Vielleicht auch die eine oder andere Frau«, sagte Lena Lindberg, der jüngste Zuwachs der A-Gruppe.

»Ich frage mich, ob die Unterdrückung der Frau unter Saddam wirklich schlimmer ist als die, die im Krieg entsteht«, sagte Sara Svenhagen neben ihr.

Selbst natürlich neutral, blickte Kriminalkommissarin Kerstin Holm, Chefin der A-Gruppe, über das Auditorium und versuchte sich ein Bild über die Verteilung von Kriegsgegnern und Kriegsfürsprechern zu machen. Arto Söderstedt war eindeutig Kriegsgegner, Sara Svenhagen ebenso. Jon Anderson und Lena Lindberg waren relativ klare Fürsprecher. Und Viggo Norlander? Vermutlich Fürsprecher. Und Jorge Chavez? Wahrscheinlich Kriegsgegner, und sei es nur seiner Frau Sara zuliebe. Und was war mit Gunnar Nyberg? Politisch schwer einzuschätzen und noch dazu abwesend – auf einem ausgedehnten Urlaub am Mittelmeer, um in Griechenland und Italien nach einem Haus zu suchen. Hoffentlich nicht zu nah an Bagdad. Der aufgesparte Urlaub vieler Jahre.

Kerstin Holm hatte ihn schon nach den ersten zehn Minuten vermisst. Ungünstige Zeit, um einen langen Urlaub zu nehmen. März. Der grausamste Monat. Oder war es der April?

Anderseits war das Mittelmeer jetzt am schönsten.

Vielleicht spürte sie eher Neid als den Verlust ...

Sie schob sich heimlich eine Portion Kautabak unter die Oberlippe und betrachtete ihr Rudel mit dem scharfen Blick des Leitwolfs, wenngleich mittlerweile eine Spur kurzsichtig. Wie war eigentlich die Lage bei der Spezialeinheit für Gewaltverbrechen von internationalem Charakter? Stabil,

36

aber mehr auch nicht. Dass Jon Anderson aufgeblüht war, gab ihr zu besonderer Freude Anlass. Und dass aus Anderson und Chavez in Nybergs Abwesenheit ein gut funktionierendes Team geworden war. Jorge war nach dem Vaterschaftsurlaub mit ungebrochener Energie zurückgekommen – allerdings auch gezeichnet von den persönlichen Komplikationen des letzten Falls. Seinen E-Bass hatte er weggepackt. Nie wieder ›The Police‹ war alles, was er jemals zu der Angelegenheit geäußert hatte. Seine Tochter Isabel hatte jetzt einen Platz im Tagesheim, und ihre Mutter Sara Svenhagen hatte mit Lena Lindberg die Hoffnungen auf ein kompetentes weibliches Duo eingelöst, das den alten Füchsen Söderstedt-Norlander weder in puncto Cleverness noch in puncto Härte nachstand. Während eines kürzlich abgeschlossenen Falles mit zwei nordfinnischen Zuhältern, die baltische Prostituierte für mörderische Sexualrituale verkauften, hatte die dem äußeren Anschein nach süße Lena Lindberg derartig gewalttätige Tendenzen an den Tag gelegt, dass der König der Internermittler Paul Hjelm seine alten A-Gruppen-Korridore wieder einmal besuchte und dort herumschnüffelte. Als er hörte, worin die Rituale bestanden, legte er – nach einem längeren Gespräch mit Lena unter vier Augen, über das Stillschweigen bewahrt wurde – den Fall unverzüglich zu den Akten. Trotz der Geheimniskrämerei sah Kerstin Holm ein bisschen klarer, was Lena Lindberg während ihrer zehn Jahre bei der Einsatztruppe der City-Polizei getrieben hatte.

Tatsache war, dass der letzte große Fall während des vergangenen Mittsommerfests bei beiden Neulingen deutliche Spuren hinterlassen hatte. Beide waren zu Opfern gewaltsamer Angriffe geworden, Jon Anderson war niedergestochen und Lena Lindberg außer Gefecht gesetzt worden, wenn auch nur mit Schlafmittel. Beide waren ihren Trieben gefolgt, und beide hatten sich verändert. Andersons Veränderung war von der positiven Art, aber Lenas war schwerwiegender. Sie war von einem Mann, dem sie ihr Vertrauen und fast ihre Liebe geschenkt hatte, grob getäuscht worden – und sie war verbittert. Ihre gewalttätige Neigung wuchs.

Zumindest Männern gegenüber.

Und Gunnar Nyberg war ein Risiko eingegangen. Das war das Tragische in diesem Zusammenhang. Der große Fall vom Mittsommer letzten Jahres hatte bei allen Spuren hinterlassen, doch was Nyberg betraf, schien sein Interesse an polizeilicher Arbeit erloschen zu sein. Er sprach von vorzeitiger Pensionierung und plante mit seiner Ludmila tatsächlich ein Leben am Mittelmeer.

Wenn sie sich einigen konnten, wo dort …

Erst jetzt spürte Kerstin Holm ihre Rückenschmerzen. Sie saß vorn an dem alten Katheder, verdreht wie ein Scheuerlappen, um das Fernsehbild sehen zu können. Es gab zwei Lösungen des Problems: 1.) Sie konnte das Fernsehen abbrechen und die verspätete Morgenbesprechung beginnen. 2.) Sie konnte zwischen den Untergebenen Platz nehmen und mit geradem Rücken weitergucken.

Sie wählte: 3.) Sitzen bleiben und sich quälen.

Die laufenden Fälle waren nicht dringlich genug, um Bushs ständig wiederholte Tiraden zu unterbrechen.

Der Fall der nordfinnischen Zuhälter mit den mörderischen Sexualritualen war abgeschlossen, für einen von ihnen endete er im Rollstuhl, und von den übrigen Fällen – einer Blutfehde zwischen zwei italienischen Kneipenwirten auf Kungsholmen, einer traditionellen rassistischen Körperverletzung auf Söder und einer U-Bahn-Schlägerei zwischen Jugendbanden unterschiedlicher ethnischer Herkunft – war nur graue Alltagsroutine zu erledigen. Sie konnte sich nicht vom Fleck bewegen. Sie warf einen Blick auf die Gruppe, die sich zu Paaren angeordnet hatte – Jon und Jorge, Sara und Lena, Arto und Viggo –, wie in einem Kindergottesdienst in den Fünfzigerjahren. Mit der gleichen nach vorn gerichteten Aufmerksamkeit.

Die aber nicht ihr galt.

Also war Punkt 3 angesagt.

Ein paar Sekunden lang. Dann geschah Folgendes: 4.) Das Telefon klingelte.

Das Telefon in der sogenannten Kampfleitzentrale klingelte höchst selten. Zweimal war es vorgekommen, seit die A-Gruppe existierte, und beide Male war ein Mitglied der Gruppe dem Tod so nah gewesen, wie man ihm nur kommen kann. Zuerst Viggo Norlander in Tallinn, dann Jon Anderson in Poznan.

Kriminalkommissarin Kerstin Holm nahm den Hörer ab. Sie schloss die Augen, als sie sich meldete.

In dem gespannten Schweigen erklang Präsident Bushs wohlpräparierte Stimme: »Es ist zu spät für Saddam Hussein, er kann nicht an der Macht bleiben. Es ist nicht zu spät für das irakische Militär, ehrenvoll zu handeln und das Land zu schützen, indem es den friedlichen Einmarsch der Koalitionstruppen zulässt ... Zerstören Sie keine Ölquellen, eine Quelle des Wohlstands, die dem irakischen Volk gehört. Gehorchen Sie keinem Befehl, Massenvernichtungswaffen einzusetzen, gegen wen auch immer, das irakische Volk inbegriffen.«

Kerstin Holm sagte: »Ich verstehe.«

Das war alles. Sie saß noch einen Moment mit dem Hörer am Ohr da, und ihr Gesichtsausdruck verriet nichts.

Dann legte sie den Höher auf, griff nach der Fernbedienung und stellte den Ton leise. Sie klopfte einige Male nachdrücklich aufs Katheder.

»War es nicht Gunnar?«, sagte Jorge Chavez atemlos.

Kerstin Holm betrachtete ihn und nickte.

Sie spürte sofort, dass es die falsche Geste war. Nicken war falsch. Sie meinte: ›Genau, Jorge. Es war nicht Gunnar.‹ Aber es wurde falsch gedeutet. Eine Welle des Entsetzens ging durch den Raum.

Sie korrigierte sich schnell. »Nein. Nicht Gunnar. Vor

zwei Minuten ist die Bankfiliale am Karlaväg überfallen
worden. Zwei maskierte Räuber haben sich in der Bank ver-
barrikadiert und sie mit Sprengstoff gefüllt. Sie haben neun
Geiseln genommen. Wir unterstützen die Reichspolizeifüh-
rung und die Nationale Einsatztruppe. Ich übernehme mit
dem Chef des Reichskrim, mit Mörner und noch ein paar
anderen die Einsatzleitung. Wir begeben uns zu einem Sam-
melpunkt am Karlaväg.«

»Mörner?«, platzte Arto Söderstedt heraus. »Wahrhaftig!«

»Was heißt, mit Sprengstoff gefüllt?«, fragte Sara Svenhagen.

»Offenbar genug«, gab Kerstin Holm zurück, »um halb
Östermalm in die Luft zu jagen.«

George W. Bush sprach weiter.

Aber es kam kein Wort aus seinem Mund.

6

Niklas Grundström war Chef der Sektion für Interne Ermittlungen. Er war jetzt seit einem guten Jahr Paul Hjelms Chef, Paul Hjelms einziger Chef.

»Nur damit du es weißt«, sagte er.

Das bedeutete immer viel, viel mehr. Beispielsweise: ›Sei gefasst auf polizeiliche Fehltritte.‹ Oder: ›Wir müssen jetzt jede Sekunde ausrücken.‹ Oder sogar: ›Hoffentlich hast du dir am Wochenende nichts vorgenommen.‹

»Die A-Gruppe also?«, fragte Paul Hjelm, der sich an seinem wohlproportionierten Schreibtisch im Polizeipräsidium auf Kungsholmen wohlfühlte.

Doch, wohlfühlte.

Unverschämt wohl, wie kleingeistige Missgunst es formulieren würde.

Nicht einmal die Tatsache, dass die A-Gruppe wieder einmal in etwas verwickelt war, was die Sektion für Interne Ermittlungen tangierte, konnte seinem Wohlbefinden Abbruch tun. Erst waren es seine Kontroversen und Konflikte mit dem besten Kumpel Jorge Chavez letztes Jahr zu Mittsommer gewesen. Dann, erst vor Kurzem, Lena Lindbergs ungewöhnlich grobe Misshandlung eines nordfinnischen Zuhälters. Die er, gegen alle Vernunft und gegen alle Gesetze, hatte unter den Tisch fallen lassen. Nach einem Gespräch.

»Nicht direkt«, sagte Niklas Grundström und beugte sich über Hjelms Schreibtisch.

Paul Hjelm betrachtete ihn. Diese blonde, gesunde, gepflegte Straffheit, die er einst verachtet hatte, für die er aber inzwischen großen, wenn auch distanzierten Respekt empfand. Sie trugen an einer unaufgearbeiteten gemeinsa-

men Vergangenheit, die wie das unreinste Eisenerz ange-
reichert werden musste, um glänzen zu können. »Nicht
direkt?«, fragte Paul Hjelm misstrauisch.

Grundström setzte sein kleines Grinsen auf und legte sich
die Worte zurecht. Eines nach dem anderen, bis die Formulierung perfekt geschliffen war.

Grundström & Hjelm waren mittlerweile ein respektier-
tes – und zeitweilig gefürchtetes – Warenzeichen innerhalb
der Polizei. Die ›Internabteilung‹, diese Schreckensbe-
zeichnung, hatte einen ganz anderen Klang bekommen.
Einerseits war die Gefahr für einen Polizisten, dass ihm
Unrecht widerfuhr, stark vermindert worden, andererseits
hatte die Gefahr, dass er rechtmäßig belangt wurde, erheb-
lich zugenommen. Polizeiintendent Niklas Grundström
war Chef der Gesamtsektion für Interne Ermittlungen,
während Kommissar Paul Hjelm der Stockholmsektion
vorstand.

Und Hjelm musste einräumen, dass sie sehr gut zusammenarbeiteten, mit wenigen Worten und ohne unnötige Diskussionen. Das Gegenteil von seiner früheren Zusammenarbeit mit Kerstin Holm und Jorge Chavez. Dort hatte es
viele unnötige Diskussionen gegeben.

»In erster Linie ist es die NE«, sagte Grundström.

Niklas Grundström. Verheiratet mit Elsa, einer tief-
schwarzen Frau aus Orsa, die am Moderna Museet für
Pressearbeit zuständig war und ein singendes Dalarna-
Schwedisch sprach. Und Vater eines ganzen Schwarms
kleiner brauner Kinder. Hjelm hätte nicht sagen können,
wie viele es eigentlich waren. Das ließ Rückschlüsse auf ihre
Beziehung zu. Dachte er. Heiter.

»Was hat die A-Gruppe mit der Nationalen Einsatztruppe
zu tun?«, fragte er.

Am schlimmsten war, dass Grundström sich mit Hjelms
altem Boss Jan-Olov Hultin angefreundet hatte, dem Grün-
der der A-Gruppe. Hjelm traf ihn sehr selten draußen in

Norrviken in Sollentuna, nördlich von Stockholm. Doch Grundström war oft da. Und das Ehepaar Hultin war oft zu Besuch bei der Familie Grundström in der viel zu kleinen Wohnung in Fredhäll.

»Nicht das Geringste«, sagte Grundström. »Panik in der Einsatzleitung, würde ich tippen.«

Die beiden teilten das Misstrauen in die Polizeiführung. In der fast kein Polizist zu finden war.

»Waldemar Mörner«, sagte Paul Hjelm.

Er brachte Grundström inzwischen ziemlich oft zum Lachen. Vielleicht war das ein Schritt in die richtige Richtung. Und die erwähnte Wortkonstellation war ein bombensicherer Schlüssel zu Grundströms hellem Jungenlachen.

So auch diesmal.

»Ich glaube, sie haben die A-Gruppe einfach hinzugezogen, damit sie für sie denkt«, sagte Grundström.

»Zum Sprengstoff«, sagte Hjelm.

»Sie haben eine Einsatzzentrale auf der anderen Seite von Karlavägen eingerichtet.«

»Mörner und Kerstin?«

»Nur damit du es weißt«, wiederholte Grundström und verschwand.

Wie er immer verschwand. Mit einem Augenzwinkern.

Hjelm stand auf und ging zu seiner Stereoanlage. Es fiel ihm schwer, sich daran zu gewöhnen, dass Stereoanlagen kaum noch sichtbar waren. Und sogar die Lautsprecher waren klein. Aber Klang hatten sie. Mozarts *Requiem*, wie immer in voller Lautstärke, woraufhin die ersten Male seine Sekretärin – er vergaß immer, dass er eine Sekretärin hatte – in Panik hereingestürzt war. Sogar die Fernbedienung hatte Miniformat. Er hielt sie jetzt so in der Hand, dass sie vollkommen unsichtbar war, und legte den Zeigefinger auf die Stopptaste. Er würde die Musik im Bruchteil einer Sekunde ausschalten können, falls jemand ins Zimmer stürmte. Es war keine gute Situation für eine Totenmesse.

Da halb Östermalm drauf und dran war, in die Luft gejagt zu werden.

Und der Irak in Flammen stand.

Das war das Zweischneidige an seiner neuen Lebenssituation. Von außen betrachtet war er ein einsamer Mensch. Seit der Scheidung hatte er ein paar kurze Liebschaften hinter sich, und im Grunde fehlte ihm der Wille, sich aufs Neue zu binden. Er fragte sich, warum. Allerdings fragte er sich das heiter. Er fühlte sich in letzter Zeit bemerkenswert obenauf – solange er nicht an seine frühere Frau dachte und an alles, was sich zwischen ihnen abgespielt hatte. Er wollte es einfach vergessen, aus seinem Bewusstsein streichen. Die Gewaltspirale in der Gesellschaft drehte sich weiter, die globale Gleichmacherei walzte weiter alles platt, die polizeiliche Arbeit wurde immer härter und die soziale Ausgrenzung immer rücksichtsloser. Aber nichts konnte ihn, der so leicht deprimiert war, in schlechte Stimmung versetzen. Außerdem wurde sein jüngstes Kind morgen volljährig. Klein-Tova.

Fühlte er sich also wohl als Geschiedener?

Eigentlich nicht. Natürlich fehlte ihm jemand an seiner Seite, jetzt, wo die Freiheit praktisch in Reichweite lag. Er vermisste die tägliche Berührung, aber er konnte es sich erlauben, zufrieden zu sein.

Das beste Verhältnis, eigentlich das einzig dauerhafte seit seiner Scheidung, hatte er mit Christina gehabt. Sie hatten sich um Mittsommer im vorigen Jahr getroffen und einen wunderbaren Sommer verlebt. Und ganz plötzlich hatte sie die Beziehung beendet. Sie sei nicht in der Lage, erklärte sie, sich nach ihrer Scheidung wieder zu binden, und so war auch er verlassen worden.

Das Gesicht, das er vor sich sehen wollte, war Christinas.

Das Gesicht, welches er sah, war Cillas.

Er würde es nie begreifen.

Er verschränkte die Hände im Nacken, lehnte sich zurück und ließ die Kraft des *Requiems* den Raum erfüllen.

Das überirdische Dröhnen der Totenmesse.

Und mittendrin eine ganz kleine Störung.

Er hörte sie erst im Nachhinein, als hätte etwas Unbekanntes das vertraute Ganzheitserlebnis verändert. Zwei kleine Piepsignale. Er öffnete die oberste linke Schreibtischschublade. Da lag das Diensthandy. Normalerweise rief ihn dort nur Niklas Grundström an.

Er hatte eine SMS bekommen. Und nicht von Grundström, sondern von einer unbekannten Nummer. Er klickte die Nachricht aufs Display. Mozarts mächtiger Klangteppich hallte im Hintergrund.

Die Totenmesse.

Auf dem Display stand: ›Hilfe Geisel Cilla‹.

Er blickte auf die Nachricht. Es dauerte einen Moment, bis er sie verstand.

Dann brach seine Vergangenheit über ihm zusammen und begrub ihn.

7

Das also ist die Türkei, dachte der große Mann und schaute über den etwa fünf Kilometer breiten Sund. Und hier ist Griechenland.

Sie sind sich eigentlich ziemlich ähnlich.

Er drehte sich um und blickte auf eine verstockte Russin, die in zehn Meter Entfernung mit über der Brust gekreuzten Armen stand, den Rücken ihm zugewandt. Unendlich ablehnend, seiner Kenntnis der Körpersprache zufolge.

Griechenland und die Türkei sind sich viel ähnlicher als wir beide, dachte Gunnar Nyberg.

Vielleicht kommen wir deshalb besser miteinander zurecht.

Obwohl sie so ein Dickkopf ist.

Es war ein wunderbarer Frühlingstag in der östlichen Ägäis. Die milden Sonnenstrahlen lockten das Grün aus den Steinen, und das Land glich überhaupt nicht dem, was er bisher von Griechenland gesehen hatte. Nichts Karges, Verbranntes – nur reines, leuchtendes, fruchtbares Grün. Und die Blumen, die sich in endlosen Feldern die Hänge hinunter erstreckten.

Die griechischen Inseln im Frühling waren das Paradies.

Hier fühlte er sich zu Hause.

Obwohl er von dieser Insel noch nicht einmal etwas gehört hatte. Und doch war es eine der größten. Es war eine Notlüge, die einzugestehen er ohne Gewissensbisse unterließ. Jetzt kam es nur darauf an, den Dickkopf zu überreden.

»Scheißinsel«, sagte Ludmila Lundkvist und warf ihrem Draufgänger einen bitterbösen Blick zu.

Sie war Dozentin für slawische Sprachen an der Uni

Stockholm und hatte zurzeit ein Forschungsfreisemester. Ihre sporadischen Forschungsfreisemester passten ausgezeichnet zur Frühpensionierung eines Bullen. Wenn sie nur begreifen wollte, dass dies hier besser war als Venetien.

»Nein«, sagte Gunnar Nyberg. »Sie heißt Chios, nicht Scheißinsel. Soll ich dir etwas darüber vorlesen?«

»Nur das nicht«, entgegnete Ludmila Lundkvist.

Nyberg hob das Buch, das er in der Hand hielt, und las mit dröhnendem Kirchenchorbass:

»›Die Insel Chios in der östlichen Ägäis erlebte im Revolutionsfrühjahr achtzehnhundertzweiundzwanzig ein furchtbares Blutbad. Das Ereignis ist dem europäischen Bewusstsein relativ geläufig, vor allem wegen seiner gesamteuropäischen Verwicklungen.‹«

»Halt die Schnatter«, sagte Ludmila.

Die Schnatter? dachte Gunnar. Manchmal läuft ihr Schwedisch Amok. Dann ist sie ganz besonders bezaubernd.

»Komm, setz dich einen Moment, solange wir warten«, sagte er und ließ sich zwanzig Meter oberhalb der türkisfarbenen Bucht auf den Felshang nieder.

»Nein«, sagte sie, und er dachte an Krieg. Er dachte daran, wie diese blühenden Hügel in einem Frühling vor einhunderteinundachtzig Jahren von Blut getränkt und die Menschen hingeschlachtet worden waren.

Gunnar Nyberg und Ludmila Lundkvist hatten Schweden verlassen und den Weg über Paris genommen; sie fanden beide, dass es für sie als nicht mehr ganz blutjunge Liebende an der Zeit war. Früher oder später mussten alle Liebenden nach Paris fahren. Und so waren sie im Louvre gelandet – auch das für Liebende selbstverständlich. Doch das Bild, das seine Aufmerksamkeit auf sich gezogen hatte und ihn auf eine Art und Weise fasziniert hatte, wie es ihm noch nie geschehen war, stellte das Gegenteil von Liebe dar. Es war das in dumpfen Gelbtönen gehaltene Gemälde eines Massakers, ein Bild des Leidens. Ein Chaos von Gliedern, das Picassos *Guernica* wie ein Idyll wirken ließ. Es war von Eugène Delacroix: *Le massacre de Chios*. In dem Augenblick hatte Nyberg beschlossen: Chios war seine Insel.

Und dann fuhren sie auf direktem Weg dorthin.

Es gab ein Buch mit dem Titel des Gemäldes, *Das Massaker von Chios*, fünfzehn Jahre alt und von einem damals jungen Schweden verfasst. Paul Hjelm hatte es ihm postlagernd nach Chios geschickt. Es war ein Buch über den Krieg, den inneren und den äußeren Krieg, und den Krieg gegen die Macht der Vergangenheit. Es war ein merkwürdiges Leseerlebnis. Es versetzte Gunnar Nyberg ins Frühjahr 1821, mitten in die ersten hektischen Jahre der griechischen Revolution. Chios ist noch immer der privilegierteste und loyalste griechische Außenposten der Türken. Aus Samos trifft der Revolutionsagitator Logothetis ein, fest entschlossen, die widerspenstigste der griechischen Provinzen in die Revolution hineinzuziehen. Im Frühjahr 1822 ist er erfolgreich; die Mastixlieferungen an den türkischen Hof werden eingestellt. Die Enttäuschung über den Abfall der Insel wird nur durch blinde Wut übertroffen.

Sultan Mahmud II. schickt den berüchtigten Admiral Kara Ali über den Sund nach Chios. Am 11. April 1822 läuft seine Flotte im Hafen der Hauptstadt Chios ein. Die Türken gehen an Land und machen alles nieder, was sich bewegt; ihre Gewalttätigkeit ist ebenso blutrünstig wie eiskalt. Soldaten lassen ihre breiten Schwertblätter in der Stadt wirbeln wie die Mühlenflügel des Todes, Reiter sprengen über das Hochland und bringen Tod und Verderben, aus den Tiefen der Schiffe ergießt sich ein Strom von Berufsmördern und fällt über die Insel her. Immer weiter hinaus ins Ägäische Meer ändert das Wasser die Farbe. Die Todesschreie massakrierter Menschen pflanzen sich fort über die Insel, fließen ineinander, treiben aufeinander zu, bis eine Totenmesse sich wie eine schwarze Wolke, die niemals verschwinden wird, über die Insel legt.

Alle, die aus reinem Zufall dem Massaker entgehen, fliehen ins Landesinnere; das Kloster Nea Moni, zwölf Kilometer entfernt in den steil aufragenden Bergen gelegen, öffnet den Flüchtlingen die Tore, und als die türkische Kavallerie vor den Klosterpforten steht, tritt der Abt heraus und beruft sich auf die Religionsfreiheit. Er wird in Stücke gehackt; sein zertrümmerter Schädel wird noch heute in einem Schrein im Klosterinneren bewahrt, zusammen mit über hundert Schädeln hochgestellter Mönche.

Diejenigen, die sich nicht dem illusorischen Schutz des Klosters anvertraut haben, fliehen weiter in die Berge hinauf. Sie wissen alle, wohin sie unterwegs sind, es gibt einen Schutz; es ist weit dorthin, und die unermüdlichen Pferde der Türken sind ihnen auf den Fersen. Aber sie kennen ihr Ziel, die Türken nicht. Die Flüchtlinge aus der Stadt Chios vereinigen sich mit der Landbevölkerung, sie kommen von überall, sie alle haben nur ein Ziel. Dieser einzige Schutz ist die versteckte Felsenstadt Anavatos, die sich an den Gipfel einer steilen Gebirgsformation anlehnt und mit deren Grau zu verschmelzen scheint. Aus der Entfernung ist sie unsichtbar.

Die meisten Flüchtlinge werden von den Türken eingeholt, und ihr Blut färbt die Erde rot, in einer ununterbrochenen Linie hinauf nach Anavatos. Aber mehrere Tausend Einheimische erreichen die Stadt vor den Türken. Man bewacht das einzige Stadttor mit allen zur Verfügung stehenden Waffen, hauptsächlich einfachen Ackerwerkzeugen. Und dann wartet man.

Die Türken kommen. Sie sammeln sich in einem Ring um den steil aufragenden Felsen. Dann beginnen sie, den steinigen Pfad zum Stadttor der Felsstadt hinaufzuklettern. Die Männer und Frauen von Chios harren aus, aber alle wissen, welchen Ausgang es nehmen wird. Es dauert nicht lange, bis einer von ihnen das tut, woran sie alle denken: Er stürzt sich von dem hohen Felsen hinab. Am Ende regnet es

49

Menschen von den Felswänden; ein kollektiver Selbstmord, wie die Welt ihn seit Massada nicht erlebt hat, bahnt sich an.

Als die Türken nach einem langen, schonungslosen Kampf in die Stadt Anavatos eindringen, treffen sie keinen einzigen lebenden Menschen mehr an.

Kara Ali und die Türken bleiben bis in den Juni hinein auf Chios; da haben sie gut siebzigtausend Menschen getötet und über dreißigtausend als Sklaven verkauft. Die christliche Bevölkerung der Insel ist auf eintausendachthundert Einwohner reduziert.

Die Bedrohung Chios' scheint heute aus dem Inneren zu kommen; als ob zuweilen die unterdrückte Geschichte aufbräche und Funken sprühte. In den heißen Sommern verwüsten verheerende Waldbrände die Insel und erleuchten mit ihren Flammen die dunkle Vergangenheit.

Gunnar Nyberg blickte über das rote Wasser, er hörte die Schreie, und er konnte, sosehr er sich auch bemühte, nicht verstehen, wie so viele Menschen so viele Menschen töten konnten.

Und er sah sich in seiner eigenen Vergangenheit – als fast hundertfünfzig Kilo schweren Mister Sweden, der auf einem Podium seine eingeölten Muskeln spannte, und er sah sich, wie er vor den Augen seiner Kinder seine Frau schlug.

Er versuchte zu verstehen. Es ging nicht.

Etwas brach den Bann. Ein Blick. Ein kleines Streicheln über den Arm. Ein Atemhauch an seinem Ohr. Ein Flüstern. »Ist etwas, Gunnar?«

Das Wasser über den verborgenen Ölvorkommen unter dem Meeresgrund war wieder klarblau. Die Blumenwiesen loderten nicht mehr. Er sah zu Ludmila auf. Sie beobachtete ihn mit einem nun fürsorglichen Blick.

In diesem Blick wollte er aufgehoben sein, wenn er starb.

Sie streichelte noch einmal seinen Arm, stand auf und sagte ein wenig lauter: »Der Makler ist jetzt da.«

Gunnar Nyberg erhob sich und folgte Ludmila zu dem

Mann neben einem protzigen Wagen. Dann wanderten sie zu dem kleinen Haus hinauf, das an dem bewaldeten Felsrücken kaum zu erkennen war.

Er ahnte nicht, dass nur zwei Flugstunden östlich von ihnen gerade ein neuer Krieg ausgebrochen war.

Aufgrund des gleichen Öls, das noch im Niemandsland zwischen Griechenland und der Türkei ruhte.

Genau vor Gunnar Nybergs Augen.

8

Sonntag, den 22. Juni 1941,
drei Uhr nachts

Dort drüben liegt also Russland. Und dies ist Deutschland.
Sie sind sich ziemlich ähnlich.

Aber das ist ein Trugschluss. Russland ist unendlich, ein
schwarzer unbekannter Kontinent. Die Sowjetunion. Ich
spüre die Angst bei uns allen.

Die Angst vor den Russen.

Wir stehen an der Grenze. Ich versuche mir vorzustellen,
wie viele wir sind. Eine ununterbrochene Kette von
Soldaten von der Ostsee bis zum Schwarzen Meer. Ich
würde auf vier Millionen tippen. ›Der europäische Kreuzzug
gegen den Bolschewismus‹ soll eine Grenze errichten gegen
das ›asiatische Russland‹, von Archangelsk im Norden und
der Wolga folgend bis hinunter ans Kaspische Meer. Dann
haben wir die Ölquellen des Kaukasus eingenommen.

Immer das Öl. Eine ganze Zivilisation, die auf fossilen
Brennstoffen aufgebaut ist.

Und eine Welt im Krieg. Dass wir es nie lernen.

Wir wissen, was uns erwartet. Ich beobachte meine
Kameraden im Schein der Nachtlampen. Wo ist die große
Begeisterung? Wo ist die Siegesgewissheit von Polen,
Frankreich und dem Balkan? Da ging alles so leicht.

Sie müssen wissen, dass wir kommen. Vier Millionen
Soldaten können sich nicht verstecken, auch wenn sie sich
jenseits der Grenze befinden. Sie müssen doch die Zeichen
gesehen haben – Panzer, die in den Wäldern warmlaufen,
die Stacheldrahtverhaue, die vor den Stellungen entfernt
werden, Truppenbewegungen von einer Größenordnung,

die nicht mit einem Manöver erklärt werden kann – auf jeden Fall aber müssen sie ahnen, dass die Funkstille etwas zu bedeuten hat. Etwas Großes.

Sie warten auf uns.

Es ist drei Uhr am Morgen und fast hell. Es sind die hellsten Nächte des Jahres. Mittsommer.

Der Juni geht zu Ende, und ich vermute, die meisten von uns ahnen, dass wir zu spät aufbrechen. Es wird Winter sein, bevor wir die Wolga erreichen. Wir werden frieren.

Operation Barbarossa ... Rotbart. Der Name lässt auf eine unendliche Verachtung der Grauen der Vergangenheit schließen. Kann es an Barbarossas Schreckensregime etwas Vorbildliches geben?

Man fragt sich, ob der Führer die Memoiren des Generals Armand de Caulaincourt von Napoleons Russlandfeldzug 1812 gelesen hat. Am Tag vor dem Einmarsch in Russland sagte Napoleon zu Caulaincourt: ›Avant deux mois, la Russie me demandera la paix‹ – binnen zwei Monaten wird Russland mich um Frieden bitten.

Er wurde aus dem Land gejagt, den Schwanz zwischen die Beine geklemmt.

Ich dürfte von der Operation Barbarossa gar nichts wissen. Das ist der Vorteil, wenn man Ordonnanz ist; man geht in den Gemächern der Macht ein und aus und sieht alles. Ich kenne unsere Kapazität: 3 350 Panzer, 7 000 Feldkanonen, mehr als 2 000 Flugzeuge, 600 000 Pferde ... Es ist das größte Invasionsheer, das die Welt je gesehen hat. Wir sollten siegen. Wir sollten in zwei Monaten siegen. Doch das hat Napoleon auch geglaubt.

Was mache ich überhaupt hier? Als gemeiner Soldat in der stolzen 6. Armee. Ich hätte Offizier werden können, sie wollten, dass ich Offizier würde. Mein Doktorvater an der Uni in Berlin, Professor von Ernst, versuchte mich zu überreden, als er im Labor stand und die Rangabzeichen an seiner Hauptmannsuniform putzte. ›Die Wehrmacht‹,

sagte er, ›ist nicht der Nationalsozialismus. Das sind zwei
verschiedene Dinge.‹ Was habe ich ihm geantwortet?
Ich weiß es nicht mehr, etwas in der Art, dass die
Forschung meine Berufung sei. Es zuckte in seinem Gesicht,
nicht in seinem Wehrmachtsgesicht, sondern in seinem
Professorengesicht. Seinem Doktorvatergesicht.

Er hätte meine Arbeit nie akzeptiert.

Jetzt habe ich sie trotzdem nicht abgeschlossen. Der
Einberufungsbefehl kam fünf Monate später. Das war
der Aufschub, den ich bekam, meine Kompensation dafür,
dass ich nicht Offizier geworden bin. Es waren wertvolle
Monate.

Doch, jetzt fällt mir wieder ein, was er gesagt hat,
und seine Professorenstimme war mit preußischem Stahl
gehärtet: ›Es wird nie eine Alternative zu den fossilen
Brennstoffen geben, Hans. Sie sind ein Narr.‹

Dann verschwand er. Zwei Monate später kam
aus Flandern die Todesnachricht. Ich arbeitete ohne
Doktorvater weiter.

Bereue ich, nicht Offizier geworden zu sein? Nein. Aber
jetzt bin ich trotzdem hier, und manchmal vermisse ich die
Privilegien der Offiziere, oder zumindest bin ich neidisch
darauf. Ich wäre am liebsten gar nicht in den Krieg gezogen.
Und jetzt bin ich Kanonenfutter. Es ist ein wenig absurd.

Der Nationalsozialismus? Ja, ich kämpfe für dieses
Monster. Die Alternative war der Tod. Wir waren die
Gipfelstürmer der abendländischen Zivilisation, und
der Gipfel war so hoch, dass wir darüber fielen. Ein
messerscharfer Grat. Da oben konnte man die Balance nicht
halten. Wie es zuging, werde ich nie verstehen. Aber ich
werde für sie sterben. Alles spricht dafür.

Alles.

Es ist ein halbes Jahr vergangen seit meiner Einberufung.
Ich habe noch nicht einmal meinen Sohn gesehen. Er kam
vor einem Monat auf die Welt. Er hat noch keinen Namen,

und ich weiß nicht, ob ich jemals erfahren werde, wie er heißt. Ich werde ihn vielleicht nie sehen, und Ariane, meine Ariane, dich sehe ich nie mehr wieder.

Wie wir uns geliebt haben. Als ich noch lebte.

Die Panzer füllen den Himmel mit grauem Rauch. Petroleumgrau.

Mein Sohn.

Irgendwo dahinter ist der Himmel ganz blau. Klarblau.

Jetzt kommen sie. Wir sollen über die Grenze.

9

Jan-Olov Hultin war Pensionär, und er war überrascht.

Es war zwölf Uhr Mittag, und er steckte im Stau. Am gleichen Tag, an dem er in Pension gegangen war – das war noch keine zwölf Monate her –, hatte er sich geschworen, nie mehr in einen Stau zu geraten. Seine Berechnungen ergaben, dass er bereits ein ganzes Jahr seines Lebens in Staus zugebracht hatte.

Ein Stau am Norrtull um zwölf Uhr an einem normalen Wochentag im März war an und für sich schon ein Grund, überrascht zu sein, selbst für einen so erfahrenen Stadtautofahrer, aber seine Überraschung hatte einen anderen Grund. Er war überrascht, weil er *Berater* war.

Es war das absolut Letzte, was er sich hatte vorstellen können. Viel wahrscheinlicher wäre es ihm erschienen, wenn sich an seine Pensionierung eine Karriere in postmoderner Theologie oder in theoretischer Quantenchemie angeschlossen hätte. Oder wenn er Baggerführer geworden wäre.

Doch jetzt war er Berater für einen Tag.

Das Telefon hatte geklingelt, als er morgens in der Sauna neben seinem Haus am See Ravalen in Sollentuna nördlich von Stockholm saß. Sein Handy klingelte, wenn es hoch kam, zweimal in der Woche. Aber garantiert saß er dann in der Sauna. Seine Frau Stina reichte es ihm durch die Wasserdämpfe herein.

Er betrachtete es, wie es dort wie auf einer Wolke schwebte. »Ich kriege einen Stromschlag«, sagte er.

»Soll das jetzt für den Rest unserer Beziehung so weitergehen?«, erklang Stinas Stimme aus dem Inneren der Wolke.

»Was denn?«, stieß er überrascht von der obersten Sitzbank aus.

»Dass du jedes Mal sagst, du bekämst einen Stromschlag, wenn ich dir das Telefon in die Sauna reiche.«

Er nickte und nahm das Handy. »Ja«, sagte er mit scharfer Stimme ins Handygeknister.

»J.-O., alter Knabe. Wie ist die Lage? Alles bestens?«

War er auf der Saunabank eingeschlafen und wurde jetzt in den letzten Stadien des Austrocknens von grässlichen Albträumen heimgesucht? Wusste man denn, dass man sich in einem Albtraum befand? Und war es dann überhaupt ein Albtraum?

Diese philosophischen Überlegungen wurden vom nächsten Satz seines Gesprächspartners unterbrochen: »Vorfall auf Östermalm. Interessiert? Bitte um schnellen Bescheid. Lage akut.«

So akut, dass man im Telegrammstil sprechen musste? dachte Jan-Olov Hultin und goss geistesabwesend mehr Wasser über das mit Holz beheizte Saunaaggregat, was einen Schwall von verdampftem Niederschlag auf dem Handy zur Folge hatte. »Ein wenig mehr Informationen bitte«, gab er zurück und hielt das Handy ein Stück weit vom Ohr weg. Lieber zehn Schläge in die Hand als einen ins Herz.

Alte Dschungelweisheit.

»Die Geiselnahme auf Karlavägen. Wir sammeln Spitzenleute und möchten dich in der Einsatzleitung dabeihaben. Du bekommst ein Beraterhonorar.«

»Einsatzleitung«, dachte Hultin. Mit diesem Mann. Waldemar Mörner. Dem Abteilungsleiter mit dem blonden Toupet, dem formellen Chef der A-Gruppe. Mit diesem Mann, den Hultin stets als Wolke zwischen sich und der Sonne empfunden hatte. »Wer ist noch dabei?«, fragte er.

»Die A-Gruppe ist hinzugezogen worden«, sagte Mörner. »Holm sitzt neben mir. Sie hat dich vorgeschlagen.«

»Und die Einsatzleitung?«, wiederholte Hultin geduldig.

»Der Reichskrimchef, ich, der Chef von der NE, die Polizeipräsidentin des Läns, Holm und du.«

Hultin überlegte. Der Chef der Nationalen Einsatztruppe konnte anstrengend sein, hatte jedoch nach den Problemen bei den Krawallen in Göteborg vor ein paar Jahren sein auf Handlungskraft getrimmtes Profil ein bisschen zurückgefahren. Der Reichskrimchef war ein echter Profi. Stockholms Polizeipräsidentin war ungreifbar, nur ein Schatten. Mörner selbst ging es in aller Regel hauptsächlich darum, dass sein Name zu denen zählte, die von der Presse wahrgenommen wurden – seine beste Eigenschaft war, dass er sich selten in polizeiliche Entscheidungen einmischte –, und Kerstin Holm war ganz einfach die Beste. Es klang ganz okay.

Und außerdem hatte es ihm tatsächlich – was er nie zugeben würde – ein bisschen gefehlt.

Also die Arbeit.

Die Polizei.

Die A-Gruppe.

Sogar die Verbrecher.

Aber Waldemar Mörner vielleicht doch nicht ...

»Beraterhonorar?« sagte er.

»Schick einfach später eine Rechnung«, sagte Mörner. »Du wirst Berater für einen Tag.«

»Wenn es in einem Tag vorbei ist ...«

Er drängelte sich durch den winterglatten Kreisverkehr am Roslagstull und schoss mit seinem alten Volvo in die noch glattere Birger Jarlsgata. Der Verkehr ließ etwas nach, und er gab Gas. Er liebte die nassweißen Schneekaskaden im Rückspiegel. Es war lange her, dass er sich erlauben konnte, zu schnell zu fahren.

Ich habe tatsächlich nicht die leiseste Ahnung, wie man eine Rechnung schreibt, dachte Jan-Olov Hultin. Er kam flott voran durch das Einbahnstraßenlabyrinth von Östermalm – hauptsächlich deshalb, weil er die Einbahnstraßen einfach ignorierte. Er parkte den Wagen einen Block weit weg (falls es krachen sollte, bliebe wenigstens das Auto übrig) und spurtete zu dem Gebäude, in dem sich die Einsatzleitung befinden musste. Am Karlaväg begann die Absperrung. Uniformierte Polizisten spannten blau-weiße Plastikbänder kreuz und quer durch die angrenzenden Viertel. Mannschaftswagen waren in Pulks vorgefahren und standen quer über die Fahrbahn, um den Verkehr auf Karlavägen zu stoppen. Alle Polizisten trugen kugelsichere Westen.

Es war ein schöner, aber ziemlich matschiger Vorfrühlingstag. Hultin schlitterte zur Absperrung und warf einen Blick über die Straße zu dem kleinen Bankgebäude auf der anderen Seite der Esplanade. Die Allee zwischen den beiden Fahrbahnen von Karlavägen öffnete sich dort, sodass die kahlen Bäume den Eingang gleichsam einrahmten. Es war leer rundherum, vollständig leer. Und durch die Fenster der Bank war nichts zu erkennen.

Es war 12 Uhr 14. Die Bankräuber und ihre Geiseln befanden sich seit einer Stunde und vierunddreißig Minuten in der Bank. Die Polizeiführung hatte in dieser Zeit eine ganze Menge geschafft.

Jan-Olov Hultin wurde an der Absperrung von einem kräftigen Polizisten um die fünfundzwanzig aufgehalten. Ein uralter Instinkt ließ ihn in seiner Brusttasche nach dem Polizeiausweis suchen. Der kräftige Polizist betrachtete ihn misstrauisch, die Hand am Pistolenkolben, als fummelte der verdächtige Unbekannte nach einer Waffe in seiner Brusttasche. Der junge Mann hatte offensichtlich noch nie von dem legendären Hultin gehört.

»Ich bin auf dem Weg zur Einsatzleitung«, sagte dieser, wohl wissend, dass ihm eine endlose Rangelei bevorstand. »Kriminalkommissar Jan-Olov Hultin.«

»Was Sie nicht sagen«, meinte der Polizeibeamte. »Da wäre ja ein Ausweis ganz angebracht.«

Hultin seufzte. »Können Sie die Einsatzleitung anrufen?«

»Ja«, sagte der Beamte. »Und den Weihnachtsmann auch. Verschwinden Sie jetzt.«

»Können wir das hier nicht ein bisschen eleganter lösen?«

»Doch. Ausweis oder Abmarsch. Ist das nicht elegant genug?«

Jan-Olov Hultin blieb handlungsunfähig stehen. Er hatte ein Jahr Zeit gehabt, seinen Problemlösungsinstinkt zu verlieren, und das Jahr hatte er offenbar gut genutzt.

»Und jetzt gehen Sie mal aus dem Weg hier, Opa«, sagte der kräftige Polizist.

Hultin war drauf und dran, das zu tun, als er hinter dem mächtigen uniformierten Rücken eine liebliche Stimme vernahm: »Das ist in Ordnung. Lass ihn durch.«

Und Sara Svenhagens blonder Strubbelkopf zeigte sich wie eine Fata Morgana hinter dem Scheunentor. Sie hielt dem Scheunentor ihren Polizeiausweis hin, und er nickte widerwillig, kam aber nicht auf die Idee, das Plastikband anzuheben. Hultin musste sich bücken, um darunter hindurchzukriechen. Es tat weh im Rücken.

»Selten hat mich der Anblick eines Menschen so erfreut«, sagte er und legte die Hand auf Saras Schulter.

»Kerstin hat die A-Gruppe ausschwärmen lassen, um dich aufzusammeln«, sagte sie und zeigte ein blendendes Lächeln. »Tut mir leid, dass ich ein bisschen zu spät gekommen bin.«

»Gehen wir«, sagte er nur. »Wie sieht es aus?«

»Nichts Neues, soweit ich weiß. Kein eigentlicher Kontakt. Nur eine Mitteilung, dass sie große Mengen Sprengstoff haben. Schön übrigens, dich zu sehen, Jan-Olov.«

»Danke, meine Schöne«, sagte Hultin galant. »Isabel geht es gut?«

»Sie geht jetzt in die Kita. Klar geht's ihr gut.«

Meine Schöne?, dachte Sara Svenhagen, das hatte Hultin ganz deutlich gesagt. Was war in den alten Kerl gefahren?

Sie erreichten die Koordinationszentrale in einem ausgeräumten Büro am Karlaväg, dem Bankgebäude genau gegenüber. Es gehörte einem Unternehmen der Immobilienbranche, das es sich bestimmt leisten konnte, einen Tag freizumachen. Obwohl sie schon dafür sorgen würden, eine ordentliche Entschädigung vom Staat einzustreichen. Wenn die Polizeileitung sich nicht auf höhere Gewalt berufen konnte.

Sie gingen in den ersten Stock, und Sara tippte einen Türcode ein, um ins Firmeninnere zu gelangen. Drinnen waren die Türen zu zwei größeren Räumen mit Fenstern zum Karlaväg und ein paar Türen, die nach innen gingen.

Sara sagte: »Der erste und größte Raum hier zur Straße ist der der Nationalen Einsatztruppe. Sie sind schon versammelt. Die Scharfschützen sind postiert. Die Tür ist mit Sicherheit verschlossen. Im nächsten Raum zur Straße hin sitzt die Einsatzleitung. Dahin gehörst du. Hier drinnen«, fuhr sie fort und klopfte an eine bedeutend unansehnlichere Tür, »sitzt die A-Gruppe und brütet – wenn sie von ihrer Jagd nach Hultin zurückgekommen ist. Ich rufe sie jetzt. Dann ist weiter im Inneren noch ein Konferenzraum, hinter dem Frühstücksraum. Größere Besprechungen werden wohl dort abgehalten.«

»Falls wir dazu kommen«, sagte Hultin und betrat Raum Nummer zwei mit Fenstern zum Karlaväg hinaus. Bevor wir in die Luft fliegen, beendete er seinen Gedankengang.

In einem anscheinend als Chefzimmer dienenden Büroraum saßen der Chef der NE, der Reichskriminalchef, die Länspolizeipräsidentin, Mörner und Kerstin Holm. Ein Stuhl an dem mit Computern und Telefonen bestückten Schreibtisch war frei. Er nahm an, dass es seiner war.

Bei seinem Eintreten erhoben sich alle und kamen auf ihn zu. Es wurde eng vor lauter mehr oder weniger gekünstelter Herzlichkeit. Ein paar Pensionsscherze wurden resolut unterbunden.

»Gebt mir einen kompletten Lagebericht«, sagte Hultin sachlich.

Der Chef des Reichskriminalamts fügte sich ohne große Umstände in die Rolle von Hultins Lehrling: »Die Nationale Einsatztruppe sitzt im Raum nebenan mit Kameras und Richtmikrofonen, hat bisher aber noch nichts Verwertbares aufzuweisen. Wir erwarten die Sicherheitspolizei, die mit einer besonders raffinierten Infrarotkamera kommen wollte. Bisher haben wir Folgendes. Gesehen haben wir sie nur auf einer äußerst kurzen Filmsequenz, bevor sie die Überwachungskameras zerschossen haben. Und gehört haben wir sie ein einziges Mal. Sie riefen die Nummer 112 an und sagten Folgendes.«

Was hat der nur mit seinem ›Folgendes‹, dachte Hultin und war sich klar darüber, dass er an ganz andere Dinge denken sollte.

Der Chef des Reichskriminalamts drückte auf den Wiedergabeknopf eines Tonbandgeräts. Eine stark verzerrte Stimme sagte in gebrochenem Englisch: »We are holding nine people hostages, and we have two hundred pounds of dynamex.«

Hultin hob eine Augenbraue und sagte: »Keine Forderungen?«

»Sie sind sofort reingegangen und haben die Geiseln genommen«, sagte der Reichskriminalchef. »Es ist ein bisschen unüblich, aber gewöhnliche Banküberfälle funktionieren nicht mehr. Eine neue Methode.«

»Unternehmerinitiative«, sagte Waldemar Mörner und strich sich übers blonde Toupet.

»Ist es ein Vorurteil, wenn ich einen russischen Akzent ahne?«, sagte Hultin.

»Nein«, hörte er hinter sich.

An einem schräg hinter der Tür stehenden Tisch saßen weitere sechs Personen. Der Mann, der gesprochen hatte, trug eine sehr starke Brille.

Kerstin Holm sagte: »Entschuldige, Jan-Olov, dies hier ist eine kleine Gruppe von Experten, die wir zusammengezogen haben. Sprengmittel, Städtebau, Informationstechnik und Sprachen. Und dazu den Direktor und den Sicherheitsexperten der Bank. Sie werden sich im weiteren Verlauf vorstellen.«

»Kurt Ehnberg«, sagte der Mann mit der Fernglasbrille. »Spezialist für internationale Phonologie an der Uni Stockholm. Ich bin der Meinung, dass es sich um einen russischen Akzent aus der Gegend von Moskau handelt.«

Hultin nickte, wandte sich wieder an die Einsatzleitung und sagte: »Kann ich die Filmsequenz sehen?«

Kerstin Holm ließ die Sequenz auf dem nächststehenden Bildschirm ablaufen. Am Fuß des Bilds tickte eine Uhr und zeigte, dass es sich um sechs Sekunden handelte. Zwei Männer in schwarzen Masken, die in die Bank stürmen, Fragmente von einigen wartenden Kunden, die sich auf den Boden werfen, Maschinenpistolen, die Feuer sprühen.

Und dann schwarz.

Ein jüngerer Mann erhob sich am hinteren Tisch. Hultin erkannte in ihm den besten Informatiker der Polizei. Seinen Namen hatte er sich nicht gemerkt. »Wir haben ein einziges brauchbares Standfoto machen können«, sagte der Informatiker und drückte auf eine Taste des Keyboards. Auf dem Bildschirm tauchte die grobkörnige Vergrößerung einer enormen Tasche auf. In der Tasche lag eine größere Anzahl von Plastikpaketen mit einer Art von Saugpfropfen daran.

»Das passt gut zu dem, was er auf dem Band sagt«, erklärte der Chef der Nationalen Einsatztruppe. »Das sind Pakete mit schätzungsweise Zwanzig-Kilo-Ladungen Dynamex. Zwei solche Taschen, und wir sind bei ihren ›two hundred pounds‹. Die Saugpfropfen lassen darauf schließen, dass sie an den Wänden des Bankgebäudes verteilt worden sind. Wenn das zutrifft, handelt es sich um eine sehr hohe Sprengkraft.«

»Wie hoch?«

Eine bärtige Gestalt von üppiger Statur löste sich aus dem Hintergrund und sagte: »Im schlimmsten Fall geht halb Östermalm hoch. Wir auf jeden Fall.«

Hultin nickte. Beraterhonorar mit Risikozulage, dachte er. Die hat niemand erwähnt. Er sollte sich in seine Sauna zurücksehnen. Aber er tat es nicht. »Ich gehe davon aus, dass niemand in der Bank verletzt ist«, sagte er.

»Wir haben keine Anzeichen dafür«, sagte der Reichskriminalchef.

»Und habt ihr versucht, Kontakt aufzunehmen?«

Der Reichskrimchef zeigte auf ein hellrotes Telefon in der Mitte des Schreibtischs. »Ein direkter Draht«, sagte er. »Wenn wir den Hörer abnehmen, klingelt es da drinnen, und umgekehrt. Im Raum nebenan bei der NE gibt es sowohl eine Präzisionsvideokamera als auch ein Richtmikrofon. Das Richtmikrofon hat das Klingeln registriert. Es klingelt wirklich da drinnen. Keiner antwortet, aber sie haben das Telefon nicht zerschlagen oder die Schnur herausgezogen. Sie werden Kontakt aufnehmen.«

Hultin nickte. »Was wissen wir von den Geiseln?«

»Vier Angestellte, fünf Kunden. Die Identität der Angestellten ist bekannt, die der Kunden nicht. Oder haben wir etwas Neues?«

Der junge Informatiker saß vor einem Laptop am hinteren Schreibtisch. »Nja«, sagte er. »Der letzte Kunde, dessen Bankauftrag registriert wurde, um zehn Uhr neununddreißig, ist Robert Grahn, 640 303. Aber wir wissen nicht, ob er herausgekommen oder noch drinnen ist. Das vorletzte Bankgeschäft wurde um zehn Uhr vierunddreißig registriert, für eine Gunilla Aronsson. Weil die Räuber exakt um zehn Uhr vierzig kamen, dürfte sie die Bank noch verlassen haben. Von den Übrigen wissen wir nichts. Die Angestellten sind Eva-Lisa Lilja, 27, Emma Karlsson, 25, Nils Bernhardsson, 46, und der Filialleiter, Ingemar Lantz, 44 Jahre alt. Keine der genannten Personen findet sich in der Straftäterkartei, auch der Kunde Robert Grahn nicht.«

»Danke«, sagte Hultin. »Was für eine Bank ist es eigentlich? Die Avtalsbank?«

»Die Andelsbank«, verbesserte Kerstin Holm. »Hauptsächlich eine Internetbank, klein, ziemlich neu. Aber sie haben eine Reihe größerer Filialen in Europa. Recht solide, in norwegischem Besitz. Diese Filiale hier wurde vor knapp einem Jahr eröffnet, als die Einzige in Schweden. Ist vorher noch nie überfallen worden.«

»Hat die Bank einen Tresorraum?«

»Hier ist eine Skizze«, sagte Kerstin Holm und holte sie auf den Bildschirm. »Der Direktor der Bank kann sie erläutern.«

Ein tadellos gekleideter Mann von knapp vierzig Jahren am hinteren Tisch stand auf und sagte in einem auf Gesamtskandinavisch getrimmten Norwegisch: »Haavard Naess, geschäftsführender Direktor der Andelsbank.«

»Erzählen Sie uns etwas über die Räumlichkeiten«, sagte Hultin.

»Einhundertachtzig Quadratmeter«, sagte Haavard Naess und zeigte auf den Bildschirm. »Elf Räume, der größte ist der Schalterraum. Ja, es gibt einen Tresorraum, er liegt ganz innen, hier, und hier haben wir eine Kaffeeküche, Herren- und Damentoilette mit Dusche, einen gemeinsamen Büroraum, das Zimmer des Filialleiters und vier kleine Zimmer für individuelle Beratungen, für die Lagerung von Büromaterial, Computerraum. Und hier liegen die Bankschließfächer.«

Hultin betrachtete die Skizze. »Was glauben Sie, wo die Geiseln beziehungsweise die Geiselnehmer sich aufhalten?«

»Ich würde den Raum mit den Schließfächern wählen«, sagte Haavard Naess. »Schwere Eisentüren und vollkommen isoliert.«

»Was glaubt ihr?«, fragte Hultin in die Runde.

Der Chef der Nationalen Einsatztruppe nahm den Faden auf: »Das klingt einleuchtend«, nickte er. »Aber es ist ein großer Raum, und die Fenster gehen auf Karlavägen hinaus. Sie können eigentlich überall sein. Schwer zu sagen, besonders wenn man bedenkt, dass alle Kameras außer Funktion sind.«

»Es gibt nicht vielleicht eine superdupergeheime Kamera, um die Angestellten zu überwachen?«, fragte Hultin boshaft.

Haavard Naess ignorierte den Unterton, schüttelte den Kopf und sagte knapp: »Nein.«

»Vier Angestellte auf hundertachtzig Quadratmetern, das kommt mir etwas wenig vor.«

»Wir haben eine personalextensive Struktur gewählt. Wir sind ja in erster Linie eine Internetbank.«

»Personalextensiv?«

»Das Gegenteil von personalintensiv«, sagte Haavard Naess, ohne eine Miene zu verziehen.

Die sachliche Art des Norwegers imponierte Hultin. Er selbst hatte in dieser Hinsicht etwas nachgelassen.

Er seufzte und betrachtete die Übrigen, die um den großen Schreibtisch herumsaßen. »Welche Überlegungen habt ihr angestellt?«, fragte er. »Habt ihr an Terroristen gedacht?«

»Ja«, sagte Waldemar Mörner im selben Moment, in dem Kerstin Holm sagte: »Nein.«

»Die anderen?«, sagte Hultin.

»Nein«, sagte der Reichskrimchef.

»Ja«, sagte der NE-Chef.

»Nja«, sagte die Länspolizeipräsidentin.

Ungefähr wie erwartet, dachte Hultin.

»Argumente?«, sagte er.

»Als Überfall ist es doch aussichtslos«, sagte der Chef der Nationalen Einsatztruppe. »Von Anfang an in den Sand gesetzt. Wie wollen sie denn jetzt noch Geld mitkriegen?«

»Durch Verhandeln«, sagte der Reichskrimchef. »Es ist keiner der üblichen Überfälle, darin stimme ich zu. Aber es geht bestimmt um Geld. Um in einer Bank mit den Sicherheitsvorkehrungen von heute an Geld zu kommen, bedarf es einer neuen Strategie.«

»Und die kennen wir schon«, sagte der NE-Chef. »Man überfällt Geldtransporte. Da ist das Geld zugänglich, nicht in der Bank. Die heutigen Tresore schließen sich bei der kleinsten Andeutung eines Überfalls.«

»Anderseits sind es mit hoher Wahrscheinlichkeit Russen«, sagte der Reichskrimchef, »keine Tschetschenen oder Araber. Russen sind selten Terroristen, aber häufig gehören sie einer Mafia an. Außerdem haben sie keine politischen Forderungen gestellt.«

»Noch nicht«, sagte Waldemar Mörner. »Aber das liegt daran, dass wir noch nicht mit ihnen gesprochen haben. Ich glaube, es sind Terroristen.«

»Terroristen suchen sich in der Regel symbolträchtigere Ziele«, sagte Kerstin Holm. »Keine norwegische Internetbank in Schweden, sondern Zwillingstürme, Botschaften und Touristenstrände.«

»Wie viel Geld ist in der Bank?«, fragte Hultin.

»Vielleicht fünfzigtausend in den Handkassen«, sagte Haavard Naess. »Dazu sechzehn Millionen im Tresor und unbekannte Mengen in den Schließfächern. Und in den Tresor kommen sie bestimmt. Der Filialleiter hat Zugang.«

»Sie könnten sich also mit mindestens sechzehn Millionen und einer Anzahl von Geiseln davonmachen?«

»Das nehme ich an.«

Jan-Olov Hultin setzte sich zum ersten Mal und sah aus dem Fenster. Man blickte direkt auf die Bank. Sie lag vollkommen still im milden Licht der tief stehenden Vorfrühlingssonne. Um die Bank herum herrschte hektische Aktivität, doch sie selbst lag da wie das Auge des Orkans. »Erzählen Sie etwas über die umliegenden Straßenzüge«, sagte er, während der Computertechniker mit dem Zoom ein Luftbild von Östermalm heranholte.

Keiner erzählte etwas über die umliegenden Straßenzüge. Schließlich sagte Kerstin Holm: »Larsson?«

Es gab Bewegung am Nebentisch, wo die Expertengruppe

saß und um ihr Leben fürchtete und an das Allgemeinwohl beziehungsweise an gesalzene Rechnungen zu denken versuchte. Ein grau und rot gefleckter Mann in einem viel zu engen Anzug sagte: »Olle Larsson, Stadtbauamt Stockholm, Entschuldigung.«

»Wenn Sie hier sein wollen, bitte ich Sie, wirklich hier zu sein und nicht anderswo«, sagte Hultin.

»Wie gesagt«, murmelte der Graurotgefleckte und stand auf. Er schlurfte zu dem Bildschirm auf dem größeren Schreibtisch und fuhr fort: »Das Viertel trägt den Namen *Gnistan*, die Bebauung stammt vom Ende der 1880er Jahre, der Architekt war Johan Laurentz. Karlavägen wurde als Teil eines Esplanadensystems geschaffen. Strindberg, Sie wissen schon: ›Der Abriss hier schafft Licht und Luft, / ist das vielleicht nicht Grund genug?‹ Das Esplanaden system kommt ursprünglich aus Russland und Finnland. Esplanaden sind von Bäumen gesäumte Spazierwege, auf deren linker und rechter Seite der Verkehr entlangführte. Das direkte Vorbild von Karlavägen ist Forstatskaja in St. Petersburg, und Albert Lindhagens Musterpläne aus den 1870er Jahren wurden direkt nach den neu angelegten finnischen Städten kopiert. Doch die Idee der Musterstädte geht auf russische Entwürfe aus dem 18. und dem Beginn des 19. Jahrhunderts zurück.«

»Das ist vielleicht nicht ganz das, wonach ich gefragt habe«, sagte Hultin und betrachtete verwundert den Mann, der aussah, als wäre er in seinen viel zu engen Anzug hineingegossen worden.

»Das meiste wissen Sie selbst«, sagte Olle Larsson ungerührt. »Es ist reichlich eng im Viertel, die Skeppargata und die Grevgata sind relativ kleine Straßen, doch weil es Östermalm ist, findet sich immer noch Platz zwischen den Gebäuden. Wenn Ihre Frage darauf abzielt, was als Erstes evakuiert werden sollte – denn ich gehe davon aus, dass Sie an eine Evakuierung denken –, schlage ich den gesamten Stadtteil *Gnis-*

tan vor, also alles im Quadrat Karlavägen-Skeppargatan-Kommendörsgatan-Grevgatan.«

Hultin nickte und wandte sich dann an den bärtigen Sprengstoffexperten mit der üppigen Statur. »Zurück zum Thema Sprengkraft«, sagte er. »›Halb Östermalm‹ ist mir zu vage. Dies sind doch massive Häuser aus einer Zeit, als es seitens der Architekten noch so etwas wie persönliche Verantwortung gab. Was ist Ihre realistische Einschätzung?«

»Halb Östermalm«, sagte der Bärtige.

»Und dafür wollen Sie ein saftiges Beraterhonorar?«

Darauf reagierte der Bärtige. Offenbar daran gewöhnt, sich ungestört von Katheder zu Katheder zu bewegen, ein paar Floskeln herunterzuleiern und für seine Beratungs-GmbH einen Berg von Kohle einzustreichen, war er jetzt so überrascht, dass er sich in ein Wunder an Effizienz verwandelte. Er zog den Laptop des Informatikers an sich und berechnete, kalkulierte, laborierte im Internet und gelangte schließlich zu einer etwas strukturierteren Schlussfolgerung: »Ich würde das ganze Viertel *Gnistan* und die nächstgelegenen Häuser auf der anderen Seite von Grevgatan beziehungsweise Skeppargatan räumen. Wir brauchen nicht bis hinunter auf die andere Seite der Kommandörsgata zu gehen. Ich würde auch die nahe gelegenen Geschäfte auf der gleichen Seite von Karlavägen schließen. Sicherheitshalber würde ich die beiden Schulen in der Nachbarschaft einbeziehen, Carlssons und Östra Real. Da der Karlaväg so breit ist, würde ich mich damit begnügen, für diejenigen, die auf dieser Seite wohnen oder arbeiten, eine Warnung auszugeben, und ich würde einen allgemeinen Aufruf in den Medien veranlassen: Haltet euch von dem Viertel westlich des Karlaplan fern. Ungefähr so.«

»Danke«, sagte Jan-Olov Hultin und meinte es auch so. »Wie habt ihr das mit der Evakuierung gesehen, bevor ich gekommen bin?«

»Ungefähr genauso«, sagte die Polizeipräsidentin. »Aber

das mit einem ordentlichen Kernbereich ist eine gute Idee. Wir nehmen eine Totalevakuierung des Kernbereichs vor und lassen die umliegenden Gebiete sukzessive etwas langsamer räumen. Damit es nicht zu einer Panik kommt.«

»Konzentrische Panikvermeidungsstrategie«, sagte Waldemar Mörner gravitätisch.

Auch der NE-Chef raffte sich zu einer Äußerung auf: »Nichts deutet darauf hin, dass sie ohne Vorwarnung die Bank sprengen. Sie haben Geiseln, und der Sprengstoff ist eine Methode, ganz Östermalm in Geiselhaft zu nehmen. Das sind direkte Parallelen. Es sollte also Zeit sein für eine Evakuierung.«

»Ich werde die Evakuierung veranlassen«, sagte die Polizeipräsidentin und griff zu einem Telefon.

Während sie ihr Gespräch führte, fragte sich der pensionierte Kriminalkommissar Jan-Olov Hultin, wie es kam, dass er selbst sofort in der Chefrolle gelandet war. Hatte er sich wie ein Brecheisen hineingedrängt, hatte es sich einfach so ergeben, oder war es von vornherein so beabsichtigt gewesen?

Er beobachtete seine Nachfolgerin. Kerstin Holm sah aus, als wäre sie gut in Form, und auch wenn ihm die Geschehnisse von Mittsommer vergangenen Jahres nicht in allen Einzelheiten klar waren, schien sie gute Arbeit zu leisten. Es war ihr auch gelungen, aus Paul Hjelms Nachfolger Jon Anderson einen brauchbaren Mitarbeiter zu machen. Er selbst hätte das nicht geschafft. Er lächelte ihr zu. Sie lächelte zurück. Warum fand diese phantastische Frau niemanden, mit dem sie ihr Leben teilen konnte? Er versuchte sich vorzustellen, wie es wäre, allein zu leben. Die Vorstellung gefiel ihm nicht. Mein Gott, wenn Stina stürbe? Was für ein verschrobener Kerl würde er werden?

Seltsamerweise dachte Kerstin Holm fast das Gleiche. Hultin sah aus, als wäre er gut in Form. So sieht ein Mensch aus, der das ganze Leben jemanden an seiner Seite gehabt hat, mit dem er alle Höhen und Tiefen teilen konnte. Sah sie selbst anders aus? Sah man, dass sie einsam war? Sie hatte zwar jetzt ihren Sohn Anders, aber seit den Enttäuschungen des vergangenen Mittsommers hatte sie nicht mehr die Kraft aufgebracht, auch nur einen Schritt auf das andere Geschlecht zuzugehen. Der Liebesverrat hatte sie tief ins Mark getroffen.

Ihre Gedanken wurden von einem Tumult auf dem Flur unterbrochen. Die Polizeipräsidentin legte die Hand über den Hörer, seufzte und schüttelte den Kopf. »Es ist schon das dritte Mal, dass Journalisten sich Zugang verschaffen. Wir müssen die Wachen verstärken.«

Die Tür wurde aufgestoßen, und ein kräftiger Polizist von ungefähr fünfundzwanzig wurde von einer unerhörten Kraft rückwärts in den Raum gedrückt. Einen kurzen Moment lang dachte Hultin: Aha, Phase zwei der Terroraktion, die Einsatzleitung ausschalten. Aber das ging vorüber, als der Scheunentorpolizist brüllte: »Jetzt kannst du verdammt noch mal Polizeigewalt erleben, Knilch. Hier kommst du nicht ohne Ausweis rein.«

»Den habe ich vergessen«, schrie eine bekannte Stimme in einem unbekannten Tonfall. Panik?

Kerstin Holm war schon bei der Scheunentür. Sie legte ihre Hand auf deren zu gleichen Teilen von Adrenalin und Testosteron aufgepumpte Schulter und ließ sie damit zwanzig Zentimeter sinken. »Es ist in Ordnung jetzt«, sagte sie. »Danke. Geh wieder an deinen Platz.«

Das Scheunentor starrte sie ein paar Sekunden an und wich dann zurück. Betäubt von Schönheit. Sichtbar wurde ein bedeutend schmalerer Mann mit Plastikbrille und Armanianzug. Er zitterte. »Meine Frau ist da drin«, sagte er.

»Deine Frau?«, stieß Kerstin Holm hervor.

»Meine frühere Frau, meine Exfrau. Cilla.«

Hultin stand auf und trat zu seinem früheren Adepten. »Ist Cilla da drin?«, sagte er. »Als Geisel?«

Hjelm starrte Hultin an, und der Anblick hatte spürbar beruhigende Wirkung. »Was machst du denn hier?«, sagte er.

»Berater«, sagte Hultin. »Wie kommst du darauf, dass Cilla da drin ist?«

»Ich habe eine SMS bekommen: ›Hilfe Geisel Cilla.‹«

»Wann?«

»Zehn Uhr zweiundvierzig«, sagte Hjelm leise.

Hultin nickte. »Es scheint zu stimmen«, sagte er. »Aber im Moment können wir es nicht bestätigen. Wir haben keinen Kontakt«, fügte er hinzu und zeigte auf das hellrote Telefon.

»Hast du geantwortet?«, fragte Kerstin Holm.

»Auf die SMS? Nein.«

»Gut. Wir sollten uns nicht darauf verlassen, dass sie eine Möglichkeit hatte, den Ton auszuschalten, aber so wie ich sie kenne, wird sie es versuchen.«

Ich bin sicher, dass du sie bedeutend besser kennst als ich, dachte Paul Hjelm.

»Wir haben also einen Kontakt da drinnen?«, sagte der Reichskrimchef hoffnungsvoll.

»Es ist meine Frau, verdammt«, sagte Hjelm.

»Exfrau«, sagte Holm.

Jan-Olof Hultin spürte, dass es jetzt angebracht war, laut zu werden: »Darf ich vorschlagen, dass wir die Einsatzleitung um die A-Gruppe erweitern? Und uns in den Konferenzraum setzen? Was wir jetzt brauchen, sind Ideen.«

Die linke Gesichtshälfte des NE-Chefs verzog sich für einen kurzen Moment, der beste Informatiker zuckte zusammen beim Gedanken, die ganze Technik ab- und neu aufbauen zu müssen, doch für alle übrigen Anwesenden schien der Vorschlag akzeptabel zu sein. Gemeinsam mit der Expertengruppe wurde es eine ziemlich umfangreiche Einsatzleitung.

Sie waren auf dem Weg aus dem Zimmer, als das hellrote Telefon auf dem Schreibtisch klingelte.

Es schrillte sehr sonderbar.

10

Wie sehen wortlose Gedanken aus? Ein Geisteszustand ohne Sprache? Es war der Zustand, in dem sie jetzt eine Zeit lang gelebt hatte, es konnten ebenso gut zwei Tage sein wie zwei Minuten. Es war, als wäre die Sprache von drei kleinen Worten abgeschaltet worden.

Zuerst kam ›Hilfe‹. Es bedurfte großer Selbstüberwindung, das Wort überhaupt zu schreiben, für sie, die beschlossen hatte, nie wieder Hilfe zu benötigen. Schon gar nicht von einem Mann. Und am allerallerwenigsten von ihrem Exmann.

Dann kam das Wort ›Geisel‹. Wie schnell die Einsicht da war. Die Maskierten waren noch nicht viele Sekunden im Bankgebäude, als sie sich ausmalte, was geschehen würde. Erniedrigung, Vergewaltigung, vielleicht das Stockholmsyndrom und lebenslange Traumata, vielleicht, dass sie in die Luft gesprengt oder erschossen oder langsam verblutend sterben würde. All das musste in dem kleinen, dem Anschein nach so harmlosen Wörtchen ›Geisel‹ zusammengefasst werden.

Und am Schluss schrieb sie ›Cilla‹. Merkwürdig, dass sie das Gefühl hatte, ihren Namen schreiben zu müssen. Die Einsicht, dass Paul ihre Handynummer nicht hatte – oder dass sie sogar aus seinem Bewusstsein gelöscht sein konnte.

Aber mit ihrem Namen starb die Sprache.

Sie lag zwischen den Kundensofas – das Gesicht an der Todeskälte des Marmorfußbodens, ein Bein in einem komischen Winkel wie festgefroren auf einem der Sofas. In dieser Lage trickste sie Buchstaben auf ihr Handy, stellte den Ton auf Null, schickte die SMS lautlos ab – und verlor die Sprache.

Es ist klar, dass sie etwas gedacht haben musste, als Glassplitter und Deckenteile auf sie herunterregneten, als es sich anfühlte, als hätten die Schusssalven die Trommelfelle in den Raum gerissen, als die Welt bebte. Es ist klar, dass ihre Gedanken strömten, als sie mit den Angestellten und den anderen Kunden zusammengepfercht wurde. Es ist klar, dass sie auf den unverkennbaren Gestank von Urin und Scheiße reagiert haben musste, als sie durch eine Art Flur und einen Büroraum in einen sterilen Raum mit einer Menge Schließfächer getrieben wurde.

Nur dass ihre Gedanken eben nicht aus Worten bestanden.

Machte das die Gedanken unklarer? Im Gegenteil, fand sie. Sie besaßen eine große Klarheit. Sie meinte die Prozesse zu erkennen – Argumente, Schlussfolgerungen, Entscheidungen, Überlegungen, Gefühle –, alles war da, aber wortlos. Es war sehr eigenartig. Als wäre es trotz allem nicht die Sprache, die uns zu Menschen machte.

Was ließ die Sprache zurückkehren? Sie wurde berührt, vielleicht war es das. Angefasst. Der größere der beiden Räuber kam und tastete ihren Körper ab, klinisch, gefühllos. Er nahm ihre Handtasche und das blaue Paket mit Tovas Geburtstagskleid und warf sie auf einen Haufen. Sein Atem war scharf, schwer, obwohl er durch die Maske gefiltert wurde. Dass sie in seinen Augen ein Gegenstand war, keine Frau, war beruhigend und beängstigend zugleich.

Und ihm entging ihr Handy. Sie hielt es in der erhobenen Hand, und er sah nicht in die Hand. Sie war zwar fest geschlossen und das Handy ziemlich klein, aber er hätte es sehen müssen. Sie wusste nicht, ob es ein gutes oder schlechtes Zeichen war – auf jeden Fall war es ein Zeichen. Ein Zeichen dafür, dass er kein Profi war. Und das war seltsam, denn alles wirkte professionell. Gut vorbereitet. Als er sie zu Boden drückte, bekam sie das Handy unter einen Schenkel. Das Erste, was sie dachte, als ihre Sprache zurückkehrte, war: die Prinzessin auf der Erbse.

Die Räuber hatten angefangen, die Eingangstür zu ver-
barrikadieren und Sprengladungen an den Wänden anzubringen. Anschließend sprayten sie schwarze Farbe auf die
Fenster zum Karlaväg, holten weitere Schusswaffen aus
einer Sporttasche und verteilten die Geiseln. Sie wurden
in verschiedene Räume gesetzt, ihre Hände wurden mit
Handschellen an den Wänden befestigt, bis noch zwei übrig
waren, die zwei, die der Tür im Raum mit den Schließfächern am nächsten saßen. Da gingen ihnen die Handschellen
aus. Der kleinere Räuber schimpfte kurz mit dem größeren,
es war wohl Russisch. Dann wurde die Sache nicht mehr
erwähnt. Die maskierten Männer sprachen überhaupt wenig
miteinander.

Eine der beiden Geiseln ohne Handschellen war Cilla.
Stattdessen bekam sie die kalte Drohung zu hören: »Move
an inch and you're dead.«

Sie wusste, dass sie neun Geiseln waren. Im Raum mit
den Schließfächern waren sie vier: ganz hinten ein Mann
und eine Frau, die zum Bankpersonal gehörten, sie waren
mit Handschellen angekettet, drei Meter voneinander entfernt; weiter vorn saß eine ältere Frau, die deutlich nach Urin
roch und ununterbrochen weinte, und noch ein paar Meter
näher an der massiven, aber offenen Tür saß Cilla. Sie hatte fast freie Sicht nach links in den größeren Büroraum, in
dem die Räuber sich die meiste Zeit aufhielten, und weniger
freie Sicht nach rechts zum Schalterraum, in dem eine junge
Bankangestellte mit gefesselten Händen nahe der Eingangstür saß wie eine Art erster Schutzwall. Sie schluchzte; Cilla
sah sie von hinten, halb sitzend zwischen den Glassplittern
auf dem Fußboden, die Arme in einer offenbar unerträgli-
chen Stellung schräg nach oben gedreht. Cillas medizinische
Erfahrung sagte ihr, dass die Frau bald ohnmächtig werden
würde.

Sie wusste nicht genau, wo sich die vier übrigen Geiseln
befanden, aber sie vermutete, dass sie auf die Boxen verteilt

75

waren, in denen das Bankpersonal VIP-Kunden empfing. Sie sah, dass in dem größeren Büroraum keine Geiseln waren, dort saßen die Räuber und suchten in ihren Taschen. Dort wollten sie allem Anschein nach ungestört sein. Immer wieder schickte der Kleinere den Größeren auf Kontrollgänge durch die Räume. Er legte seine Maschinenpistole nicht aus der Hand.

Sie hörte, wie der Kleinere der beiden Räuber den Telefonhörer aufnahm und in gebrochenem Englisch sagte: »We are holding nine people hostages, and we have two hundred pounds of dynamex.«

Unbestimmte Zeit später klingelte eines der Telefone. Sie sah, wie die Maskierten das Telefon betrachteten. Der Kleinere schüttelte den Kopf. Der Größere nickte. Dann klingelte es in regelmäßigen Abständen. Die Räuber antworteten nicht, sie schienen auf etwas zu warten. Einmal ertönte ein Megafon von Karlavägen. Die Räuber wurden aufgefordert, sich am Telefon zu melden, und informiert, dass sie nur den Hörer abzunehmen bräuchten, wenn sie mit der Einsatzleitung der Polizei in Verbindung treten wollten.

Der Krieg im Irak hatte am selben Tag begonnen, und Cilla fragte sich, wie die schwedischen Medien ihr Interesse auf die beiden Ereignisse verteilen würden. Denn dies hier musste eine große Sache sein. Nicht dass sie Expertin für Sprengstoff war, aber ›two hundred pounds of dynamex‹ klang nach ziemlich viel. Ein wie großer Teil von Stockholm würde zusammen mit Cilla Hjelm durch die Sprengung in die Luft fliegen?

Sie dachte an Norrmalmstorg – der Platz lag nur ein paar Minuten Fußweg entfernt. Das Drama von Norrmalmstorg war eine fünf Tage dauernde Geiselnahme in Sveriges Kreditbank zwischen dem 23. und 28. August 1973 gewesen. Damals hatte das Phänomen Stockholmsyndrom seinen Namen und seine Definition bekommen: Geiseln identifizierten sich mit ihren Kidnappern und verteidigten sie gegen die böse Außenwelt. Sie warf einen Blick auf die beiden maskierten Räuber und dachte, dass viel passieren müsste, ehe sie anfinge, sich mit ihnen zu identifizieren.

Es kam ihr vor, als wäre jeder Körperteil eingeschlafen, und sie drehte sich ein wenig und blickte sich im Raum um. Es war, als gäbe es erst jetzt ein Vorher und ein Nachher. Zuerst sah sie zu den beiden Räubern im Büroraum, danach sah sie ihre Leidensgenossen zwischen den Bankschließfächern an. An den beiden Seitenwänden waren zwei Pakete befestigt, eines an der rechten und eines an der linken. Es waren fast durchsichtige Plastikpakete, die irgendwie oberhalb der Schließfachreihen angeklebt waren, und sie erkannte die Konturen von gelblichen Dynamitstangen.

Oder Dynamexstangen.

Die beiden gut gekleideten Bankangestellten, die an der hinteren Wand des Raums festgezurrt waren, schienen nahezu teilnahmslos – als folgten sie den Anweisungen eines Handbuchs für den Fall eines Überfalls. ›Verhalten Sie sich passiv. Dann haben Sie eine Chance.‹

Die Frau, die ihr am nächsten saß, war dagegen nicht im Geringsten passiv. Sie war vielleicht fünfundsiebzig, eine typische Östermalmdame mit einem einstmals glänzenden sozialen Leben, jetzt aber vom Leben allein gelassen. Wahrscheinlich mehrfache Mutter und Hausfrau, später Witwe eines Geschäftsmanns. Ohne finanzielle Probleme, aber auch ohne einen Lebenssinn. Es mochte ein Vorurteil sein, aber Cilla Hjelm sah es oft genug, um auch hier davon auszugehen. So sah ein großer Teil ihres Kundenkreises aus. Sie hatte ja inzwischen eher Kunden als Patienten.

Die Frau weinte still, und als Cilla ihren Blick festhielt, flüsterte sie: »Entschuldigen Sie.«

Cilla fühlte, wie sie die Stirn runzelte. Die Dame fuhr fort: »Ich habe mich vollgepinkelt. Entschuldigen Sie.«

»Aber mein Gott«, flüsterte Cilla zurück. »Dies ist eine Extremsituation. Ich selbst habe die Sprache verloren.«

»Ich heiße Barbro«, flüsterte die Dame. »Glauben Sie, dass wir sterben müssen?«

»Nein«, log Cilla. »Nicht, wenn wir die Ruhe bewahren.«

»Glauben Sie, dass es Al Kaida ist? Hat es mit Saddam zu tun?«

»Shut the fuck up!«

Und da war er, der Größere der beiden Maskenmänner, nur einen Meter von ihr entfernt. Sie sah zu ihm hoch und spürte, wie sein Blick, diese isolierten, schmalen grauen Augen im Schwarz der Maske, sich in sie einfraß. Sie sah auf die Maschinenpistole und dachte: Schlägt er mich jetzt damit, wird mein Gesicht verunstaltet, sodass ich in der plastischen Chirurgie meine eigene Kundin werde? Sie schloss die Augen. Als sie sie wieder öffnete, war er fort.

Nach einer halben Minute kam er zurück, doch nur, um an der Tür vorbeizugehen, und vor sich her schob er einen gut gekleideten Bankangestellten in mittleren Jahren. Sie kamen in den Büroraum, sie sah sie aus dem Augenwinkel, und der kleinere Räuber sagte: »We need to get into the vault. Key, please.«

Der Bankmann stand reglos da. Als verstünde er kein Wort. Vielleicht hat auch er die Sprache verloren, dachte Cilla. Aber schließlich reichte er dem Räuber einen Schlüssel. Wahrscheinlich hatte er innerlich die Anweisungen zu Rate gezogen.

»Thank you«, sagte der Kleinere und nickte seinem Kollegen zu, der den Bankmann wieder an seinen Platz zurückbrachte.

Der Bankdirektor, dachte Cilla.

Gab es denn noch Bankdirektoren?

Der Größere kam zurück, holte bei dem Kleineren den Tresorschlüssel und eine Schultertasche und kehrte mit der gefüllten Tasche zurück. Die Prozedur wurde wiederholt.

Sie füllten Taschen mit Geld. Cilla dachte erneut: Ist das ein gutes oder ein schlechtes Zeichen?

Vielleicht doch ein gutes Zeichen. Vielleicht sogar ein Zeichen dafür, dass sie überleben wollen, dass sie keine Terroristen sind, keine Selbstmordattentäter, die wissen, dass sie ihre Belohnung im Jenseits erhalten. Anderseits setzte das Geld vielleicht das Leben der Geiseln aufs Spiel.

Sie suchte nach Zeichen. Es war eine Art zu überleben. Was taten die Räuber eigentlich? Welchen Zweck verfolgten sie? Warum hatten sie nicht einen ganz normalen Überfall begangen: schnell rein, schnell raus, schnell weg?

Zeit verging. Das Telefon klingelte nicht mehr. Warum nicht? Hatten die Räuber den Kontakt zur Außenwelt abgebrochen? Oder hatte die Polizei aufgehört anzurufen? Eher Letzteres – sie hatte nicht gesehen, dass die Räuber Leitungen gekappt hatten. Wenn sie sich mehr für die Arbeit ihres Exmanns interessiert hätte, dann verstünde sie jetzt vielleicht, warum das Telefon nicht mehr klingelte. Sie konnten doch nicht aufgegeben worden sein. Obwohl es sich genau so anfühlte: als wären sie allein im Universum.

Sie schielte zu Barbro hinüber, die aufgehört hatte zu weinen und in einen komaartigen Zustand eingetreten war. Vielleicht hatte sie doch nicht ganz unrecht? Vielleicht war es kein Zufall, dass dieser Einbruch am selben Tag geschah, an dem der Irakkrieg begonnen hatte? Und sie versuchte, sich ihre Reaktionen vom Morgen in Erinnerung zu rufen, als sie die Bomben hatte fallen sehen. Nicht schon wieder, war ihre erste Reaktion gewesen. Nicht noch eine Vergeltungsaktion gegen die arabische Welt für den 11. September. Nicht noch einen Ölkrieg. Dann: Der Irak ist ein riesiges Land, mehr als zwanzig Millionen Menschen leiden unter der Willkür eines grauenhaften Diktators, ist es nicht gut, wenn er verschwindet? Wer bist du, um ihnen ihre Freiheit abzusprechen?

Als ob das eine Rolle spielte. Hier und jetzt. Jetzt ging es nur um eines, lebend hier herauszukommen. Als hätte der große Krieg einen kleinen Ableger in Stockholm.

Sie dachte darüber nach, wer sie war. Cilla Hjelm. Keine Staffagefigur mehr. Im Gegenteil. Im Mittelpunkt des Geschehens. Aber auch eine Frau ohne größere Interessen im Leben, ohne Visionen und Hoffnungen, erstarrt, träge.

Warum denke ich so? Warum denke ich Pauls Gedanken? Paul. Ein Bild. Ein Gesicht.

Und warum denke ich an ihn?

Ein anderes Bild.

Ein Fenster.

Ein Fenster von außen.

Drinnen Bewegungen. Wie in einer Fruchtblase. Etwas Halbdurchsichtiges, das sich dehnt und wölbt. Etwas, was hinauswill. Ins Freie.

Warum jetzt? In dieser eigentümlichen Situation? Cilla lag auf dem Boden, die Räuber kaum zehn Meter links von ihr, schräg durch den Türspalt zum hinteren Büroraum sichtbar, und sie bewegten sich durch ihr Gesichtsfeld, herein und wieder hinaus, mit leeren Taschen nach links und mit zum Bersten gefüllten Taschen nach rechts.

Zum Bersten gefüllt? Auch wenn es ihr gelang, das aufdringliche Bild des sich wölbenden Fensters wegzuschieben, kam ihr das Wort nicht glücklich gewählt vor. Nicht jetzt, da ringsumher diese Plastikpakete an den Wänden angebracht waren. Dynamex? Was zum Teufel war Dynamex? Eine Art Dynamit vermutlich, sicher bedeutend wirksamer als gewöhnliches Dynamit. Und sie sah etwas vor sich, was sie nicht sehen sollte, das war ihr klar, sie sah ihre Überreste nach dem Knall. Sie sah ihre Gedärme, sie sah ihre Leber an der verrußten Wand kleben, und sie sah ihr zermatschtes Gesicht. Die doppelte Projektion einer Schönheitsoperation. Kürzlich war da eine Frau, die höhere Wangenknochen haben wollte. Das ganze Gesicht lag aufgeschlitzt da, ein Arzt stocherte mit einem Stemmeisen in der breiigen Masse.

Nein, nein, hör auf jetzt. Sie schloss die Augen, und das Fenster war wieder da. Es war, als wölbte es sich, um nicht durchschaut zu werden. Sie sollte nicht sehen, was dahinter war. Oder vielleicht sollte sie gerade das. Und ihre Seele kämpfte dagegen. Weil sie nicht sterben wollte. Weil sie erkannte, dass der Anblick der Tod war. Und gerade als der Kampf sich einer Entscheidung zu nähern schien, gerade als die blanke Oberfläche sich zu glätten begann wie ein Foto des Todes, gerade da brach eine Stimme den Bann und zerstörte das Bild: »I wish to speak to the man in charge.«

Der kleinere Maskierte saß im inneren Büroraum, den Telefonhörer in der Hand und den Blick auf seine Armbanduhr gerichtet.

Und da spürte Cilla Hjelm einen heftigen Schmerz an ihrem Schenkel, ausgelöst von einer Fotografie des Todes, und er wurde zu einer Idee, die auf einmal vollkommen selbstverständlich war.

Einige Sekunden später übertönte ihr Husten ein unscheinbares Klicken.

11

Es schrillte sehr sonderbar in der kleinen Einsatzzentrale bei der Immobilienagentur auf der anderen Seite von Karlavägen. Es war kein gewöhnliches Klingeln, nicht der gewohnte elektronische Klang eines modernen Telefons. Es klang wie das Ticken eines uralten mechanischen Klöppels gegen hohles Metall, wie ein Anruf aus den Vierzigerjahren, wie ein alle Wahrscheinlichkeit überschreitendes Gespräch von einer Kriegszeit zu einer anderen.

Die Expertengruppe hatte den Raum schon verlassen, das weibliche Duo Länspolizeipräsidentin und Kerstin Holm hielt auf der Schwelle inne, der Chef der Nationalen Einsatztruppe und Waldemar Mörner, die sich gerade erhoben, sanken zurück auf die Stühle. Und Jan-Olov Hultin, der am nächsten stand, blinzelte zum Reichskriminalchef hinüber, der sich mit der Hand über den kahlen Schädel fuhr und eine Grimasse zog.

Ein zweites Klingeln ertönte. Es klang noch älter.

Wie um nicht im neunzehnten Jahrhundert zu landen, drängte Paul Hjelm sich vor und nahm ab, bevor jemand anders reagieren konnte. »Yes?«, sagte er erregt.

Die Stimme im Hörer sagte: »I wish to speak to the man in charge.«

Hjelm legte die Hand über die Hörmuschel und sagte laut und deutlich: »Er will mit dem Chef sprechen.«

Einen Moment war es still. Niemand bewegte sich.

Paul Hjelm schüttelte ungeduldig den Hörer und flüsterte: »Wer verdammt noch mal ist der Chef?«

Der Reichskrimchef wiederholte sein methodisches Glatzenstreichen und sagte: »Das kommt darauf an, wie man es sieht.«

»Es ist ein verdammtes Glück, dass die Presse nicht hier ist«, sagte Hjelm.

Widerstrebend ergriff der Reichskrimchef den Hörer, sah ihn eine Weile an und reichte ihn dann an Hultin weiter. »Verhandlungsführer«, sagte er.

Bevor er die Hand ausstreckte, konnte Jan-Olov Hultin noch denken: Was für ein zweischneidiges Vertrauen, sie haben ein Jahr lang keinen Kontakt mit mir gehabt, wenn ich nun in der Zwischenzeit senil und verkalkt geworden wäre?

Die haben ein verdammtes Glück, dachte er und riss den Hörer an sich. »This is chief inspector Jan-Olov Hultin.«

»Are you the man in charge?«, fragte die Stimme missmutig. Weil der Polizeitechniker sich hereingeschlichen und den Lautsprecher angeschlossen hatte, war die Stimme für alle im Raum zu hören.

»Yes«, sagte Hultin mit Nachdruck. »Was wollen Sie?«

»Wir wollen mit dem Geld von hier weg. Wir haben neun Geiseln und in der ganzen Bank Sprengladungen angebracht.«

»Das ist uns bewusst«, sagte Hultin. »Ich nehme an, Sie haben einen Plan.«

Er legte die Hand über die Hörmuschel und flüsterte der Polizeipräsidentin zu: »Läuft die Evakuierung?«

Die Polizeipräsidentin hielt den Zeigefinger in die Höhe, während ihre Lippen lautlos die Worte ›einen Augenblick‹ formten. Sie wandte sich ab und begann ein Gespräch über ihr Handy zu führen.

»Ja«, sagte der Räuber. »Wir haben einen Plan. Er sieht vor, mit dem Geld von hier fortzukommen, ohne dass halb Stockholm gesprengt wird und zahllose Menschen sterben.«

Hultin blickte fragend in den Raum. Der NE-Chef runzelte die Stirn und antwortete mit dem gleichen fragenden Blick.

»Sie haben also keinen Plan?«, fragte Hultin.

»Das genau ist der Plan«, erwiderte der Räuber.

»Jetzt verstehe ich nicht ganz«, sagte Hultin, der sehr wohl verstand. Und Hjelm und Holm verstanden auch, das sah er in ihren Augen. Kerstin Holm nickte leicht, sagte aber nichts.

Das tat hingegen der Räuber, in seinem leicht russisch gefärbten Englisch: »Wer versteht sich am besten darauf, Geiseln zu retten?«

Hultin schwieg.

Der Räuber fuhr fort: »Sie natürlich, die Polizei. Die schwedische Polizei. Sie sind nicht die russische Polizei, die gegen Räuber und Geiseln unterschiedslos Giftgas einsetzt.«

»Sie denken an die Tschetschenen im Dubrovka-Theater in Moskau letzten Herbst?«

»Wie angenehm, mit einem Polizeibeamten zu sprechen, der über Allgemeinbildung verfügt.«

»Das weiß doch die ganze Welt.«

»Aber wie viele hätten Dubrovka gesagt?«

»Da hat er nicht ganz unrecht«, flüsterte Waldemar Mörner und wurde von einem halben Dutzend Menschen angezischt.

Hultin straffte seinen Pensionärsnacken und versuchte, die Initiative zu ergreifen. »Was exakt wollen Sie mir sagen?«

»Versuchen Sie nicht, Gas einzusetzen. Die Sprengladungen können im Bruchteil einer Sekunde gezündet werden.«

»Okay. Und was haben Sie sich vorgestellt?«

Der Räuber ließ ein schwaches Kichern hören. »Das wissen Sie sehr gut, Hultin.«

Nicht Ålltin, nicht Hältinn, dachte Hultin. Perfekte schwedische Aussprache.

»Ich möchte es gern von Ihnen hören«, sagte er.

Der Räuber hob seine Stimme ein wenig und sagte überaus deutlich: »Unser Plan ist, dass die Polizei uns einen Plan liefert.«

Hultin sah sich im Raum um. Der NE-Chef vollführte

eine Geste mit der Handfläche vor dem Hals. Die Vergiss-es-Geste. Im besten Fall. Im schlechtesten: die Todesgeste.

»Das hört sich optimistisch an«, sagte Hultin vorsichtig.

»Sie sind diejenigen, die sich damit auskennen.«

»Wir kennen uns auch damit aus, Verbrecher zu fassen.«

»Haha«, lachte der Räuber und fuhr mit einer Änderung der Argumentation fort: »Politisch gesehen, ist einzig und allein wichtig, dass die Geiseln überleben und dass die feinen Gebäude stehen bleiben. Sie wollen doch wohl nicht, dass Strindbergs Esplanadensystem gesprengt wird? Denken Sie sich eine Methode aus. Sie können überlegen, während Sie evakuieren. Sind Sie übrigens bald fertig damit?«

Hultin blickte zuerst aus dem Fenster – auf der anderen Seite von Karlavägen sah er Menschen, die, von uniformierten Polizisten angeführt, aus dem Viertel strömten. Dann erst wandte er sich der Polizeipräsidentin zu, die krampfhaft alle zehn Finger hochhielt.

»Ja, bald«, sagte Hultin.

»Gut«, sagte der Räuber und legte auf.

Im gleichen Augenblick piepte es zweimal. Hultin war nicht der Einzige, der die Augenbrauen hochzog. War es das Piepen, das man hört, unmittelbar bevor hundert Kilo Dynamex explodieren?

Paul Hjelm begann wie wild an seinem Körper herumzutasten, über alle Innen- und Außentaschen seines eleganten Mantels, alle Taschen des Armani-Anzugs. Schließlich fand er sein Handy, starrte auf das Display und schüttelte verzweifelt den Kopf. »Was ist denn das jetzt?«, sagte er laut.

Kerstin Holm trat neben ihn. »Du hast eine MMS bekommen«, sagte sie sachkundig.

»Und was zum Teufel ist das?«, sagte Hjelm nicht ganz so sachkundig.

»Multimedia Messaging Service, im Unterschied zu Short Message Service, SMS. Eine MMS kann Bilder, Grafik oder Ton enthalten.«

Der Reichskrimchef wandte sich von dem technisch ungleich versierten Paar ab und klatschte in die Hände. »Versuchen wir dann, uns so schnell wie möglich im Konferenzraum einzurichten?«

»Wie schnell können wir die Technik nebenan installieren?«, fragte Hultin den berühmten Techniker.

»In fünf Minuten«, antwortete der Gefragte. »Wenn jemand mit anfasst.«

Der Raum leerte sich. Hjelm und Holm blieben zurück. Nachdem Kerstin ein paar Tasten gedrückt hatte, erschien die MMS auf dem Display.

Es war ein Bild.

Sie brauchten einen Augenblick, bevor sie begriffen, was sie da sahen. Ein Foto. Ein Mann, der hinter einem Schreibtisch sitzt. Ein Mann mit vollständig schwarzem Gesicht.

»Ein Afrikaner?«, sagte Hjelm.

»Das glaube ich nicht«, sagte Kerstin Holm und schüttelte den Kopf. »Sieh mal, was er in der Hand hat.«

Paul Hjelm blinzelte, um seinen Blick zu schärfen. Und schließlich sah er, was es war.

Es war ein Telefonhörer.

Cilla und ihre verfluchten Handys, dachte Paul Hjelm, und eine große Wärme durchströmte ihn.

12

Die Geräusche nahmen ab. Doch eigentlich konnte man sie kaum als Geräusche bezeichnen. Es war eine andere Art von Gegenwart, eine andere Art von Zeichen, dass sich etwas tat. Unklare, grelle Stimmenreste, die sich zu verflüchtigen schienen, minimale Erschütterungen von Türen und Toren, die mit einer anderen Kraft als gewöhnlich zuschlugen. Eine Art Erregung in der Atmosphäre.

Ein Gefühl, das er vergessen zu haben glaubte, bemächtigte sich des Mannes, der hinter den großen Müllbehältern hockte. Obwohl er im Inneren wusste, dass er es nie würde vergessen können. Es war nicht angelernt wie gewöhnliches Wissen. Mehr eingestempelt, eintätowiert. Es war das Fingerspitzengefühl des inneren Barometers, das in der Lage war, die geringsten Veränderungen des atmosphärischen Drucks abzulesen. Meistens solche, die physisch gar nicht ablesbar waren.

Obwohl sie jetzt abnahmen.

Er warf einen Blick auf die alte Armbanduhr und stellte fest, dass seine innere Uhr richtig ging. Und dass dies mit den Erwartungen übereinstimmte. Vielleicht ein bisschen langsamer, aber innerhalb der Toleranz. Er erwartete nur noch eine Sache. Innerhalb der nächsten Minuten.

Er brauchte sich nicht mehr hinter die Müllbehälter zurückzuziehen. Er saß in exakt der gleichen Stellung wie vor zwei Stunden. Das Training, das erforderlich war, damit die Beine nicht einschliefen. Der gesenkte Puls, die Atmung, die langsamer wurde, die minimierte Gehirnaktivität, alle Bewegung, die eingestellt wurde. Das Vegetieren. Eine extreme Passivität, die eine extreme Aktivität ankündigte. Ein Sonnenblumensamen in der Wintererde.

Und bald waren sie da.

Die Tür des Müllkellers wurde geöffnet. Kurz. Obwohl er ihn nicht sah, fühlte er den Blick, der über den Raum strich. Ein Polizeiblick. Die Atmosphäre änderte sich um eine winzige Nuance.

»Jemand da?«

Wenn du die Atmosphäre erspüren könntest, Polizist, hättest du sofort erkannt, dass es der Fall ist, dachte der Mann mit der Uhr. Dann hörte er die Tür zuschlagen.

Aber das gehört wohl kaum zur Grundausbildung der schwedischen Polizei, dachte er weiter. Dann dachte er nichts mehr. Er schloss die Augen und verbannte alles, was einem Gedanken ähnlich sein konnte.

Das Einzige, was er in den sechshundert Sekunden, die er verstreichen ließ, sah, war eine blonde Frau mit einem Tragegestell vor dem Bauch, die auf eine blaue Meeresbucht hinausblickte, und sie drehte sich um und sah ihm in die Augen mit einem Ausdruck, den man als Glück bezeichnen musste.

Dann sah er sie mit blaulila Gesicht und Augen, die halb aus dem Kopf getreten waren.

Zehn Minuten vergingen ohne die geringste Veränderung in der Atmosphäre.

Der äußeren Atmosphäre.

Er stand lautlos auf und fühlte.

Ja, es war so weit.

Er ging die wenigen Schritte zur Tür, öffnete sie vorsichtig, durchquerte den Kellerraum mit den Waschmaschinen und trat ins Treppenhaus.

Vier Stufen auf einmal habe ich immer geschafft, dachte er und machte einen weiten Schritt vier Stufen aufwärts. Dann noch vier. Und noch vier.

In der Fensternische im Parterre thronte ein kleiner, aber pompöser Löwe aus der Jahrhundertwende. Er lächelte leicht und versuchte zu zählen, wie oft er ihn zum Spaß

88

unterm Kinn gekrault hatte. Um ein Dasein aufzuheitern, das in jedem Augenblick aufgeheitert werden musste.

Er kraulte den Löwen unterm Kinn und dachte: Es ist, als gäbe es die Zeit nicht.

Als wäre es möglich, die Vergangenheit zu ändern.

13

Ein großes Haus, etwas abgelegen. Ein vierstöckiges Mietshaus draußen auf einer Ebene, weit und breit keine Nachbarn. Es sieht aus wie ein Foto. Aber dann fliegt ein Vogel vorbei, vielleicht eine Krähe oder Dohle. Da geschieht etwas. Das Haus scheint einen kleinen Satz zu machen, als hätte es Schluckauf. Dann steigen aus jedem Fenster kleine Rauchwolken auf, und das Gebäude scheint zu kreiseln, wird angesaugt von einem unsichtbaren Kern tief in seinem Inneren. Und dann fällt es in sich zusammen, still, lautlos, bis nur noch eine gewaltige Rauchwolke zu sehen ist. Als sie sich gelegt hat, ist nichts als ein Schutthaufen übrig.

»Ich frage mich, wie es der Krähe ergangen ist«, sagte Jorge Chavez.

Jan-Olov Hultin drückte auf eine Taste des Laptops, und die Wand hinter ihm wurde wieder weiß. Mit seiner Fähigkeit zu ignorieren, was ignoriert werden muss, sagte er: »So kann es im Zuge des Wohnraumüberflusses auf dem Lande aussehen. Ein leer stehendes Wohnhaus in der Nähe von Åmål vor einem Monat. Alle sind nach Stockholm gezogen.«

»Ich nehme an, du zeigst uns das aus einem besonderen Grund«, sagte Arto Söderstedt.

Die A-Gruppe hatte sich mit der Expertengruppe und der Einsatzleitung im Konferenzraum der Immobilienagentur versammelt. Der Raum war bedeutend größer als die gute alte Kampfleitzentrale. Außerdem gab es unbegrenzte Mengen Ramlösa und Loka. Überfluss und Wahlfreiheit.

»Dieses Haus wurde mit sechzig Kilo Dynamex gesprengt«, sagte Hultin. »Die Geiselnehmer haben einhundert. Nur zum Vergleich.«

Der Vergleich tat seine Wirkung.

Wieder über die A-Gruppe zu blicken war schon seltsam. Als existierte die Zeit nicht. Als wäre es möglich, die Vergangenheit zu ändern.

Bevor er weitersprach, bohrte Jan-Olov Hultin den Blick in die Mischung aus Vergangenheit und Gegenwart und fragte unumwunden: »Ist jemand hier im Raum, der glaubt, dass Eile geboten ist, dass es den Geiselnehmern plötzlich in den Sinn kommen könnte, Geiseln hinzurichten?«

Ein ziemlich einheitliches gemeinsames Kopfschütteln.

Hultin nickte und drückte wieder eine Taste am Laptop. Die Wand hinter ihm leuchtete wieder auf. Diesmal war es wirklich ein Foto. Ziemlich dunkel und mit niedriger Auflösung, aber es war dennoch deutlich, dass es sich um ein Bild aus der Bank handelte. Ein schwarz maskierter Räuber saß an einem Schreibtisch und hielt einen Telefonhörer in der Hand. Rechts von ihm war die Hälfte eines weiteren Räubers zu erkennen, mit einer Maschinenpistole. Und links auf dem Schreibtisch stand eine prall gefüllte Sporttasche. Ein paar Fünfhunderter ragten daraus hervor.

Ein leichtes Raunen ging durch die Versammlung.

»Aber es gab doch keine Kameras mehr da drinnen«, sagte Viggo Norlander.

»Gab ist richtig«, sagte Hultin. »Jetzt gibt es eine.«

»Aber wie denn?«, wollte Norlander wissen.

»Das ist eine lange Geschichte.«

»Und ich glaube, wir sollten sie kennen«, sagte Arto Söderstedt.

Hultin schnitt eine Grimasse, und Paul Hjelm erhob sich von seinem Platz auf der anderen Seite des enormen runden Konferenztischs. Sie waren wie die Ritter der Tafelrunde. Wer König Artus war, blieb noch ein wenig im Unklaren, doch dass Hjelm Parzival war, stand außer Frage. Der Falsche. Oder möglicherweise Bevidere, der Überlebende, der nach dem großen Kampf Excalibur zurückschleudert zur Herrin des Sees.

»Ich habe mich schon gefragt, was der König der Internermittler hier tut«, sagte Jorge Chavez. »Ist es ein Polizist,
der da drinnen sitzt und fotografiert? Oder sind die Räuber
Bullen?«

Aber Paul Hjelm war nicht zu Scherzen aufgelegt. Im
Gegenteil, Chavez hatte plötzlich das Gefühl, dass sein bester Freund außer Funktion gesetzt war und litt. Was er überhaupt nicht kannte.

»Meine frühere Frau Cilla ist eine der Geiseln«, sagte
Hjelm tonlos. »Sie hat ein Handy mit Fotofunktion.«

Wieder ging ein Raunen durch das Auditorium. Ein per-
sönlicheres Raunen mit einem bedauernden Klang, der all
die Worte ersetzen musste, die sie nicht aussprechen konnten, all die Gesten, für die es in der gegenwärtigen Situation
keinen Platz gab. Das Einzige, worauf es jetzt ankam, war
Effizienz.

»Kommentare zu dem Bild?«, fragte Hultin sachlich.

»Sie sammeln Bargeld«, sagte Kerstin Holm. »Sie rechnen
wirklich damit, da herauszukommen.«

»Das bedeutet, dass wir uns auf einen Geiseltransport einstellen müssen«, sagte Arto Söderstedt, »vermutlich nach
Arlanda. Sind wir darauf eingestellt?«

»Wir kommen darauf zurück, wenn wir uns das Gespräch
mit den Geiselnehmern genauer anhören«, sagte der Reichskrimchef.

»Weiteres?«, sagte Hultin. »Wo sitzen sie? Naess?«

Der norwegische Direktor von Andelsbanken studierte
das Bild und wandte sich an seinen Sicherheitsbeauftragten,
einen hartgesottenen Typ um die fünfzig mit rasiertem Kopf
und einer aller Wahrscheinlichkeit nach militärischen Vergangenheit. Als dieser sich äußerte, sprach er ein völlig anderes Norwegisch als sein Chef. Es ertönte eine Ansammlung
gutturaler Silben, die sich wie eine Mischung aus Albanisch
und Baskisch anhörte. Mit pikanter Bantu-Einfärbung.

»Was?«, platzten mindestens fünf Personen heraus.

»Ich übersetze es«, sagte Haavard Naess trocken. »Geir kommt von Langøya.«

Das erklärt die Sache, dachte Hultin, sagte aber etwas anderes: »Können wir mal den Grundriss sehen?«

Der junge Techniker, der neben Hultin saß, drückte ein paar Tasten seines Laptops, und der Grundriss der Bank erschien auf der Wand neben dem Foto.

»Sie sitzen in dem auf der Skizze mit ›fünf‹ bezeichneten Raum«, sagte Naess und zeigte darauf. »Der hintere Büroraum, ganz am Ende.«

Eine weitere Sammlung nichtindoeuropäischer Silben entwich den gespannten Lippen des Sicherheitsbeauftragten Geir.

»Und das Bild«, dolmetschte Naess, »scheint vom Fußboden aus in Raum vier aufgenommen zu sein.«

Hultin zeigte auf den Grundriss. »Hier«, sagte er, als bedürfte die Zahl 4 einer besonderen Erläuterung.

»Der Raum, der am schwersten zu erreichen ist«, sagte der NE-Chef mit wie üblich gerunzelter Stirn. »Wahrscheinlich sitzen die Geiseln einzeln bis dahin. Als lebende Schutzschilde. Wir brauchen mehr Bilder.«

»Ich werde den Teufel tun und mehr Bilder von ihr fordern«, stieß der immer noch stehende Paul Hjelm aus. »Sie hat schon für eine SMS und eine MSS ihr Leben riskiert.«

»MMS«, korrigierte Kerstin Holm leise.

»Wir sollten die Frage wirklich diskutieren«, sagte Hultin. »Es wäre natürlich großartig, wenn wir mehr Bilder hätten.«

»Wie kommt es denn, dass Cilla da sitzen und fotografieren kann?«, fragte Chavez. »Warum haben sie ihr Handy nicht einfach zertreten?«

»Können zwei Personen wirklich hundert Kilo Dynamex hinein*tragen*?«, sagte Arto Söderstedt in einem Ton, der verriet, dass er keine Antwort, nicht einmal eine Reaktion erwartete.

Und so war es auch.

»Es lässt auf einen Mangel an Professionalität schließen, der mich stört«, sagte der NE-Chef. »Einer Geisel ein Handy zu lassen bedeutet, dass man nicht einmal die Grundregeln des Filzens beherrscht.«

»Plus Waffen und mehrere leere Taschen und Spraydosen«, sagte Söderstedt. »Während man gleichzeitig wild um sich schießt.«

»Spraydosen?«, sagte Viggo Norlander.

»Die Fenster sind schwarz gesprayt«, sagte der NE-Chef ohne eine Spur von Interesse.

Geir war desto begeisterter. Sein Gurgeln dolmetschte Naess als: »Wenn man keine Person filzen kann, ist man kaum im russischen Militär gewesen. Geschweige denn in der russischen Mafia.«

»Und dann ist man – was?«, fragte Sara Svenhagen. »Polizist?«

»Amateur«, sagte Geir klar verständlich.

Das führte dazu, dass es tatsächlich für mehrere Sekunden still wurde. Es ging ein Seufzen der Erleichterung durch die Versammlung, als der nächste Wortschwall des Sicherheitsbeauftragten gänzlich undurchdringlich war. Die Ordnung war wiederhergestellt. Und Naess übersetzte mit gleichbleibender Geduld: »Es ist genauso amateurhaft wie das Telefongespräch.«

»Ich dachte, dass wir gleich auf das Telefongespräch eingehen sollten«, sagte Hultin, um ein wenig Terrain zurückzuerobern. Und in diesem Sinne fuhr er fort: »Doch zuerst einige Fragen, die an das Foto anschließen: 1. Sollten wir Cilla kontaktieren, damit sie mehr Bilder macht? Risiken, Vorteile? 2. Wenn ja, was für Bilder interessieren uns? 3. Ist diesem Bild noch mehr zu entnehmen?«

»Arto, meinst du, dass der Sprengstoff schon vorher da war?«, sagte Kerstin Holm plötzlich. »In der Bank?«

»Könnten wir vielleicht versuchen, uns auf ein Thema zur Zeit zu beschränken?«, sagte die Polizeipräsidentin ratlos.

»Endlich fällt der Groschen«, sagte Söderstedt, die Bitte präzise ignorierend. »Gib zu, dass das alles in ein neues Licht rücken würde. Insiderjob.«

»Das heißt übrigens *brainstorming*«, sagte Kerstin Holm zur Polizeipräsidentin. »So etwas treiben wir in der A-Gruppe.«

»Viele Bälle in der Luft«, sagte der Reichskrimchef säuerlich.

»Lieber viele Bälle in der Luft als zwei zwischen den Beinen«, sagte Holm noch säuerlicher.

Worauf dem Reichskrimchef die Kinnlade herunterfiel.

»*Jetzt* erst sehne ich mich zurück in meine Sauna«, sagte Hultin.

Geir ließ erneut ein Trommelfeuer zerquetschter Phoneme los, das augenblicklich übersetzt wurde: »Russen mit Waffen sind immer gut ausgebildet. Dies hier sind keine Russen mit Waffen.«

»Was denn dann?«, platzte Hultin zu seiner eigenen Verblüffung heraus. Er dachte an die perfekte Aussprache seines Namens an dem hellroten Telefon.

»Keine Ahnung«, antwortete Geir via Naess, »aber irgendetwas stimmt da nicht.«

Hultin dachte: Entweder haben sie keine Waffen, oder sie sind keine Russen.

Aber warum Geir glauben, dessen rasiermesserscharfer Gesichtsausdruck den verhärtetsten Kriegsverbrecher vor Entsetzen hätte erschauern lassen? Weil er der Einzige war, der sich in der Situation wohlzufühlen schien, obwohl seine eigene Bank bedroht, sein eigener Verantwortungsbereich tangiert war.

Und Wohlbefinden ist bekanntlich die Mutter der Klarsicht.

Apropos Geir. Absurd, ein derart zuckersüßer Name bei einem Mann, der einem das instinktive Bedürfnis eingab, strammzustehen und ein ›Jawoll, Herr Generalleutnant‹ auszustoßen. Geir hießen goldgelockte Sprinter, die selbst bei alten Säcken Muttergefühle auslösen konnten.

Nein, dachte der alte Sack schließlich: Was fehlt, sind Ordnung und noch mal Ordnung und Respekt.

Wahrscheinlich hatte Geir telepathisch seine Gedankenwelt okkupiert. »Kommen wir zu den Fragen«, sagte er.

»Falls sich noch jemand daran erinnert«, sagte Chavez.

Sara Svenhagen, seine Gattin, tat es. Der Gatte war derjenige in der Familie, dem der Babybrei zugesetzt hatte. »Ich glaube nicht, dass Cilla dieses Bild gemacht und geschickt hätte, wenn sie nicht vorher den Ton ausgeschaltet hätte und sicher wäre, dass das Handy gut versteckt ist.«

»Du hältst es also für unbedenklich, ihr eine SMS zu schicken?«, fragte Hultin.

»Ja.«

»Paul?«

Paul Hjelm stand immer noch. Er begegnete Sara Svenhagens Blick. Sie war eine Frau, die ihn immer, auch unter den schwierigsten Umständen, dazu brachte, sein Äußerstes zu geben. Sie hielt seinen Blick fest, bis er sich setzte und sagte: »Ja.«

Zum ersten Mal seit einigen Stunden öffnete sich in seinem Inneren ein Klangraum, in dem die Musik ein Echo fand. Mozarts *Requiem* zwar, doch schon die ersten Töne vermochten den Todesschatten zu vertreiben, der von ihm Besitz ergriffen hatte.

Das war die Funktion der Totenmesse: mitten im Tod den Tod zu vertreiben.

»Außerdem«, fügte Hultin hinzu, »kann es emotional von Vorteil sein, die Lage kontinuierlich zu checken. Und ihr kontinuierlich ein Wort des Trostes zukommen zu lassen.«

»Ich bin nicht sicher, dass sie ausgerechnet von mir Trostworte haben will«, sagte Hjelm, aber einem aufmerksamen Zuhörer entging nicht, dass er die Worte im Rhythmus von *Kyrie eleison. Christe eleison. Kyrie eleison* sprach.

Herr, erbarme dich. Christus, erbarme dich. Herr, erbarme dich.

Kerstin Holm hörte es und lächelte.

»Und trotzdem«, sagte Hultin, »setze ich dich jetzt daran, dich genau darum zu kümmern.«

»Jemand anderer Ansicht?«, fragte der Reichskrimchef, der immer noch überrascht zu sein schien von Kerstin Holms Kommentar über die Bälle zwischen den Beinen.

Keiner war anderer Ansicht.

»Kommen wir dann zu Frage zwei?«, sagte Hultin.

Ein schüchternes Räuspern erklang, Blicke irrten zwischen den Rittern der Tafelrunde hin und her. Schließlich blieben sie an einem grau und rot gefleckten Edlen mit zu kleinem Anzug haften, nämlich Olle Larsson vom Stadtbauamt Stockholm.

Er sagte mit Seminarroutine: »Ich würde vorschlagen, wenn Sie gestatten, die Fragen zwei und drei zu kombinieren.«

Wie lauteten sie noch, verdammt?, dachte Hultin und sagte großzügig: »Wir gestatten.«

»Gestatten Sie mir auch, die Reihenfolge umzustoßen«, ließ Ritter Larsson sich weiter vernehmen. »Frage drei: Können wir diesem Bild mehr entnehmen? Eventuell ja. Das muss untersucht werden. Können wir versuchen, den Hintergrund heranzuzoomen, und zwar die Decke links?«

So geschah es. Der berühmte Techniker bearbeitete eifrig seinen Laptop und produzierte ein Bild, das zwar vergrößert, aber auch unschärfer war. Er sagte entschuldigend: »Die Auflösung bei den mit Handy gemachten Fotos ist nicht so gut.«

»Noch nicht«, sagte Kerstin Holm und erntete einen anerkennenden Technikerblick.

Der edle Ritter Larsson, dessen Rüstung leider für einen bedeutend besser trainierten *sir knight* geschmiedet zu sein schien, sprach aufs Neue die Sonne seines Universums an:

»Ein gewöhnliches Ventil, eine Lüftungsöffnung. Es könnte sich um ein älteres Modell handeln, doch ich brauchte eine Bestätigung als Antwort auf Frage zwei: Was für Bilder interessieren uns? Die Antwort lautet: wenn möglich, eine Großaufnahme des Ventils.«

»Fabelhaft!«, platzte der NE-Chef heraus. »Setzen wir also für einen zukünftigen Rohrwechsel das Leben von neun Geiseln aufs Spiel!«

Larsson war offenbar ein alter Seminarfuchs, der sich von Einwänden nicht stören ließ, sondern ihnen beherzt entgegentrat. »Falls es sich um ein älteres Modell handelt und damit um Rohre aus einer Zeit um das Baujahr, ist der Luftschacht, der auf dem Grundriss mit Nummer achtzehn bezeichnet ist, nicht isoliert und somit eindeutig weiter, als wenn wir es mit einem neueren Ventilmodell zu tun hätten. Es ist ein Zeichen für die Weite des Luftschachts.«

»Aha«, sagten einige der helleren Köpfe im Raum.

»Von welcher Weite reden wir?«, fragte Hultin.

»Neu: etwa ein Dezimeter. Alt: bis zu einem halben Meter. Gerade weit genug, dass ein kleiner Polizist hindurchpasst.«

»Ein kleiner Polizist?«, sagte Lena Lindberg bissig. »Eine Polizist*in*?«

»Oder er da«, sagte Olle Larsson und zeigte mit einem Akademikerfinger auf Jorge Chavez.

Der übernächtigte Babyvater Chavez riss seine müden Augen auf und starrte auf die eigentümliche Figur, die aus ihrem Anzug zu quellen schien wie ein Michelinmännchen. »Ich?«, sagte er nur.

Arto Söderstedt hingegen sagte: »Entsteht nicht ein deutlich hörbares Geräusch, wenn jemand sich durch einen Ventilationsschacht zwängt?«

»Warum nicht?«, sagte Sara Svenhagen. »Du *bist* doch ein kleiner Polizist.«

»Das warst du auch«, sagte Chavez. »Bevor du ein Kind bekommen hast.«

»Was?«, sagte Sara verblüfft.

»Ich finde trotzdem, dass wir diskutieren sollten, ob dies nicht ein Auftrag für eine Polizistin ist«, sagte Lena Lindberg.

»Es ist bisher überhaupt kein Auftrag«, sagte Hultin. »Dagegen solltest du, Paul, Cilla die Frage simsen.«

»Hallo«, sagte Söderstedt. »Existiere ich nicht mehr?«

»Nun reicht es aber wirklich!«, stieß die Polizeipräsidentin aus. »Ein bisschen Ordnung sollte doch wohl möglich sein.«

Diesmal musste Hultin ihr zustimmen. »Jetzt machen wir hier Schluss«, sagte er. »Wir versuchen, eine Bestätigung zu erhalten, dass der Ventilationsschacht überhaupt eine Möglichkeit ist. Falls ja, müssen wir diskutieren, ob es sinnvoll ist, auf dem Weg eine kleine Videokamera hineinzubekommen.«

Der NE-Chef sagte: »Die SMS an den Kontakt im Bankgebäude sollte auch eine generelle Bitte um weitere Bilder aus möglichst vielen Perspektiven enthalten.«

»Paul?«, sagte Hultin.

Hjelm nickte. In ihm hallte das *Quantus tremor est futurus* der Totenmesse.

»Dann hören wir uns jetzt das Gespräch an«, sagte Hultin und nickte dem Techniker zu. »Ich bitte um größtmögliche Ruhe.«

Und der Techniker ließ das Gespräch ablaufen:

»I wish to speak to the man in charge.«

»This is chief inspector Jan-Olov Hultin.«

»Are you the man in charge?«

»Yes. Was wollen Sie?«

»Wir wollen mit dem Geld von hier weg. Wir haben neun Geiseln und in der ganzen Bank Sprengladungen angebracht.«

»Das ist uns bewusst. Ich nehme an, Sie haben einen Plan.«

»Ja. Wir haben einen Plan. Er sieht vor, mit dem Geld von

hier fortzukommen, ohne dass halb Stockholm gesprengt wird und zahllose Menschen sterben.«

»Sie haben also keinen Plan?«

»Das genau ist der Plan.«

»Jetzt verstehe ich nicht ganz.«

»Wer versteht sich am besten darauf, Geiseln zu retten? Sie natürlich, die Polizei. Die schwedische Polizei. Sie sind nicht die russische Polizei, die gegen Räuber und Geiseln unterschiedslos Giftgas einsetzt.«

»Sie denken an die Tschetschenen im Dubrovka-Theater in Moskau letzten Herbst?«

»Wie angenehm, mit einem Polizeibeamten zu sprechen, der über Allgemeinbildung verfügt.«

»Das weiß doch die ganze Welt.«

»Aber wie viele hätten Dubrovka gesagt?«

»Was exakt wollen Sie mir sagen?«

»Versuchen Sie nicht, Gas einzusetzen. Die Sprengladungen können im Bruchteil einer Sekunde gezündet werden.«

»Okay. Und was haben Sie sich vorgestellt?«

»Das wissen Sie sehr gut, Hultin.«

»Ich möchte es gern von Ihnen hören.«

»Unser Plan ist, dass die Polizei uns einen Plan liefert.«

»Das hört sich optimistisch an.«

»Sie sind diejenigen, die sich damit auskennen.«

»Wir kennen uns auch damit aus, Verbrecher zu fassen.«

»Haha. Politisch gesehen, ist nur wichtig, dass die Geiseln überleben und dass die Gebäude stehen bleiben. Oder wollen Sie, dass Strindbergs Esplanadensystem gesprengt wird? Denken Sie sich eine Methode aus. Sie können überlegen, während Sie evakuieren. Sind Sie übrigens bald fertig damit?«

»Ja, bald.«

»Gut.«

Das plötzliche Schweigen schien alle zu überrumpeln. Es vergingen noch zehn Sekunden, bis Jon Anderson sagte: »Er macht sich nicht einmal die Mühe zu drohen.«

100

»Das stimmt«, sagte Hultin. »Er meint wohl, dass eine zer-
schossene Bank, neun Geiseln und hundert Kilo Dynamex
eine deutliche Sprache sprechen.«

»›Strindbergs Esplanadensystem‹«, sagte Arto Söderstedt
nachdenklich. »Und ›wie viele hätten Dubrovka gesagt?‹.
Das ist kein gewöhnlicher Bankräuber.«

»Ich weiß nicht, ob es überhaupt noch gewöhnliche Bankräuber gibt«, sagte der Reichskrimchef in nostalgischem
Ton.

Die Totenmesse in Paul Hjelms Kopf hallte immer stärker. Er spürte, dass es eine Grenze gab, wo sie nicht mehr
den Tod beschwor, nicht mehr das noch verbleibende Leben
anrief und ihm huldigte, sondern zum ganz eigenen Klang
des Todes wurde. Mozart spielte natürlich mit dieser Grenze
– es ging ein Zug von Grauen durch das ganze *Requiem*, der
hier und da an die Oberfläche kam und einem ganz andere
Schauer das Rückgrat hinunterrieseln ließ. Vor allem dann,
wenn die Lautstärke zunahm – und die hatte in Hjelms Kopf
zugenommen, während Hultins Gespräch mit dem Bankräuber abgespielt wurde. Er musste einfach Dampf ablassen.
»Mir sind trotz allem Kriminelle lieber, die eine Schraube
locker haben«, sagte er. »Sie sind vielleicht unberechenbar,
aber man kann sie lenken. Versuch mal, den hier zu manipulieren.«

Kerstin Holm, die neben ihm saß, legte die Hand auf
seine, und Hultin vorn am Katheder zeigte kurz eine strenge
Miene. Kerstin flüsterte: »Sie kommt bestimmt heil da raus«,
während Hultin sagte: »In gewisser Weise ist eine direkte
Beziehung zu den Tätern besser ...«

Aber es klang reichlich hohl.

Kurz danach fuhr er fort, diesmal etwas überzeugender:
»Wollen wir versuchen, uns darüber klar zu werden, mit was
für Typen wir es hier zu tun haben? Es können eigentlich
nicht mehr als zwei sein, das hat uns die Überwachungs-
kamera gezeigt, bevor sie zerschossen wurde, und das zeigt

auch dieses Bild. Trotzdem können wir nicht sicher sein. Pack es mit in deine SMS, Paul. Hallo, hörst du noch zu?«

Pauls Blick war völlig abwesend. Hultin sah, dass er kurz davor war, sich von der Situation überwältigen zu lassen. Und er konnte es ihm kaum vorwerfen. Aber sie brauchten ihn.

Hultin fasste einen Beschluss. »Kerstin«, sagte er. Und Kerstin Holm sah ihn mit einem Blick an, der auch kein richtiger Polizeiblick war.

Was läuft hier falsch?, dachte Hultin. Sollte nicht die Tatsache, dass eine der A-Gruppe nahestehende Person in den Fall verwickelt war, sie dazu zwingen, die Einsatzleitung neu zu organisieren? Oder weniger förmlich formuliert: Sollten sie wirklich hier sein?

Sollte er selbst hier sein?

Zeit, nach Hause zu fahren und in die Sauna zu gehen, dachte er eine Sekunde lang, um in der nächsten zu denken: Es ist die persönliche Betroffenheit, die die echte Einsatzbereitschaft hervorruft.

Polizeiarbeit funktioniert am besten, wenn die menschlichen Grundwerte auf dem Spiel stehen.

»Ja?«, sagte Kerstin Holm. »Jan-Olov? Hallo?«

»Kerstin«, sagte er. »Du und Paul, ihr setzt euch in ein leeres Zimmer und fomuliert eine Nachricht an Cilla in der Bank. Bevor ihr sie abschickt, zeigt ihr sie uns. Folgendes muss drinstehen: Wie viele Räuber sind es? Können wir eine Nahaufnahme des Deckenventils aus dem Raum haben, in dem die Räuber sich aufhalten? Können wir überhaupt mehr Bilder bekommen? Soll noch mehr hinein? Noch Vorschläge?«

»Bleiben die Räuber an einer Stelle?«, sagte der Chef der Nationalen Einsatztruppe. »Wo sitzen die Geiseln? Wo ist der Sprengstoff angebracht. Und vor allem: Wie wird er gezündet? Der Räuber sagt, ›im Bruchteil einer Sekunde‹. Aber wie?«

102

»Hast du das mitbekommen?«, fragte Hultin Kerstin Holm, die nickte und sagte: »Die Frage ist nur, wie viel wir in die erste Nachricht hineinpacken können, ohne Cilla zu überfordern.«

»Das entscheidet ihr«, sagte Hultin. »Aber alles, was hier genannt wurde, ist wichtig. Noch was?«

Sara Svenhagen sagte: »Kann man sich eine offene Telefonverbindung denken, über die wir die Gespräche der Räuber untereinander hören können?«

»Nicht einmal unsere Richtmikrofone fangen irgendwelche Gespräche ein«, sagte der NE-Chef knorrig. »Ein Handy über sechs, sieben Meter Entfernung kann nichts auffangen.«

»Vielleicht reden sie nicht«, sagte Viggo Norlander.

»Sie *brauchen* vielleicht gar nicht zu reden«, sagte Arto Södersted. »Vielleicht ist alles bis ins kleinste Detail vorausgeplant.«

»War nur so eine Idee«, sagte Sara Svenhagen.

»Eine gute Idee«, sagte Hultin. »Geht jetzt.«

Und Paul Hjelm und Kerstin Holm gingen.

»Kommen wir zurück auf mein Gespräch mit dem Räuber«, sagte Hultin. »Noch weitere Gedanken? Was sind das für Leute? Was haben sie vor? Irgendwelche sprachlichen Anmerkungen? Ehnberg?«

Kurt Ehnberg mit seiner Fernglasbrille und seiner Qualifikation in Phonologie an der Uni Stockholm nickte. »Der Akzent ist russisch und bekräftigt, was ich vorher gesagt habe. Moskau und Umgebung. Der Sprachgebrauch lässt klar erkennen, dass der Mann es gewohnt ist, Englisch zu sprechen. Der Soziolekt ist intellektuell: ›Wie angenehm, mit einem Polizeibeamten zu sprechen, der über Allgemeinbildung verfügt.‹ Der Hinweis auf Strindberg und das Esplanadensystem sowie die Aussprache des Namens Hultin verraten gewisse Kenntnisse über Schweden und die schwedische Sprache.«

»Soziolekt?«, sagte Viggo Norlander.

»Würstchenbudenfritze«, sagte Arto Söderstedt.

»Unprofessionell, haben wir festgestellt«, sagte Hultin. »Aber ist das mit dieser mangelnden Professionalität nicht eine zweischneidige Sache?«

»Ich habe auch schon daran gedacht«, sagte Sara Svenhagen. »Auf der einen Seite die Unfähigkeit, jemanden ordentlich zu filzen, und die verrückte Idee, dass die Polizei den Fluchtplan zur Verfügung stellen soll. Auf der anderen Seite eine elaborierte und coole Sprache, ein gelungener und schießfreudiger Banküberfall, eine Geiselnahme ohne Verletzte, Zutritt zum Tresorraum, schwarz gesprayte Fenster, professionelle Waffen und ungeheure Mengen Sprengstoff.«

Hultin nickte und sagte: »Gehen wir noch einmal zur russischen Mafia und dem ehemaligen KGB zurück?«

»Sind die Typen hergeschickt worden, um eine neue Methode von Banküberfällen zu testen?«, sagte Jon Anderson. »Die Mafia sondiert neues Terrain?«

»Tragen sie kugelsichere Westen?«, sagte der Reichskrimchef plötzlich und zeigt auf das Bild. »Sie sehen pummelig aus.«

Alle Augen richteten sich wieder auf das Bild an der Wand. Es stimmte.

»Ich glaube, wir müssen jeden Gedanken an mangelnde Professionalität aufgeben«, erklärte Hultin. »Das hier sind Profis.«

»Vermissen wir nicht etwas in eurem Gespräch?«, fragte Arto Söderstedt.

Dem Chef der Nationalen Einsatztruppe reichte es. Er stand auf und sagte mit deutlich zurückgehaltenem Zorn: »Ich bin sicher, dass diese Haarspaltereien bei der Einheit für Gewaltverbrechen von internationaler Art erfolgreich gewesen sind. Aber für die Geiseln tickt die Uhr. Jeden Augenblick kann halb Östermalm in die Luft fliegen. Wir müssen einen konkreten Plan ausarbeiten. Wir müssen uns auf eine Erstürmung der Bank vorbereiten.«

Jan-Olov Hultin starrte ihn an. Seine Neutralität war so schneidend, dass es dem NE-Chef schwerfiel, stehen zu bleiben.

»Eine Erstürmung ohne exakte Kenntnis, *das* heißt, halb Östermalm zu sprengen«, sagte Hultin bissig.

»Nichtsdestoweniger«, sagte der NE-Chef verkniffen, »brauchen wir dringend einen Plan B, den wir unmittelbar umsetzen können, falls die da drinnen auf die Idee kommen, Geiseln zu erschießen.«

»Als Erstes benötigen wir die Bestätigung dafür, dass sie die Sprengladungen ›im Bruchteil einer Sekunde zünden‹ können.«

»Das hätte schneller gehen sollen«, beharrte der NE-Chef tapfer. »Sobald wir erkannt haben, dass es einen Kontakt in der Bank gibt, hätten wir einen exakten Lagebericht verlangen sollen.«

»Unsere Priorität muss sein, nicht überhastet zu reagieren. Außerdem brauchen wir Livebilder, denn die Frage nach der Größe des Ventilschachts ist mindestens ebenso wichtig.«

Die Luft zwischen dem NE-Chef und Hultin knisterte, es gab einen bläulichen Blitz wie bei einem elektrischen Kurzschluss. Hinterher war es in den Blicken vollkommen dunkel, und der NE-Chef sank zurück auf seinen Stuhl.

Hultin wäre auch gern auf einen Stuhl gesunken. »Okay«, sagte er stattdessen und fühlte sich zerschlagen. »*Ein* Handlungsplan betrifft die Frage des Ventils. Gehen wir davon aus, dass der Schacht weit genug ist für einen ›kleinen Polizisten‹. Wärest du, Jorge, gegebenenfalls bereit, hineinzukriechen und eine Mikrokamera anzubringen?«

»Ich melde mich freiwillig«, sagte Lena Lindberg und fügte giftig hinzu: »Ich habe noch kein Kind.«

Sara Svenhagen gab ein kurzes Lachen von sich, so kurz, als wäre es ein Irrtum.

Hultin sah Lena Lindberg an, der er ein einziges Mal begegnet war, auf seinem schicksalsträchtigen Abschiedsfest bei der Pensionierung vor einem knappen Jahr. Was er jetzt sah, war nicht mehr das sprudelnde, gepiercte blonde Wesen, auf das er damals reagiert hatte. An den Seiten ihres scharfen Blicks lauerte etwas anderes als Schärfe, etwas – Gefährliches. Er konnte es sich selbst nicht anders beschreiben und natürlich auch nicht rational begründen. Dennoch war sein Entschluss glasklar. »Ich habe Jorge gefragt«, sagte er.

»Weißt du, wie man das nennt?«, fragte Lena Lindberg eiskalt.

»Ich weiß, was du meinst.«

»Es heißt Geschlechtsdiskriminierung.«

»Es hat mit Geschlecht nichts zu tun«, sagte Hultin und hörte im selben Moment, wie blass es klang.

»Natürlich kann ich aktiv zur Geschlechtsdiskriminierung beitragen«, sagte Jorge Chavez gutmütig. »Aber mir war, als hätte ich vor Kurzem einen relevanten Einwand gehört.«

»Aha«, sagte Arto Söderstedt. »Es kommen also doch ein paar akustische Wellen ans Ziel.«

Hultin wandte sich an seinen Lieblingsfinnen: »Du hast gesagt: ›Entsteht nicht ein deutlich hörbares Geräusch, wenn jemand sich durch einen Ventilationsschacht zwängt?‹«

»Na wer sagt's denn«, meinte Söderstedt. »Es liegt also nicht daran, dass man mich nicht hört. Schön zu wissen, dass man noch nicht tot ist. Aber dann muss es einen anderen Grund dafür geben, dass ich ignoriert werde.«

»Den gibt es«, sagte Hultin. »Ich komme sofort darauf zurück. Aber lasst uns das hier festhalten.«

»Ein einziges kleines Geräusch«, sagte Chavez, »und rein mit der MP ins Ventil. Eine schnelle Kugelgarbe macht Isabel vaterlos.«

»Davor fürchte *ich* mich nicht«, sagte Lena Lindberg.

Jetzt sah Hultin, was in diesem Blick lauerte. Es war Todessehnsucht.

»Ebendeshalb«, sagte er.

Der Chef des Reichskrim sagte: »Klar können wir Geräuschlosigkeit hinkriegen und alle erdenklichen Sicherheitsvorkehrungen treffen.«

»Wenn es so ist«, sagte Chavez mit einem Schulterzucken. »Natürlich.«

»Ein gewisses Maß an Angst ist notwendig für jede Polizeiarbeit«, sagte Hultin, wandte sich Arto Söderstedt zu und fuhr fort: »Du glaubst, dass dich keiner gehört hat, Arto, aber ich habe dich gehört. Du hast, der Reihenfolge nach, gesagt: ›Können zwei Personen wirklich hundert Kilo Dynamex hineintragen?‹ ›Gib zu, dass es alles in ein anderes Licht rücken würde. Insiderjob.‹ ›Dies sind keine gewöhnlichen Bankräuber.‹ ›Sie brauchen vielleicht nicht zu reden. Alles ist schon bis ins kleinste Detail vorausgeplant.‹ Außerdem ›Würstchenbudenfritze‹ zu Viggo.«

»Pflegefall«, sagte Viggo Norlander.

»Und zuletzt«, fuhr Hultin unbeirrt fort, »hast du gesagt: ›Vermissen wir nicht etwas in eurem Gespräch?‹«

»Jesses«, sagte Arto Söderstedt. »Jetzt fällt mir wieder ein, warum du ein so guter Chef warst.«

»Mit Schmeicheleien kommst du nirgendwohin. Wenn ich dich richtig kenne, Arto, so bildet dies alles eine Theorie, obwohl du sie uns bisher nur häppchenweise serviert hast. Also rede Klartext, Mensch. Lass uns am Ende beginnen, mit ›Vermissen wir nicht etwas in eurem Gespräch?‹ Was vermissen wir in dem Gespräch zwischen dem Räuber und mir?«

Söderstedt zwinkerte ein paarmal und sagte schließlich: »Sind Sie bald fertig mit der Evakuierung?«

Die Länspolizeipräsidentin, die zwischenzeitlich ins Koma gefallen zu sein schien, erwachte mit einem kräftigen Ruck und sagte: »Die Evakuierung ist vervollständigt.«

Vervollständigt?, dachte Hultin.

»Nein«, sagte Söderstedt. »Ich meine, dass der Räuber das

gesagt hat. Einfach so: ›Sind Sie bald fertig damit?‹ Du hast geantwortet ›Ja, bald‹, woraufhin er das gesamte Gespräch mit ›Gut‹ beendet hat. Warum sollte ihn die Evakuierung interessieren?«

»Ja, warum?«

»Ich weiß nicht. Aber irgendetwas läuft hier. Die Räuber reden nicht miteinander, aber der eine spricht ein fabelhaftes Englisch, und seine geistige Kapazität scheint ... vervollständigt, und sie tragen ohne größere Mühe hundert Kilo Dynamex hinein. Außerdem zeigen sie ein starkes, wenn auch maskiertes Interesse an der Evakuierung.«

»Und das ergibt für dich ein zusammenhängendes Bild?«

»Nein«, sagte Söderstedt, »und das stört mich. Es ergibt ein Bild, aber ein ganz anderes als das von gewöhnlichen Bankräubern. Wir müssen uns auf Überraschungen gefasst machen. So viel ist klar. Es stecken noch mehr Leute dahinter.«

»In der Bank?«

»Die beste Erklärung dafür, dass sie es geschafft haben, einerseits Chaos zu erzeugen und andererseits weit über hundert Kilo in die Bank zu tragen, muss sein, dass ein großer Teil der Sachen schon vor Ort war. Und dass der Überfall Teil eines größeren Plans ist.«

»Also ein Insiderjob?«

Söderstedt lächelte kurz und sagte: »Gib zu, dass das alles in ein anderes Licht rücken würde.«

Da erhob sich Geir, der Sicherheitsbeauftragte der Andelsbank, mit flammenden Augen und produzierte mit Donnerstimme eine vollständig unbegreifliche Wortkanonade. Die Ritter der Tafelrunde starrten ihn unverblümt an.

»Was hat er gesagt?«, fragte Hultin am Schluss.

Der Direktor der Andelsbank, Haavard Naess, zeigte zum ersten Mal etwas, was einem Gefühl glich. Er zog die Augenbrauen hoch und dolmetschte gefühlvoll: »Scheißschweden!«

14

Trostworte, dachte Paul Hjelm und spürte, wie der Schmerz überhandnahm. Trostworte für Cilla. Sie, die ein Jahr lang kaum miteinander gesprochen hatten – von der Stummheit davor gar nicht zu reden. Jetzt saß sie als Geisel da drinnen und ging durch die Hölle. Und seine Aufgabe war es, sie auf rationale Weise dazu zu bringen, die richtigen Dinge zu tun, *sie zu benutzen* – und gleichzeitig diese verfluchten ›Trostworte‹ zu produzieren.

Und das alles in Form einer SMS. Die Bezeichnung hatte vor einigen Jahren noch kaum existiert; jetzt schlang sich ein Netz von SMS-Nachrichten um die Welt, in einer eigenen knapp gefassten Sprache, hervorgebracht durch das Drücken spezieller Tastenkombinationen.

Sicher, er hatte eine Expertin bei sich. Zusammen mit Kerstin Holm, mit der er Cilla einmal betrogen hatte, sollte er der Exfrau ›ein paar Trostworte‹ zukommen lassen. Jetzt betrog er sie auf ganz andere Art und Weise. Es war pervers.

Kerstin saß auf der anderen Seite des Schreibtischs und versuchte, ihre Gesichtszüge zu ordnen. Wie bedauernd musste sie aussehen? Wo verlief die Grenze zwischen echtem, falschem und gar keinem Mitleid? Und von der Totenmesse, die in seinem Kopf dröhnte, dass es ihm so vorkam, als sollten ihm die Trommelfelle platzen, hörte sie nicht einen Ton.

Und sie hatten sich einmal so nahegestanden, dass die Grenze zwischen ihren Gedanken beinahe verwischt war.

Und jetzt – wann war die Mauer zwischen zwei Menschen dicker gewesen?

Kerstin. Er blickte in ihre Augen. Diese dunklen, lebhaften Augen in dem zarten, von fast schwarzem Haar im Pagenschnitt umrahmten Gesicht. Alles, was dahinter war.

Diese Augen, denen es gelungen war, nicht hart zu werden.

Sich vorzustellen, wir wären es geworden. Es war so nahe daran gewesen. Wie sähe mein Leben dann aus?

Er sollte nicht an Kerstin denken.

Doch wenn er ernsthaft an Cilla in der Bank denken sollte, redete er sich ein, wenn er sich in sie hineinversetzen und mit ihr in Kontakt treten wollte, musste er den Umweg über einen anderen Menschen nehmen, der ihm einmal – einmal – fast ebenso nahegestanden hatte. Oder näher?

Nein. Nicht näher. Cilla. Unsere langen Jahre zusammen. Unser *gemeinsames* Leben. Zwei nahezu erwachsene Kinder, Danne und Tova. War es überhaupt ein gemeinsames Leben gewesen? Hatten sie nicht in zwei vollständig verschiedenen Welten gelebt? Aber wir haben uns geliebt, was immer das eigentlich bedeutet.

Aber haben wir einander jemals erkannt?

»Fangen wir mit ›Cilla‹ an?«, fragte Paul Hjelm.

Wer bist du?, dachte Kerstin Holm. Wir leben nebeneinander, wir berühren einander, wir sprechen miteinander, wir sehen uns in die Augen, aber wir bleiben Fremde. Und das ist unser unausweichliches Los.

Ich stehe morgens vor dem Spiegel, dachte sie. Und du, mein Sohn, stehst neben mir. Ich sehe, wie ähnlich wir uns sind. Ich sehe, dass wir gemeinsame Gene haben. Dein Lächeln ist meins. Meins ist deins. Wir sind einander so nahegekommen. Und trotzdem weiß ich nie, niemals, niemals wirklich, was du denkst, fühlst, empfindest.

Und du, Paul, wer bist du? Einmal hast du meine Schutzwälle überwunden. Du warst der Erste, der meine ganze Wahrheit bekam, die ganze dunkle Wahrheit, soweit sie mir damals zugänglich war, und sie hat dich nicht abgestoßen.

110

Und dennoch zeigte sich, dass es nur ein Bruchteil der Wahrheit war.

Dann ging es nicht weiter, Paul. Warum ging es nicht weiter, Paul? Zu kompliziert? Du sitzt da in deinem Armani-Anzug und deinem ganzen neuen freien Leben und bist derselbe. Du bist derselbe Mann, der all diese Jahre meine Seele okkupiert hat. Ich scheine dir nicht entgehen zu können, ich will dir nicht entgehen. Du bist eine Sicherheit in meinem Leben. Aber was sind meine Gefühle für dich? Ganz im Innersten?

Sie dachte: Ich bin genauso verwirrt und allein wie Cilla in der Bank. Ich will mit dem Leben davonkommen, das ist alles. Frei atmen. Luft. Ich liege auf dem Fußboden des Tresorraums und blicke in den nur wenige Meter entfernten Büroraum. Und ich verstehe nicht, was die Räuber wollen, diese gesichtslosen Männer, warum sie eingedrungen sind in mein Leben. Da liege ich und fingere an meinem Handy und sehe ein, dass es die Welt beinhaltet, durch das Handy kann ich noch immer an die andere Wirklichkeit rühren. Ich habe Kontakt aufgenommen zu dem Menschen, der mir im Leben am nächsten gestanden hat, der mich so schwer hintergangen hat (wie ich ihn freilich auch hintergangen habe), und meine Versöhnungsgeste verhallt im Nichts. Mit jeder Sekunde fühle ich mich einsamer und einsamer. Es dauert nicht mehr lange, bis die Welt um mich her zerbricht und ich vollständig einsam bin und bleibe – in alle Ewigkeit.

»Es muss anfangen mit ›Ich bin bei dir‹«, sagte Kerstin Holm.

›Ich bin bei dir‹, dachte Paul Hjelm. Trostworte. War ich jemals ›bei dir‹? Wird es ihr etwas bedeuten? Ist es nicht eher ein Hohn als ein Trost? Nein, sie hat die SMS immerhin an mich geschickt. Es war natürlich logisch, weil ich Polizist bin, aber war das alles? War die Handlung damit erschöpft? Ich weiß, dass Kerstin es nicht so sieht – sondern als eine

Versöhnungsgeste Auge in Auge mit dem Tod. Aber sehe ich es so?

Es kann natürlich Zufall sein. Es kann sein, dass meine Nummer zufällig auf ihrem Handy auftauchte, dass es die erstbeste Nummer war. Aber war es dann wirklich Zufall? Ich sehe, dass ich rational und analytisch werde – genau das, was sie am meisten gehasst hat: wenn sie das Gefühl bekam, dass ich von oben herab zu ihr sprach. Wenn ich nur verstände, was sie wollte. Eigentlich.

Denn die beiden Nachrichten dienen ganz unterschiedlichen Zwecken – die erste, die SMS, war ein Hilfeschrei; die zweite, die MMS, war das genaue Gegenteil – sie kam von einer Frau, die ihr Leben zurückerobert hat und sagt: Ja, ich kann euch helfen.

Ich frage mich, ob ich, Paul Hjelm, überhaupt mit der Sache zu tun habe.

Ich frage mich, ob ich, Paul Hjelm, jemals etwas mit Cillas Leben zu tun gehabt habe.

Wie rational und logisch die Anweisungen erklären, ohne dass es in Cillas Augen kalt erscheint? Einfach – und trotzdem so, dass klar wird, wie wichtig sie ist.

›Ein paar Aufgaben‹? Nein. Zu schulmeisterlich. Besser vielleicht ein paar wichtige – Aufträge?

»Was hältst du von ›Ein paar Aufträge‹?«, fragte Paul Hjelm. »Mit Doppelpunkt und danach erstens, zweitens, drittens.«

Kerstin Holm sah, wie die Bilder auf ihn einstürmten, all die Bilder eines langen gemeinsamen Lebens – und gleichzeitig sah sie deutlich, wie er versuchte, dies alles mit Rationalität und gesundem Menschenverstand zurückzudrängen. Doch der gesunde Menschenverstand lag ihm zurzeit denkbar fern.

Und ich selbst? Ahne ich in meiner unerwarteten Gelöstheit eine Messerspitze Schadenfreude? Während ich mich

112

mit der A-Gruppe dumm und dämlich geschuftet habe, ist
bei ihm alles wie geschmiert gelaufen. Er hat sich reibungslos
in einen unverbrauchten, alleinstehenden und überaus gut
bezahlten höheren Beamten mit häufig wechselnden Part-
nerinnen verwandelt.

Er altert mit Behagen, ich mit Unbehagen.

Dies hier geschieht ihm recht.

Die Vergangenheit schlägt zurück.

»Vielleicht so«, sagte Kerstin Holm: »›1. Wie wird der
Sprengstoff gezündet?‹«

Kerstin, du gehst in Cilla über, und ich glaube, dass du es
merkst. Ich sehe deinen Blick dunkler werden. Oder ist es
nur meine Phantasie – vielleicht mein Wille?

Cilla, ich höre aus dem Inneren der Bank das Schlagen
deines Herzens. Ich fühle deinen Schmerz. Aber kann ich es
wirklich? Ist es überhaupt möglich, auch nur zu ahnen, was
du fühlst?

Aber ich kann auf jeden Fall ahnen, was du siehst.

»›2.‹«, sagte Paul Hjelm. »›Wie viele Räuber sind es?‹«

Ich weiß nicht, ob du überhaupt fähig bist, dich schuldig zu
fühlen, dachte Kerstin Holm. Du rückst Cilla in ein positives
Licht und vergisst das Dunkel, vor dem du geflohen bist.
Sie ist die Lebensklügere von euch beiden, und mit dieser
Klugheit konntest du nicht umgehen. Du hast geglaubt, dein
Denken könnte das Grau des Alltags verändern. Aber sie hat
dieses Grau bewohnt und es sich zu eigen gemacht. Du willst
mehr Farbe. Du willst die Farben der Welt selbst wählen. Das
ist deine Stärke und deine Schwäche, Paul. Und nie wirst du
dich hineinversetzen können in das, was sie da drinnen in
dem Pulverfass empfindet. Aber du wirst glauben, du tätest
es.

»›3.‹«, sagte Kerstin Holm. »›Kannst du eine Nahaufnahme des Ventils über dem Schreibtisch mit dem Telefon machen?‹«

Ein bisschen lang vielleicht, dachte Paul Hjelm. Das kann ich besser.

Denn so denke ich immer.

Woher kommt sie, die Vorstellung, der Beste zu sein?

Habe ich Cilla da hineingebracht?

Hätte ich sie nicht verlassen, säße sie nicht als Geisel da drinnen, Waffen auf sich gerichtet und von Sprengstoff umgeben. So viel ist klar.

»›4.‹«, sagte Paul Hjelm. »›Kannst du mehr Bilder machen?‹ Und eine Schlusswendung. Was hältst du von ›Halte durch. Paul‹?«

›Halte durch‹, dachte Kerstin Holm, und Zärtlichkeit durchströmte sie. Ich denke an dich, Paul, als du vor undenklichen Zeiten dieses Mal auf der Wange bekamst, den roten Fleck, der wuchs und wuchs und bald dein ganzes Gesicht zu bedecken drohte. Aber er hörte auf zu wachsen, er bekam die Form eines Herzens, und er ist immer noch da.

Obwohl man ihn fast nicht mehr sieht.

Manchmal bin ich das soziale Spiel so leid, das unwillkürlich zwischen Menschen in einer Gruppe entsteht. Ist das Spiel zwischen Menschen ein Krieg? Ein ununterbrochener Stellungskrieg?

Ist die Gewalt nur eine andere Sprache, um zu sagen: Seht mich?

»Gut, dann sind wir klar«, sagte Kerstin Holm. »Es ging doch ganz einfach?«

15

Der kleine Raum im Polizeipräsidium auf Kungsholmen, der die ebenso überambitionierte wie ironische Bezeichnung Kampfleitzentrale trug, lag völlig verlassen. Nur ein Fernseher lief.

Ein amerikanischer Präsident sprach:

»Liebe Mitbürger! Die Ereignisse im Irak haben die letzten Tage der Entscheidung erreicht. Seit mehr als einem Jahrzehnt haben die Vereinigten Staaten und andere Nationen geduldige und ehrenwerte Versuche unternommen, das irakische Regime auf friedlichem Weg zu entwaffnen. Das Regime hat sich als Bedingung für die Beendigung des Golfkriegs im Jahre 1991 verpflichtet, seinen Bestand an Massenvernichtungswaffen offenzulegen und diese zu vernichten.

Seitdem hat die Welt sich zwölf Jahre lang in Diplomatie geübt. Wir haben im Sicherheitsrat der Vereinten Nationen mehr als ein Dutzend Resolutionen verabschiedet. Wir haben Hunderte von Waffeninspektoren entsandt, um die Entwaffnung des Iraks zu kontrollieren. Unser guter Wille ist nicht erwidert worden.

Das irakische Regime hat Diplomatie als Vorwand benutzt, um Zeit und Vorteile zu gewinnen. Es hat den Resolutionen des Sicherheitsrats, die volle Abrüstung forderten, in gleichbleibender Weise getrotzt. Im Lauf der Jahre sind Waffeninspektoren der UNO von irakischen Offiziellen bedroht, elektronisch abgehört und systematisch getäuscht worden. Friedliche Versuche, das Regime des Iraks zu entwaffnen, sind wieder und wieder gescheitert – weil wir es nicht mit friedliebenden Männern zu tun haben.

Nachrichtendienstliche Informationen, die unserer Regierung und befreundeten Regierungen vorliegen, lassen keinen

Zweifel daran, dass der Irak weiterhin Massenvernichtungswaffen besitzt und sie bereits gegen die Nachbarn des Iraks
und gegen das eigene irakische Volk eingesetzt hat.

Die Geschichte des Regimes im Mittleren Osten ist von
rücksichtsloser Aggression geprägt. Es ist von tiefem Hass
auf Amerika und unsere Freunde beseelt und hat Terroristen
geholfen, sie ausgebildet und ihnen Unterschlupf gewährt,
aktive Al-Kaida-Kämpfer eingeschlossen.

Die Gefahr liegt auf der Hand: Indem sie mithilfe des
Iraks an chemische, biologische oder auch nukleare Waffen
gelangen, können die Terroristen ihre erklärten Ziele ver-
wirklichen und Tausende oder Hunderttausende unschul-
diger Menschen in unserem Land oder in anderen Ländern
töten.

Die Vereinigten Staaten und andere Nationen haben
nichts getan, um diese Bedrohung auf sich zu ziehen oder
zu verdienen. Aber wir werden alles tun, um sie zu besiegen.
Statt auf die Katastrophe zuzutreiben, werden wir einen
Kurs der Sicherheit steuern. Bevor der Tag des Schreckens
kommen kann, bevor es zu spät ist, wird diese Gefahr
beseitigt werden.

Die USA haben die uneingeschränkte Souveränität, zur
Wahrung ihrer eigenen nationalen Sicherheit Gewalt einzusetzen. Diese Pflicht obliegt mir als Oberkommandieren-
dem, kraft des Eides, den ich geleistet habe, des Eides, den
ich nicht brechen werde.

Der Kongress der USA hat in Erkenntnis der Bedrohung
für unser Land im letzten Jahr mit überwältigender Mehr-
heit die Anwendung von Gewalt befürwortet. Amerika hat
versucht, mit den Vereinten Nationen zusammenzuarbeiten,
um gegen die Bedrohung anzugehen, weil wir das Problem
auf friedliche Weise lösen wollten. Wir glauben an die Aufgabe der Vereinten Nationen. Eines der Ziele bei der Gründung
der UNO nach dem Zweiten Weltkrieg war es, aggressiven
Diktatoren entgegentreten zu können, aktiv und rechtzeitig,

bevor sie Unschuldige angreifen und den Frieden zerstören können.

Im Falle des Iraks hat der Sicherheitsrat in den frühen 1990er-Jahren gehandelt. Durch die Resolutionen 678 und 697 – die beide noch in Kraft sind – sind die Vereinigten Staaten und unsere Alliierten autorisiert, Gewalt anzuwenden, um dem Irak seine Massenvernichtungswaffen zu nehmen. Dies ist keine Frage der Autorisierung, es ist eine Frage des Wollens.

Im letzten September habe ich auf der Generalversammlung der Vereinten Nationen an die Nationen der Welt appelliert, sich zusammenzuschließen und diese Gefahr zu beenden. Am 8. November hat der Sicherheitsrat einstimmig die Resolution 1441 verabschiedet, die feststellt, dass der Irak seinen Verpflichtungen in eindeutiger Weise nicht nachkommt, und schwerwiegende Konsequenzen androht, falls der Irak nicht sofort und vollständig abrüstet.

Heute kann keine Nation ernsthaft behaupten, der Irak hätte abgerüstet. Und er wird nicht abrüsten, solange Saddam Hussein an der Macht ist. In den vergangenen viereinhalb Monaten haben die Vereinigten Staaten und unsere Alliierten im Sicherheitsrat darauf hingearbeitet, die schon lange bestehenden Forderungen des Rats in Kraft zu setzen. Doch einige ständige Mitglieder des Sicherheitsrats haben öffentlich angekündigt, gegen jede Resolution ein Veto einzulegen, die die Entwaffnung des Iraks erzwingen will. Diese Regierungen teilen unsere Einschätzung der Gefahr, nicht aber unsere Entschlossenheit, ihr entgegenzutreten. Viele Nationen haben jedoch die Entschlossenheit und die Kraft, gegen diese Bedrohung des Friedens vorzugehen, und eine breite Koalition bildet sich gegenwärtig, um den gerechten Forderungen der Welt Geltung zu verschaffen.

Der Sicherheitsrat der Vereinten Nationen ist seiner Verantwortung nicht nachgekommen, also werden wir der unseren nachkommen.

In den letzten Tagen haben einige Regierungen im Mittleren Osten ihren Beitrag geleistet. Sie haben in öffentlichen und privaten Botschaften den Diktator gedrängt, den Irak zu verlassen, sodass eine Entwaffnung friedlich erfolgen kann. Bisher hat er dies abgelehnt. All die Jahrzehnte von Täuschung und Grausamkeit sind jetzt an ihr Ende gekommen. Saddam Hussein und seine Söhne müssen den Irak binnen 48 Stunden verlassen. Ihre Weigerung, dies zu tun, wird einen militärischen Konflikt zur Folge haben, die Wahl des Zeitpunkts für seinen Beginn liegt bei uns. Alle Ausländer – einschließlich Journalisten und Inspektoren – sind gehalten, um ihrer eigenen Sicherheit willen den Irak umgehend zu verlassen.

Viele Irakis können mich heute Abend in einer übersetzten Radiosendung hören, und ich habe eine Botschaft an sie: Wenn wir zu militärischem Eingreifen gezwungen werden, wird sich dieses gegen die gesetzlosen Männer richten, die Ihr Land regieren, nicht gegen Sie. Wenn unsere Koalition diesen Männern die Macht nimmt, werden wir Ihnen die Lebensmittel und die Medikamente liefern, die Sie brauchen. Wir werden den Apparat des Terrors niederreißen, und wir werden Ihnen helfen, einen neuen Irak aufzubauen, der frei sein und aufblühen wird. In einem freien Irak wird es keine Aggressionskriege gegen Ihre Nachbarn mehr geben, keine Giftfabriken mehr, keine Hinrichtungen von Dissidenten, keine Folterkammern und keine Vergewaltigungsräume. Der Tyrann wird bald verschwunden sein. Der Tag Ihrer Befreiung steht bevor.

Es ist zu spät für Saddam Hussein, er kann nicht an der Macht bleiben. Es ist nicht zu spät für das irakische Militär, ehrenvoll zu handeln und Ihr Land zu schützen, indem es den friedlichen Einmarsch der Koalitionstruppen zulässt, um Massenvernichtungswaffen zu beseitigen. Unsere Truppen werden den irakischen Militäreinheiten klare Anweisungen erteilen, wie sie sich verhalten müssen, um nicht angegriffen und vernichtet zu werden. Ich appelliere an jedes einzelne Mitglied des irakischen Militärs und der irakischen Nachrichtendienste: Wenn der Krieg kommt, kämpfen Sie nicht für ein sterbendes Regime, das Ihr Leben nicht wert ist.

Alle militärischen und zivilen irakischen Kräfte sollten die folgende Warnung ernst nehmen: In jeder Auseinandersetzung wird Ihr Schicksal abhängen von Ihren Handlungen. Zerstören Sie keine Ölquellen, eine Quelle des Wohlstands, die dem irakischen Volk gehört. Gehorchen Sie keinem Befehl, Massenvernichtungswaffen einzusetzen, gegen wen auch immer, das irakische Volk inbegriffen.

Kriegsverbrechen werden verfolgt werden. Kriegsverbrecher werden bestraft werden. Und es wird nicht ausreichen zu sagen: ›Ich habe nur Befehle befolgt.‹

Sollte Saddam Hussein die Konfrontation wählen, kann das amerikanische Volk gewiss sein, dass jedes Mittel versucht worden ist, Krieg zu vermeiden, und dass jedes Mittel benutzt werden wird, ihn zu gewinnen. Amerikaner wissen um die Kosten von Konflikten, denn wir haben sie in der Vergangenheit bezahlt. Krieg kennt keine Sicherheit – sicher ist nur, dass es Opfer geben wird.

Und doch ist die einzige Möglichkeit, das Leid und die Dauer des Krieges zu reduzieren, die volle Kraft und Macht unseres Militärs einzusetzen, und wir sind dazu bereit. Wenn Hussein versucht, sich an die Macht zu klammern, wird er bis zum Ende ein tödlicher Feind sein. In letzter Verzweiflung könnten er und terroristische Gruppen versuchen, terroristische Aktionen gegen das amerikanische Volk und unsere Freunde durchzuführen. Solche Angriffe sind nicht unvermeidlich. Sie sind indessen möglich. Und ebendiese Tatsache unterstreicht den Grund, warum wir nicht unter der Drohung von Erpressung leben können. Die terroristische Bedrohung Amerikas und der Welt wird in dem Augenblick vermindert, in dem Saddam Hussein entwaffnet wird.

Unsere Regierung ist in erhöhter Alarmbereitschaft gegenüber diesen Gefahren. So, wie wir uns darauf vorbereiten, den Sieg im Irak zu sichern, ergreifen wir auch weitere Maßnahmen zum Schutz unseres Landes. Kürzlich haben amerikanische Behörden gewisse Individuen mit Beziehungen zu irakischen Nachrichtendiensten des Landes verwiesen. Unter anderem habe ich zusätzliche Sicherheitsmaßnahmen für unsere Flughäfen angeordnet und die Kontrollen unserer großen Häfen durch die Küstenwache verstärkt. Das Ministerium für Innere Sicherheit arbeitet eng mit den Gouverneuren der Nation zusammen, um die bewaffnete Sicherung an kritischen Punkten amerikaweit zu erhöhen.

Sollten Feinde unser Land angreifen, würden sie versuchen, unsere Wachsamkeit in Panik zu verkehren und unsere Moral durch Furcht zu schwächen. Dies würde ihnen nicht gelingen. Keine Aktion ihrerseits kann den Kurs dieses Landes ändern oder seine Entschlossenheit ins Wanken bringen. Wir sind ein friedliebendes Volk – aber wir sind kein furchtsames Volk, und wir werden uns nicht von Schurken und Mördern einschüchtern lassen. Wenn unsere Feinde es wagen, uns anzugreifen, müssen sie und alle, die ihnen dabei geholfen haben, mit schrecklichen Konsequenzen rechnen.

Wir handeln jetzt, weil das Risiko, nicht zu handeln, weit größer wäre. In einem Jahr oder in fünf Jahren würde die Macht des Iraks, Schrecken über alle freien Nationen zu bringen, um ein Vielfaches größer sein. Mit dem dann vorhandenen Potenzial könnten Saddam Hussein und seine terroristischen Verbündeten den Moment des tödlichen Konflikts wählen, wenn sie am stärksten sind. Wir ziehen es vor, dieser Bedrohung jetzt entgegenzutreten, da, wo sie aufkommt, bevor sie sich plötzlich am Himmel über unseren Städten offenbart.

Die Sache des Friedens zwingt alle freien Nationen dazu, neue und unbezweifelbare Realitäten zur Kenntnis zu nehmen. Im zwanzigsten Jahrhundert haben manche es vorgezogen, mörderische Diktatoren zu beschwichtigen, deren Drohungen sich dann zu Völkermord und globalem Krieg entwickeln konnten. In diesem Jahrhundert, da Verbrecher chemischen, biologischen und nuklearen Terror planen, könnte eine Beschwichtigungspolitik eine Zerstörung hervorbringen, wie sie nie zuvor auf unserer Erde stattgefunden hat.

Terroristen und terroristische Staaten kündigen solche Bedrohungen nicht rechtzeitig und in förmlichen Erklärungen an – und auf solche Feinde erst zu reagieren, nachdem sie zugeschlagen haben, ist nicht Selbstverteidigung, sondern Selbstmord. Die Sicherheit der Welt verlangt die Entwaffnung Saddam Husseins jetzt.

Indem wir den rechtmäßigen Forderungen der Welt Geltung verschaffen, gereichen wir auch dem tiefsten Engagement unseres Landes zur Ehre. Im Unterschied zu Saddam Hussein glauben wir, dass das irakische Volk menschliche Freiheit verdient und ihr gewachsen ist. Und wenn der Diktator verschwunden ist, kann es dem gesamten Mittleren Osten ein Beispiel geben, das Beispiel einer lebensfähigen und friedlichen und selbstbestimmten Nation.

Die Vereinigten Staaten werden gemeinsam mit anderen Staaten auf Freiheit und Frieden in dieser Region hinarbeiten. Unser Ziel wird nicht im Handumdrehen erreicht sein, aber mit der Zeit wird es verwirklicht werden. Die Macht und die Anziehungskraft der Freiheit des Menschen sind in jedem Leben und in jedem Land wirksam. Und die größte Kraft der Freiheit besteht darin, Hass und Gewalt zu besiegen und die kreativen Fähigkeiten von Männern und Frauen der Suche nach Frieden zuzuführen.

Das ist die Zukunft, die wir wählen. Freie Nationen haben die Pflicht, ihr Volk zu verteidigen, indem sie sich gegen Gewalttätigkeit vereinigen. Und heute Abend, so wie wir es schon früher getan haben, stehen Amerika und seine Alliierten zu dieser Verantwortung.

Gute Nacht, und möge Gott Amerika auch in Zukunft segnen.«

16

Freitag, den 5. Dezember 1941,
elf Uhr am Abend

Poltawa. Was für ein Elend.

*Als ich zuletzt geschrieben habe, war Mittsommer. Jetzt
ist bald Weihnachten. Und das Einzige, was sicher ist, das ist
die Tatsache, dass wir alle frieren. Es heißt, dass der Führer
sich weigert, das Wort Winterkriegsführung in den Mund
zu nehmen.*

*Seltsamerweise ist er jetzt hier. Er kam vorgestern. Ich
habe ihn gesehen. Es war das erste Mal, dass ich ihn gesehen
habe. Wahrscheinlich auch das letzte Mal. Man sollte wohl
vor Ehrfurcht erbeben, aber unsere Körper reagieren nicht
mehr so, nicht nach den Strapazen des letzten halben Jahres.*

*Er und Generalfeldmarschall von Rundstedt saßen auf
einem Sofa im Hintergrund, als ich, die Ordonnanz, beim
Stab war, um einen Brief abzuliefern. Er warf einen Blick
auf mich, ich wusste nicht, wie ich reagieren sollte. Ich
verhielt mich so, wie es sich für Ordonnanzen gehört:
Man tut, als existierte die Umgebung nicht. Als sähe man
nichts, hörte nichts, und vor allem, als könnte man nichts
sagen.*

Hitler in Poltawa.

*Sein Blick war schwer, und seine Schultern waren
abgesackt, als lastete die ganze Welt auf ihnen. Vielleicht
dachte er an das Widersinnige in der Situation: ein
Winterlager in Poltawa, wo Karl XII, der Erste, der
Russland in moderner Zeit angriff, im Jahre 1709
zurückgeschlagen wurde. Doch wahrscheinlich nicht.
Aber es geht irgendetwas vor – ich frage mich, ob die*

6. Armee nicht einen neuen Befehlshaber bekommt. Die Unzufriedenheit breitet sich aus.

Im Anfang ging es gut, an allen Flanken der Operation Barbarossa. Die Heeresgruppe Nord rückte schnell auf Leningrad vor, die Heeresgruppe Mitte arbeitete sich mit erstaunlich hohem Tempo in Richtung Moskau voran, und wir selbst, die Heeresgruppe Süd, waren in bester Stimmung, als wir am 21. September Kiew einnahmen. ›Der größte Tag der Weltgeschichte‹, wie Hitler bescheiden erklärte. Es kam uns so vor, als wäre die Ukraine schon unser, als wäre der Weg zu den Ölquellen im Kaukasus bereits geebnet.

Aber andere sagen, Hitlers Truppenverlegungen von Norden nach Kiew hätten die Möglichkeiten, Moskau einzunehmen, zunichte gemacht. Dass wir, als wir in unserem blinden Rausch Kiew einnahmen, zugleich den Weg in den Untergang angetreten hätten, wie Napoleon. Moskau würde nicht eingenommen werden.

Doch vielleicht sind das nur Unkenrufe.

Auch wir in der Heeresgruppe Süd wurden zum Rückzug gezwungen. Am 19. November, vor nur ein paar Wochen, musste sich unsere vorgeschobene Spitze, von Kleists erste Panzerarmee, aus Rostow-na-Donu zurückziehen. Sie eroberten die Brücke über den Don, das letzte Hindernis vor dem Kaukasus, wenn man von Kleinigkeiten wie der Wolga und Stalingrad absieht. Aber Timoschenko reagierte schnell und drängte von Kleist wieder zurück.

Es war die erste deutsche Rückzugsbewegung des ganzen Krieges.

Doch für mich spielt das alles keine Rolle mehr. Ich frage mich nur, ob wir den Winter überleben. Den Winter in Poltawa. Dieses endlose Land, der endlose Lehm. Alles ist nass, klamm, schlammig, und bald kommt der Winter ernstlich. Es wird sehr schwer werden.

Und wir haben den Iwan unterschätzt. Wir waren der Meinung, der russische Soldat wäre faul und feige, ja durch Drill seelen- und willenlos. Aber wie sie kämpfen! Und in welchen Massen sie geopfert werden! Es ist erschreckend. Um gar nicht von der Zivilbevölkerung zu reden. Wir plündern frei drauflos. Und wir misshandeln, vergewaltigen, erniedrigen. Wenn wir eines nicht mitbringen, wir kultivierten Europäer, dann ist es Zivilisation.

Ich beteilige mich nicht, es ist klar, dass ich nicht mitmache, aber ich tue auch nichts dagegen. ›Die Wehrmacht ist nicht der Nationalsozialismus.‹

Mir ist unentwegt übel.

Vierundzwanzig Stunden am Tag ist mir übel.

So viele Menschen um mich herum, und keiner ist mehr ein Mensch. Opfer, Henker, alle haben ausnahmslos ihre Menschlichkeit verloren.

Ich hatte mir vorgenommen, mich diesem Tagebuch nie wieder zuzuwenden, aber zu schreiben bedeutet, sich seiner Menschlichkeit zu erinnern. So wie sie einmal aussah.

Nur deshalb schreibe ich. Um mich daran zu erinnern, dass ich einmal ein Mensch war.

Ich denke auch an die Hunde. Die Kameraden von den Panzerdivisionen haben von ihnen erzählt. Plötzlich kamen russische Hunde auf ihre Panzer zugelaufen. Es sah lächerlich aus, sie lachten über die absurden Biester mit grotesken Gürteln um den Körper und einer Antenne, die in die Luft ragte. Man hielt es für einen Scherz, russischen Galgenhumor. Aber in Wirklichkeit waren es nach Pawlow gedrillte Hunde, die gelernt hatten, ihr Fressen unter großen Fahrzeugen zu suchen. Wenn sie unter die Panzer liefen, schlug die Antenne gegen die Unterseite der Panzer, und die Gürtel mit Sprengstoff wurden gezündet.

Pawlows Hunde als lebende Bomben.

Was mich am meisten beschäftigt, ist der Treibstoffverbrauch. Im Krieg werden Unmengen fossiler Brennstoffe verschleudert. Diese Panzer- und Fahrzeugkolonnen, ganz

*zu schweigen von den enormen Flugstrecken der Luftwaffe.
Um ans Öl zu gelangen, verbrauchen wir noch mehr Öl.
Vielleicht ein Bild unserer Zivilisation.*

*Wir kämpfen jetzt schon ums Öl. Wie wird es erst
aussehen, wenn die Reserven zu Ende gehen? Wie werden
die Kämpfe dann aussehen? In hundert, vielleicht nicht
mehr als fünfzig Jahren?*

*Hätte ich nur meine Forschung weiterführen können.
Anfangs war sie mir nahezu abhandengekommen, da gab
es nur das Jetzt, den Kampf, das Überleben, doch je stärker
die Luft gesättigt ist von Kohlenwasserstoffen und fossilen
Restprodukten, desto deutlicher dringt meine Forschung
mir wieder ins Bewusstsein.*

*Der Rest dieses Jahrhunderts muss anders werden. Ich
kann ihn ändern. Wenn ich Zeit bekomme.*

*Wenn ich den Winter in dieser Hölle von Schnee, Eis,
Nässe und Schlamm überlebe.*

Wenn ich Poltawa überlebe.

*Zu denken, dass ich dich eines Tages kennenlernen kann,
mein Sohn.*

Ich schreibe für dich.

Damit du nie deine Menschlichkeit verlierst.

17

Sie hoffte, es sähe aus, als ob sie betete. Denn sie betete nicht. Zu wem sollte sie beten? Vielleicht war dies der geeignete Moment, sich einen Gott zu erfinden.

Um ihn schnell in den Teufel zu verwandeln.

Die Räuber bewegten sich nicht besonders viel. Und sie sprachen noch weniger. Sie machten immer seltener ihre Drohrunden bei den Geiseln, immer seltener war eine Maschinenpistole auf sie gerichtet. Dann und wann blickte der Kleinere auf die Uhr. Sie sah ihre Augen – es wäre leicht, ihre Blicke kühl zu nennen, allzu leicht. Entschlossen vielleicht. Eine gefühlsneutrale Entschlossenheit.

Nein, Cilla Hjelm betete nicht, aber sie saß im Schneidersitz und mit gefalteten Händen, um das Handy auf dem Fußboden zu verbergen. Warum dauerte es so lange? Hatte Paul sein Handy zu Hause vergessen? War es ausgeschaltet? Verzweiflung beschlich sie, sie hatte sie erwartet, hatte den Augenblick vor sich gesehen, in dem sie vollständig allein war. Wie Barbro. Die alte Dame lag auf allen Vieren neben ihr und zitterte wie Espenlaub. Cilla hatte versucht, sie in eine bessere Lage zu bringen, doch sie riss sich immer wieder los und bestand auf einer ungesunden Position, den Kopf nach unten. Als erinnerte das an etwas Sicheres.

Die alte Dame bemerkte jedenfalls nichts. Dagegen war Cilla sich nicht sicher, was den Bankangestellten hinter ihr zwischen den Bankfächern betraf. Die junge Frau schien in einen Halbschlaf versunken zu sein, einen Halbschlaf, wie ihn die Anleitung für Bankpersonal im Fall eines Überfalls empfiehlt. Doch der Bankangestellte starrte sie unverwandt an. Würde er etwas Dummes tun? Früher oder später musste er entdecken, dass sie ganz und gar nicht betete. Würde er versuchen, sich bei den Räubern Pluspunkte zu verschaffen?

Nein, dachte sie.

Nein, es kommt keine Nachricht. Er hat sie nicht bekommen. Es war eine alte Handynummer, es gibt gar keinen Empfänger mehr.

Ich werde hier sterben.

Das seltsame Gespräch des kleineren Räubers mit der Polizei ... Hatte sie nicht den Namen Hultin gehört? Aber war es nicht mindestens ein Jahr her, dass Pauls alter Chef Jan-Olov Hultin in Pension gegangen war? Warum redete der Räuber mit Hultin? Wenn er für diesen Sondereinsatz wieder einberufen worden war, dann musste Kerstin an seiner Seite sein, aber sicher auch Paul. Wahrscheinlich saßen sie irgendwo in der Nähe, die ganze verdammte A-Gruppe, nur ein paar Meter entfernt. Aber Paul hat sein Handy zu Hause vergessen. Es wäre so verflucht typisch.

In dem Moment kam die Nachricht. Lautlos. Nur ›Sie haben eine Nachricht‹. Mit gefalteten Händen holte sie die Nachricht aufs Display.

Jetzt betete sie tatsächlich.

Doch sie wusste nicht, zu wem oder was.

›Cilla. Ich bin bei dir. Ein paar Aufträge: 1. Wie wird der Sprengstoff gezündet? 2. Wie viele Räuber sind es? 3. Kannst du eine Nahaufnahme des Ventils über dem Schreibtisch mit dem Telefon machen? 4. Kannst du mehr Bilder machen? Halte durch. Paul.‹

Sie war darauf vorbereitet, auf die eine oder andere Weise verletzt zu sein. Sie hatte es sogar beschlossen, also durchsuchte sie die Nachricht mit der festen Absicht, etwas zu finden, worüber sie gekränkt sein konnte. Es gab nichts. ›Halte durch‹? Nein, das war kurz und knapp. Echt Paul. Aber ›Ich bin bei dir‹, das würde Paul nie schreiben. Wahrscheinlich kam es von Kerstin Holm. Eine kreative Koproduktion.

Nein, nicht einmal daran konnte sie Anstoß nehmen.

128

Es war doch klar, dass sie zusammenarbeiteten. Außerdem mochte sie Kerstin. Also die ›Aufträge‹.

Cilla warf einen Blick zu den Räubern. Etwas ging da vor. Eine stumme Konversation. Der Kleinere nickte in verschiedene Richtungen. Der Größere wühlte in einer der Taschen und holte ein Werkzeug heraus. Eine Art Schraubenzieher.

Und nirgendwo in ihren Händen sah sie eine Zündvorrichtung.

›1.‹, schrieb sie. ›Weiß nicht. Nichts zu sehen.‹

›2.‹, schrieb sie. ›2‹.

Als sie aufblickte, sah sie geradewegs in die Augen des größeren Räubers.

Was ist eigentlich Angst? Wie kann man Todesangst beschreiben? Was Cilla in einer Sekunde, die eine Ewigkeit dauerte, durchfuhr, konnte nur ein Vorgeschmack des Todes sein, wie ein Schritt hinaus ins Unsagbare. Ein Besuch in einer Welt, in der sich nur wenige Menschen je befunden haben. Und keiner, der dort gewesen ist, kommt unverändert zurück.

Wie alle Lebensfunktionen einfach aufhören.

Etwas in ihr ließ sie die Hände um das Handy falten. Sie blickte darauf nieder und schloss die Augen. Sie erwartete den Tod.

Doch nichts passierte.

Als sie die Augen wieder öffnete, war sein Blick noch da. Er stand nur zwei Meter von ihr entfernt, die Maschinenpistole war auf den Boden gerichtet. Und der Blick, den sie zuvor als grau und kühl empfunden hatte, wirkte auf einmal warm und farbsprühend. Er nickte ihr kurz zu, und da begriff sie, dass er Christ war. Und mit einer plötzlichen Klarheit dachte sie: Diese Menschen werden uns nicht töten.

Als wäre die Religion ein Schutz vor Gewalt und nicht die Heimstatt der Gewalt.

Der Räuber entfernte sich, ließ aber eine unerwartete Sicherheit zurück. Wenn es sich nun um das Stockholmsyndrom handelte, das langsam einsetzte? Wenn dies der Augenblick war, in dem die Geisel anfängt, sich auf die Seite der Täter zu schlagen? Weil sie wusste, dass der Große nicht auf dem gleichen Weg zurückkehren würde, erlaubte sie sich, unter ihren angehobenen Knien eine Reihe ungezielter Fotos zu machen. Sie blickte auf und sah sich im Tresorraum um. Barbro und die junge Bankangestellte schienen nicht die geringste Notiz von den kleinen Klicks zu nehmen, die in ihren eigenen Ohren wie Trommelfeuer klangen, aber der Bankmann starrte sie voller Entsetzen an. Sie hob den Finger an die Lippen, eine kurze, aber sprechende Geste, hoffte sie, und er sah aus, als wollte er jeden Moment losschreien.

Aber er tat es nicht.

Sie wandte den Blick hinaus zum Büroraum. Die Räuber hatten nichts gemerkt – sie waren mit ihren Dingen beschäftigt. Der Große war zurückgekommen. Er legte die Maschinenpistole auf den Schreibtisch vor dem Kleinen, der wieder eine Art minimalistische Gestik vollführte, griff nach dem Werkzeug und verschwand aus Cillas Blickfeld.

Sie wollte noch einmal die Fotos durchgehen, bevor sie sich der schwierigsten Aufgabe zuwandte, der drei. Als sie den Blick aufs Handy senkte und sah, wie die Uhr auf dem Display auf 13:45 umsprang, bemerkte sie aus dem Augenwinkel, dass der Kleine dem Großen zunickte. Es war seine deutlichste Geste bisher.

Das Zifferblatt war von Staub bedeckt. Es spielte keine Rolle. Er wusste auch so, dass es so weit war.

Der Raum war von rauchähnlichem Staub erfüllt. Wie ein Schlachtfeld in Kriegstagen. Der Mann mit der Uhr legte die Hacke auf den Fußboden und ging hinüber zum Laptop auf dem Schreibtisch. Er klappte ihn auf und wartete auf die Bildschirmdämmerung.

Zwei Klicks, ein paar Kodes, und er war am Ziel.

Er kniete nieder, zog die Arbeitshandschuhe aus, streifte den Mundschutz ab und wischte mit der Fingerspitze über das Zifferblatt. Der Sekundenzeiger lief, wie er es schon seit fünfundvierzig Jahren tat. Mit gleichbleibender Präzision.

Es war 13:44:50. Der Mann mit der Uhr holte tief Atem und hielt ihn an.

Fünf Sekunden noch, dachte er und zählte laut.

»Vier, drei, zwei, eins.«

»Null«, sagte er und drückte auf Enter.

Er ließ den fadendünnen Sekundenzeiger bis zur Hälfte der rechten Seite des Zifferblatts laufen, bevor er ausatmete.

Arbeit und Kapital, dachte er und lächelte schief.

Zeit, an die Arbeit zurückzukehren.

Zu ihrer eigenen Verwunderung hatte sie neun Aufnahmen gemacht. So im Nachhinein kam es ihr dummdreist vor, fast selbstmörderisch. Aber getan war getan, jetzt ging es nur darum, die besten auszusuchen. Die Lage war gut. Der große Räuber hatte sich dem kleinen gegenüber auf den Schreibtisch gesetzt, und zum ersten Mal sah sie deutlich, dass der Kleine lächelte; der untere Teil der Mütze mit den Sehschlitzen spannte sich. Ihre behandschuhten Hände trafen sich plötzlich in einem Triumphklatschen.

Das Geld ist euch scheißegal, dachte sie überrascht.

Während sie die Fotos durchblätterte, dachte sie: Warum haben sie keinen Plan? Was sollte das heißen, dass ›die Polizei den Plan liefern‹ soll?

Vier der Bilder waren Nieten: Decke, Bankfächer, sogar eine Kniekehle. Aber fünf schienen akzeptabel, verschiedene Ansichten aus der Bank, ziemlich schief und verkantet, aber für die Polizei vermutlich brauchbar.

Etwas wuchs in ihr. Die Taschen mit dem Geld. War

es überhaupt nicht beabsichtigt, sie mitzunehmen? War es im Gegenteil beabsichtigt, sie zu – sprengen? Geldscheinasche über Östermalm herabregnen zu lassen, zusammen mit Fleischresten?

Um zu verhindern, dass der warme, farbsprühende, christliche Blick des größeren Räubers sich in einen Fanatikerblick, einen Extremistenblick verwandelte, begann sie, den noch unerledigten ›Auftrag‹ in Angriff zu nehmen. Sie betätigte die Zoom-Taste der Handykamera und wählte eine Einstellung, die ihr gut zu sein schien. Aber ihr Herz schlug so heftig, dass ihr Arm bei jedem Herzschlag zuckte. Sie warf einen Blick zu dem Bankmann hinüber, der wahrhaftig ›Idiotin!‹ flüsterte und ihr obszöne Zeichen machte, aber ihr Blick gehörte ihr nicht mehr, er wollte etwas anderes sehen.

Ein Foto des Todes selbst.

Ein Fenster. Ein Fenster von außen. Etwas Halbdurchsichtiges, das sich dehnt und wölbt. Etwas, das herauswill. Ins Freie. Die Wölbungen begannen sich zu legen wie Meereswellen nach dem großen Sturm, die blanke Oberfläche glättete sich wie ein Foto des Todes. Und drinnen bewegt sich ein Kind. Ein kleiner Junge. Die Wölbungen an der Fensterscheibe setzen wieder ein. Jemand zieht und zerrt an einer Fenstertür. Von außen. Und der Junge steht am Herd, vielleicht drei Jahre alt, und er dreht an allen Regulierknöpfen des Herds. Und er klettert auf den Schemel vor dem Herd.

Und sie schließt die Augen, als sie das Handy hochhält, und es dauert unfassbar lange, bis das Objektiv das verdammte Scheißventil findet.

Auftrag drei, denkt sie, und es fehlt nicht viel, dass sie sich übergibt.

18

Verdammtes Scheißventil, dachte Jorge Chavez und kroch weiter. Es war noch nicht in Sicht, er hatte noch eine Krümmung vor sich. Möglicherweise sah er die Krümmung, aber das Licht war nicht besonders gut.

Und das Geräusch? dachte er. Das dachte er jetzt ziemlich oft. Und das Geräusch, was ist damit?

Dies hier bin nicht ich, dachte er. Es ist Arto, der einen Rückfall in seinen Europablues bekommen hat und in italienischen Müllschächten herumkriecht. Ich kann das nicht sein. Meine Tochter vielleicht, Isabel? Sie hat es vor einem Jahr getan. Sich durch einen engen Schacht vorwärtsbewegt. Aber lautlos war sie bestimmt nicht.

Also kann sie es auch nicht sein.

Wer zum Henker ist es dann, der in diesen Röhren herumkriecht und dem das lose Versprechen des Reichskrimchefs so laut in den Ohren dröhnt, dass er nicht einmal hören kann, ob er Geräusche macht?

›Klar können wir Geräuschlosigkeit hinkriegen und alle erdenklichen Sicherheitsvorkehrungen treffen.‹

Okay, dann bin ich es wohl.

Vor nicht allzu langer Zeit hatte Chavez einen Dokumentarfilm aus seinen heimatlichen Breiten gesehen. Er glaubte, dass es tatsächlich Chile war, doch es konnte ebenso gut Bolivien oder Peru gewesen sein. Der Film handelte vom Alltag rücksichtslos ausgebeuteter Grubenarbeiter. Sie mussten in Gänge kriechen, die immer enger wurden, und wenn sie stecken blieben, mussten sie sich weiter voranhacken. Immer wieder kam es zu Steinschlägen, und sie wurden von Gesteinsmassen begraben. Er erinnerte sich deutlich daran, dass er bei dieser Gelegenheit zum ersten Mal von akuter Klaustrophobie befallen worden war. Ansonsten war er ziemlich frei von Phobien, aber gerade für Platzangst hatte er ein gewisses Verständnis.

Obwohl er eigentlich nicht kroch, sondern auf diesem eigentümlichen Gefährt vorwärtsglitt, es war offenbar das, was die Techniker des Reichskriminalamts unter ›Geräuschlosigkeit und alle erdenklichen Sicherheitsvorkehrungen‹ verstanden.

Die Steinschlaggefahr war auch nicht sehr ausgeprägt, wohl aber lief er Gefahr, begraben zu werden, wenn er ans Ziel kam.

Cillas Antwort aus der Bank war mit Begeisterung aufgenommen worden. Sechs Bilder – das war imponierend und heldenhaft. Paul, der Narr, sah ziemlich stolz aus. Aber vielleicht dachte er auch: Wie kann man so eine Frau verlassen?

Das dachte auf jeden Fall Jorge Chavez.

»Sie sind also nur zu zweit«, sagte Jan-Olov, während der Techniker die Bildvorführung vorbereitete. »Was schließen wir daraus für unsere Insidertheorie? Arto?«

Söderstedt kratzte sich im kreideweiß gestreiften Haar und sagte: »Es bestätigt sie nicht, aber es widerlegt sie auch nicht, leider.«

»Nicht?«

»Es wäre doch schön bescheuert, sich zu erkennen zu geben«, sagte Söderstedt und schielte zu Hjelm hinüber. »Wenn sie ernsthaft vorhaben, die Geiseln am Leben zu lassen. Es ist also ein gutes Zeichen.«

Hinter Hultins Rücken erschien das erste Bild. Zwei Bankangestellte in einem Raum mit Schließfächern, ein älterer Mann und eine jüngere Frau. Die Frau sah passiv aus, der Mann panisch. Beide waren mit Handschellen an die Wand gefesselt. Dann folgten zwei Bilder mit fast demselben Motiv, aber auf dem einen sah man noch eine ältere Frau auf allen Vieren in einer sonderbaren Stellung, mit dem Kopf zum Fußboden.

»Was ist denn mit der los?«, entfuhr es Hultin.

»Ich glaube, sie versucht, Blut in den Kopf zu bekommen, um nicht ohnmächtig zu werden«, sagte Jon Anderson.

»Oder sie sucht Geborgenheit in dieser Stellung«, sagte Sara Svenhagen.

»Wie, was?«, sagte Chavez verblüfft. »Doggy-style?«

»Weiß ich doch nicht«, zischte Sara. »Vielleicht ist es ihre Erinnerung an Geborgenheit. Vielleicht hat sie so geboren.«

Das nächste Bild war ziemlich dunkel, aber sie erkannten die Umrisse des Schalterraums. Eine junge Frau, offenbar eine Angestellte, saß mit hoch über ihrem Kopf am Tresen befestigter Hand da und schien ohnmächtig zu sein.

Geir gab ein paar Grunzlaute von sich.

»Der Schalterraum, schlechtes Licht und schlechter Winkel«, dolmetschte Haavard Naess.

»Danke«, sagte Hultin sachlich.

Das vorletzte Bild war dem ersten sehr ähnlich, man sah aber noch einen der Räuber am Schreibtisch. Der Winkel war etwas anders.

Dann tauchte das Ventil in perfekter Vergrößerung auf.

»Larsson?«, sagte Hultin.

Olle Larsson, Stadtbaumeister im Minianzug, sagte: »Ja, genau. Das ist die alte Sorte von Ventil. Da kann man gut in den Ventilschacht kriechen.«

Mist, dachte Chavez und sah mutig und entschlossen aus.

»Aber das Wichtigste fehlt, verdammt!«, sagte der NE-Chef sauer. »Wir wissen immer noch nicht, wie sie die Bomben zünden wollen.«

Hultin warf einen Blick zu Hjelm hinüber, der jedoch nicht in der Stimmung zu sein schien, eine Antwort zu geben.

Hultin sagte: »Aber Cillas ›Weiß nicht. Nichts zu sehen‹ enthält ja auch eine Information. Was bedeutet es, wenn man nichts sieht? Vorschläge?«

»Nichts«, sagte Lena Lindberg. »Der Zündmechanismus ist ganz einfach versteckt.«

»Es war immerhin einen Versuch wert«, sagte Arto Söderstedt.

»Wir müssen die Bilder gleich genauer analysieren«, sagte Hultin und zeigte auf den Techniker, »aber jetzt brauche ich dich für etwas anderes.«

»Wozu?«, sagte der Techniker und sah beunruhigt aus.

»Jetzt sollst du uns helfen, das Versprechen von ›Geräuschlosigkeit und allen erdenklichen Sicherheitsvorkehrungen‹ einzulösen.«

Und so kam es dazu, dass Jorge Chavez jetzt auf einer Art fliegender Untertasse durch einen Ventilationsschacht glitt. Oder besser rollte. Der berühmte Techniker arbeitete im engen Kontakt simultan mit drei weiteren Kollegen im Polizeipräsidium zusammen, und sie kamen auf eine geniale Lösung. Ihrer Meinung nach.

Die Lösung wurde anschließend im Hubschrauber vom technischen Labor im Polizeipräsidium auf Kungsholmen nach Östermalm geflogen.

Auf Anordnung von Waldemar Mörner.

Okay, diese *Lösung* war anscheinend ziemlich geräuschlos. Nur dass Chavez das nicht selbst beurteilen konnte. In seinen Ohren rauschte ein Versprechen. ›Alle erdenklichen Sicherheitsvorkehrungen‹ bestanden nämlich in einer kugelsicheren Weste und einem kugelsicheren Helm, der so dicht anlag, dass er eine Art von Rundlauf in den Gehörgängen bewirkte.

»Wie kugelsicher ist der Helm?«, fragte Chavez.

»Wenn sie normale Maschinenpistolen haben, geht es gut«, sagte der Techniker und sah total unsicher aus.

»Und wenn sie stärkere Kaliber haben?«

»Aber der ›Gleitboy‹ ist geräuschlos.«

Während ihm diese Trostworte noch in den Ohren klangen, erreichte der Passagier des ›Gleitboy‹ die Krümmung. Sie hatte einen Winkel von etwa neunzig Grad, und Chavez drehte sich sehr langsam um und legte sich auf die Seite, damit sich sein Körper auf dem präzisionsangepassten ›Gleitboy‹ im richtigen Winkel krümmen konnte. Er bog ohne aufsehenerregende Geräusche hübsch um die Ecke, und als das Ventil sich zehn Meter vor Chavez offenbarte, konnte er kein Zeichen dafür erkennen, dass er entdeckt worden war. Aber wie hätte er das anderseits auch erkennen können?

Er legte sich wieder auf den Bauch und bugsierte sich weiter durch den Ventilationsschacht, Zentimeter für Zentimeter. Je näher er kam, desto größer wurde die Gefahr, das immerhin war klar.

»Wir sehen dich«, sagte Hultin im Inneren des Helms. »Noch sieben Meter. Zwei Personen, drei Meter nach unten und vier Meter in den Raum hinein. Beide Räuber sind also am Platz.«

Woher, verdammt, wisst ihr das auf einmal?, dachte Chavez, hatte aber nicht vor, etwas zu sagen. Nicht bevor er gezwungen war zu sagen: *Ich bin getroffen.*

»Die Infrarotkamera ist da«, erklärte Hultin, als hätte er die Gedanken seines früheren Adepten gelesen.

Chavez musste sich beherrschen, um nicht zu kichern. Die Sicherheitspolizei, dachte er. Wo waren die die ganze Zeit?

»Der Clou ist«, hatte der Techniker gesagt, »dass wir dich jederzeit rausziehen können. Das geht in ein paar Sekunden.«

Vom ›Gleitboy‹ lief eine Leine durch den Ventilationsschacht, der draußen in der Grevgata mit einer elektrischen Winde verbunden war, die innerhalb einer Sekunde eingeschaltet werden konnte. Er selbst war mit ein paar zünftigen Lederriemen am ›Gleitboy‹ festgezurrt.

»Das steht dir gut, so festgezurrt«, sagte Sara zweideutig und drückte ihn noch einmal. Er fragte sich, was sie ganz im Innersten meinte. Er fragte sich das dann und wann. Ein bisschen öfter, als er sollte.

Es war so eng. Die Klaustrophobie lauerte dicht unter der Oberfläche; es bedurfte nur einer Kleinigkeit, um sie ausbrechen zu lassen. Er fand, dass sein Atem hallte, und die vorsichtigen, paddelnden Bewegungen mit den behandschuhten Händen am Schacht mussten ein Geräusch machen. Es konnte gar nicht anders sein.

Er wusste nicht, ob es wirklich warm war – es konnte nicht warm sein, er lag in Hemdsärmeln in einem Ventilationsschacht, der die frische Luft direkt aus dem Vorfrühlingsnachmittag hereinließ –, aber er schwitzte, wie er noch nie geschwitzt hatte.

Es war der kalte Schweiß.

Er kam näher. Es ging langsam, doch er kam näher. Das Ventil bekam ein Gitter. Und dahinter kein Laut, nicht ein einziger Laut, der seine eigenen Geräusche überdecken könnte. Ein winziger Fehler, nur ein Fuß, der etwas unvorsichtig an der Wand scharrte, würde die Zukunft sehr vieler Menschen verändern. Nicht zuletzt seine eigene.

Es fing an in den Armen zu stechen. Sie waren nach vorn gestreckt – an den Seiten gab es keinen Platz – und die statische Position ließ seine Glieder einschlafen. Das war nicht gut. Er hielt an und bewegte die Finger. Das Blut kehrte in die Hände zurück.

Drei Meter noch. Nur jetzt kein Geräusch.

Langsam. Langsam die letzten Meter.

Kalter Schweiß floss in Strömen.

Durch das Gitter des Ventils ist nur Weiß zu sehen. Nicht die geringste Nuance. Nur Weiß. Kein Anhaltspunkt.

Er war am Ziel. Zehn Zentimeter vom Ventil entfernt stellten seine Hände das Paddeln ein.

»Beide sind noch da«, sagte Hultin in seinem Ohr. »Sie scheinen still zu sitzen.«

Chavez wartete einen Moment. Dann drehte er den linken Arm zum Gesicht und griff mit der rechten Hand in eine Tasche am Jackenärmel. Die kleine Kamera erschien problemlos. Er hielt sie in der Hand, ein Objektiv, eine gegliederte kleine Stange, ein Stück Tape, von dem er die Schutzfolie abreißen musste. Er riss. Er war überzeugt davon, dass es hallte.

»Wir schließen sie jetzt an«, sagte Hultin.

Ein schwaches Lämpchen an der Seite der Kamera leuchtete auf. Chavez führte sie langsam zum Gitter.

»Lass sie da«, sagte Hultin.

Die Kamera drehte sich lautlos um ihre Achse.

»Dreh sie ein bisschen nach links.«

Er drehte sie ein bisschen nach links und fühlte, wie das Stechen in den Händen zurückkehrte.

»Wir sehen sie jetzt«, sagte Hultin im Helm. »Versuch, sie noch ein bisschen weiter abzusenken, ohne sie seitwärts zu verdrehen.«

Er versuchte es. Er fand, dass sie heftig zitterte, dass sie von kaltem Schweiß durchtränkt wurde.

Aber Hultin sagte: »Gut. Mach sie da fest.«

Er klebte das Tape diesseits des Ventilgitters an die Steinoberfläche und atmete aus. Es hatte funktioniert. Jetzt galt es, sich genauso geräuschlos rückwärts zu bewegen.

»Warte«, sagte Hultin. »Es bewegt sich etwas.«

Chavez war mucksmäuschenstill. Er dachte an das Sprichwort, dass man nicht hej rufen soll, bevor man auf der anderen Seite des Bachs ist.

Hej?, dachte er. Warum sollte man auf der anderen Seite des Bachs hej rufen?

»Der Größere ist auf dem Weg zu dir«, sagte Hultin. »Ganz ruhig. Okay, er verschwindet aus dem Bild. Er ist genau unter dir. Keinen Ton.«

Und dann das große Schweigen. Vollständig ausgeliefert zu sein. Chavez rief sich das Bild eines Bachs vor Augen. Ein friedlich fließender Bach, über den ein Baumstamm führte. Jemand ging hinüber. Der Baumstamm war glatt. Die Person kam ins Schwanken, begann mit den Armen zu rudern, die

Füße glitten ab. Doch dann beruhigten sich die Armbewegungen. Die Füße fanden wieder Halt. Und die Person setzte mit einem waghalsigen Sprung hinüber. Und rief: »Hej!«

Warum tat sie das, zum Teufel?

»Er ist noch da«, sagte Hultin. »Wir sehen ihn nicht. Die Infrarotkamera fängt ihn vage ein. Er beugt sich nach unten.«

Lieber nach unten als nach oben, dachte Chavez und fühlte den kalten Schweiß weiter strömen.

»Starke Wärmequelle jetzt«, sagte Hultin. »Punktuell.«

Scheiße, dachte Chavez und schloss die Augen. In dem Augenblick nahm er den Geruch wahr.

Den Geruch von Rauch.

Zuerst kam der Schock, die Vorstellung, in diesem Ventilationsschacht zu verbrennen, zu spüren, wie das Feuer sich einfraß, ohne sich vom Fleck rühren zu können, eine festgeklemmte Fackel. Das war noch eine Nuance schlimmer, als lebend begraben zu werden.

Isabel, dachte er. Sara. Meine Familie.

Der Schmerz, dachte er. So ins Todesreich einzutreten.

Dann kam etwas anderes. Der Rauchgeruch nahm eine spezifische Qualität an. Er roch bekannt.

Es roch nach – Tabak.

Schwarzem russischem Tabak.

Es sollte noch lange dauern, bevor Jorge Chavez es wagte, wieder auszuatmen.

19

»Er ist also zu dem Ventil gegangen, um zu rauchen?«, sagte Viggo Norlander.

»Es sieht so aus«, erwiderte Jan-Olov Hultin. »Der Kleine ist anscheinend fanatischer Nichtraucher.«

»Das ist ein bisschen uncool«, sagte Arto Söderstedt. »Die einzige Stelle, wo einer von ihnen sein Gesicht entblößt, liegt im toten Winkel der Kamera.«

»Aber jetzt haben wir doch ein richtig gutes Bild«, sagte Hultin und zeigte auf die Wand in seinem Rücken. Die Räuber saßen am Schreibtisch, mit dem Rücken zur Kamera, der Kleine auf einem Stuhl, der Große auf dem Schreibtisch. Er hielt eine Maschinenpistole in der Hand. Es sah aus wie ein Standfoto.

»Warum sitzen sie einfach nur da?«, fragte der Reichskrimchef.

»Was sollen sie machen?«, sagte Hultin. »Es sind Russen. Sie spielen Schach. Sie warten. Wir sind am Zug.«

»Ihr Verhalten macht mir Sorge«, sagte der NE-Chef mit neu gewonnener Beherrschung. »Sie haben allem Anschein nach nicht die Absicht, da wegzukommen. Sie fangen an, sich wie Terroristen zu benehmen. Das Paradies wartet. Wir müssen verdammt noch mal herausfinden, wie sie das Dynamex zur Explosion bringen. Wir müssen uns auf eine Erstürmung vorbereiten.«

»Warum sieht man keinen Sprengstoff?«, sagte Kerstin Holm.

»Es gab zumindest *ein* Paket auf den Bildern aus dem Raum mit den Schließfächern«, sagte der Reichskrimchef. »Möglicherweise zwei. Wir kommen darauf zurück. Aber *da* sind sie.«

»Und war nicht auch in der Bank selbst eins zu sehen?«, sagte Lena Lindberg.

»Aber warum nicht in dem Büroraum?«, hakte Kerstin Holm nach. »Es ist der größte.«

Jan-Olov Hultin betrachtete seine Nachfolgerin fürsorglich. »Möchtest du damit etwas sagen, Kerstin?«, fragte er.

»Durchaus«, sagte Kerstin Holm. »Aber ich weiß nicht richtig, was. Noch nicht.«

»Noch und noch«, sagte der Chef der Nationalen Einsatztruppe, weiter sehr beherrscht. »Immer dieses ›noch nicht‹. Viel Zeit können wir nicht mehr verstreichen lassen.«

Eine schwache Stimme sagte: »Die Erste, die bei einer Erstürmung stirbt, ist Cilla.«

Alle blickten Paul Hjelm an. Er saß da, als hätten alle Kräfte ihn verlassen.

Jan-Olov Hultin setzte sich auf die Schreibtischkante und schob sehr, sehr langsam die alte Eulenbrille über den Nasenrücken nach oben. »Bevor wir überhaupt eine Erstürmung diskutieren können, müssen wir auf die grundlegende Frage zurückkommen: Wie sollen die Sprengstoffpakete gezündet werden? Können wir Cillas Bilder noch einmal ansehen?«

Der berühmte Techniker hantierte an seinem Laptop. Das vermeintliche Standfoto hinter Hultin wurde ersetzt. Durch ein Foto aus dem Raum mit den Schließfächern. In der Bildmitte saßen die beiden Bankangestellten. Gleich oberhalb der Schließfächer an der Wand links hing ein Paket in durchscheinendem Plastik. Verschwommen war etwas zu erkennen, was wie Dynamitstangen aussah. Auf der rechten Seite über den Fächern war andeutungsweise ein weiteres Paket zu erkennen.

»Was kann man aus diesem Bild auf die Zündung schließen?«, fragte Hultin und richtete den Blick auf den bärtigen Sprengstoffexperten.

Dieser antwortete mit einem Schulterzucken und fuhr dann fort: »Nicht sehr viel, leider. Ich würde sagen, dass dies Pakete von vierzig Pfund sind; sie sehen ungefähr gleich groß aus. Demnach müssten sich fünf solcher Pakete in der Bank befinden. Also zwei im Schließfachraum, keins im Büroraum, eins, das wir bestätigt haben, im Schalterraum. Wahrscheinlich kleben da noch zwei. Keine Drähte zwischen den Paketen, was Fernzündung bedeutet. Allem Anschein nach simultan bei allen Paketen.«

»Und Fernzündung heißt …?«

»Eigentlich alles Mögliche. Es kann ein Druckknopf von der Größe eines kleinen Fingernagels sein.«

»Also untersuchen wir den Schreibtisch, so gut es geht«, sagte Hultin und nickte dem Techniker zu.

Das Standfotopaar wurde wieder gegen die Livebilder ausgetauscht. Der Büroraum war nahezu kahl. Keine Plakate an den Wänden. In der Mitte einer Wand befand sich eine Tür zu einem Korridor, und draußen im Korridor, auf der linken Seite, war eine weitere Türöffnung. Mit etwas Phantasie konnte man ahnen, dass in dieser Türöffnung eine Person saß. Eine Person mit einem Handy.

Die Räuber bewegten sich kaum. Der Größere, der die Beine übereinandergeschlagen hatte, wechselte die Beine. Das war die einzige Bewegung. Auf dem Schreibtisch standen zwei Sporttaschen mit Geldscheinen, auf dem Fußboden daneben zwei weitere. Der Größere hielt seine Maschinenpistole, und auf dem Schreibtisch neben dem Kleineren lag eine Pistole. Seine behandschuhten Hände ruhten auf der Tischplatte wie die Hände eines Konzertpianisten in den spannungsgeladenen Sekunden vor den ersten Tönen. Ein Zündmechanismus war nicht zu sehen.

»Ist wohl klar, dass er ihn hat«, sagte Hultin.

Es kamen keine Proteste.

»Geh mal dichter ran«, sagte Hultin, und das Kameraauge glitt langsam über den Schreibtisch.

Jorge Chavez und Sara Svenhagen erschienen in der Tür und gingen zu ihren Plätzen. Chavez erntete einiges Kopfnicken; seine Kleidung war durchnässt, als wäre er durch die Gänge geschwommen und nicht ›Gleitboy‹ gefahren.

»Gute Arbeit«, sagte Hultin.

»Ich werde mir das Rauchen angewöhnen«, sagte Jorge, setzte sich und zeigte auf die Filmwand. »Habt ihr was gefunden?«

»Wir suchen noch«, gab Hultin knapp zurück.

»Jetzt sagt bloß nicht, dass der ganze Scheiß umsonst war«, stieß Chavez aus und wurde durch Zischen zum Schweigen gebracht.

Das Kameraauge bewegte sich weiter über die Schreibtischplatte, über die Räubernacken und Räubertaschen.

»Nein«, sagte der Sprengstoffexperte. »Da ist nichts.«

»Es muss etwas da sein«, sagte der NE-Chef, dessen schwer erkämpfte Geduld wieder zu bröckeln begann.

»Es kann überall sein«, sagte Jon Anderson. »Er kann das verfluchte Ding im Enddarm haben.«

»Und der Schließmuskel ist sozusagen der Finger am Abzug«, sagte Lena Lindberg.

Waldemar Mörner lachte laut.

»Ist dies wirklich der geeignete Augenblick für dumme Witze?«, stieß die Polizeipräsidentin empört aus.

»Das ist kein Witz«, entgegnete Lena Lindberg ebenso empört. »Wir finden dieses Scheißding nie. Wir sind ihnen ausgeliefert, und das wissen sie. Die sitzen da und wissen es.«

»Vielleicht doch nicht«, sagten Kerstin Holm und Arto Söderstedt. Synchron.

Hultin starrte die beiden an. Das klang ja vielversprechend.

»Ladies first«, sagte Söderstedt schließlich.

»Wo hängen die Sprengstoffpakete, wo sitzen die Geiseln?«, fragte Kerstin Holm. »Fünf Geiseln in der Schalterhalle, vielleicht zwei von ihnen in den Schalterkabuffs. Da kleben drei Dynamxpakete. Vier Geiseln zwischen den Schließfächern mit zwei Dynamexpaketen. Warum? Sie scheinen nicht wegen der Sprengwirkung so verteilt zu sein, sondern um des Anblicks willen. Um die Geiseln in Angst zu versetzen.«

»Um des Anblicks willen?«, sagte Hultin.

»Deshalb sind keine Dynamexpakete in dem großen Büroraum, in dem die Räuber allein sind. Denn da hätten sie keine Funktion.«

»Was ja nicht heißen muss, dass sie nicht außerdem die Funktion haben zu explodieren. Wenn nicht Arto noch etwas anderes hat?«

Söderstedt räusperte sich und sagte: »Wenn ich Kerstin höre, fühle ich mich in meiner Überzeugung bestärkt. Ich wiederhole meine alte Frage: Wie kann man hundert Kilo Dynamex in die Bank tragen und gleichzeitig wild um sich schießen und Geiseln nehmen? Unsere erste Antwort war, dass der Sprengstoff vielleicht schon vor Ort war, dass es sich um einen Insiderjob handelte. Aber das ist ja nicht die einzige denkbare Antwort.«

Söderstedts Denkanstoß wurde mit verwirrtem Schweigen belohnt.

»Die andere denkbare Antwort ist, dass es gar keine hundert Kilo Dynamex gibt. Was da ist, ist das, was die Geiseln sehen sollen. Um sie in Schach zu halten. Deshalb sind die Pakete so nah bei den Geiseln angebracht, deshalb sind im Büroraum keine nötig. Es sind *fakes*.«

Das Schweigen dauerte an. Er versuchte es erneut: »Dummies, verflixt noch mal.«

Das Schweigen blieb ungebrochen. Ein letzter Versuch: »Menschenskinder, *Attrappen*!«

Hultin strich sich rasch mit dem Zeigefinger über die Augenbrauen und sagte zum Techniker: »Hol mal das beste Bild eines Dynamexpakets so dicht heran, wie es geht.«

Eines der Bilder aus dem Schließfachraum erschien wieder an der Wand. Mit jeder neuen Zoomeinstellung wurde

145

das Bild gleichsam zerknüllt und dann wieder geglättet. Am Ende sah man die einzelnen Dynamexstangen.

»Nun?«, sagte Hultin.

Der Sprengstoffexperte beugte sich vor, als könnte er dann besser sehen, kniff die Augen zusammen und sagte: »Nein.«

»Was nein?«

»Da ist eine Verbindungsfuge. Sie sind nicht echt.«

Jan-Olov Hultin machte ein paar Schritte auf den Experten zu und bohrte seinen eisigsten Blick in ihn. »Sind Sie sicher?«, fragte er. »An dieser Verbindungsfuge hängen eine Menge Menschenleben.«

»Ich bin sicher«, erwiderte der Sprengstoffexperte. »Bombensicher.«

Eine brisante Metapher, dachte Hultin und nickte.

»Wir gehen rein«, sagte der Chef der Nationalen Einsatztruppe, aber er sagte es nicht zu den versammelten Kollegen, sondern in ein Walkie-Talkie. Zehn Sekunden später standen zwei NE-Männer in voller Ausrüstung im Sitzungsraum. Und ihr Chef machte eine Verwandlung durch. Dies war der Augenblick, auf den er gewartet und für den er gelitten hatte. Er übernahm das Kommando und schubste Hultin auf einen Stuhl. »Grundriss«, sagte er, und der Techniker schien neue Kräfte zu bekommen. In wenigen Sekunden hatte er den Grundriss der Bank an die Wand geworfen.

Der NE-Chef redete jetzt ausschließlich zu seinen beiden Leuten. Die anderen im Raum hatten aufgehört zu existieren. »Lönnqvist, du nimmst die halbe Truppe und gehst durch das rechte Fenster. Rettung der Geiseln hat höchste Priorität. Renberg, du nimmst das linke Fenster. Von dort geht es direkt zu den Räubern. Eine Ecke, links die Bankfächer, die Räuber geradeaus. Hier. Wir warten, bis der Große rauchen geht. Dann scheint er die MP abzulegen. Wenn alles klappt, kommen sie gar nicht erst zu den Geiseln hinein.«

»Keine Toten«, sagte Hultin. »Wir wollen eine Lösung. Nicht nur ein Ende.«

Er wurde astrein ignoriert.

»Bedrohungsprofil?«, fragte Renberg.

»Der Große ist die Muskelkraft«, sagte der NE-Chef. »Aber ich tippe, dass der Kleine der Gefährlichere ist. MP für den Großen. Pistole für den Kleinen.«

Die drei waren im Begriff zu gehen, als Kerstin Holm mit sehr scharfer Altstimme sagte: »Ich will einen Mann dabeihaben.«

Die drei blieben stehen wie ein Mann.

»Warum das, zum Teufel?«, sagte der NE-Chef. »Die Jungens hier sind top getrimmte Elitepolizisten.«

»Die A-Gruppe hat diese Nuss geknackt«, sagte Holm. »Ich will exakt wissen, was da drinnen geschieht.«

»Traust du mir nicht?«, sagte der NE-Chef mit Eisesstimme.

»Ich gehe rein«, sagte Paul Hjelm und stand auf.

»Du gehst ganz bestimmt *nicht* rein«, sagte Hultin.

»Ich will Viggo dabeihaben«, sagte Kerstin Holm und dachte: Das will ich überhaupt nicht, ich will Gunnar Nyberg dabeihaben.

»Norlander?«, stieß Lönnqvist aus.

»Der ist doch über fünfzig«, sagte der NE-Chef. »Der Mann hat Enkelkinder. Dies hier ist ein top getrimmter ...«

»Das haben wir schon gehört«, unterbrach ihn der Reichskrimchef und enthüllte damit, wer von den Männern um den runden Tisch eigentlich König Arthur war: »Norlander geht mit.«

Das Gesicht des NE-Chefs verfinsterte sich. Weil er keine Haare mehr hatte, durchlief der ganze Kopf einen Verfinsterungsprozess. Buchstäblich. Wurde violett. Dann verschwand er, gefolgt von seinen Knappen. Sie hatten exakt den gleichen Gang wie er.

Viggo Norlander stand auf und sagte beleidigt: »Ich habe keine Enkelkinder.«

20

Es ist ein Fenster.

Ein Fenster von außen gesehen. Dahinter vage Bewegungen. Wie in einer Fruchtblase. Etwas halb Durchsichtiges, das sich dehnt und wölbt. Etwas, das hinauswill. Ins Freie.

Die Wölbungen legen sich allmählich wie Meereswellen nach dem großen Sturm, die blanke Oberfläche glättet sich wie eine Fotografie des Todes. Und darinnen bewegt sich ein Kind.

Ein kleiner Junge.

Jemand zieht und zerrt an einer Fenstertür. Von außen. Und der Junge steht am Herd, vielleicht drei Jahre alt, er dreht an allen Regulierungsknöpfen. Und er klettert auf die Trittleiter vor dem Herd.

Sie zieht noch einmal an der Tür, energischer diesmal. Aber es geht nicht. Er hat sie ausgeschlossen, hat am Schloss gespielt und es einschnappen lassen. Sie steht draußen auf dem Balkon, einen Korb mit gejätetem Unkraut in der Hand, und sieht den Jungen sterben. Er steigt noch eine Stufe höher auf der Trittleiter.

Sie schlägt mit der freien Hand ans Fenster. Sie schreit. Aber der Junge hört nicht. Durch das dicke Glas dringt kein Geräusch. Sie lässt den Korb fallen. Das Unkraut fliegt langsam über den Steinbelag des Balkons. Streut sich aus wie in einem uralten Fruchtbarkeitsritus.

Die Sonne scheint, alles ist Licht, nichts als Licht. Das furchtbare Licht wird sie nie mehr verlassen. Das ist ihr klar.

Über dem Herd steht die Keksdose. Alle vier Herdplatten sind jetzt orange. Er will an die Keksdose. Bragokekse. Er ist auf der obersten Stufe der Trittleiter. Er ist drei Jahre alt und balanciert auf Zehenspitzen auf Höhe des Herds.

Und die leckeren Kekse sind nur einen Meter vor seinen Händen.

Er liebt Bragokekse.

Sie sucht nach etwas, womit sie schlagen, kaputtschlagen kann. Eine Harke. Als sie sie hochhebt, weiß sie, dass es vergeblich ist. Sie schlägt trotzdem. Die Harke prallt an der Fensterscheibe ab. Sie bekommt sie ins Gesicht.

Und die Sonne scheint, nichts als Licht.

Paul Hjelm, denkt sie, du hast meinen Sohn ermordet mit deinem beschissenen einbruchsicheren Panzerglas.

In diesem Augenblick fällt der Junge vornüber auf die Herdplatten.

Und er ist da. Sie sieht nicht, ob der Junge die Platten noch berührt. Aber er ist da und hebt ihn hoch und verschwindet mit ihm.

Der Herd steht leer da und glüht.

Und die Sonne scheint, nichts als Licht.

Wird sie jetzt eine andere?

Da zersplittert Glas. Schwarze Scherben fliegen in die Bank. Sie bleiben in der Luft hängen. Das Licht funkelt darin. Wie ein Standfoto.

Wie eine Fotografie des Todes.

21

Natürlich war Viggo Norlander Polizist. Heute war er mehr Polizist als sonst. An diesem bleichen Donnerstag Mitte März.

Er stand unten im Treppenhaus. Die Tür war geöffnet, die Waffen waren gezogen. Alle sechs. Seine eigene auch. Er glaubte sich zu erinnern, wie eine Maschinenpistole funktionierte.

Er würde nie zugeben, dass er Probleme gehabt hatte, sich in die schwarze Uniform zu zwängen, dass sein Bauch eingeschnürt war wie in einem Korsett, dass er schon Blasen an den Füßen hatte von den groben Stiefeln und dass er nicht genau wusste, wie man das kugelsichere, dunkel gefärbte Visier des Helms herunterklappte.

Sie warteten.

Auf der anderen Seite von Karlavägen lag die Bank.

Es sah immer noch aus wie ein Standfoto. Zwar hatten sie den Film eine Weile nicht angeschaut, doch nichts deutete darauf hin, dass irgendetwas verändert war. Immer noch die beiden Räuberrücken, immer noch der kleinere Räuber sitzend, die Hände vor sich auf dem Schreibtisch wie ein Konzertpianist, immer noch der größere mit der Maschinenpistole in der Hand und mit dem Hintern halb auf der Schreibtischplatte.

Russen sind doch Kettenraucher, dachte Hultin, ohne vor seinen Vorurteilen zurückzuschrecken. Denn sie verhalfen ihm zu positiven Gedanken.

Der Größere musste bald gehen und rauchen.

150

Sonst würde er bald zu der nächsten Geisel stürzen und drauflosballern – eine andere Hypothese war nicht möglich, war nicht erlaubt –, und die nächste Geisel hieß Cilla Hjelm.

Zeit verging. Nichts geschah.

Um den runden Tisch im Konferenzraum der Immobilienmaklerfirma saß eine große Anzahl Menschen. Es waren die Kommissare Paul Hjelm und Kerstin Holm; es waren die Kriminalinspekteure Sara Svenhagen, Jorge Chavez, Arto Söderstedt, Jon Anderson, Lena Lindberg; es waren der Abteilungsleiter Waldemar Mörner, der Chef der Reichskriminalpolizei, die Länspolizeipräsidentin; der Phonologe Kurt Ehnberg, der Architekt Olle Larsson vom Stadtbauamt, ein Sprengstoffexperte und ein Polizeitechniker; es waren der geschäftsführende Direktor der Andelsbank, Haavard Naess, und der Sicherheitsbeauftragte der Bank, Geir von Langøya; und es waren, vorn am Schreibtisch, der Berater Jan-Olov Hultin und der Chef der Nationalen Einsatztruppe. Letzterer saß höher.

Aber sie alle saßen ebenso still wie die Räuber in der Bank.

Norlander betrachtete ihre Gesichter. Wie klein sie wirkten, umrahmt von den Helmen. Wie Babygesichter. Und alle waren höchstens halb so alt wie er.

Viggo Norlander hätte ihr Vater sein können. Wenn seine erste Ehefrau Kinder bekommen hätte, könnte sein Sohn eines dieser Alphamännchen sein.

Er war dankbar für seine beiden Mädchenengel.

Das hier war die Situation, von der diese Männer träumten. Hierfür waren sie gedrillt. Der Rest war tote Zeit.

Einer von ihnen klappte das Visier herunter, um es auszuprobieren. Sein Gesicht verschwand in einem kompakten Schwarz. Norlander beobachtete die Prozedur aufmerksam und machte es ihm nach einer halben Minute nach.

Tatsächlich, es funktionierte.

Plötzlich zuckte es leicht in Renbergs Babygesicht. Norlander dachte an einen Eishockeyspieler in der Nationalmannschaft. Der Reißwolf Micke Renberg.

»Es geht los«, sagte Renberg und klappte das Visier herunter.

Das Babygesicht war weg.

Hultin war inkontinent und trug inzwischen Windeln. Er hatte gelernt, damit zu leben, und merkte gar nicht mehr, wenn er pinkeln musste. Die Blase war zu schwach dafür.

Trotzdem hatte er das Gefühl, dringend zu müssen.

Vielleicht trugen die Räuber auch Windeln?

Auf jeden Fall gingen sie nicht auf die Toilette.

Es war 15.13 Uhr. Das Geiseldrama in der Andelsbank auf Karlavägen in Stockholm dauerte schon vier Stunden und dreiunddreißig Minuten, als der größere der Räuber plötzlich die Maschinenpistole ablegte und aufstand. Er näherte sich dem Kameraauge, zog sich die Maske vom Kopf und schüttelte eine Zigarette aus einem zerknautschten Päckchen.

Dann verschwand er aus dem Bild.

Paul Hjelm stand auf. Das Echo der göttlichen Töne in seinem Kopf so laut, dass es das ganze Esplanadensystem erfüllen müsste:

Rex tremandae maiestatis, qui salvandos salvas gratis, salva me, fons pietatis.

Herr, dess' Allmacht Schrecken zeuget, der sich fromm den Frommen neiget, rette mich, Urquell der Gnade.

»Los«, sagte der NE-Chef ins Walkie-Talkie.

Paul Hjelm ging auch los.

Sie überquerten Karlavägen im Laufschritt. Die beiden Reihen trennten sich vorübergehend bei den Bäumen in der Mittelallee. Viggo Norlander achtete sorgfältig darauf, sich einzureihen. Er blieb dem Ersten in der linken Reihe dicht auf den Fersen und hörte die Schritte von einem, nein, von zwei Männern hinter sich. Er wollte nicht überholt werden.

Sie waren am Ziel. Die beiden Männer an der Spitze hoben ihre Schlagwerkzeuge gegen die pechschwarzen Fensterscheiben. Der Linke nickte.

Und alles war Glassplitter.

Die Fenster zerbarsten vorschriftsmäßig.

Die Nationale Einsatztruppe stürmte ins Banklokal. Norlanders erster Eindruck war sehr klar, als sie um die Ecke zum Korridor einbogen. Der kleinere Räuber saß reglos da, ohne die Hände von der Schreibtischplatte zu heben. Norlander duckte sich mit der Waffe im Anschlag, um die Tür zum Tresorraum zu sichern. Ein NE-Mann hockte an der gegenüberliegenden Ecke, während ein Dritter vorbeistürzte und in den Büroraum gelangte. Er kam mit dem größeren Räuber zurück, der die Hände hinter dem Kopf verschränkt hatte; zwischen seinen Fingern steckte noch eine halb gerauchte Zigarette. Zwei Männer liefen an Norlander vorbei zum Tresorraum. Der NE-Mann im Büroraum klappte kurz sein Visier hoch, wie um klarer zu sehen, klappte es wieder herunter und bahnte sich rasch mit den beiden entwaffneten Räubern einen Weg durch den Korridor. Alles ging verblüffend schnell.

Das Trio glitt gerade an Norlander vorbei, als aus dem Raum mit den Schließfächern ein ohrenbetäubendes Gebrüll aufstieg. Ein zweiter NE-Mann stürmte hinein, einer lief geradeaus weiter in den nun leeren Büroraum.

Es war der Bankangestellte in mittleren Jahren, der so schrie. Er war vollkommen hysterisch. »Ihr verfluchten Idioten«, schrie er mit überschnappender Stimme. »Sie sprengen uns in die Luft. Wir sind alle tot.«

Einer der NE-Männer ging zu dem links angeklebten Plastikpaket und riss eine Dynamexstange heraus. Er bog sie auseinander. Es sah aus wie eine leere Toilettenpapierrolle. Nur Pappe.

Der Bankangestellte brüllte unvermindert weiter und überhäufte die Polizeikräfte mit Schimpfworten. Norlander trat in den Raum und stellte sich neben ihn.

»Büro gesichert!«, schrie eine Stimme von außen, und eine zweite begleitende Stimme schrie: »Tresorraum gesichert!« Und eine dritte röhrte: »Schalterraum gesichert!«

»Ihr verdammten Scheißarschgeigenwichser!«, schrie der Bankbeamte, woraufhin Viggo Norlander ihm eine schallende Ohrfeige gab und rief: »Bankfächer gesichert!«

Eine vage bekannte Gestalt kam in den Raum gelaufen und hockte sich neben die nächste Geisel. Es dauerte einen Moment, bis Viggo Norlander schaltete. Dann sah er, dass es Paul Hjelm war.

»Notarzt zur Schalterhalle!«, ertönte eine Stimme. »Eine bewusstlose Person.«

Norlander blickte auf den Bankbeamten. Aus seiner Nase floss ein Strom von Blut. »Hier auch!«, rief er und schenkte seiner Zukunft bei der Nationalen Einsatztruppe einen kurzen Gedanken.

Einer der NE-Männer öffnete sein Visier und bekam sein Babygesicht zurück. Er führte ein Walkie-Talkie ans Babyohr und sagte: »Hier Renberg. Bank ohne Verluste gesichert. Täter in Gewahrsam genommen.«

Und nicht nur die, dachte Viggo Norlander und sah hinunter auf den Ausgeknockten.

Der NE-Chef ließ das Walkie-Talkie sinken und hob sozusagen vom Schreibtisch ab. »Ja!«, brüllte er und streckte Hultin die erhobene Hand entgegen.

Hultin starrte verblüfft die Hand an. Sie abzuklatschen wie ein amerikanischer Basketballspieler schien ihm nicht in den Sinn zu kommen. Der NE-Chef stand mit seiner erhobenen Hand ein bisschen hilflos da. Schließlich war es Waldemar Mörner, der ihn abklatschte.

Der NE-Chef starrte eine Weile auf seine Hand, bevor er sich wieder fing. »Geschafft!«, schrie er.

»Yippie!«, brüllte Mörner wie ein wild gewordener Cowboy.

Jan-Olov Hultin dachte an eine wohlverdiente Abendsauna.

Paul Hjelm blickte in die Augen, in die er in seinem Leben am häufigsten geblickt hatte. Er versuchte, sich über ihren Zustand klar zu werden. Hatte der Blick diese Prüfung bestanden?

Er fand, dass dies der Fall war. Obwohl ihre Augen ziemlich müde wirkten.

Augen, die zu viel gesehen hatten.

»Cilla«, sagte er und nahm ihre Hand. Die Hand hielt krampfhaft das Handy. Er versuchte, es ihr zu entwinden.

»Lass mein Handy los«, sagte Cilla Hjelm ruhig, aber bestimmt.

Instinktiv ließ er ihre Hand los. »Du bist eine Heldin«, sagte Paul Hjelm. »Ich bin stolz auf dich.«

»›Ich bin bei dir‹«, sagte sie. »War das Kerstin?«

Er lachte, holte tief Luft und legte den Arm um sie. Sie machte *keinen* Versuch, ihn wegzustoßen. Es war sehr ungewöhnlich.

»Ich dachte, ich wäre tot«, sagte sie. »Ich habe Danne am Herd gesehen. Weißt du noch?«

»Danne?«

»Überall Licht.«

»Soll ich dich ins Krankenhaus bringen?«, fragte er.

Sie versuchte hochzukommen. Es ging nicht.

»Fahr mich nach Hause«, sagte sie.

»Habe ich richtig verstanden?«, sagte Jan-Olov Hultin. »Du hast die Geisel k. o. geschlagen?«

»Nur eine leichte Ohrfeige«, sagte Viggo Norlander. »Er hat geschrien wie ein durchgedrehtes altes Weib.«

»Und durchgedrehte alte Weiber schlägt man k.o.?«

Norlander schwieg. Wenn Hultin ihn nicht gekannt hätte, hätte er glauben können, Norlander sei seine Unzulänglichkeit bewusst geworden.

Hultin hätte es nicht zu sagen brauchen, aber er sagte es trotzdem; es war ein größerer Teil der Belohnung als die noch ungeschriebene Beraterrechnung: »Viereinhalb Stunden lang haben sie da gesessen und sind gequält worden, angekettet und ununterbrochen in Lebensgefahr. Und als Schadensersatz für Schweiß und Schmerzen bekommt der Bankbeamte Nils Bernhardsson, 46 Jahre alt, einen Schlag in die Schnauze.«

Viggo Norlander blickte auf. Sein Blick war bemerkenswert defensiv. Vorsichtig sagte er: »Willst du mir die Augenbrauen kaputtstoßen?«

Hultin betrachtete ihn einen Moment. Dann fing er an zu lachen. Ein Lachen, das erst sehr wenige Menschen gehört hatten. Viggo Norlander fühlte sich auserwählt.

»Nimm zuerst den Helm ab«, sagte Jan-Olov Hultin.

»Warte«, sagte Cilla Hjelm draußen auf dem Bürgersteig.

Paul Hjelm blieb stehen. Er hielt sie fest an sich gedrückt, und es kam ihm vor, als wäre sie im Begriff zusammenzubrechen. Aber nicht jetzt. Ihr Körper stabilisierte sich zusehends.

»Ja?«, sagte Paul.

»Tovas Geschenk«, sagte Cilla mit Nachdruck.

»Was?«

»Es ist noch da drin. Sie wird morgen volljährig.«

»Ich weiß.«

»Meine Kleine wird erwachsen.«

»Unsere«, sagte Paul und ließ sie los.

Er betrachtete sie. »Geht es einen Moment so?«, fragte er und ging ein paar Schritte auf die Bank zu.

»Es ist ein blaues Paket«, sagte Cilla Hjelm.

Renberg nahm den Helm ab. Er fuhr sich mit der Hand übers kurz geschorene Haar und blickte über das Schlachtfeld. Er war zufrieden.

Leute liefen hin und her und rutschten auf den Glassplittern aus. Sanitäter trugen Menschen auf Bahren hinaus, Kriminaltechniker waren auf dem Weg hinein, Polizeibosse gingen umher und nickten anerkennend.

So sollte es sein. Das Nachspiel. Es war wie nach einem Beischlaf. Er hätte gern geraucht.

Eine kleine dunkle Frau trat zu ihm. Er erkannte sie. Sie war eine Legende.

Sie blieb vor ihm stehen und nickte kurz. »Renberg?«

»Nicke«, sagte Renberg und streckte die Hand aus.

Sie ergriff sie und schüttelte sie kurz. »Ich heiße Kerstin Holm«, sagte sie.

»Ich weiß«, sagte Nicke Renberg und hoffte, dass der Tonfall das Ausmaß seines Respekts erkennen ließ.

Sie stand einen Moment da und nickte. Sie schien noch mehr sagen zu wollen. Schließlich sagte sie: »Wo sind die Bankräuber?«

»In Gewahrsam genommen«, sagte Renberg stolz.

Sie nickte wieder. Dann sagte sie: »Aber ich meine: *Wo* sind sie?«

»In sicherem Gewahrsam«, sagte Nicke Renberg.

Wieder nickte sie. Eine kleine Falte zeigte sich zwischen ihren schönen dunklen Augen.

»Ich habe keine Ahnung«, sagte er.

22

Mittwoch, den 20. Mai 1942,
Viertel nach zehn abends

*Das Gedächtnis ist kurz. Wer erinnert sich noch an den
Winter, den grauenhaften Winter?*

Der Siegesrausch ist wieder über uns gekommen.

*Es ist Frühling. Die Knospen sprießen, das Grün
kehrt wieder. Es ist bizarr zu sehen, wie das Leben sich
zurückkämpft, wo um uns her nichts ist als Tod. Es gibt
fast allen Hoffnung ein, erweckt neuen Kampfeswillen. Für
mich ist es der erschreckende Beweis dafür, dass wir uns
endgültig von der Natur losgesagt haben. Das, was wir
Kultur nennen, ist zur Unnatur geworden.*

*Der Winter in Poltawa wurde nicht besonders lang. Schon
im Januar trennte sich die 6. Armee vom Hauptquartier
der Heeresgruppe Süd und verlegte den Stab und Truppen
nach Charkow. Das Erste, womit unser neuer Befehlshaber,
Generaloberst Friedrich Paulus, sich auseinandersetzen
musste, war eine sowjetische Gegenoffensive, ein spontaner
Angriff als Folge der erfolgreichen Verteidigung Moskaus
durch die Rote Armee.*

Wir kamen nie nach Moskau.

*Es ist etwas Besonderes, rollende Züge an den Schienen
festfrieren zu sehen.*

*An den wärmsten Tagen während der Truppenverlegun-
gen nach Charkow war es dreißig Grad unter null. Und
die Großoffensive war furchtbar. Sobald wir in Charkow
angekommen waren, versuchte Timoschenko, Charkow
einzukesseln und zurückzuerobern. Es gelang nur im
Süden. Die 6. Armee hielt durch, aber südlich von Charkow*

erfolgte ein Einbruch in der Front, der Frontbogen von
Isjum.

Er ist jetzt nicht mehr da.

Deshalb ist die Siegesgewissheit zurückgekehrt.

Der Führer vergaß die Schrecken des Winters schnell.

Am 5. April erging der Befehl, einen ›endgültigen Sieg im
Osten‹ zu erreichen. Der Hauptangriff der Operation
Barbarossa, Operation Siegfried, wurde in die Operation
Blau umgewandelt, die mit der Operation Fridericus
eingeleitet werden sollte. Wir haben im Moment ziemlich
viele Operationen.

Die Operation Fridericus hatte zum Ziel, den Frontbogen
von Isjum zu beseitigen. Sie war für den 18. Mai geplant.
Stattdessen erfolgte am 12. Mai die Offensive der Roten
Armee. Die Umzingelung von Charkow sollte vollendet
werden.

Die Panzer durchbrachen am selben Tag die Front, und
schon am Abend standen die Russen zwanzig Kilometer vor
Charkow. Wir hatten sie vor der Haustür. Es fragte sich
nur, ob sie es bis ans Ziel schaffen würden.

Die Angriffe kamen an vielen Flanken gleichzeitig.
Zweiundsiebzig Stunden lang dauerten die intensiven
Kämpfe. Widerwärtige Kämpfe im strömenden Regen. Blut
und Schlamm. Schlamm und Blut.

Vielleicht habe ich getötet. Ich weiß es nicht. Mein Zug
lag südlich von Charkow, bei Voltjansk, auf der einen Seite
des Marktplatzes in einem kleinen Dorf. Auf der anderen
Seite lagen die Russen. Wir beschossen uns. Näher war ich
einem Nahkampf nie gekommen. Noch ein Stück näher,
und man hätte sich Auge in Auge gegenübergestanden.

Generalfeldmarschall von Bock, Oberbefehlshaber der
Heeresgruppe Süd, war mit Paulus' Verteidigung nicht
zufrieden. Er befürwortete einen kühnen Gegenangriff. Von
Kleists Panzerdivision sollte diesen Angriff durchführen –
sie, auf deren Konto die erste deutsche Rückwärtsbewegung

160

während des ganzen Krieges ging. Doch diesmal lief es besser. Sie griffen den Einbruch bei Isjum vor dem Morgengrauen am 17. Mai an. Sie drangen rasch ein. Wir folgten nach, große Teile der 6. Armee. Gestern, am 19. Mai, brach Timoschenko die Offensive ab. Aber es war zu spät. Die Einschließenden wurden eingeschlossen, von Bocks Falle schnappte zu.

Wir drängen unglaubliche Mengen sowjetischer Soldaten zusammen. Wir löschen ganze Armeen aus.

Ich muss zugeben, dass auch mich die Siegesgewissheit erfasst hat. Auch ich verspüre den blutsüßen Schlammduft der Siegeswitterung.

Der Frontbogen von Isjum fällt um uns herum zusammen. Es ist das erste Mal, dass ich eine Stunde zum Schreiben übrig habe. Ich schreibe mitten in den Kämpfen. Das Getöse um mich herum ist gewaltig. Ich schreibe im Schatten von Leichenhaufen.

Und es regnet. Es regnet die ganze Zeit.

Bald gehen wir zur Wolga. Dort liegt eine Stadt mit Namen Stalingrad.

Sie soll kein Problem darstellen. Sagt Hitler.

23

Jan-Olov Hultin blickte auf Karlavägen hinaus. Die Bäume der Mittelallee waren noch kahl, und die beiden von bräunlichem Schneematsch bedeckten Fahrbahnen lagen weiterhin verlassen da. Das graue Zwielicht begann in eine noch grauere Dämmerung überzugehen. Es kam ihm vor, als wäre es noch sehr lange bis zum Frühling.

Und noch länger bis zur Sauna.

Dass alles doch noch zu einem Fiasko geworden war ... Er seufzte einmal tief und machte auf dem Absatz kehrt. Es war Zeit, in den Konferenzraum zurückzukehren, aus dem er sich schon verabschiedet hatte. Er trat in den Flur der Immobilienmaklerfirma hinaus.

Dort stieß er mit Niklas Grundström zusammen.

Der Chef der Sektion für Interne Ermittlungen zeigte ein schmales Lächeln und schüttelte seinem Freund die Hand. »Ich habe es geahnt, dass ich hinzugezogen werden würde«, sagte er.

Er redete so.

»Ich verstehe, was du meinst«, sagte Hultin.

»Sind sie da?«

Hultin nickte. »So heißt es«, sagte er und fügte hinzu: »Aber ich würde nicht darauf wetten.«

Das ungleiche, aber vertraute Paar spazierte den Flur entlang und betrat an dessen Ende den Konferenzraum.

Hultin nickte der Versammlung zu und sagte: »Dies ist Niklas Grundström, Interne Ermittlungen.«

Ein Ruck ging durch die sechs Männer der Nationalen Einsatztruppe. Sie standen aufgereiht an der rechten Wand, hinter dem Stuhlkreis. Alle hielten ihre Visierhelme in den Händen.

»Ihr versteht sicher, warum er hier ist«, sagte Hultin und wandte sich dem NE-Chef zu, dessen kahler Kopf indigofarben geworden zu sein schien und beim Sprechen geschüttelt wurde: »Welches Debakel ...«

»Wissen wir mehr?«

Das Kopfschütteln des NE-Chefs ging weiter. Stumm.

Kerstin Holm sagte: »Nachdem die beiden Täter im Büroraum in Gewahrsam genommen und durch den Flur und die Schalterhalle verfrachtet wurden, enden alle Spuren.«

»Ich frage ein letztes Mal«, sagte Hultin und wandte sich an die sechs NE-Männer, darunter auch (mit intakten, wenn auch hochgezogenen Augenbrauen) Viggo Norlander. »Wer von euch hat die eigentliche Festnahme der Täter durchgeführt?«

Wer von ihnen hatte die Bankräuber festgenommen und anschließend laufen lassen – oder einfach verloren?

Es war ein entscheidender Augenblick ihres Lebens.

Einer von ihnen hatte versagt.

»Ich glaube, wir können die Videosequenz jetzt abspielen«, sagte Kerstin Holm und nickte dem Techniker zu.

An der Wand erschien erneut das Bild. Wie ein Standfoto. Bis der größere Räuber plötzlich die Maschinenpistole weglegte und aufstand. Er näherte sich dem Kameraauge, zog sich die Mütze vom Kopf und schüttelte eine Zigarette aus einem zerknautschten Paket.

Dann verschwand er aus dem Bild.

Es verging eine Minute. Dann sah man, wie der kleinere der Räuber seinen Körper anspannte und den Kopf hob. Das war alles. Ein NE-Mann tauchte mit einer Maschinenpistole im Anschlag im Büroraum auf. Er stürzte auf die Kamera zu und zerrte den größeren Räuber zum Schreibtisch. Dieser hatte jetzt die Mütze übers Gesicht gezogen und hielt die Hände auf dem Kopf gefaltet; zwischen seinen Fingern steckte noch die halb gerauchte Zigarette. Der NE-Mann kam zum Schreibtisch und riss den Kleineren hoch. Dann hielt er einen Moment inne, an jedem Arm einen Räuber. Er lüftete kurz das Visier, wie um sich klare Sicht zu verschaffen.

»Da«, sagte Kerstin Holm.

Das Bild wurde angehalten.

»Guckt nach draußen in den Flur«, fuhr sie fort.

Das Auditorium guckte.

»Zwei Mann auf dem Weg nach vorn, zum Schließfachraum. Viggo hockt auf der einen Seite. Ein Mann auf der anderen. Ein Mann über diesem hockenden Mann. Fünf. Der Sechste steht und hält die Räuber. Oder nicht?«

Kerstin Holm stand auf und trat an das angehaltene Bild an der Wand. »Und was ist das hier?«, fragte sie und zeigte auf etwas oberhalb von Viggo Norlanders Kopf.

Ein Strich. Er wurde deutlicher, je länger man hinsah. Es war der Lauf einer Maschinenpistole.

»Was zum Teufel!«, sagte der NE-Chef.

»Ihr wart sechs«, sagte Kerstin Holm. »Das hier sind sieben.«

Der NE-Chef rieb sich hart die Augenwinkel. Es sah aus, als wollte er seine Augäpfel ins Gehirn drücken. »Was soll das heißen?«, sagte er tonlos. »Dass plötzlich ein weiterer Einsatzpolizist aufgetaucht ist? Vom Rest der Gruppe nicht zu unterscheiden? Das ist doch absurd.«

»Aber verflucht«, sagte Viggo Norlander und wurde blass. »Die Schritte.«

»Was?«, fragte Kerstin Holm verwundert. Norlander blass werden zu sehen war so selten, wie Hultin lachen zu hören.

»Ich hätte reagieren müssen«, fuhr Norlander fort. »Als wir über Karlavägen gelaufen sind, waren wir zwei Glieder, drei Mann in jedem. Ich lief als Zweiter im linken Glied. Aber ich habe hinter mir Schritte von zwei Menschen gehört.«

164

»War er also von Anfang an dabei?«, sagte Hultin. »Wo kommt der Kerl her?«

Norlanders Blässe hielt an. Er sagte: »Wenn ich mich umgedreht hätte, statt um jeden Preis mitzuhalten, hätten wir die Räuber jetzt. Dann wäre alles anders gelaufen.«

Von später Einsicht Blässe angekränkelt, dachte Kerstin Holm, sagte aber: »Könnt ihr zeigen, wo ihr hier auf diesem Bild seid? Einer nach dem anderen.«

Einer nach dem anderen traten die Männer der NE-Einsatzgruppe vor und zeigten auf sich. Nicke Renberg kam als Letzter. Er zeigte auf den einsamen MP-Lauf.

Der Einzige, auf den nicht gezeigt wurde, war der Mann mit den beiden Bankräubern.

»Also dann«, sagte Hultin. »Ihr sechs folgt Grundström, der euch noch einmal eingehend vernehmen wird. Ihr könnt euch damit trösten, dass Dummheit nicht strafbar ist.«

Von begossenen Pudeln zu sprechen wäre noch geschmeichelt gewesen.

Jetzt waren nur noch die Einsatzleitung, die A-Gruppe und der Techniker im Raum. Die Expertengruppe war entlassen, und nun durfte auch der Techniker gehen. Mit einem Seufzer der Erleichterung nach einem beachtlichen Tageswerk zog er von dannen.

»Aber um Dummheit handelt es sich bei dem hier wohl kaum, oder?«, sagte Hultin und zeigte auf den NE-Mann zwischen den Bankräubern im angehaltenen Videobild.

»War das vielleicht der Grund, warum die Räuber so cool waren?«, sagte Arto Söderstedt. »Weil sie wussten, dass sie befreit werden würden? Von der Polizei? ›Die Polizei soll den Plan liefern ...‹.«

»Das wirkt logisch«, sagte Kerstin Holm und kehrte an ihren Platz zurück, »bis auf einen Punkt.« Sie konnte den Blick noch immer nicht von dem Standfoto mit den Bankräubern und den NE-Männern losreißen. Da war noch etwas. Sie kam nur im Moment nicht darauf.

Söderstedt nickte: »Das Geld«, sagte er.

Holm entwickelte den Gedankengang weiter: »Warum den Tresorraum öffnen und die Sporttaschen mit Bargeld füllen, wenn man sie nicht mitnehmen will?«

Hultin sank schwer auf seinen Stuhl. »Sind sie also *nicht* befreit worden?«

»In gewisser Weise deutet natürlich alles darauf hin«, sagte Kerstin Holm. »Es würde extreme Vorbereitungen erfordern, eine adäquate NE-Ausrüstung zu beschaffen. Gar nicht zu reden davon, dass man mit äußerster Aufmerksamkeit stundenlang auf Karlavägen steht und den Augenblick abwartet, in dem die Nationale Einsatztruppe sich aufmacht, sich ihr dann anzuschließen und sie zu überlisten. Das verlangt eine lange Planungszeit und entsprechendes Training. Das ist kein Plan, den man in einer lumpigen Viertelstunde hinbastelt. Oder meinetwegen in vier Stunden.«

»Es sei denn, man hat unbegrenzte Ressourcen im Rücken«, warf Sara Svenhagen ein.

»Wie meinst du das?«, fragte der Reichskrimchef beunruhigt.

»Sagen wir, die Räuber sind wirklich befreit worden«, fuhr Svenhagen fort, »dann ist alles vielleicht Teil eines größeren Plans. Was hat man denn mit diesem super ausgeklügelten Plan erreicht?«

»Absolut nichts«, sagte Söderstedt. »Man hat einer Anzahl von Bürgern einen Schrecken eingejagt, hat Östermalm lahmgelegt und große Teile des ohnehin knappen Polizeibudgets in Anspruch genommen. Davon abgesehen – nichts. Die Taschen mit dem Geld sind noch da.«

»Wenn man nicht *etwas anderes* in der Bank gemacht hat«, sagte Jorge Chavez. »Wenn die Taschen mit dem Geld nicht ein Scheinmanöver sind.«

Hultin nickte. Er fühlte sich wieder zu Hause. Gute Ideen schwirrten durch den Raum. »Du meinst, dass noch etwas in der Bank ist? Dass sie etwas zurückgelassen haben?«

»Es ist eine Überlegung wert«, sagte Kerstin Holm. »Man dringt ein, installiert irgendetwas in der Bank, setzt sich hin und wartet darauf, dass man herausgeholt wird. Das ist Sinn und Zweck der Aktion.«

»Fehlt nur noch, dass es eine Bombe wäre«, stöhnte der NE-Chef.

Die Versammlung verstummte.

»Das könnte erklären, warum die Räuber sich so für die Evakuierung interessiert haben«, sagte Arto Söderstedt. »Die Bomben sollen hochgehen, bevor die Bewohner zurückgekehrt sind.«

Hultin wandte sich an die Polizeipräsidentin und fragte: »Kehren die Evakuierten schon zurück?«

Die Polizeipräsidentin blinzelte einige Male. Wie ertappt. Dann sagte sie mit fester Stimme: »Es ist noch keine diesbezügliche Anweisung ergangen.«

»Gut«, sagte Hultin und wählte eine Nummer auf seinem Handy. »Warten wir noch damit.«

»Svenhagen«, sagte jemand in seinem Handy.

»Brynolf. Hier ist Hultin.«

»Ich habe schon gehört, dass du in einer Blitzaktion reaktiviert worden bist«, sagte der Chef der Kriminaltechniker, Sara Svenhagens Vater. »Das verrät eine gewisse Stagnation im Polizeikorps.«

»Habt ihr etwas gefunden?«

»Nicht viel«, sagte Brynolf Svenhagen. »Zurückgelassene Waffen und Taschen. Und natürlich die Sprengstoffattrappen. Es wird hauptsächlich um die Jagd auf DNA-Spuren gehen.«

»Gibt es Anzeichen für irgendeine Form von Zerstörung? Oder unbekannte zurückgelassene Objekte?«

»Im Augenblick nicht.«

»Ich möchte, dass ihr alles stehen und liegen lasst und sofort evakuiert. Sie können eine Bombe zurückgelassen haben.«

»Wunderbar«, sagte Brynolf Svenhagen markig und legte auf.

Hultin wandte sich von Neuem an die Länspolizeipräsidentin, die immer noch etwas mitgenommen aussah. Sie schien nicht recht glauben zu können, dass ihre Saumseligkeit von Vorteil gewesen war.

»Ist eure Bombengruppe noch da draußen?«, fragte Hultin.

»Ich check das mal ab«, sagte die Länspolizeipräsidentin im Ton frisch eroberter Handlungskraft und wählte eine Nummer auf ihrem Handy.

»Hunde auch«, fügte Hultin hinzu. »Und die Straßensperren sollen noch nicht aufgehoben werden.«

Die Polizeipräsidentin nickte und bekam Antwort an ihrem Handy. Sie sprach leise im Hintergrund.

»Zurück zu unserem zweiten Szenario«, sagte der Reichskrimchef. »›Es sei denn, man hat unbegrenzte Ressourcen im Rücken.‹«

Er war ein Mann, der sich ständig Sorgen um Widersacher machte, die unbegrenzte Ressourcen im Rücken hatten. Nicht zuletzt, weil seine eigenen so begrenzt waren.

Sara Svenhagen starrte ihn eine Weile an. Dann fasste sie sich und ging noch einmal einen Schritt zurück: »Das setzt jetzt aber voraus, dass sie *nichts* in der Bank zurückgelassen haben. Dass es sich nicht um einen übergreifenden Plan handelt, sondern um einen ›gewöhnlichen‹ Bankraub. Dass sie das Geld zurückgelassen haben, ist die Hauptsache. Dass sie tatsächlich darauf gewartet haben, dass wir, die Polizei, einen Ausweg für sie fänden. Für den Fall ist es *eine andere Macht*, die sie herausholt, die es schafft, sich im Laufe weniger Stunden zur Elite schwedischer Einsatztruppen zu maskieren.«

»Eine andere Macht?«, fragte der Reichskrimchef.

»Der erste Gedanke ist natürlich die Mafia«, sagte Sara Svenhagen. »Die russische Mafia mit alten KGB-Kontakten.

Zwei verschiedene Gruppen, die um neue Reviere kämpfen.«

»Aber nicht um das letzte Revier?«, sagte der Reichskrimchef.

Sara verzog das Gesicht. »Liegt nicht ein ganz leichter Hauch von großer Politik über dieser Sache?«, fragte sie.

»Sie schicken jetzt die Bombenhunde hinein«, sagte die Polizeipräsidentin und schien über ihre eigene Effizienz verblüfft zu sein.

»Jetzt?«, stieß Hultin aus.

»Die Bombeneinheit war vor Ort.«

Hultin nickte. »Mit anderen Worten, sie haben herumgetrödelt und Kaffee getrunken?«, sagte er.

»Sie waren vor Ort«, wiederholte die Polizeipräsidentin und wahrte meisterlich ihr Gesicht.

Aller Blicke waren auf die Polizeipräsidentin gerichtet, die ihr Handy ans Ohr hielt.

»Große Politik?«, sagte der Reichskrimchef nach einer Weile.

Sara Svenhagen zuckte nur mit den Schultern. Der Reichskrimchef schien seltsamerweise damit zufrieden.

»Jetzt«, sagte die Polizeipräsidentin.

Alle starrten auf sie. Mit unterschiedlichen, aber zunehmenden Graden von Gereiztheit.

Schließlich fuhr sie fort: »Die Bombenhunde sind wieder draußen. Nichts.«

Ein kollektiver Seufzer.

Dann die Fortsetzung: »Sie schicken jetzt einen Roboter mit einem Detektor hinein. Er soll hundertprozentig sein.«

»Die Maske«, sagte Arto Söderstedt nach einer Weile. »Der größere Räuber geht zum Ventil, um zu rauchen. Er zieht sich die Maske vom Kopf – er ist also im Bild, wohlgemerkt. Aber als der falsche NE-Mann ihn wegzerrt, sitzt die Maske wieder am Platz.«

Ein Versuch, räumte Söderstedt ein, doch nur für sich selbst.

Keiner biss an.

»Und warum?«, versuchte er weiter.

Kerstin Holm starrte auf das angehaltene Bild an der Wand und wollte sich für die Maske interessieren. Es war wohl nicht die Maske, derentwegen das Bild die ganze Zeit ihre Aufmerksamkeit nicht losließ?

»Der NE-Mann zieht sie ihm wieder über«, sagte sie.

»Natürlich, so muss es doch sein?«, sagte Söderstedt, sehr zufrieden mit seiner Chefin. »Und warum?«

Was ist mit diesem Bild? Dachte Kerstin Holm und sagte: »Weil er seine Identität verbergen will.«

»Und warum?«

»Hör schon auf«, sagte Kerstin Holm.

»Jetzt«, sagte die Polizeipräsidentin.

Nicht schon wieder, dachte Arto Söderstedt.

»Okay«, fuhr die Polizeipräsidentin fort und drückte auf die Austaste ihres Handys. »Der Bombendetektor zeigt grünes Licht. Es ist keine Bombe in der Bank.«

Keiner konnte wirklich sagen, ob der folgende kollektive Seufzer wirklich ein Seufzer der Erleichterung war.

»Weil die Identität des Räubers uns direkt zu dem falschen Polizisten führt«, sagte Arto Söderstedt.

»Große Politik?«, sagte der Reichskrimchef.

Der Pensionär Jan-Olov Hultin steckte im Stau. Nichts Neues unter der Sonne. Obwohl die Sonne fort war. Es war sehr, sehr dunkel in Stockholm.

Er schaltete das Autoradio ein. Es wurde vom Krieg im Irak berichtet. Amerikanische Truppen waren in den Süden des Landes eingedrungen.

Ja, natürlich, dachte er. Heute hat ein Krieg angefangen. Zwischen Ost und West.

Ein Gastspiel, dachte er dann.

Der Pensionär als Gast bei der Wirklichkeit.

Es war Zeit, dies alles zu vergessen und wieder man selbst zu werden.

›Wenn wir Schatten euch missfielen / denkt zum Trost von diesen Spielen, / dass euch hier nur Schlaf umfing, / als das alles vor sich ging. / Dies Gebild aus Schaum und Flaum / wiegt nicht schwerer als ein Traum.‹

Ein sehr seltsamer Tag war zu Ende.

Er sehnte sich nicht im Geringsten nach der Sauna.

24

Paul Hjelm war zu Hause. Und doch ganz und gar nicht zu Hause. Er hatte eine Totalrenovierung erwartet. Dass alle seine Spuren getilgt wären. Aber nichts dergleichen. Als er über die Schwelle des Reihenhauses in Norsborg trat, war ihm, als beträte er ein paralleles Universum. In diesem Universum hatte er als Cillas Ehemann gelebt. Ihr gemeinsames Leben ging mit der gleichen zähen Gleichgültigkeit weiter wie vorher, in zwei getrennten Sphären. Er war immer noch Kriminalinspektor in der A-Gruppe. Und er schlief immer noch in diesem Bett. Mit dem Rücken einen Meter entfernt von Cillas Rücken.

Er war zu Besuch bei seinem alternativen Ich.

Sich vorzustellen, dass es wirklich so war. Dass bei allen Entscheidungen, die wir im Leben treffen, parallele Wirklichkeiten entstehen.

Er blickte auf das Bett. Cilla lag darin und schlief.

Alles, was ich wollte, war, geliebt zu werden, dachte er. Wie ich dich geliebt habe. Wenn du nicht aufgehört hast, mich zu lieben, hast du auf jeden Fall aufgehört, es zu zeigen. Vielleicht habe ich das auch getan.

Er setzte sich auf die Bettkante und wurde von einer schmerzlichen Zärtlichkeit erfüllt. Er wagte nicht, die Hand auf sie zu legen – seine Erfahrung sagte ihm, dass sie fortgestoßen werden würde. Aber er blieb sitzen.

Während Mozarts Requiem in seinem Kopf dröhnte.

Als sie eine Stunde zuvor von der E4 nach Norsborg abgebogen waren, hatte Cilla gesagt: »Park den Wagen ein Stück weiter weg.« Er hatte verstanden und gelacht. Eben erst war sie einer Lebensgefahr entronnen, und sie machte sich Gedanken wegen der Nachbarn.

172

Er parkte den Wagen ein Stück weiter weg.

Sie kamen zum Haus, ohne Nachbarn zu begegnen. Er öffnete instinktiv die Tür des alten Garderobenschranks und warf seine Jacke hinein. Erst im Nachhinein reagierte er.

Ich wohne hier nicht mehr.

Cilla ging auf geradem Weg ins Schlafzimmer, legte das etwas zerdrückte Paket und das Handy auf den Nachttisch, kroch ins Bett und zog sich die Decke über den Kopf. Nach einer Weile vermochte er ihr zu folgen.

Er wusste, wie die Antwort ausfallen würde, stellte die Frage aber doch: »Möchtest du, dass ich über Nacht hierbleibe?«

Sie kann nicht Ja sagen. Das geht nicht. Es ist unmöglich.

»Mach, was du willst«, kam es unter der Decke hervor.

Er lächelte ein wenig gequält und sagte: »Ich bleibe.«

Er saß bei ihr, bis sie eingeschlafen war. Dann ging er in die Küche, machte Kaffee, setzte sich ins Wohnzimmer und erblickte den Papagei auf seiner Stange, der ihn mit großer Skepsis betrachtete.

»Paul«, sagte er.

»Cilla«, sagte der Papagei.

Er stand auf und ging zu dem alten Klavier, das ihm einst als Ausguss gedient hatte, in den er seine Musikerträume gekippt hatte. Er strich über die Tasten und holte sich staubige Fingerspitzen. Dann schlug er ein paar Töne an. Und noch ein paar. Am Ende sang er ganz leise die Einleitungsworte des *Requiems* mit:

»Requiem aeternam dona eis, Domine, et lux perpetua luceat eis. Te decet hymnus, Deus in Sion, et tibi reddetur votum in Jerusalem. Exaudi orationem meam, ad te omnis caro veniet.«

Später ging er ins Schlafzimmer zurück. Und nichts kam ihm unbekannt vor. Nicht einmal unbequem. Ihr Sohn Danne war in eine Studentenwohnung im Körsbärsväg am Roslagstull gezogen und studierte seltsame Fächer, unter anderem etwas so Bizarres wie Literaturwissenschaft. An Letzterem war Paul Hjelm nicht ganz unschuldig. Die besten Begegnungen mit dem Sohn nach der Scheidung hatten sich um Literatur gedreht, und jetzt hatte Danne also mit Literaturwissenschaft angefangen. Er klang sehr begeistert, besonders von einigen Dozenten, die auch eine ziemlich abgehobene Zeitschrift herausgaben.

Die Tochter Tova wurde morgen achtzehn. An sie heranzukommen war ein bisschen schwerer; sie ging ins letzte Schuljahr und schien am liebsten ›in die Welt hinaus‹ reisen zu wollen. Sie hatte angekündigt, die Nacht bei ihrem Freund Kalle zu verbringen.

Kalle?, dachte Paul Hjelm. Aber das musste genügen.

Er saß eine Zeit lang an Cillas Seite und versuchte, in sein paralleles Leben einzutreten. Es gelang nicht richtig. Dann ging er in Dannes altes Zimmer und legte sich aufs Bett seines Sohnes.

Mit dem Bild Cillas auf der Netzhaut schlief er ein. Cilla hinter einer verschlossenen Balkontür mit neu eingesetztem Panzerglas, nachdem bei mehreren Nachbarn eingebrochen worden war. Sie waren eben erst nach Norsborg gezogen. Das Reihenhaus war neu gebaut, es waren die frühen Achtziger-Jahre. Paul absolvierte sein letztes Jahr auf der Polizeihochschule und war viel unterwegs auf praktischen Einsätzen. Seine Arbeitszeiten waren gelinde gesagt unregelmäßig. An diesem Tag war er nach dem Mittagessen nach Hause gekommen. Er betrat die Wohnung und sah seine Frau draußen auf dem Balkon. Er erkannte sie fast nicht, begriff zuerst nicht, wer sie war. Sie war totenblass, ihr Gesicht war völlig verzerrt, aus einer Schnittwunde an ihrer Stirn rann Blut. Er wandte sich in die Richtung, in die ihr wilder Blick zeigte, und er sah den dreijährigen Danne nach vorn auf den Herd fallen. Alle Herdplatten glühten. Er sprang hinzu, fing ihn in der Luft auf und stürzte ins Badezimmer, um ihn unter kaltes Wasser zu halten. Danne brüllte laut und wild, aber

174

die Herdplatten schien er kaum berührt zu haben. Paul hielt ihn sicherheitshalber eine Zeit lang unter kaltes Wasser. Am Bauch war eine gerötete Stelle von ein paar Zentimetern, aber es musste nicht einmal eine Blase geben. Nicht, wenn so schnell kaltes Wasser daraufkam. Nach einer Weile ließ er Danne in der Wanne sitzen und warm duschen, damit er sich erholte. Währenddessen kehrte er in die Küche zurück.

Am Fenster der Balkontür waren deutliche Blutspuren zu erkennen. Cilla war in Ohnmacht gefallen. Er öffnete die Tür und beugte sich über sie.

In diesem Augenblick schlief er ein.

Kerstin Holm schlief. Ein Bild trat vor ihr inneres Auge. Es hatte sich schon gezeigt, als sie noch wach war, ohne allzu direkt ihre Aufmerksamkeit zu beanspruchen. Eher hatte es am Rand ihres Bewusstseins ein wenig geschabt.

Jetzt war es anders. Es war das Bild der Nationalen Einsatztruppe, das in ihrem Schlaf zum Leben erwachte. Sechs, nein sieben NE-Männer in angehaltener Bewegung. Zwei Bankräuber. Ein NE-Mann steht, die beiden Räuber rechts und links neben sich, den anderen zugewandt, mit dem Rücken zur Kamera und einer Hand am Helm. Die Hand hebt für einen kurzen Moment das dunkle Visier hoch, wie um sich klare Sicht zu verschaffen.

Aber auf dem Bild ist noch etwas.

Zwei der NE-Männer sind auf dem Weg zum Raum mit den Schließfächern, dessen Türöffnung man sieht. Und darinnen ist etwas. Äußerst vage Konturen, in Richtung des Fußbodens. Dunkel, diffus, leicht kantig, aber doch: ein sitzender Mensch. Und in der Hand ein Gegenstand. Ein kleiner Gegenstand, der genau auf den NE-Mann zwischen den Räubern gerichtet ist. Genau auf den falschen Polizisten.

Ein Handy.

Genau auf das aufgeklappte Visier gerichtet.

Kerstin Holm fuhr mit einem Ruck aus dem Schlaf hoch. Sie tastete instinktiv nach dem Platz neben sich im Bett. Es war ein neuer Instinkt, aber er war unfehlbar bei jedem Erwachen. Und fast ebenso unfehlbar lag ihr Sohn da, klein und warm. Und jedes Mal war sie dankbar und glücklich.

Sie strich über sein Haar, erhielt ein paar Grunzlaute als Antwort und erwachte mit einem zweiten Ruck. Sie dachte: Wie oft muss ich eigentlich wach werden?

Sie setzte sich im Bett auf und starrte ins Dunkel.

Das Handy lag auf dem Nachttisch und diente als Wecker. Kerstin Holm tastete danach und blickte auf das erleuchtete Display. Hastig wählte sie eine Nummer.

Es klingelte kurz, dann sagte eine Stimme: »Dies ist Paul Hjelms Mobiltelefon. Bitte sprechen Sie nach dem Piepton.«

Sie versetzte dem Handy einen Schlag und kam nicht einmal dazu, irritiert zu sein, weil sie seine Privatnummer auswendig wusste. Dort bekam sie zur Antwort: »Paul Hjelm hier. Bitte sprechen Sie nach dem ...«

Sie legte auf, schloss die Augen und versuchte sich zu erinnern. Dann wählte sie eine dritte Nummer. Es klingelte.

Nach mehrmaligem Klingeln meldete sich eine matte Stimme: »Hallo.«

»Paul? Kerstin hier. Hör jetzt gut zu. Es könnte sein, dass Cilla in Gefahr ist.«

»Danke. Ich weiß«, sagte Paul Hjelm.

Paul Hjelm wusste nicht, was ihn geweckt hatte, aber die Ursache war greifbar genug, um ihn binnen einer Sekunde hellwach werden zu lassen. Er saß im Bett seines inzwischen erwachsenen Sohns und wusste nicht, ob es wirklich ein Geräusch war. Vielleicht nur eine atmosphärische Veränderung.

Er hatte seine Dienstwaffe nicht bei sich. Unmittelbar nach dem Eintreffen von Cillas SMS war er nach Östermalm gefahren und hatte die Pistole nicht mitgenommen.

Was für ein miserabler Leibwächter er doch war.

Er schlich auf Socken aus dem Zimmer und folgte dem Flur im Untergeschoss. Ganz vorn, gegenüber der Wohnzimmertür, bog der Flur nach links ab und ließ im Dunkeln den Blick auf die Tür zu Cillas Schlafzimmer ahnen. Sein Weg dorthin führte am offenen Kamin im Wohnzimmer vorbei. Er ergriff den Feuerhaken und machte sich plötzlich die Absurdität der Situation bewusst. Er konnte nicht umhin, an all die Filme zu denken, in denen Menschen nach dem Feuerhaken griffen und, einem unbekannten Geräusch folgend, durch ein dunkles Haus schlichen.

Er wusste nicht einmal, ob es ein Geräusch war. Aber etwas war es.

Er gelangte zur Wand und näherte sich der Tür von der Seite. Die Tür stand offen, wie er sie zurückgelassen hatte. Noch drei Meter. Und immer noch kein eindeutiges Geräusch.

Es gab keine Gedanken. Nur eine eindeutige Überzeugung: Etwas stimmte nicht.

Er gelangte an den Türpfosten, hielt inne und schloss die Augen.

Der Mund war trocken.

Es war ganz und gar nicht unwahrscheinlich, dass dies Paul Hjelms Todesaugenblick war.

Er würde in seiner alten Wohnstatt sterben, heimgekehrt wie Odysseus nach dem langen Krieg jenseits des Meeres. Und nach der langen Irrfahrt zurück in die Heimat.

Er holte tief Luft. Dann stürzte er mit erhobenem Feuerhaken ins Schlafzimmer.

An Cillas Bett stand ein maskierter Mann, eine mit Schalldämpfer versehene Pistole in seiner Hand war auf die zerknüllte Bettdecke gerichtet. Hjelm war erstaunt, wie schnell er war, wie hart er mit dem Feuerhaken den Unterarm des Mannes traf, wie hörbar der Knochen zersplitterte, wie langsam die Pistole durch die Luft flog.

Hjelm hechtete der Pistole nach. Der Mann warf sich wortlos auf ihn. Er war schneller, stärker, härter, jünger, aber er war im Nachteil durch seine Verblüffung und seinen zerschmetterten Arm. Hjelm fuchtelte mit dem Feuerhaken wie ein Wahnsinniger, und er traf ein ums andere Mal. Blut spritzte. Der Mann gab keinen Ton von sich. Und beide tasteten und griffen nach der Pistole, die in dem Gerangel unterm Bett landete. Cilla schrie laut. Der Mann kam hoch, Blut trat aus den Löchern in seiner Maske hervor. Hjelm zielte mit dem Feuerhaken auf die Beine des Mannes. Der Maskierte sprang geschmeidig wie ein Hürdenläufer über den Feuerhaken, warf sich auf den Fußboden und raffte mit der linken Hand ein Handy auf, das ihm entglitten war, schlug es Hjelm an den Kopf und stürzte hinaus. Hjelm war leicht groggy, bekam jedoch die Pistole unter dem Bett zu fassen und lief mit einer Waffe in jeder Hand wie ein wahnsinniger Serienmörder hinter dem Mann her. Er lief durchs Wohnzimmer und hörte Geräusche aus der Küche. Die Balkontür schlug zu. Es waren deutliche Blutspuren an der Scheibe. Hjelm warf einen Blick auf den Herd, fischte ein schnurloses Telefon von der Spüle und wählte die Nummer der örtlichen Polizeiwache. Sein alter Arbeitsplatz.

Mit blutigem Feuerhaken, Telefon und Pistole in den Händen kehrte er in Cillas Schlafzimmer zurück. Sie saß kreideweiß im Bett, hielt die Hände vor den Mund und starrte auf die Blutflecken überall.

»Die Polizei ist unterwegs«, sagte Paul mit viel zu fester Stimme. »Bist du verletzt?«

Cilla schüttelte den Kopf. Kein Wort kam über ihre Lippen. Paul spürte, dass Blut über sein Gesicht rann. Und wie seine Beine nachgaben. Er sank auf das Bett neben Cilla. Sie rutschte ein Stück zur Seite.

»Ich glaube, ich habe dein Handy erkannt«, sagte er.

Sie warf einen Blick zum Nachttisch. »Es ist weg«, schrie sie. »Mein Handy.«

Sie schwiegen eine Weile. Sie starrte auf seine blutige Stirn, ohne den geringsten Versuch zu machen, sie zu berühren.

Dann fragte er: »Hast du in der Bank noch mehr Bilder gemacht?«

»Ja«, sagte sie. »Eins.«

Das schnurlose Telefon klingelte. Er hob es vom Fußboden auf und meldete sich mit matter Stimme: »Hallo.«

»Paul?«, sagte eine vertraute Stimme im Hörer. »Kerstin hier. Hör jetzt gut zu. Es könnte sein, dass Cilla in Gefahr ist.«

»Danke, ich weiß«, sagte Paul Hjelm.

»Du weißt? Wie meinst du das?«

»Ich bin nicht in der Lage, das jetzt zu erklären. Aber wir sind okay. Die Polizei ist unterwegs. Aber du kannst gern auch ein paar Leute herschicken. Es gibt einige Blutspuren.«

Er drückte auf die Austaste. Er sah Cilla an. Sie sah seine Stirn an.

»Spuren deines Handys«, sagte er und wagte es, sie zu berühren. Er legte den Arm um sie. Obwohl ihr Körper gespannt war wie eine Stahlfeder, drückte sie sich an seine Schulter. Wie von einer unendlichen Kraft zurückgehalten, bewegte ihre Hand sich langsam zu seiner Stirn. »Das muss genäht werden«, sagte sie.

»Dein Handy hat eine Menge bewirkt. Was war das für ein Bild, das du noch gemacht hast?«

»Es war, genau bevor du in die Bank kamst«, sagte Cilla. »Ich habe es abgeschickt. Die Räuber waren gerade festgenommen worden. Ich habe ein Bild von ihnen gemacht, als dieser Polizist sie gefasst hatte. Ich weiß nicht, warum.«

Paul versuchte nachzudenken. Wie konnte das Bild so wichtig sein, dass jemand deswegen hinter Cilla her war? Auf jeden Fall war es jetzt verschwunden. Zusammen mit dem

Handy. Schließlich reagierte er. »Du hast es also geschickt? Was heißt das?«

»Ich habe es an dich geschickt«, sagte sie. »MMS.«

Er starrte sie eine Weile an. Dann verließ er das Schlafzimmer.

Die Jacke lag noch so im Garderobenschrank, wie er sie hineingeworfen hatte. In der Innentasche steckte sein Handy. Ein verpasstes Gespräch und eine Nachricht. Das verpasste Gespräch war von Kerstin Holm, die Nachricht von Cilla. Vorsichtig klickte er die Nachricht an und bekam ein Bild. Ein Beamter der Nationalen Einsatztruppe stand zwischen zwei Männern, die Masken übers Gesicht gezogen hatten. Der Beamte klappte sein Visier hoch.

Er stieß ein Lachen aus und nahm das Handy mit ins Schlafzimmer. Er legte sich neben Cilla. Sie hatte ein Taschentuch geholt und tupfte damit behutsam seine Stirn ab.

Erst da brach er in Tränen aus.

25

Arto Söderstedt konnte nicht schlafen. Das war ungewöhnlich. Sonst schlief er immer wie ein Baumstamm.

Ein Krieg hatte begonnen, in dem die westliche Welt den ersten wirklich drastischen Schritt in jenen Teil der östlichen Welt tat, der binnen Kurzem auf den letzten Ölreserven des Erdballs sitzen sollte. Und halb Stockholm war von ein paar Russen mit undurchsichtiger Zielsetzung in Angst und Schrecken versetzt worden. Alles an einem Tag.

Doch zu seiner Schande sei es gesagt, dass nicht das der Grund seiner Schlaflosigkeit war.

Der Grund dafür war ein Schreibtisch.

Genauer gesagt, ein deutscher Barockschreibtisch, vermutlich 1764 in der Werkstatt des angesehenen Möbeltischlers Weissenberger in Leipzig hergestellt.

Söderstedt hatte ihn am Abend bei einem unbedeutenden Nachfolger Weissenbergers in einem Keller in der Åsögata abgeholt. Zu einem beschämend niedrigen Preis hatte der alte Handwerker innerhalb weniger Tage ein falsches Bein und mehrere fehlende Griffe und Knöpfe ersetzt sowie ein paar tiefere Risse beseitigt.

»Es ist ein Meisterwerk«, war alles, was der Alte mit leuchtenden Augen sagte, als Söderstedt zu den jämmerlichen Hundertern noch zwei drauflegte.

Und es war in der Tat ein Meisterwerk.

Es stand in der Ecke des Wohnzimmers, von vier ächzenden professionellen Möbelschleppern dorthin befördert, deren Spezialität es war, Flügel in Dachwohnungen zu wuchten.

Bevor sie das Prachtstück absetzten, fragte einer von ihnen todernst: »Sind Sie sicher, dass der Fußboden hält?«

Söderstedt betrachtete verwundert den robusten Jahrhun-
dertwendefußboden in der engen Fünfzimmerwohnung in
der Bondegata, in der er mit seiner großen Familie lebte.

Der Fußboden hielt besser stand als er selbst vor den
schiefen Blicken seiner Frau Anja.

»War er so groß?«, war alles, was sie sagte. Aber die Art,
wie sie es sagte. In einem Ton, als hätte der Ehemann darauf bestanden, mindestens zwei Geliebte im gemeinsamen
Schlafzimmer unterzubringen.

Dagegen würdigte keines seiner fünf Kinder den Schreibtisch auch nur eines Blickes. Normalerweise hätte er ihnen
in gutmütiger Form ihr mangelndes Interesse an den wirklich guten Dingen des Lebens vorgehalten, doch in diesem
Fall wartete er ganz einfach darauf, dass sie ins Bett gingen.

Alle sechs.

Es dauerte und dauerte. Am Ende verbot er sogar seiner
ältesten Tochter Mikaela – achtzehn Jahre alt und in einem
Zustand anhaltender Empörung darüber, dass Papa ihr keine
eigene Wohnung in der Nähe kaufen konnte –, die Wieder-
holung der Dokusoap *Extreme Makeover* anzusehen (die
in ihrer Unsäglichkeit noch die prophetischen Vorwegnah-
men gewisser Schriftsteller übertraf). Mikaela starrte ihn tief
gekränkt an und sagte: »Ich bin ja wohl volljährig.«

»Aber du zahlst keine Miete«, sagte Arto Söderstedt.

Er sah die noch lange bebende Tür ihres Mädchenzimmers
an, aus dem sie längst herausgewachsen war, und dachte:
Dass immer alles seinen Preis haben muss.

Doch sein schlechtes Gewissen war ziemlich gekünstelt.

Es war schon nach ein Uhr, als er endlich die lustvolle
Untersuchung des alten Schreibtischs in Angriff nehmen
konnte.

All diese wunderbaren Fächer und Schubladen und Öff-
nungen und Falze und Intarsien und Regalfächer und Irrwege. Es war der labyrinthische Traum des Barock, dass
alles möglich und zugleich unzugänglich war. Es musste der

182

Ehrgeiz des Möbeltischlers Weissenberger gewesen sein, die Welt in seinem Schreibtisch unterzubringen. Der Makrokosmos im Mikrokosmos.

Alles war da.

Arto Söderstedt war verblüfft über die raffinierten Mechanismen und trickreichen Vorrichtungen, die es erlaubten, dass Fächer auf die ausgefallenste Weise geöffnet werden konnten. Fächer enthielten andere Fächer, Regalpartien entfalteten sich, Schubladen klappten zusammen oder wurden einwärts oder auswärts gewendet und nahmen neue Formen an, die in bis dahin unentdeckte Nischen im Holz passten. Der gesamte Schreibtisch schien seine Form ändern zu können, je mehr der Benutzer Einsicht in seine Geheimnisse gewann. Er war wie ein Chamäleon.

Arto Söderstedt geriet in Ekstase. In der Hoffnung, dem Möbelstück alle seine Geheimnisse entreißen zu können, zeichnete er eine dreidimensionale Skizze der gesamten Konstruktion.

Die äußeren Konturen füllten sich rasch, dann, je schwieriger die Mechanismen zu lokalisieren waren, immer langsamer, bis nur noch einige weiße Flecken auf der Skizze übrig waren. Da ahnte er bereits das Morgengrauen.

Es war schon ziemlich hell, als er innehielt und seine Skizze betrachtete.

Wenn sie stimmte, enthielt die Skizze immer noch einen weißen Fleck. In der oberen linken Ecke, gleich unter dem arabeskenhaften Ornament, war ein Raum von etwa zehn Kubikzentimetern, der ihm Rätsel aufgab. Exaktes Klopfen ließ darauf schließen, dass es sich nicht um massives Holz handelte, sondern um einen Hohlraum. Er fand den Zugang nicht, war jedoch überzeugt, dass der Raum eine Überraschung barg. Er fingerte wild nach eventuellen Öffnungsmechanismen. Jede denkbare Kombination von einzudrückenden Intarsienteilen und Knöpfen und Astlöchern wurde ausprobiert. Ohne Erfolg.

Es ging nicht. Das Rätsel blieb ein Rätsel. Vielleicht gab es keine Lösung. Vielleicht war gerade das die Lösung. Das Eitle des Unterfangens einzusehen und sich der großen Desillusion des Barocks zu ergeben.

Aber wenn eines nicht Arto Söderstedts Melodie war, dann war es Desillusion.

Er kämpfte weiter, während Kinder variierender Größe durch das immer heller werdende Wohnzimmer hin und her zu gleiten begannen wie Gespenster, die verschlafen hatten. Eine Ehefrau schoss von der Küche aus wütende Blicke in seine Richtung. Eine Toastscheibe blieb im Toaster stecken, sodass es gefährlich zu riechen begann. Eine Schlägerei um die Toilette brach aus, Blut floss und herzzerreißendes Weinen ertönte. Seine Nachkommenschaft jaulte wie Orgelpfeifen.

Doch das Einzige, was Arto Söderstedt zu stören vermochte, war das Geräusch seines eigenen Weckers.

Erst als jemand eine Decke über ihn warf wie über einen aufflammenden Brand, gab er auf. Er befreite sich von der Decke und schob die ausgezogenen Schubfächer des Schreibtischs in einer bestimmten Reihenfolge hinein, die er bis an sein Lebensende nicht vergessen sollte.

Da knackte es oben links am Schreibtisch, und ein kleines Schubfach glitt an der Seite heraus. Vorsichtig blickte er hinein.

Im Fach lag ein zusammengerolltes Blatt Papier. Es war vergilbt und offenbar spröde. Er wagte kaum, es anzurühren. Doch als er es anfasste, wirkte es nicht ganz so empfindlich, wie der erste Anblick es hatte vermuten lassen. Er entfernte behutsam das rote Seidenband, von dem es zusammengehalten wurde. Das Blatt öffnete sich ein wenig. Arto Söderstedt glättete es auf der Schreibtischplatte.

Das gelbliche Blatt hatte ungefähr A4-Format und war mit unzähligen kleinen Tintenstrichen bedeckt. Hier und da schienen einzelne Striche ein Zeichen zu bilden, aber es schien wohl nur so, und es fand sich kein einziges deutbares Zeichen. Es war sehr sonderbar – als entdeckte man ein ganz neues Schriftsystem, eine ganz neue Sprache, die Gedanken zum Ausdruck brachte, wie Menschen sie noch nie gedacht hatten.

Er unterschied ein paar Formen, die andeutungsweise irgendetwas glichen. Ein Tintenkringel sah aus wie eine leicht gedrehte Spaghetti, während ein anderer an einen Diamanten erinnerte.

Obwohl Söderstedt sofort einsah, dass er vermutlich nie erfahren würde, worum es sich handelte, fühlte er sich auf besondere Weise auserwählt.

Triumphierend hielt er das vergilbte Blatt Papier hoch und blickte in die Wohnung.

Es war niemand mehr da.

26

»Wo ist Arto?«, fragte Kerstin Holm und blickte über die Kampfleitzentrale.

»Er kommt etwas verspätet«, sagte Viggo Norlander. »Er hat angerufen.«

»Hmm«, sagte Holm und ordnete ihre Gedanken.

Es war Freitag, der 21. März, und die Situation war ungewöhnlich. Sie saß nämlich nicht allein am Katheder auf dem Podium. Neben ihr saß ein blonder, gut erhaltener Polizeioberer von etwas über vierzig. Sein Name war Niklas Grundström.

»Wir fangen auf jeden Fall an«, sagte Kerstin Holm. »Die weitere Untersuchung der gestrigen Ereignisse in der Andelsbank ist der A-Gruppe übertragen worden. Aber weil diese Ereignisse auch polizeiinterne Aspekte umfassen, werden wir mit der Abteilung für Interne Ermittlungen zusammenarbeiten.«

Polizeiintendent Niklas Grundström, Chef der Sektion für Interne Ermittlungen, nickte kurz. »Es gibt zwei Gründe dafür, dass ich hier sitze und nicht ein euch näherstehender Internermittler. Der erste ist klar und simpel: Paul Hjelm ist in Behandlung und lässt sich den Kopf zusammennähen. Der zweite ist komplizierter und muss näher untersucht werden: seine persönliche Verwicklung in den Fall. Vorläufig bin ich also mit der Sache befasst.« Grundström nickte Kerstin Holm zu, wie um zu sagen: It's your show.

Sie war sich nicht sicher, ob das gut oder schlecht war. Sie sagte: »Für den Fall, dass jemand sich fragen sollte: Jan-Olov Hultins Gastspiel ist beendet. Was bedeutet, dass ihr mit mir vorliebnehmen müsst. Nicht Hultin und Hjelm, sondern Grundström und Holm.«

Sie blickte über das Auditorium, das keine Reaktion zeigte, und dachte: Super, keiner lässt die Maske fallen. Und fuhr fort: »Der Überfall auf Cilla Hjelm heute Nacht hätte möglicherweise vorhergesehen werden können. Wir haben alle auf die falschen Dinge geguckt, als wir das angehaltene Bild der Videokamera betrachtet haben. Und ich selbst bin viel zu spät darauf gekommen. Der Überfall hat immerhin bekräftigt, dass diese Geschichte in einer ziemlich hohen Größenordnung spielt. Ich habe mit Paul gesprochen, und er ist fest davon überzeugt, dass es ein Profi war.«

»Und trotzdem«, sagte Jorge Chavez ein wenig ungläubig, »hat er ihn aufgehalten, schwer zugerichtet und Cillas Leben gerettet. Seid ihr sicher, dass es nicht Gunnar Nyberg war, der als Stuntman für Paul eingesprungen ist?«

»Sie wussten nicht, dass er da war«, sagte Sara Svenhagen. »Er hatte den Wagen ein Stück vom Haus entfernt geparkt. Er hat sie total überrascht. Mit einem Feuerhaken und einem Druckkochtopf voller unterdrückter Gefühle.«

»Flott«, sagte Viggo Norlander.

»Und damit nicht genug«, sagte Kerstin Holm. »Es ist in mehrfacher Hinsicht profimäßig. Der falsche NE-Mann muss also bemerkt haben, dass Cilla ein Bild von ihm machte, als er das Visier oben hatte. Er muss das im Hinterkopf gehabt haben, während er die Räuber durch das Gewimmel von Polizisten lotste und sie mit trickreicher Eleganz spurlos an einen unbekannten Ort verfrachtete. Danach muss er Cilla irgendwie identifiziert haben und ihr nach Hause gefolgt sein, um das Handy zu klauen und seine Spuren zu verwischen, indem er sie ermordete. Man kann wohl davon ausgehen, dass er ihre Leiche mitgenommen hätte. Sie wäre ganz einfach verschwunden.«

»Wenn wir von *einem* Täter ausgehen«, sagte Arto Söderstedt, der im selben Moment mit einer dramatischen Geste die Tür aufstieß.

»Ich sehe, wir haben hohen Besuch«, sagte Kerstin Holm

bissig, während Söderstedt sich unbekümmert auf seinen Platz setzte.

Er fuhr fort: »Es gibt wohl keinen Anhaltspunkt dafür, dass der falsche Polizist von Östermalm und der Killer in Norsborg ein und dieselbe Person sind?«

»Hast du vor der Tür gestanden und gelauscht?«

»Es ist manchmal ganz hilfreich, sein Tun aus der Distanz zu betrachten.«

»Es ist aber dennoch eine naheliegende Vermutung«, sagte Kerstin Holm. »Außerdem hoffen wir, die DNA des Blutes aus Norsborg an dieses Bild aus der Bank knüpfen zu können.«

Dabei klickte sie mit der Maus, und an der Wand hinter ihr erschien das Bild eines männlichen Gesichts, das von einem Schutzhelm eingerahmt war. Es war angespannt, klar konturiert, hart – und ziemlich alltäglich. Aber mit einem deutlichen Merkmal.

»Aber ich dachte, das Bild wäre weg«, stieß Lena Lindberg aus. »Dass er das Handy geklaut hätte.«

»Das hat er auch«, sagte Kerstin Holm, »nachdem er Paul damit den Schädel traktiert hat. Aber Cilla hatte das Foto schon per MMS an ihren Exmann geschickt.«

»Flott«, sagte Viggo Norlander.

»Das bedeutet, dass wir *zwei* relevante Fotos haben«, sagte Holm und drückte von Neuem die Maustaste.

Neben dem ersten erschien ein zweites Bild. Wieder ein Männergesicht, ziemlich breit, grob, mit Zügen, die entweder als slawisch gedeutet werden konnten oder die als slawisch gedeutet wurden, weil man schon wusste, dass er Russe war.

»Der größere der beiden Bankräuber«, sagte Kerstin Holm. »Der kleinere hat, soweit wir wissen, seine Maske nicht abgenommen. Fällt euch zu diesen Gesichtern etwas ein?«

Die Gesichtszüge wurden studiert.

»Ist das ein Muttermal da auf der Wange des falschen NE-Manns?«, fragte Lena Lindberg.

»Ja«, sagte Kerstin Holm. »Eine genauere Bildanalyse hat ergeben, dass es die Form von Jütland hat.«

»Jütland?«

»Zitat Brynolf Svenhagen.«

Sara Svenhagen lachte auf. »Ich nehme an, er hat die ganze Nacht gearbeitet«, sagte sie finster.

Als Antwort hielt Kerstin Holm einen Papierstapel in die Höhe.

»Die Geschichte meiner Kindheit«, sagte Sara, hob die Hände und ließ sie wieder fallen.

»Sieht er schwedisch aus?«, fragte Jon Anderson nachdenklich.

»Was findest du selbst?«, fragte Holm.

»Dass er aussieht wie einer von den Village People.«

Einige der Blicke konnten als fragend bezeichnet werden.

»Eine schwule Gesangsgruppe in den Siebzigern«, sagte Anderson. »Aus San Francisco, glaube ich. Sie griffen sämtliche Schwulenvorurteile auf und machten eine Geschäftsidee daraus. YMCA, falls sich jemand daran erinnert.«

»Amerikaner?«, sagte Kerstin Holm. »Oder schwul?«

»Klare Schwulenkennung.«

Noch mehr Blicke konnten als fragend bezeichnet werden.

Jon Andersons Gesichtszüge waren vollkommen ernst. Bis sein langer Körper sich reckte und ein Lächeln über sein Gesicht huschte.

Du *hast* dich verändert, dachte Kerstin Holm.

»Nein«, sagte Anderson. »Bestimmt nicht. Aber der Helm sieht ungefähr so natürlich aus wie bei Viggo.«

Norlander nickte, ohne im Geringsten gekränkt zu sein. »Es stimmt«, sagte er. »Die ganze Gang sah aus wie Babyface, als sie das Visier hochklappten. Dies hier ist etwas anderes.«

»Babyface?«

»Es ist schwer zu erklären. Der Helm saß ganz natürlich bei ihnen. Dieser hier sitzt unnatürlich.«

»Jetzt wird es zu vage«, schnitt Kerstin Holm die Diskussion ab und schlug eine andere Richtung ein: »Die ganze NE-Gruppe hat sich am Vormittag dieses Bild angesehen. Was haben sie gesagt, Niklas?«

»Eigentlich nichts«, sagte Grundström. »Alle sechs, einschließlich Norlander, hatten den Blick auf ihn gerichtet, als er das Visier hochklappte, aber keiner hat sein Gesicht gesehen. Es ging so schnell, und sie haben auf die Räuber geachtet. Es hat ihn auch keiner erkannt, als sie das Bild heute Morgen zu sehen bekamen. Es ist sicher richtig, dass es sich nicht um einen Polizisten handelt. Jedenfalls nicht um einen schwedischen.«

»Warum hat er das Visier hochgeklappt?«, fragte Jorge Chavez. »Das ist doch direkt idiotisch.«

»Diese Helme beschlagen sehr leicht von innen«, erklärte Grundström. »Er hätte sonst nicht hinausgefunden.«

Kerstin Holm nickte und sagte: »Fünfunddreißig? Oder was meint ihr?«

»Etwas jünger«, sagte Jon Anderson. »Gut dreißig. Richtiger Macho. Schick im Anzug. Und wahrscheinlich kein Schwede.«

»Warum nicht?«

»YMCA«, sagte Anderson kryptisch und zuckte mit den Schultern.

»Schick im Anzug?«, fragte Sara Svenhagen.

»So etwas kann man sehen«, sagte Jon Anderson.

»Genug jetzt«, sagte Kerstin Holm. »Das Bild ist auf jeden Fall an die Medien verteilt worden. Ohne den Helm, der wegretuschiert und durch falsche Haare ersetzt worden ist. Denn, meine Damen und Herren, das eigentliche Geschehen haben wir vor der Öffentlichkeit geheim halten können. Der offiziellen Version zufolge sind die Räuber entkommen, bevor die Polizei eintraf. Früher oder später werden die

Fragen nach dem genauen Ablauf übermächtig werden, doch im Moment ist das die geltende Story. Ohne irgendwelche Details. Damit ihr es alle wisst. Wir sind bisher im Korps die Besten darin, gegenüber der Presse dichtzuhalten, und ich möchte nicht, dass der Trend gebrochen wird.«

»Und wie ist dann das Foto präsentiert worden?«, sagte Arto Söderstedt.

»Als einer der Räuber«, sagte Kerstin Holm mit einer kurzen schnippischen Grimasse. »Die beiden Bilder sind als die der beiden Räuber veröffentlicht worden.«

»Ist das eine weiße Lüge?«, fragte Söderstedt.

Niklas Grundström räusperte sich und sagte: »Es geht darum, in Ruhe arbeiten zu können.«

»Ich verstehe«, sagte Söderstedt. »Es war deine Idee.«

»Also gut jetzt«, sagte Kerstin Holm vermittelnd. »Nehmen wir uns den Russen vor. Kommentare?«

Eine Weile war es still, während das russische Gesicht vervollständigt wurde. Der größere Räuber, der die Geiseln mit seiner MP und mit seinen sporadischen Runden in Schach gehalten hatte.

»Schwer«, sagte Jon Anderson. »Ein Russe, ganz einfach. Ungefähr das gleiche Alter wie der andere.«

»Schick im Anzug?«, sagte Sara Svenhagen.

»Definitiv nicht«, sagte Anderson. »Möglicherweise sexy im Blaumann.«

Jorge Chavez sagte: »Dieselbe untersetzte, rübenkompakte Konstitution wie im Kreml, von Chruschtschow bis Jeltzin. Putin ist etwas anderes.«

»Schön, dass Gunnar nicht hier ist«, sagte Sara Svenhagen. »Da können wir unseren russischen Vorurteilen freien Lauf lassen.«

»Gebratene russische Müllsäcke«, sagte Chavez geheimnisvoll. »Es könnte sich ja eine Spur von ihm auch in der Bank finden. Was haben die Techniker gesagt?«

Kerstin Holm fühlte sich auf einmal zurückversetzt zum

gestrigen Abend. Gerade als Jan-Olov Hultin sich so unbemerkt wie möglich aus dem Staub machen wollte, war sie ihm im Treppenhaus der Maklerfirma allein begegnet. Er sagte: »Ich mache mich jetzt aus dem Staub, Kerstin. Es war richtig spannend, aber ich begreife noch immer nicht, wozu sie mich geholt haben.«

»Zu genau dem, was du geleistet hast.«

»Und was war das?«

»Ein Chef ohne Chefgehabe. Sie haben erkannt, wenn auch reichlich spät, was du für das Korps bedeutet hast. In den Augen allzu vieler existiert man nicht, wenn man sich nicht durch irgendetwas anderes hervorhebt als durch die Arbeit. Der Beste zu sein bedeutet keinen Scheiß.«

Hinterher glaubte sie nicht, dass sie das wirklich alles gesagt hatte. Was für ein Sermon. Und das dem Maestro der Zurückhaltung und der Neutralität.

Außerdem war ›Scheiß‹ vielleicht nicht das Passendste, was man Jan-Olov Hultin sagen konnte.

Er betrachtete sie *väterlich*. Sie kam sich vor wie eine Dreizehnjährige, die gerade auf ihre erste richtige Party gehen will und vorher auf übertriebenes Make-up untersucht wird.

»Danke gleichfalls«, sagte Hultin kurz, und war es wirklich nur ihre Einbildung, die ihr eingab, dass diese Worte viel beinhalteten? Er fügte hinzu: »Aber ich beneide dich nicht.«

»Wieso?«, sagte sie.

»Ich habe das Gefühl, dass das hier eine richtig trübe Brühe ist«, sagte Jan-Olov Hultin und verschwand aus ihrem Leben.

»Huhu?«, sagte Chavez und starrte sie an. Er war nicht der Einzige.

Unter Aufbietung ihres ganzen Willens gelang es Kerstin Holm, umzuschalten und einen Zustand, der wie die Geistesabwesenheit eines Hirntoten gewirkt haben musste, zu ihrem Vorteil zu wenden. »Das ist eine richtig trübe Brühe«, sagte sie. »Also bringen wir ein bisschen Klarheit hinein.

Der Bericht der Kriminaltechniker muss die verschiedenen Momente des Falles gleichmäßig berücksichtigen. Ich schlage deshalb eine sofortige Arbeitsverteilung vor.«

Sie blickte auf. Keiner schien Einwände zu haben. Sie fuhr fort: »Die Internabteilung arbeitet natürlich mit dem falschen Polizisten – woher kam er? Woher kannte er die Vorgehensweise der Nationalen Einsatztruppe? Wie konnte er ein solches Timing hinkriegen, und woher stammt seine Ausrüstung? Und als leitende Frage natürlich: Wer und was steckt dahinter? Als Nächstes möchte ich, dass Jon und Jorge sich darauf konzentrieren, wohin die Räuber verschwunden sind. Wir brauchen Augenzeugen des Abtransports: mögliche Helfershelfer, Autos, Fahrtweg, einfach alles.«

Jorge Chavez prustete.

»Nicht stöhnen«, sagte Kerstin Holm.

»Ich habe nicht gestöhnt«, sagte Chavez. »Ich habe geprustet.«

»Arto und Viggo, ihr widmet euch der Identität der Räuber. Ihr habt das Foto, ihr habt die Stimme, ihr habt das gesamte Verhaltensmuster. Und ihr habt Spuren aus der Bank. Brynolf Svenhagens Wälzer. Es gab natürlich keine Fingerabdrücke, aber es gab genügend organisches Material, zum Beispiel in Zigarettenstummeln und im Telefonhörer, um zwei DNA-Proben sicherstellen zu können. DNA und Russland ist anderseits eine heikle Kombination. Nun gut. In Brynolfs Wälzer findet sich auch die komplizierte Beschreibung einer Art von Manipulation der Kabellage im Inneren der Bank. Und damit zu euch beiden, Sara und Lena. Wir sollten unsere Idee von einer Insiderbeteiligung nicht ganz aufgeben. Es muss einen Grund dafür geben, dass die Herren genau diese Bank gewählt haben, dass sie in genau dieser Bank an der Kabellage herumgetrickst haben. Nehmt euch die Andelsbank im Allgemeinen und die Filiale Karlavägen im Besonderen vor.«

»Redet mit Geir«, sagte Chavez tiefernst zu seiner Frau.

Sara Svenhagen schnitt eine Grimasse, die sie nicht zum ersten Mal zu machen schien.

»Kabellage?« sagte Lena Lindberg. »Was zum Kuckuck ist eine Kabellage?«

»Die Verkabelung, allem Anschein nach«, sagte Kerstin Holm und blätterte in dem ›Brynolfs Wälzer‹ genannten Papierstapel, fand die Stelle und las vor: »›Wir können deshalb annehmen, dass die interne Sicherheitsnetzwerk-kabellage an einer spezifischen Stelle einer Form von Manipulation ausgesetzt worden ist.‹ Ihr müsst es mit Brynolf diskutieren.«

»Danke«, sagte Sara mit *fast* der gleichen Grimasse wie zuvor.

»Wo wir schon von Insiderbeteiligung sprechen«, sagte ihr Mann.

»Also nicht nur Kabellage«, sagte Lena Lindberg, »sondern *Sicherheitsnetzwerkkabellage*. Was verleitet dich zu der Annahme, ich wäre die Richtige, um die *Sicherheitsnetzwerkkabellage* zu analysieren?«

»Du bist die Richtige, um mit Geir zu sprechen«, sagte Kerstin Holm, ohne eine Miene zu verziehen.

Jorge Chavez lachte laut. In der Tür war ein Mann aufgetaucht, der große Teile des Kopfes bandagiert hatte.

»Und damit«, sagte Kerstin Holm mit einem schnellen Blick zur Tür hin, »glaube ich, dass wir hier fertig sind.«

Doch Chavez glaubte das nicht. Er sagte: »Und dabei habe ich gerade einen neuen Forschungsbericht gelesen, in dem behauptet wird, dass Handys ungefährlich sind.«

Paul Hjelm sah ein wenig peinlich berührt aus, zeigte auf den Verband und sagte: »Sogar die Tasten haben einen Abdruck hinterlassen.«

»Ein Feuerhaken?«, sagte Arto Söderstedt.

Hjelm machte eine grimmige Miene und setzte sich auf seinen früheren Platz in der Kampfleitzentrale. »Etwas anderes war nicht in Reichweite«, sagte er leise.

»Flott«, sagte Viggo Norlander.

»Nein«, sagte Paul Hjelm lauter. »Flott war es eindeutig nicht. Ich hatte Albträume von Röhrenknochen.«

»Du hast also schlafen können?«, sagte Kerstin Holm.

»Nein«, sagte Hjelm.

»Das Wesentliche hast du noch nicht gesagt«, meinte Jorge Chavez.

»Man hat ein ganzes Leben, um das Wesentliche zu sagen«, erwiderte Hjelm weise. »Und trotzdem tut man es nicht.«

»Welche Tasten?«, fragte Chavez. »Welche Tasten haben einen Abdruck hinterlassen?«

Hjelm lachte. »Ich habe die Ziffern 7835 auf der Stirn.«

»Es hört sich an wie ein Türkode«, sagte Chavez.

»Es kann ›stel‹ werden«, sagte Hjelm.

»Steif wie ein Feuerhaken«, sagte Chavez.

»Aber es könnte auch ›svek‹ werden«, sagte Hjelm. »Verrat.«

27

Es war ein kalter Krieg. Sie liebten sich, sie brauchten sich. Das Leben war unendlich viel reicher mit dem anderen. Und doch, verflucht, es war ein Gleichgewicht des Terrors. Es lag in beider Macht, den anderen zu vernichten, aber beide wussten, dass sie in dem Moment sich selbst vernichten würden. Und trotzdem wollten beide gewinnen.

Jede Beziehung ist ein Krieg, dachte Gunnar Nyberg und betrachtete zärtlich seine kleine Russin, wie sie da an der Reling saß und auf die griechische Inselwelt blickte.

Ihre Beziehung war reif und vernünftig und erwachsen, und dennoch war ihre erste Krise unreif, unvernünftig und kindisch.

Es war eine Zeit des Wahnsinns.

Und gleichzeitig eine ganz wunderbare Zeit. Gunnar Nyberg und Ludmila Lundkvist hatten die Nacht in dem kleinen Haus auf dem Hügel bei Pantoukios im Nordosten der Insel Chios verbracht. Sobald der etwas vulgäre Immobilienmakler das Schlachtfeld verlassen hatte, auf dem, wie er nicht umhinkonnte zu registrieren, das Paar sich befand, waren beide von einer heftigen Gier gepackt worden und übereinander hergefallen. Sie stürzten auf die Ziegenfelle auf dem alten Holzfußboden, und für eine Sekunde fürchtete er, sie zermalmt zu haben. Doch alles, was er unter seinem großen Körper hörte, waren ihre bebenden, lebenspendenden Worte: »Mach mich platt, du große Dampfwalze.«

Am Morgen, beim Frühstück auf dem Altan, während jenseits des ölreichen Sunds die Konturen des türkischen Festlands nur als diesiger Schatten zu erkennen waren, hatte er zu sagen gewagt: »Sollten wir nicht hier zusammen alt werden?«

Sie hatte ihn mit einem schwer zu deutenden Lächeln angesehen und gesagt: »In einer Stunde geht das Schiff.«

Und jetzt saßen sie auf dem Schiff. Es war eine Art Mini-Kreuzfahrtschiff, das auf dem Weg nach Venedig die griechische Inselwelt durchfuhr. Während es den Hafen von Chios verließ, blickte Gunnar Nyberg hinunter ins türkisfarbene Wasser und stellte sich die unter dem Meeresboden liegenden Ölquellen vor. So viele andere unerschlossene Ölquellen gab es nicht mehr auf dem Globus.

Das Schiff glitt aufs Ägäische Meer hinaus, über Lesbos und die Kykladen, um die Peloponnes, an der Nordseite von Kythera, an den Ionischen Inseln vorüber und von Korfu die albanische Küste entlang hinauf zum italienischen Stiefelabsatz und weiter durchs Adriatische Meer fast ganz hinauf in den innersten Winkel der großen Meeresbucht in den Golf von Venedig.

Von Griechenland nach Rom, sozusagen. Zeit für die nächste große Epoche in der Geschichte ihrer Beziehung. Zuerst war es ursprüngliche, dionysische Freude. Natürliche Sinnlichkeit, allen Strukturen vorgelagert. Dann begann die Zivilisation sich einzustellen. Und jetzt sollte die Beziehung – was werden? Institutionalisiert? Dekadent? Christlich?

Er misstraute Italien.

Gunnar Nyberg konnte sich nicht von den Gedanken an das Massaker auf Chios befreien. Wie es möglich war, so viele Menschen dazu zu bringen, zu hassen und zu morden. Wie Kaskaden von Menschen von der Felsenhöhe herabregneten, um der Konfrontation mit den Feinden zu entgehen. Wie das Wasser rot wurde.

Sie waren beide ausgemachte Singles. Keiner hatte sich vorgestellt, nach so vielen Jahren das Leben noch einmal mit einem Partner zu teilen.

Gunnar lächelte und legte den Arm um Ludmila. Sie lächelte zurück. Sie atmeten die pinienduftende Frühlingsluft ein, die von Ithakas grüner Küstenlinie zu ihnen herüberwehte. Die kleine Insel glitt wie eine Vision aus der Tiefe des Mythos an ihnen vorüber. Hierher war Odysseus nach seinen Irrfahrten zurückgekehrt. Hier hatte Penelope am Webstuhl gesessen und auf ihn gewartet, während Horden von Freiern das Haus umlagerten.

Sie befanden sich im Zentrum der Heimkehr.

Und es kam, obwohl Odysseus jeden Freier ermordete, nicht zum Krieg.

Gunnar Nyberg hatte noch immer keine Ahnung, dass ein paar mickrige Meilen weiter östlich ein neuer Krieg eingeleitet worden war.

28

DNA und Russland, das war tatsächlich eine heikle Kombination. Arto Söderstedt studierte den sogenannten Wälzer
von Chefkriminaltechniker Brynolf Svenhagen. Viggo Norlander klopfte mit den Fingerspitzen auf den Schreibtisch.
Ein enervierendes Geräusch, das Söderstedt trotz allem mit
seinen Gedanken an ein vergilbtes Papier in einem verborgenen Schreibtischfach zu vereinbaren vermochte.

»Nun komm schon«, sagte Norlander.

»Nein«, sagte Söderstedt. »Noch nicht.«

»Wir haben noch eine Stunde«, sagte Norlander. »Wir
könnten unterwegs etwas essen.«

»Es ist erst zehn Uhr«, sagte Söderstedt. »Was willst du
um zehn Uhr essen?«

»Eine süße Semmel mit Sahne«, sagte Norlander. »Im
Madde. Komm schon. Es ist lange her. Ich sehe doch, dass
du schon zum dritten Mal dasselbe liest. Du simulierst nur.
Du denkst an etwas ganz anderes.«

Söderstedt blickte auf und legte die kleine Lesebrille auf
den gemeinsamen Schreibtisch ihres Zimmers, Raum 302 im
Polizeipräsidium. Um nicht allzu ertappt auszusehen, zog er
das Jackett seines Wichtigtueranzugs an. »Wenn wir«, sagte er, »dem Spionage-Braintrust der russischen Botschaft
gegenüberstehen, sollte zumindest einer von uns wissen,
worum es geht. Es gibt in Russland praktisch keine ausge-
baute DNA-Bank. Zumindest nicht öffentlich. Wir müssen
an die inoffiziellen Quellen herankommen, und das setzt
eine gewisse Strategie voraus.«

»Und der Rest?«, sagte Viggo Norlander. »Die Waffen?«

»Es gibt ein Verzeichnis der Waffen, die in der Bankfiliale
zurückgeblieben sind. Auch darüber müssen wir mit der

Botschaft sprechen. Die Waffen scheinen sämtlich russisch und ziemlich alt zu sein. Vielleicht ist das ein Ansatzpunkt. Auch wenn es nicht gerade ungewöhnlich ist, dass ältere russische Schusswaffen den Markt überfluten.«

»Die Mafia?«

»Oder irgendein KGB-Arsenal«, sagte Söderstedt.

Viggo Norlander sagte ungeduldig: »Können wir nicht im Madde weiterdiskutieren? Ich bin verdammt unzufrieden damit, dass es überhaupt keine Fingerabdrücke gibt. Das ist zu professionell.«

»Findest du wirklich, Viggo, dass wir die Identität dieser Bankräuber im Madde diskutieren sollten? Unter schwänzenden Gymnasiasten und gelangweilten Damen mit ihren Schoßhündchen? Wie verdammt sahnesemmelgierig du auch sein magst.«

»Ich habe es vor allem satt, hier zu sitzen«, sagte Norlander. »Gab es wirklich keine Fingerabdrücke an den Kippen?«

Söderstedt hielt Brynolfs Wälzer in die Höhe, zeigte auf eine Seite und sagte: »Nein. Unser großer Russe rauchte mit Handschuhen. Aber ...«

»Und die falschen Dynamitstangen?«, sagte Norlander. »Nirgendwo Fingerabdrücke?«

»Brynolf ist damit noch nicht richtig durch«, sagte Söderstedt abwesend. »Aber mir gibt etwas anderes zu denken.«

Er blätterte mit unerwartetem Eifer in Brynolfs Wälzer und fand, was er suchte. »Sieh dir mal diese Bilder an«, sagte er. »Zwei Fotos aus der Bank, das eine mit einem deutlich überalterten NE-Mann am Rand.«

»Überaltert, aber ohne Enkelkinder«, sagte Norlander und betrachtete die Bilder.

Söderstedt fuhr fort: »Hier ist Cilla Hjelms Foto von dem NE-Mann mit hochgeklapptem Visier, und hier ist die gleiche Szene von oben, aus der Sicht unserer versteckten Kamera. Zwei Perspektiven des gleichen Vorgangs. Sieh dir die Räuber an. Sieh dir die Hand des Größeren an.«

Norlander nickte. »Er hat die Maske wieder auf«, sagte er. »Außerhalb der Reichweite unserer Kamera hat der falsche Polizist ihm die Maske wieder übers Gesicht gezogen. Aber er hat seine Zigarette nicht ausgemacht.«

»Denn die hat er noch in der Hand«, sagte Södersted. »In der Hand über dem Kopf.«

»Hat die Spurensicherung, außer unter dem Ventil, sonst noch Kippen gefunden?«

»Nein«, sagte Södersted. »Fünf Kippen von der russischen Marke *Sobranie* unter dem Ventil, aber sonst keine. Also hat er sie mit nach draußen genommen. Auf die Straße.«

»Und so verdammt viele *Sobranie*-Kippen dürfte es draußen kaum geben«, sagte Norlander und stand auf.

»Das könnte uns einen Fluchtweg zeigen«, sagte Söderstedt und stand ebenfalls auf.

»Ist der Fluchtweg nicht Jorges und Jons Abteilung?«, fragte Norlander und zog sich die Jacke an.

»Wenn du mich fragst«, sagte Söderstedt, »war die Verteilung der Aufgaben nur dazu da, Grundströms allseits bekannten Ordnungssinn zu besänftigen.«

»Also nichts mit Madde?«, sagte Norlander und öffnete die Tür.

Jorge Chavez betrachtete seinen neuen Partner und dachte: Effizient ist er jedenfalls, der Bursche.

»Klar also?«, sagte er.

Jon Anderson nickte und streckte seine langen Beine unter ihrem gemeinsamen Schreibtisch in Zimmer 303 im Polizeipräsidium. Er sagte: »Die Kollegen von der Streife sind mit Operation Klinkenputzen beschäftigt. Hier ist die Liste der Arbeits- und Adressenverteilung, mit ungefährem Zeitrahmen. Falls jemand im Umkreis von zweihundert Metern etwas gesehen hat, dann kriegen sie es raus. Und hier ist der Stapel mit neu eingegangenen Hinweisen.«

Chavez sah die beiden Papierstapel und überlegte, was er selbst in der gleichen Zeit geschafft hatte. Nichts, wenn er ehrlich war. Nichts außer dem Versuch, sich in den Verlauf *einzufühlen* .

Was war eigentlich geschehen? Es gab zwei unterschiedliche Szenarios, und er versuchte, mittels *Einfühlung* zu entscheiden, welches von beiden das Wahrscheinlichere war. Jorge Chavez verstand plötzlich, wie Paul Hjelm sich vor Urzeiten gefühlt haben musste, als ihm ein junger, überambitionierter Kollege namens Jorge Chavez zugeteilt wurde.

Hoffnungslos veraltet.

Zwei Szenarios, versuchte er wieder an seinen Gedankengang anzuknüpfen, abgelenkt durch Andersons intensives Blättern in dem Stapel von Hinweisen.

Haben meine Energie und meine Effizienz wirklich so ausgesehen?, dachte er. Waren sie so durchstrukturiert? War es nicht eine freiere Form von Kreativität?

Freiheit und Kreativität waren ander seits hinreichend vage Begriffe, um regelmäßig von einer älteren Generation in der Konfrontation mit einer jüngeren, effizienteren und energischeren angeführt zu werden.

Und von dem verfluchten Blättern wurde man doch nicht effizienter. Konnte ein Mensch überhaupt so schnell lesen?

Zwei Szenarios, dachte Chavez, und dann dachte er an Hallenfußball. Gegen Mittsommer vergangenen Jahres hatte er die Bassgitarre an den Nagel gehängt , um mit einer Clique ehemaliger Kumpel in Rågsved Hallenfußball zu spielen. Sie waren alle um die vierzig, spielten in einer Studentenliga in der Frescatihalle und trafen regelmäßig auf Elitesportler um die zwanzig. Und in der Regel gewannen sie. Indem sie in der Mitte des Wirbelsturms still standen und dachten. Fußball dachten. Einen Schritt voraus sein, ohne dass es sichtbar wurde.

Also: zwei Szenarios. Dem ersten zufolge war es die eigentliche Aufgabe der Räuber, irgendetwas in der Bank durchzuführen. Nach Ausführung des Auftrags warteten sie nur auf ihre Befreiung, die in Gestalt eines falschen Polizisten kommen würde, wenn die Polizei sich entschloss, die Bank zu stürmen. Daher ihre passive Haltung. Und deshalb auch die ironische Bemerkung, dass die Polizei den Plan liefern solle. Falls dies zutraf, waren sie wahrscheinlich über alle Berge, schon aus dem Land geschmuggelt und im wohlverdienten Urlaub am Schwarzen Meer. Das Einzige, woran die Polizei sich halten konnte, war die leichte ›Manipulation an der Kabellage‹, die seine Ehefrau mit der etwas nervigen Kollegin Lena Lindberg untersuchte. Es ging darum, eine Form von Lücke im Sicherheitssystem aufzutun. Und dann musste in der Andelsbank eine erhebliche Menge Geld fehlen.

Doch hatte die Bank bisher keine diesbezügliche Meldung gemacht.

Er musste mit Sara reden.

Als wäre Sara das alles nicht längst klar.

Nicht einmal da hatte er noch eine richtige Funktion.

Szenario zwei. Die Räuber werden keineswegs befreit, sondern aus einem ganz anderen Grund dem Zugriff der Polizei entzogen. Entweder als Bestrafung, weil sie ins Revier einer anderen Organisation eingedrungen sind – beispielsweise zwei Fraktionen der russischen Mafia – oder weil sie über irgendeine Art von Information verfügen. Im ersten Fall sind sie tot und sorgfältig ausgewählte Körperteile bereits per Post unterwegs zum passenden Adressaten. Im zweiten Fall dürften sie inzwischen gründlich gefoltert worden sein. Aber über was für eine Information könnten sie verfügen? Das einzig Vorstellbare, auch in diesem zweiten Szenario, war die verdammte ›Manipulation an der Kabellage‹. Und für den Fall könnte es sich um die Andelsbank selbst handeln. Ja, verdammt, da saßen der Direktor Haavard

Naess und der Sicherheitsbeauftragte Geir im Parkett und wurden mit allen erdenklichen polizeilichen Informationen gefüttert. Im Laufe des Tages bekommen sie die Information, dass sich eine Lücke im Sicherheitssystem aufgetan hat und dass eine Wahnsinnsmenge Geld auf elektronischem Weg verschwunden ist. Sie ergreifen selbst die Chance, die Räuber zu schnappen, ihnen Informationen über die Sicherheitslücke abzuluchsen und das Geld zurückzubekommen, ohne dass die Sache an die Öffentlichkeit dringt. Sie sitzen mitten unter uns und lenken den Ablauf des Geschehens mit eiserner Hand. Geir geht zwischendurch nach draußen und erteilt via Mobiltelefon unbegreifliche Anweisungen an seine Neunorwegisch sprechenden Sicherheitskräfte.

Aber nein, nicht einmal eine reiche norwegische Internetbank konnte Sicherheitskräfte haben, die in der Lage waren, binnen weniger Stunden chamäleonartig Form und Gestalt der nationalen Einsatztruppe der schwedischen Polizei anzunehmen.

Nein, wurden nicht hier die Konturen eines dritten Szenarios sichtbar? Chavez tastete danach, doch seine Hände blieben leer.

»Was hältst du hiervon?«, sagte Jon Anderson und reichte ihm ein Blatt herüber.

Verdammter Paragrafenreiter, dachte Jorge Chavez völlig unmotiviert, nahm das Blatt und überflog es. Es war ein am Morgen eingegangener Spontanhinweis, bei dem es um einen mit überhöhter Geschwindigkeit fahrenden schwarzen Van in der Sibyllegata beim Östermalmstorg ging. Mehr Information gab es nicht. Er zuckte mit den Schultern und sagte: »Sollen die Kollegen von der Streife sich mal drum kümmern. Leg's in ihre Arbeitsmappe.«

Jon Anderson nickte und machte eine Notiz in dem anderen Stapel. Darauf reichte er ihm ein weiteres Blatt.

Chavez riss es an sich und sagte unwirsch: »Und was ist das hier?«

»Vielleicht eher ein Kuriosum«, sagte Anderson. »Ein älteres Paar aus der Grevgata, das evakuiert wurde und nach der Rückkehr ein, ich zitiere, ›demoliertes Badezimmer‹ vorfand.«

Chavez las die Anzeige und merkte, dass er eine Augenbraue hochzog. Wie Sherlock Holmes. »Das Badezimmer muss also während der Evakuierung demoliert worden sein«, sagte er, nur halb fragend.

»So scheint es«, sagte Jon Anderson.

»In der Grevgata 61? Während Polizisten vor der Tür Wache standen?«

»Deshalb habe ich es mit auf diesen Stapel gelegt«, sagte Anderson nicht ohne einen gewissen Stolz.

Jorge Chavez dachte an ein Lineal. Ein schwedisches Standardlineal.

In letzter Zeit war Gunnar Nyberg sein Partner gewesen, der einst vom Hausorgan *Polistidningen* offiziell zu ›Schwedens größtem Polizisten‹ ernannt worden war. Sie waren ein ungleiches Paar gewesen. Der große und der kleine Polizist. In Gunnars Abwesenheit war der auffallend lange und hagere Jon Anderson sein Partner geworden.

Der lange und der kurze Polizist.

War nicht ein schwedisches Standardlineal dreißig Zentimeter lang? Als er aufstand und Jon Anderson wie sein Schatten ebenfalls aufstand, erkannte Jorge Chavez, dass dies der exakte Größenunterschied war: eine Lineallänge.

»Wir fahren hin«, sagte er.

»Ich weiß nicht richtig, was ich mit dir machen soll«, sagte Niklas Grundström.

Sie saßen in Paul Hjelms geräumigem Zimmer am anderen Ende des Polizeipräsidiums. Hätten sie über den kargen Innenhof auf die andere Seite geblickt, hätten sie die bedeutend bescheideneren Fenster der A-Gruppe sehen können. Aber sie hatten vollauf mit den Interna der Internabteilung zu tun.

»Ich auch nicht«, sagte Paul Hjelm. »Aber das habe ich noch nie gewusst.«

Grundström setzte sich auf dem Schreibtisch seines Untergebenen zurecht, indem er mit wippenden Bewegungen den Hintern in dessen Papiere grub. »Du hast wie ein Held gehandelt«, sagte er. »Zuerst einmal meinen aufrichtigen Glückwunsch. Du hast deiner Frau das Leben gerettet, du hast den Täter aus dem Haus gejagt, du hast alle Spuren gesichert. Ich bin fast ein bisschen stolz auf dich.«

»Exfrau«, sagte Hjelm und versuchte, eine Lage des Verbands, die ihm die ganze Zeit über die Augen rutschte, festzuklemmen. Es war kein richtig guter Verband. Cilla hätte es besser gemacht.

»Aber deine persönliche Verwicklung in den Fall kann zum Problem werden«, sagte Grundström unberührt. »Am besten wäre es, dich von dem Fall abzuziehen.«

»Du wirst den Teufel tun«, sagte Hjelm.

»Nenn mir ein Argument«, sagte Grundström.

Paul Hjelm schloss die Augen und versuchte, nicht nur seine bohrenden Kopfschmerzen, sondern auch die Bilder von freiliegenden Knochen zu verdrängen. Er sagte tastend: »Mit der Tatsache, dass Cilla zu den Geiseln gehörte, haben die polizeiinternen Fragen nicht das Geringste zu tun. Was uns betrifft, geht es darum, wie und von wem die Nationale Einsatztruppe infiltriert werden konnte.«

Grundström nickte. »Genau mein Gedanke«, sagte er. »Allerdings bist du nicht sonderlich vorzeigefähig. Wie viele Stiche sind es?«

»Acht«, sagte Hjelm.

»Von einem Handy?«

»Es war ein Schlag von einem Profi.«

»Darüber will ich mit dir reden«, sagte Grundström. »Du

hast dir die Bilder des falschen Polizisten in der Bank genau angesehen. War es dieselbe Person?«

Hjelm schüttelte langsam den Kopf. »Mein Instinkt – und nichts anderes – sagt mir, dass der Polizist in der Bank zehn Zentimeter größer und mindestens zehn Kilo leichter war. Es war *nicht* derselbe Mann.«

»Aber das Motiv scheint glasklar zu sein«, sagte Grundström. »Also handelt es sich um eine Organisation. Mehrere Menschen, die ein und dasselbe Motiv haben, werden automatisch zu einer Organisation.«

»Es ist, wie gesagt, reiner Instinkt.«

»Und darauf verlassen wir uns. In diesem Fall. Es muss sich um eine Organisation handeln, denn sie haben nicht nur vollen Einblick in die Ausrüstung der NE und können in kürzester Zeit Waffen und eine Uniform beschaffen. Sie können es auch so perfekt timen, dass ein Mann im Blickfeld aller Streifenpolizisten vor unserer provisorischen Einsatzzentrale bereitsteht. Dieser Mann läuft dann einfach mit und übernimmt in der Bank eine Führungsrolle, ohne dass einer der Kollegen reagiert. Das sind perfekt ausgebildete Figuren. In welche Richtung denken wir?«

»Fehlt bei der NE eine komplette Ausrüstung?«, fragte Paul Hjelm.

»Es wird untersucht«, sagte Niklas Grundström. »Wir erwarten binnen Kurzem eine Antwort. In welche Richtung denken wir?«

»Wir denken in Richtung der Polizei«, sagte Paul Hjelm. »In erster Linie an die NE. Sagen die fünf eingesetzten Polizisten die Wahrheit, wenn sie erklären, dass sie das Gesicht nicht kennen?«

»Es wäre das Logischste, wenn der Extrapolizist ein freier NE-Mann mit einem externen Spezialauftrag wäre, das sehe ich auch so. Aber sie haben nicht gelogen, als sie sagten, dass sie ihn nicht kennen, da bin ich absolut sicher. Es war kein Kollege.«

»Hat er irgendetwas gesagt? Hat jemand seine Stimme gehört?«

Niklas Grundström nickte. »Ich weiß, was du meinst. Ob er Schwede war?«

»Wenn er Schwede und Profi war, dann gibt es nur zwei Möglichkeiten, nach ihm zu suchen: die Sicherheitspolizei und das Militär.«

»Keiner hat seine Stimme gehört. Also kann er sehr wohl Ausländer sein. Und wenn wir unter kriminellen Elementen suchen wollen, haben wir lediglich eine Mafia mit KGB-Training. Es ist durchaus logisch, eine russische Connection anzunehmen. Aber wie in Dreiherrgottsnamen sollten die an eine NE-Uniform mit Waffen und allem kommen?«

»Da liegen diverse Sicherheitsdienste näher. Ein bisschen diplomatisches Spiel mit dem Justizministerium und der Polizeiführung.«

»Aber dann nicht russisch. So gut ist doch das Verhältnis zum russischen Sicherheitsdienst nicht.«

»Kaum«, sagte Paul Hjelm. Er begann, sich die Binde vom Kopf zu wickeln, und hoffte, dass sich ihm nicht der Schädel öffnete wie Zeus, als Pallas Athene seinem Haupt entsprang.

»Okay«, sagte Grundström, ohne Hjelms Manöver auch nur eines Blickes zu würdigen. »Was ist für den Fall am naheliegendsten? Die EU? Die Nato?«

»Die USA, würde ich sagen«, antwortete Hjelm. »Rein historisch.«

»Aber doch kaum logisch, oder? Warum sollten zwei russische Bankräuber in einer schwedisch-norwegischen Bank auf Östermalm eine so gigantische und gerade in diesen Tagen extrem in Anspruch genommene Organisation wie die CIA auf den Plan rufen?«

»Denk an das Gespräch des Kleineren mit Hultin am Telefon. Es war ein gebildeter Russe, der es gewohnt ist, Englisch zu sprechen, und er muss eine gewisse Beziehung zu Schweden haben. Er hat Strindberg und das Esplanadensys-

208

tem erwähnt, und seine Aussprache von Hultins Namen war perfekt. Irgendetwas entgeht uns da.«

»Russischer Sicherheitsdienst also?«, sagte Grundström. »Und dann? Ehemaliger KGB-Mann, der während des Kalten Krieges in Schweden platziert war? Geschnappt von einem CIA-Mann in schwedischer NE-Uniform, die die Brüder im schwedischen Nachrichtendienst ihm besorgt haben? Gehen wir jetzt nicht doch ein bisschen zu weit?«

»Nur Brainstorming«, sagte Hjelm und befingerte die freigelegte Kompresse. Sie fühlte sich feucht an.

Grundström nickte. »Gehen wir also zu den schwedischen Möglichkeiten zurück. Die Sicherheitspolizei?«

»Wo war die Sipo in der ganzen Zeit?«, fragte Hjelm. »Sie sind nach ein paar Stunden mit einer hochmodernen Infrarotkamera aufgekreuzt, die dazu geführt hat, dass wir beispielsweise Jorge durch das Ventilationssystem kriechen sehen konnten. Warum hat das so lange gedauert? Und wo waren sie selbst?«

»Ich rede mit dem Sipo-Chef. Und was ist mit dem militärischen Nachrichtendienst?«

»Das wäre mein erster Checkpoint«, sagte Hjelm. »Wenn diese Geschichte auf mysteriöse Weise mit der CIA und dem KGB zu tun hat, dann ist der schwedische militärische Nachrichtendienst schon dabei, unsere zwei Fotos zu untersuchen. Und er würde unsere Lüge in den Medien schon erkannt haben. Ein aktiver CIA-Agent und ein ausgemusterter KGB-Agent begehen gemeinsam in Schweden einen Raubüberfall, der schiefgeht. Sie grübeln in dem Fall über Folgendes nach: 1. warum wir gelogen haben; 2. ob neue Sicherheitskonstellationen entstanden sind; 3. worum es überhaupt geht.«

»Und Letzteres müssen wir uns ebenso fragen«, sagte Grundström.

»Ich habe es schon gesagt«, erwiderte Hjelm. »Uns entgeht etwas.«

»Wie konnte der falsche NE-Mann wissen, *dass* wir stürmen und *wann* wir stürmen? Kann man sich wirklich eine undichte Stelle in der Einsatzleitung vorstellen?«

»Hör bloß auf«, sagte Hjelm. »Dann hätten wir interne Ermittlungen vor uns, die sich gewaschen haben.«

»Es gab schließlich nicht nur Polizisten da«, sagte Niklas Grundström, stand auf und ließ einen Haufen zerknittertes Papier auf Hjelms Schreibtisch zurück.

»Ich glaube«, fuhr er fort, »dass ich einen potenziellen Weg in den militärischen Nachrichtendienst habe. Ich werde versuchen, ihn zu benutzen.«

»Jetzt?«, sagte Hjelm und blieb sitzen.

»Im Auto«, sagte Grundström.

»Im Auto?«, wiederholte Hjelm wie sein verlorener Papagei.

»Im Auto auf dem Weg nach Östermalm. Wir müssen uns die Stelle genau ansehen.«

»Die Stelle?«, sagte Hjelm.

»Hör schon auf damit«, sagte Grundström. »Wir müssen herausfinden, wo unser falscher Polizist gestanden und gewartet hat. Und der militärische Nachrichtendienst liegt nur ein paar hundert Meter von da entfernt. Übrigens ...«

»Übrigens?«, wiederholte Hjelm und stand auf.

»Übrigens läuft dir Blut übers Gesicht.«

»Kabellage«, sagte Lena Lindberg. »Hört sich nach einem Fisch an.«

»Du meinst Kabeljau«, sagte Sara Svenhagen.

»Nein, ich meine den Kabellagefisch im Eismeer. Eine Dorschart.«

»Im Eismeer gibt es auf jeden Fall norwegische Ölquellen«, sagte Svenhagen. »Und die Andelsbank ist ein direkter Ableger der norwegischen Ölvorkommen, eine Art Schwestertochtergesellschaft einer der großen Ölgesellschaften. Das Geld für die Kabellage auf Karlavägen kommt also aus dem Eismeer. So gesehen, hast du recht.«

»Wie schön«, sagte Lena Lindberg spitz.

Sie saßen sich im Raum 304 des Polizeipräsidiums gegenüber. Was sich zunächst, als Lena Lindberg vor neun Monaten zur A-Gruppe gestoßen war, als eine perfekte Symbiose dargestellt hatte, wurde jetzt immer problematischer. Lena Lindberg war ständig in Rage. Es kochte in ihr nach der Liebesenttäuschung von Mittsommer des letzten Jahres, die obendrein Sara fast ihr Baby gekostet hätte.

Sara Svenhagen war es bisher gelungen, das meiste mit ihrer sanften Art zu dämpfen, doch die war nicht unerschöpflich, besonders nicht, wenn man ein einjähriges Kind zu Hause hatte. »Ja«, sagte sie. »Das ist gut. Die Andelsbank ist eine Kombination von Ölmilliarden und Internet. Es ist gut, das zu wissen. Die Ölgesellschaft hat Ende der Neunzigerjahre unvorstellbare Gewinne gemacht, als der Ölpreis in die Höhe schoss. Sie wussten nicht, was sie mit der ganzen Knete machen sollten. Ein Typ in der Zentrale der Ölgesellschaft heckte die Idee mit der eigenen Bank aus, darauf folgte die Idee einer reinen Internetbank, und der Volkswirt mit den besten Informatikkenntnissen wurde ihr Direktor. Hausinterne Besetzung. Das war Haavard Naess, der für die EDV zuständige Volkswirt der Gesellschaft. Naess nahm Kontakt zu einem alten Kumpel aus dem Wehrdienst auf, der Berufsoffizier geworden war, und heuerte ihn als Sicherheitsbeauftragten an. Sein Name war Geir Holt. Zusammen mit einem Stab von EDV-Spezialisten bauten Haavard und Geir Skandinaviens erste reine Internetbank auf, die ihre Tätigkeit rasch auf ganz Skandinavien und das übrige Europa ausweitete. Nach einigen Jahren entstanden Filialen in Oslo und Bergen, kurz danach auch in Kopenhagen und Stockholm. In Frankfurt am Main, dem Finanzzentrum Europas, ist die neue Zentrale geplant.«

Lena Lindberg betrachtete Sara Svenhagen mit wachsendem Interesse.

»Aha«, sagte sie.

»Aha?«, sagte Sara.

Es waren zwei sehr unterschiedliche Äußerungen.

»Öl und Internet«, sagte Lindberg. »Das Beste von der alten und das Beste von der neuen Welt. Rein finanziell.«

»Und«, sagte Svenhagen, die froh war, endlich das Interesse ihrer Kollegin geweckt zu haben, »die sicherste Internetbank der Welt. Die alberne Formulierung meines Vaters ›Manipulation der Kabellage‹ kann durchaus besagen, dass es sich um einen Angriff auf die sicherste finanzielle Firewall in der Welt handelt. Wenn der Angriff erfolgreich war, dann wollen Haavard und Geir natürlich nicht, dass es bekannt wird. Sie wären sogar bereit, ziemlich viel Geld dafür zu opfern, dass es nicht bekannt wird.«

»Jetzt warte mal«, sagte Lena Lindberg. »Was sagst du da? Ein Angriff in der physischen Welt, um einen Angriff in der virtuellen Welt zu verbergen?«

»Und dann schnappt man sich die Täter«, sagte Sara.

»Indem man Polizei spielt.«

»Aber da ist etwas faul an diesem Bild, nicht wahr? Lena?«

»Warum einen virtuellen Angriff hinter einem *lausigen* Angriff verbergen?«

»Genau«, sagte Sara Svenhagen. »Es ist durchaus denkbar, dass der Angriff den Zugang zur ›Kabellage‹ in einer der Bankfilialen erforderlich machte. Nehmen wir an, man hatte entdeckt, dass dort der schwache Punkt in dem dicht geknüpften Sicherheitsnetz lag. Man musste also in ein physisch existentes Bankhaus und dort die Leitungen manipulieren. Aber das erklärt nicht, warum man so lange blieb und das Risiko einer Erstürmung der Bank auf sich nahm. Die Geiselnahme erscheint in diesem Licht total bescheuert. Man wusste, dass die Polizei schweres Geschütz auffahren würde und dass sie nicht wegkommen würden.«

212

»Sie sahen vielleicht ein, dass es lange dauern würde, die richtige ›Kabellage‹ zu finden. Sie brauchten ein, zwei Stunden in der Bank, und dies war die einzige Möglichkeit. Und wenn es so war, hat ein Kumpel sie befreit.«

Sara Svenhagen betrachtete ihre nun interessierte Kollegin und sagte: »Oder die beiden Bankräuber waren nur Opferlämmer, Kanonenfutter. Sie wurden geopfert oder ließen sich opfern, damit die Operation durchgeführt werden konnte. Dann kommen wir aber wieder dahin, dass der falsche Polizist einer von Geirs Leuten war. Und dass die Andelsbank in diesem Moment die Räuber bearbeitet, um sie zum Sprechen zu bringen.«

»Wir müssen mit Geir reden«, sagte Lena. »Sind sie noch in Stockholm? Wieso waren sie überhaupt in Stockholm?«

»Das waren sie nicht. Sie sind aus Oslo eingeflogen worden.«

»Aber jetzt sind sie noch da?«

»Willkommen zurück an Bord«, sagte Sara Svenhagen.

»Was meinst du denn damit?«

»Wir haben in einer Stunde einen Termin mit den beiden Herren in der Bank. Aber vorher treffen wir noch jemand anders.«

»Wen?«

»Wer könnte die ›Manipulation der Kabellage‹ mit eigenen Augen gesehen haben?«

»O verdammt«, sagte Lena Lindberg mit erstaunlich großen Augen. »Schafft sie das?«

»Es sieht so aus«, sagte Sara Svenhagen und drückte auf eine Taste des Haustelefons.

Cilla Hjelm trat ein. Sie hatte sich wenig verändert seit der Zeit, als die damals noch intakt scheinenden Familien Hjelm und Chavez-Svenhagen sich so gern getroffen hatten. Und noch bis zur Scheidung, als Cilla und Sara gemeinsam versucht hatten, alles zu verstehen. Es war ihnen nicht gelungen, doch ihre Freundschaft hatte weiter bestanden.

Sie umarmten sich. Lena Lindberg spürte eine große Leere in ihrem Inneren.

»Wie geht es?«, fragte Sara, die Hände auf Cillas Schultern.

»Es war ein komischer Tag«, sagte Cilla.

»Hast du mit jemandem gesprochen?«

»Ich habe eine Art Krisenbeistand bekommen, als wir wegen Pauls Kopfverletzung im Krankenhaus waren. Sie schienen vor allem testen zu wollen, ob ich völlig durchgedreht war.«

»Das wäre verständlich«, sagte Sara. »Erst vier Stunden lang Geisel, anschließend Opfer eines Mordversuchs und ein Blutbad in deiner Wohnung.«

»Ich mochte den Teppich im Schlafzimmer.«

»Setz dich. Aber im Ernst: Wie fühlst du dich?«

Cilla setzte sich. »Ich bin jedenfalls keine Staffagefigur mehr«, sagte sie.

»Das bist du nie gewesen«, sagte Sara. »Dies ist übrigens Lena Lindberg, meine Kollegin. Ich glaube, ihr kennt euch noch nicht.«

Cilla und Lena tauschten abgemessenes Kopfnicken aus. Lena verstand genau, was eine Staffagefigur war. Ohne das Wort je zuvor gehört zu haben.

»Tatsächlich weiß ich nicht richtig, wie ich mich fühle«, sagte Cilla zu Sara. »Ich habe noch gar nicht richtig begriffen, dass dies alles wirklich mir selbst und keiner anderen passiert ist. Und dazu noch im Schatten des Mannes, der mich verlassen hat. Und mir dann das Leben gerettet hat. Ich weiß nicht. Das Gefühl hat sich noch nicht gelegt. Es ist, als kreise es über mir und wartete darauf, sich auf einem wunden Punkt niederzulassen. Wenn ich es erlebe, werde ich es ja sehen.«

»Lebendig genug bist du jedenfalls«, sagte Sara.

»Was willst du von mir wissen, Sara?«

»Du bist ja hier, um bei Kerstin eine Zeugenaussage zu machen. Ich wollte dich nur gern vorher um Antwort auf eine einzige Frage bitten. Die Räuber saßen einfach da, nicht wahr? Manchmal machte der Große seine Runden. Es war trotz allem relativ ereignislos. Aber ist irgendetwas Ungewöhnliches zwischen, sagen wir, dem Telefongespräch und dem Eintreffen der Polizei passiert?«

»Etwas Ungewöhnliches?«

»Irgendetwas.«

Cilla saß schweigend da. Die Erinnerungen wurden widerstrebend deutlicher. »Ein Gefühlsausbruch«, sagte sie schließlich. Sara Svenhagen ließ ihr Zeit, ohne von Lena Lindbergs leise stampfendem Fuß Notiz zu nehmen.

»Plötzliche Freude«, fuhr Cilla Hjelm nach einer Minute fort. Danach wieder Schweigen.

»Ich erinnere mich daran, dass ich auf einmal dachte: Das Geld ist euch scheißegal.«

»Warum hast du das gedacht?«, sagte Lena Lindberg. Sara Svenhagen zwinkerte ihr zu, aber auch nicht mehr.

»Darauf versuche ich gerade zu kommen«, sagte Cilla. »Ich versteckte das Handy, indem ich so tat, als säße ich ins Gebet versunken. Da tauchte er plötzlich auf, der Große. Ich glaubte, er würde mich töten, aber stattdessen war sein Blick ganz warm. Als ob er mit meinen Gebeten sympathisierte. Es war ein positiver Zustand. Ich spürte, dieser christliche Mann würde mich nicht umbringen. Aber dieser Zustand hielt nicht lange an, und das lag daran, dass ich dachte, ... das Geld ist euch scheißegal. Und das dachte ich wegen dieses Gefühlsausbruchs ... Verdammt, ich kriege es nicht mehr hin.«

»Lass dir Zeit«, sagte Sara ruhig.

»Sie machten so eine Geste«, sagte Cilla und blickte Sara an. »High-five. Es war so komisch. Alles andere lief so mechanisch ab. Emotionslos.«

»High-five. Die Räuber haben die Hände zusammengeschlagen?«

»So eine amerikanische Geste. Yeah man. Gimme five.«

Sara Svenhagen versuchte, nicht verblüfft auszusehen. Sie nickte und hielt den Mund.

»Ich sollte meinen dritten Auftrag ausführen«, fuhr Cilla fort. »Ja, genau. Das Ventil über ihren Köpfen fotografieren. Es war leicht. Sie waren auf etwas ganz anderes konzentriert … Worauf? Weiß nicht. Das, was dem High-five vorausging.«

Lena Lindberg stampfte immer hörbarer mit dem Fuß. Aber diverse Blicke von Sara ließen auch sie den Mund halten.

»Ein Nicken«, fuhr Cilla schließlich fort. »Der Kleine nickte. Einmal. Kräftig. Es hatte mit einem Werkzeug zu tun. Einer Art Schraubenzieher. Der Große holte ihn aus der Tasche und verschwand damit aus meinem Sichtfeld. Der Kleine blickte in seine Richtung und nickte deutlich. Kurz danach kam das High-five. Sie lächelten und schlugen die Hände zusammen.«

»Lächelten?«, fragte Lena Lindberg.

»Man konnte es bei dem Kleinen durch die Maske sehen. Der Stoff spannte sich.«

»Und wie hat der Kleine genickt?«, fragte Sara.

»Es war wie … Timing. Als müsste etwas exakt getimt werden.«

»Also etwas, was gelang und was mit einem schraubenzieherartigen Werkzeug zu tun hatte?«

»Ja«, sagte Cilla. »Genau so.«

»Hast du gesehen, wieviel Uhr es war?«

»Ich guckte gerade auf das Handy, um das Bild zu machen. Ich glaube, ich habe die Uhrzeit auf dem Display gesehen. Ja. So war es. Die Zeit sprang gerade um … Es war … ich glaube, es war … dreizehn Uhr fünfundvierzig .«

»Danke«, sagte Sara. »Guter Job, Cilla. Kannst du das Werkzeug ein bisschen genauer beschreiben? Eine *Art* Schraubenzieher? Warum war es *kein* Schraubenzieher?«

»Es war irgendetwas damit. Ein bisschen breiter als ein gewöhnlicher Schraubenzieher.«

»Ich besorge sofort ein paar Bilder von Werkzeug, damit du sie dir ansehen kannst. Vielleicht erkennst du es ja wieder.«

Sara verstummte und betrachtete Cilla. Sie sah völlig zerschlagen aus. Sich zu erinnern kann extrem anstrengend sein.

»Sie ist nicht nach Hause gekommen«, sagte Cilla leise. »Es war ihr achtzehnter Geburtstag, und sie ist nicht nach Hause gekommen. Ich saß da mit dem blauen Päckchen und wartete. Jetzt habe ich niemanden mehr, für den ich Verantwortung trage.«

»Tova?«

Cilla Hjelm blickte mit einem vollkommen nackten Blick auf und sagte: »Wie soll ich zurechtkommen ohne mein Handy?«

Erst im Auto auf dem Weg nach Östermalm sagte Lena Lindberg: »Wie war das eigentlich mit ihr?«

Sara Svenhagen betrachtete ihre schludrig fahrende Partnerin und sagte: »Alles andere als gut.«

Sie fuhren von der Sturegata zum Karlavägen hinauf. Zu ihrer Linken lag Humlegården. Auf dem Bürgersteig kurz vor dem Viertel *Gnistan* kam es zu einer kleineren Menschenansammlung. Ein Mann hielt etwas im Triumph hoch über seinen sehr blonden Schädel, aus verschiedenen Richtungen strömten Männer auf ihn zu, zwei von der anderen Seite des Karlavägs, quer durch die Allee, zwei weitere von der Grevgatsseite her und ein einzelner Mann aus der Richtung, aus der auch der Wagen sich näherte. Lena Lindberg fuhr zu ihm auf.

Sara Svenhagen kurbelte das Seitenfenster herunter. »Viggo«, rief sie. »Was ist los?«

Viggo Norlander starrte verblüfft auf sie und auf die sich bildende Menschenansammlung.

»Der Pflegefall hat eine Kippe gefunden«, sagte er und joggte in dessen Richtung davon.

Sara Svenhagen und Lena Lindberg stiegen aus dem Wagen und vereinigten sich mit Viggo Norlander, Jorge Chavez, Jon Anderson, Niklas Grundström, Paul Hjelm und Arto Söderstedt.

»Heureka«, sagte Söderstedt.

Einige Minuten später befanden Jorge Chavez und Jon Anderson sich in einer Wohnung, in der Leichenteile an den Wänden hingen. Anderson strich mit der Hand über einen abgeschlagenen Kopf, der zweieinhalb Meter hoch an der weinroten Textiltapete der Wohnzimmerwand saß. Chavez hätte keine Chance gehabt, ihn zu erreichen, und wäre er auch wie ein Volleyballspieler gesprungen. Er musste sich damit begnügen, eine erstarrte Kinderleiche auf einem Glastisch zu streicheln.

»Ich muss Sie wirklich bitten, meine Engel nicht zu berühren«, sagte die ergraute Dame, die man leicht mit einer der Leichen hätte verwechseln können.

»Sind sie nicht schön?«, dröhnte dagegen der korpulente Herr, an dem es nichts mehr gab, was noch hätte ergrauen können.

Chavez nahm die Hand von der Kinderleiche und schaute zu einem halbierten Körper über der Küchentür auf. »Sehr schön«, sagte er. »Haben Sie sie selbst ermordet, Herr Gyllencranz?«

»Ja, aber klar«, sagte Herr Gyllencranz stolz.

»Jesses«, sagte Jon Anderson.

»Mein Mann ist passionierter Safarireisender«, sagte Frau Gyllencranz nicht weniger stolz.

Herr Gyllencranz zeigte auf seine Schätze wie ein Museumsführer. »Der Zebrakopf ist aus der Serengeti im Winter

218

fünfundvierzig, das halbe Krokodil aus Tasmanien im Sommer vierundsechzig – ein richtiger Fuchssommer, müssen Sie wissen –, und das Gepardenjunge ist aus dem Krüger-Nationalpark im Frühjahr siebenundsiebzig.«

»Sieh mal an«, sagte Chavez. »Südafrika neunzehnhundertsiebenundsiebzig.«

»Ja, da war noch Ordnung in der Bude«, nickte Herr Gyllencranz nostalgisch.

»Darf man vermuten, dass die Tür, die von den Elefantenhauern gekrönt wird, die für uns aktuelle Badezimmertür ist?«, fragte Chavez stilrein.

»Einen Elefanten zu erlegen ist ein unbeschreibliches Gefühl«, nickte Herr Gyllencranz und vollführte eine einladende Geste in Richtung der Tür.

»Haben Sie sich wirklich mit einem begnügt?«

»Nein, wo denken Sie hin? Aber die drei anderen habe ich nach meiner Heimkehr verkauft. Ich hätte sie angesichts des Kilopreises für Elfenbein natürlich aufheben sollen. Aber man macht Fehler im Leben.«

»Wie wahr«, sagte Chavez und warf einen Blick ins Badezimmer.

Es war ein großzügiger Nassbereich von der Art, die wahrscheinlich um 1942 den fortgeschrittensten Stand der Einrichtungsmode darstellte. Die Badewanne war so gelb gefärbt, dass die Farbe in Antiquitätenhändlerkreisen sicher einen eigenen Namen hatte. Wahrscheinlich nicht morgenuringelb, wenngleich dies Chavez sehr treffend vorgekommen wäre.

Hinter der Badewanne war ein Dutzend Kacheln von der Wand gefallen, und in einer Vertiefung von fast zehn Zentimetern war der Mauerstein der alten Wand freigelegt.

Chavez drückte Anderson in die Ecke, damit er sich die Zerstörung genauer ansehen sollte. »Furchtbar«, sagte er und schüttelte bekümmert den Kopf.

»Und was soll ich mir an dem blöden Loch ansehen?«,

flüsterte Jon Anderson und kratzte mit den Fingern im Mauerwerk.

Chavez ignorierte den Untergebenen und wandte sich an das alte Paar. »Und dies hier ist also in der Zeit geschehen, als Sie evakuiert waren? Sind Sie sicher? Sie sind nicht noch ein bisschen länger fortgeblieben? Und haben zum Beispiel einen anderen zoologischen Connaisseur besucht?«

»Wir sind mit der Polizei gegangen und mit der Polizei zurückgekehrt«, erklärte Frau Gyllencranz. »Wir gingen in eine nahe gelegene Cafeteria und warteten das Ende des Elends ab. Wir haben das seit Jahren nicht zusammen gemacht. Und ich verstehe, warum.«

»Die Beschädigung muss also stattgefunden haben, als die Wohnung geräumt war?«

»Das macht die Sache ja so skandalös«, stieß Herr Gyllencranz aus. »Die vollkommen unnötige Evakuierung durch die Polizei hat das Verbrechen erst möglich gemacht. Das ist das Lied unserer Zeit. Die Ordnungsmacht besteht nur noch, um eingewanderte Kriminelle zu schützen und ihnen ihr schändliches Treiben zu erleichtern. Dafür bezahlen wir die höchsten Steuern der Welt.«

»Ihre Theorie, Herr Gyllencranz, besagt also, dass ein eingewanderter Krimineller sich an den Wache stehenden Polizisten unten auf der Grevgata vorbeigeschlichen hat und in Ihre Wohnung eingebrochen ist, ohne an der Wohnungstür eine Spur zu hinterlassen. Er ging direkt ins Badezimmer, hackte ein Loch in die Wand und verließ den Tatort, ohne etwas zu stehlen?«

Herr Gyllencranz starrte den bis dahin so gut dressierten kleinen Zigeunerdetektiv an und sagte: »Aber, mein lieber Freund. Das sind ja Drogensüchtige. Bei denen kann man nicht erwarten, dass sie logisch handeln.«

»Was ist auf der anderen Seite der Wand?«

»Das Nachbarhaus«, sagte Herr Gyllencranz verdrossen. »Die Zigeuner in der Skeppargata.«

»Die Zigeuner?«, platzte Chavez heraus.

»Aber das begreifen Sie doch wohl, dass eine gewisse Grenze verläuft zwischen der Skeppargata und der Grevgata.«

Diese Weisheitsworte klangen ihnen noch in den Ohren, als sie sich auf die Grevgata hinausgeworfen fanden. Sie blieben eine Weile stehen und sahen sich an.

»Es gibt diese Leute also«, sagte Jon Anderson schließlich.

»Und es sind mehr, als wir glauben«, sagte Jorge Chavez.

»Wie sah die Wand aus? Es muss eine Einwirkung von der anderen Seite gewesen sein. Ich habe keine Spuren gesehen.«

Jon Anderson nickte. »Wahrscheinlich«, sagte er. »Das Badezimmer war vielleicht nicht in allerbester Verfassung, aber es muss doch einen ziemlich kräftigen Stoß von der anderen Seite gegeben haben, um ein Dutzend Kacheln herabfallen zu lassen.«

»Jemand hat also während der Evakuierung, als das gesamte Viertel hätte leer sein sollen, die Wand so kräftig demoliert, dass es durchging bis zum Nachbarn. Das sollte uns etwas sagen.«

»Dass wir um die Ecke in die Skeppargata gehen sollten.«

»Versuchen wir auszurechnen, um welche Wohnung es sich handelt«, sagte Chavez und machte sich, den Blick auf die erste Etage gerichtet, auf den Weg.

Sie bogen um die Ecke und kamen an der Bankfiliale vorbei. Die Fenster waren noch nicht ersetzt, das Gebiet war noch mit blau-weißem Plastikband abgesperrt, im Inneren der Bank irrten immer noch Kriminaltechniker herum.

Ein Stück weiter entfernt auf Karlavägen stießen sie auf einen Mann, der etwas aus dem Rinnstein aufhob. Er hatte ihnen den Hintern zugekehrt, und Chavez hoffte, dass der Mann sie nicht anspräche. Er hasste es immer noch, von Bettlern angesprochen zu werden, obwohl sie inzwischen zum Stockholmer Straßenbild gehörten – weil er hatte und sie nicht. Weil sein Haben auf ihrem Nichthaben beruhte.

Aber der Bettler war Arto Söderstedt. Er hielt eine Zigarettenkippe in der gummibehandschuhten Hand. Verwundert starrte er auf Chavez und Anderson und sagte: »Der Teufel soll mich holen, wenn das hier keine *Sobranie* ist.«

»Was?«, sagte Anderson.

Söderstedt untersuchte die Kippe eingehend und hob sie anschließend über den Kopf. »Warum raucht ein russischer Räuber russische Zigaretten? Bedeutet das, dass er gerade aus Russland eingereist ist?«

»Du bist ein Vollidiot«, erklärte Chavez sachlich.

Von der anderen Straßenseite zeigte sich jetzt ein Mann mit bandagiertem Kopf, gefolgt von einem gut gekleideten Artgenossen.

»Was ist denn los?«, fragte Niklas Grundström.

»Scheißverband«, sagte Paul Hjelm und schob den Verband hoch, der ihm über die Augen gerutscht war. Vor ihnen tauchte Viggo Norlander auf, kurz dahinter folgten Sara Svenhagen und Lena Lindberg.

»Heureka«, sagte Söderstedt.

»Sie haben also diesen Weg genommen?«, sagte Norlander. »Richtung Humlegården?«

»Das würde zu unserem schwarzen Van passen«, sagte Jon Anderson. »Der mit Vollgas die Sibyllegata hinuntergefahren ist.«

»Entweder hat er die Fluppe hier verloren«, sagte Söderstedt. »Oder der Wagen stand hier, und er hat die Kippe weggeworfen, als er hineingeschoben wurde.«

»So nah?«, meinte Grundström. »Es sind ja nur fünfzehn Meter von der Bank hierher.«

»Er kann ja nicht zwei Räuber durch die ganze Stadt geschleppt haben«, sagte Söderstedt. »Der Wagen muss in der Nähe gestanden haben. Warum nicht hier.«

»Was standen hier für Wagen?«, fragte Hjelm. »Hatte er tatsächlich einen Polizeiwagen zur Verfügung?«

»Die Nationale Einsatztruppe hat keine gewöhnlichen

222

Polizeiautos«, sagte Grundström. »Wir müssen das genauer untersuchen.«

»Wartet mal«, sagte Chavez. »Was macht ihr hier alle? Sara?«

»Wir sind auf dem Weg zur Bank«, sagte seine Frau. »Um Geir zu treffen.«

»Wir wollen zum Militärischen Nachrichtendienst am Lidingöväg«, sagte Hjelm.

»Das ist vertraulich«, sagte Grundström streng.

»Denk daran, dass ich eine Gehirnerschütterung habe«, sagte Hjelm.

»Wir wollen zur Russischen Botschaft«, sagte Norlander. »Sobald wir mit Kippensammeln fertig sind.«

»Und wir wollen um die Ecke, Skeppargatan 62«, sagte Chavez.

Arto Söderstedt räusperte sich und sagte: »Wir müssen damit aufhören, uns so zu treffen.«

Woraufhin jeder in seine Richtung ging.

Jorge Chavez und Jon Anderson bogen um die Ecke und hatten nach einer Weile Glück, dass sie die Tür festhalten konnten, als jemand das Haus verließ. Sie blieben im Treppenhaus stehen und gewöhnten ihre Augen an das Halbdunkel. Was sich ihnen nach und nach offenbarte, war ein stattliches Treppenhaus, renovierter Jugendstil mit dicken Teppichen und Originalglas in den Lampen.

Dann stiegen sie die Treppenstufen hinauf.

Im ersten Stock thronte ein kleiner, aber pompöser Jahrhundertwendelöwe in der Fensternische. Chavez kitzelte den Löwen unterm Kinn und ging weiter.

29

Samstag, den 12. September 1942,
drei Uhr zehn am Nachmittag

*Zwei große Ströme fließen durch Russland, von oben nach
unten, von Norden nach Süden. Sie haben verschiedene
Quellen, und sie münden in verschiedene Meere. Aber
an einem bestimmten Punkt scheinen sie plötzlich
zueinander hingezogen zu werden – wie von einer heftigen
Anziehungskraft. Auf einer Karte sieht es so aus, als
berührten sich der Don und die Wolga, bevor sie sich wieder
trennen und gleichsam unberührt weiterfließen, jeder in
seine Richtung. Aber an genau diesem Punkt scheint der
Abstand zwischen ihnen gleich Null zu sein.*

*Eine Karte ist jedoch nicht die Wirklichkeit. Wir wissen,
dass der Abstand zwischen Don und Wolga unendlich ist.*

*Gerade in dieser Krümmung, am Ufer der Wolga, liegt
Stalingrad.*

Da befinden wir uns.

*Es sind fast vier Monate vergangen, seit ich zuletzt etwas
ins Tagebuch geschrieben habe; es wird ziemlich sporadisch
geführt. Damals gab es Stalingrad kaum, es war höchstens
ein kleines Zwischenspiel auf dem Weg zu den Ölquellen
des Kaukasus. Wir sollten nur ein paar Rüstungsbetriebe
ausschalten und das Wolgaufer sichern.*

*Dann machten wir die Stadt zu etwas anderem. Zu einem
Totenacker.*

*Sie sollte verschwunden sein. Die ganze Stadt sollte
ausgelöscht sein. Das ist sie auch. Sie ist tot. Und doch lebt
sie.*

Wir waren am Ende unserer langen Wanderung vom

Don herüber, als sie kamen. Es war ein gewaltiger Anblick. Ein Schatten wuchs über der Steppe auf, dann kam das Geräusch, und schließlich erkannten wir sie weit weg am Horizont. Sie bedeckten den Himmel, sie ersetzten ihn, und ihr Dröhnen war das Dröhnen aus einer anderen Welt. Der Himmel war von Flugzeugen bedeckt, und alle waren mit Bomben gefüllt, um Stalingrad zu vernichten.

Wie konnten wir noch verlieren?, dachten wir und füllten unsere Lungen mit dem betäubenden Duft verbrannter fossiler Brennstoffe.

Die Luftwaffe. Die Männer des Generaloberst von Richthofen. Die vierte Luftflotte. Wolfram von Richthofen, der Cousin des ›roten Barons‹, das Gehirn hinter Guernica. Heinkels und Stukas in unglaublichen Mengen. Massive Bombenteppiche. Die vollendete Menschenverachtung.

Aber dies hier war viel größer als Guernica.

Ich erinnere mich so deutlich daran. Es war der Sonntag vor drei Wochen. Der Feuerball stieg einen halben Kilometer zum Himmel auf, als die enormen Ölzisternen am Strand der Wolga getroffen wurden und brennendes Öl den Fluss bedeckte. Tag um Tag um Tag stiegen die schwarzen Rauchsäulen auf wie aus der Hölle. Es war dieser Rauch, zusammen mit den Abgasen der Flugzeuge, der mich veranlasste, wieder ernsthaft über fossile Brennstoffe nachzudenken. Ihre diabolische Kraft. Meine Forschung trat mir wieder klar ins Bewusstsein.

An einem einzigen Tag, an ebendiesem Sonntag, dem 23. August, warf die Vierte Luftflotte mehr als tausend Tonnen Bomben ab. Ganze drei Maschinen gingen verloren. Wie viele der mehr als eine halbe Million Einwohner Stalingrads starben, weiß ich nicht. Aber es sollten keine übrig geblieben sein. Wir glaubten, dass keine übrig geblieben waren.

Vor vier Monaten nahmen wir Charkow ein. Jetzt glauben alle, dass wir bald Stalingrad einnehmen. Aber das sehe ich nicht. Nicht jetzt, da wir an den Stadträndern stehen und die Ruinen betrachten. Es sind keine toten Ruinen, es sind rachsüchtige Ruinen. Es ist der Vogel Phönix, der sich mit mythischer Kraft aus seiner Asche erhebt.

Russische Soldaten strömen herein. Diese Stadt soll um jeden Preis gehalten werden. Das ist es, was ich sehe. Aber ich sehe nichts. Ich beobachte die Ruinen vom Hügel gegenüber. Durch den Feldstecher sehe ich die schicksalsträchtige Wüste der rauchenden Stadt, das gefallene Skelett einer Stadt. Ich sehe ihre Bosheit. Dann setze ich mich hin und schreibe. Ich muss.

Viele würden sagen, dass es ein guter Sommer war. Ich ließ mich mitreißen, ein bisschen. Ich fand auch, dass es ein guter Sommer war. Bis ich gestern Morgen beim Aufwachen Eis im Wassereimer sah. September und Eis. Und die wartende Stadt, wie ein schwarzes Herz in ihren Ruinen pochend.

Keiner kann sagen, dass es leicht ging, aber die 16. Panzerdivision, unsere Speerspitze, verließ eines Morgens den Don und war am Abend an der Wolga. Da schien alles möglich. Ich kann Papa Hube in seinem Panzer vor mir sehen, General Hans Hube, den künstlichen schwarzen Arm erhoben.

So war es für uns nicht. Der ganze Weg über die Donsteppe war grotesk, obwohl wir ständig siegten. Siegten, vergewaltigten, raubten, mordeten. Ekelhaft zu sehen, wenn der Mensch zur Bestie wird.

Die ständig geänderten Pläne des Führers trieben die Generäle zum Wahnsinn. Als er plötzlich die Heeresgruppe Süd in zwei Teile teilte, die Heeresgruppe A zum Kaukasus im Süden, die Heeresgruppe B zur Wolga im Norden, und plötzlich die Operation Blau aus einer geschlossenen Operation in zwei Stadien in zwei separate Operationen verwandelte. Wie dadurch der Vormarsch auf Stalingrad verzögert wurde!

Wir sind zu spät hierhergekommen.

Die Bestie knurrt im nahenden Winter.

›Urrah!‹, klingt es ständig in unseren Ohren und jagt uns Schauer das Rückgrat hinunter. Der widerwärtige Schlachtruf der sowjetischen Infanteristen. Wenn er nur eine kleine Spur zu nah ertönte, war man tot. Nach einer Schrecksekunde.

Es kommt wie ein Gurgeln aus der Stadt. ›Urrah!‹

Stalingrad ist eingeschlossen. Dreißig Kilometer entlang der Krümmung des Flusses. Die alte tatarische Stadt Tsaritsyn, die im russischen Revolutionsmythos eine so große Rolle spielt. Dort verwandelte der heroische junge Josef Stalin die weißen Revolutionssieger in rote. Deswegen erhielt die Stadt seinen Namen.

Und er wird an ihr festhalten. Er wird jede erdenkliche Anzahl von Menschenleben dafür opfern. Wenn die Stadt fällt, fällt der Mythos Stalin.

Als würde die Wolfsschanze fallen, das Hauptquartier des Führers in Rastenburg in Ostpreußen.

Zwei Mythen, zwei Lügen in einem Duell.

Morgen gehen wir hinein. Wir setzen an zum Großangriff auf die Stadt, Mann gegen Mann, in Gassen und Fabrikruinen. Auge in Auge in verminten Häusern, umringt von gut postierten Scharfschützen mit perfekter Ortskenntnis.

Es wird ein Rattenkrieg werden.

Ich höre die scheintote Stadt knurren. Morgen wird sie brüllen. Aufheulen.

›Urrah!‹

Mein Gott, an den ich nicht glaube. Was mache ich hier?

30

Der Mann hörte auf zu lesen und sah auf seine Uhr.

Es war so weit.

Er klappte behutsam das Tagebuch zu, strich mit der Hand über die abgegriffenen Wachstuchdeckel und dachte über den Wert der Dinge nach.

War es dies alles wert?

Es war eine rhetorische Frage. Den Wert hatte er schon bestimmt. Er lag fest.

Der Mann mit der Uhr nahm vorsichtig ein vergilbtes Blatt Papier und schob es als Lesezeichen ins Tagebuch. Dann legte er es weg und erhob sich aus seinem Lesesessel.

Es war dunkel um ihn her.

Dennoch sah er deutlich eine blonde Frau vor sich. Sie trug einen Tragegurt vor dem Bauch und blickte auf eine vollkommen blaue Meeresbucht hinaus, drehte sich zu ihm um und sah ihm in die Augen, sie strahlte etwas aus, was man als Glück bezeichnen konnte. Dann sah er sie mit blaulila verfärbtem Gesicht, und ihre Augen waren zur Hälfte aus dem Kopf getreten.

Dann sah er drei Brüder mit je einem Blatt Papier in der Hand. Und er sah zwei Väter in einem Keller, und um die Hausecke war die Hölle los. Und er sah einen vierten Bruder. Und er sah einen einsamen Sohn, der in einem Baum eine letzte Mitteilung an einen Freund hinterließ. Ein letztes Lebenszeichen von einem Toten.

Um das Vergangene zu ändern.

An einen Freund ...

Der Mann mit der Uhr warf noch einen Blick auf seine Uhr. Im gleichen Augenblick spürte er, dass gerade dies ein Zeichen von Schwäche war. Der Instinkt war noch da? Hat-

228

ten die Jahre des Wohllebens keine schlechte Auswirkung auf seine Fähigkeit gehabt? War er noch fähig, die Führenden zu stellen? Die Jungen?

Die Fragen bedeuteten nichts. Sie waren Luft.

Es gab kein Zurück.

Man lässt einen Waffenbruder auf dem Schlachtfeld nicht im Stich.

Erst recht nicht zwei.

Er blickte zum offenen Koffer auf dem Bett. Das schwache Nachtlicht war nicht mehr als ein Hintergrundleuchten. Aber der Waffenglanz, dieses unverkennbare Schimmern, trotzte dem Dunkel. Es war eine Farbe, die es auf der Farbskala nicht gab.

Er schloss den Koffer, hob ihn hoch und blieb stehen. Sein Puls fiel ab, sein Atem wurde langsamer, seine Gehirnaktivität wurde auf ein Minimum reduziert, jede Bewegung hörte auf. Er vegetierte. Eine extreme Passivität, die eine extreme Aktivität ankündigte.

Ein Sonnenblumensamen in der Wintererde.

Er akzeptierte seine Schwäche und warf einen dritten Blick auf seine schöne alte Uhr. Dann brach er auf.

Als er am Rand von Tantolunden in den Wagen stieg, gab es noch kein Anzeichen von Niederschlag, aber schon während der Fahrt über Ringvägen hinauf zum Zinkensdamm fielen die ersten Körner. Auf der Västerbro legten sich die ersten Flocken auf die Windschutzscheibe. Ein engelgleiches Flattern spielte über der nächtlich beleuchteten Riddarfjärden. Beim Lindhagensplan gelangte er auf den Drottningholmsväg, und auf der Tranebergsbro hatten sich die leichten Flocken in nassen Schnee verwandelt, der nicht mehr herabschwebte, sondern fiel, wie Regen. Leuchtendes Flirren vor den emsig schlagenden Scheibenwischern. Matschige Schwellen zwischen den Fahrbahnen, zwischen den Rädern.

Er hatte sowieso nicht vor, anders als vorschriftsmäßig zu fahren. Er hielt sich an seine Spur. Niemand konnte ahnen, dass er etwas anderes war als ein ganz gewöhnlicher nächtlicher Autofahrer auf dem Heimweg in die westlichen Vororte Stockholms, der noch spät gearbeitet hatte oder beim Eishockey gewesen war oder ein Freitagabendbier getrunken hatte.

Vor noch gar nicht langer Zeit war er das gewesen.

Der Kreisverkehr am Brommaplan war schwer zu meistern. Die Schneepflüge waren noch nicht so weit gekommen. Er fuhr auf der Linkskurve des Drottningholmsvägs in den Kreisel, passierte den Festlandsockel der Nockebybro und begab sich hinaus auf die Inseln im Mälaren. Er starrte hinab in den Mälaren, wo er am allerschönsten ist, in der Bucht zwischen Kärsön und Nockeby, zwischen der Kommune Stockholm und Ekerö.

Er passierte Schloss Drottningholm, eine verschwommene Festung von Licht, gekrönt von der Flagge zum Zeichen, dass der König zu Hause war. Er dachte: Es ist trotz allem ein schönes Land.

Ist es mir je gelungen, es zu meinem Land zu machen?

Ja, eine Zeit lang, als wir mehr waren.

Jetzt, da ich allein bin, habe ich es wieder verloren. Jetzt habe ich kein Heimatland mehr.

Es war nie meins.

Und doch habe ich ihm gedient wie ein treuer Hund.

Alles, was ich noch habe, ist ein vager, gestohlener Traum, das Vergangene zu verändern. Die Welt zu sich selbst aufschließen zu lassen. Eine Klammer um die unnötige zweite Hälfte des vorigen Jahrhunderts zu ziehen.

Und um alle künstlichen Fortschritte.

Er empfand intensive Trauer darüber, dass er den alten Robert der Adresse wegen hatte opfern müssen. Wie der alte Robert ihn in der gleichen Lage geopfert hätte. Um einer langen und treuen Feindschaft willen.

Zu welchem Nutzen?

Verdammtes Jahrhundert. Schön, dass es vorbei war.

230

Er erreichte Färingsö. Fuhr vorbei an der Kirche von Skå. Die Abstände zwischen den Häusern wurden immer größer.

Vor einer Hügelkuppe hielt er an und stellte den Wagen am Straßenrand ab. Er nahm den Koffer vom Rücksitz und öffnete ihn. Er zog die Daunenjacke aus und knöpfte das alte Achselholster auf. Er hatte kaum noch gewusst, wo er danach suchen sollte. Als er es in einer Schrankschublade im äußersten Winkel des Dachbodens fand, war es von Schimmel bedeckt, graugrünem Schimmel, wie Algen. Er schabte ihn ab, so gut es ging. Es roch immer noch unangenehm.

Der Mann mit der Uhr nahm die Pistole, schraubte den Schalldämpfer auf und drückte die Waffe in das schimmelige Holster. Er nahm das Messer mit der breiten Klinge und schob es in die Scheide an seinem rechten Schenkel. Die Minitaschenlampe steckte er in die Jackentasche. Dann nahm er die kleine Maschinenpistole, hängte sie sich über den Rücken und machte sich auf den Weg zur Spitze des Hügels.

Das Haus lag hundert Meter unterhalb des Gipfels am Waldrand, im nassen Schneegestöber kaum zu erkennen. Und vollkommen dunkel. Vollkommen einsam.

Wenn man nicht die Spuren zu lesen verstand.

Er hielt inne und überlegte, ob er die Spuren zu lesen verstand. Keine Wagenspuren – es war noch nicht lange her, seit es zu schneien begonnen hatte. In der Nähe überhaupt keine Spuren. Außer den vorgezogenen Gardinen in dem Zimmer, das auf den Altan hinausging. Und dem Schatten davor, neben dem Altan. Der Schatten im Schatten.

Er glitt heran, geduckt hinter den Schneewällen des kleinen Weges, bis er fast die schneebedeckte Hecke erreicht hatte, die das Haus umgab. Ein kleiner Abwärtshang. Von unten aus waren der Altan und fast das ganze Haus von der Hecke verdeckt. Er ging in die Hocke und wartete. Beobachtete den Schatten. Der blieb reglos. Das hatte nichts zu bedeuten. Bewegung würde auf Amateure schließen lassen. Und sie waren keine Amateure.

Er memorierte das ganze Szenario. Fixierte den Schatten. Fixierte die Hecke. Machte eine potenzielle Lücke aus. Berechnete einen Winkel. Berechnete eine Wirkung. Prägte sich alles ein. Zog die Pistole. Glitt den Hang hinunter, mit einem letzten Blick auf das schwarze Haus.

Das Haus, das wartete, pochend wie ein schwarzes Herz. Es verschwand hinter der Hecke. Aber die Lücke war da.

Es gab immer eine Lücke. Das war die einzige wirkliche Lehre, mit der er aufwarten konnte. Es gab immer eine Öffnung. Einen blinden Fleck. Einen toten Winkel.

Er schlich zu der Lücke. Schneebedeckte Zweige. Buchsbaum? Da und dort etwas Dunkles. Das Haus. Und dann etwas noch Dunkleres. Der Schatten. Und etwas noch ein kleines bisschen Dunkleres. Der Schatten im Schatten.

Er war allein. So musste es sein. Auftrag für wenige Leute. Höchstens vier. Nicht genug, um mehr als einen Wachposten aufzustellen. Die Kommunikation konnte nicht ununterbrochen stattfinden, zu störend. Sicher Walkie-Talkie. Ungefährlich. Möglicherweise die Kugel. Wenn sie durchging und gegen die Wand schlug. Ein kleiner Bums an der Außenwand. Das würde reichen. Munition wechseln. Die Sorte, die nicht durchschlägt. Die total zerreißt. Nichts übrig lässt. Die im Krieg verboten ist, doch nicht in diesem Krieg. In diesem Krieg war alles erlaubt. Den Blick ständig auf den Schatten gerichtet, während das Magazin ausgewechselt wird. Kein Laut. Und keine Bewegung.

Danebenschießen und sterben, dachte er und hob die Pistole zur Lücke. Einen Zentimeter danebenschießen und sterben. Danebenschießen und den Schatten schreien lassen, husten lassen – und sterben.

Er schoss. Kein Sinn, zu lange zu zielen. Mit jeder Sekunde nimmt das Zittern zu.

Er schoss und duckte sich.

Nichts.

Absolute Stille.

Er versuchte, eine Lücke zu finden, durch die er gucken konnte. Hier gab es keine. Und es stimmte. Es gab immer nur eine.

Komische Weisheit.

Was bedeutete die Stille? Entweder war niemand da, und alles war falsch, das Haus falsch, die Adresse falsch. Und sein geballter Instinkt falsch. Oder man wartete, bis er aufstand, und schoss durch dieselbe Lücke zurück. Genau ins Auge aus einem halben Meter. Oder auch ...

Er stand auf und blickte durch die Lücke. Nichts? Oder?

Der Mann lag im Schnee. Er war ohne einen Laut gefallen. Auf seinem Posten.

Der Mann mit der Uhr begab sich hinüber zu dem Tor, das in der Hecke auftauchte. Nahm das Schloss unter die Lupe. Leuchtete es mit der kleinen Taschenlampe an. Natürlich war es da, gut versteckt am inneren Türgriff. Ein kleiner schwarzer Kasten. Eine Alarmanlage. Wenn nicht eine moderne Splitterbombe. Er hatte seit fünfzehn Jahren keine mehr gesehen. Sie waren sicher weiterentwickelt worden.

Er schloss die Augen. Seine Herzfrequenz nahm ab. Warten, bis sie unter den Ruhepuls gesunken war. Dann der Sprung. Auf den Torpfosten. Lautlos. Glatt. Langsam auf der anderen Seite heruntergleiten. Es ging. Wieder lautlos.

Lautlos durch nassen Schnee gehen. Nicht leicht. Ein Knarren. Davon hatte er viel gehört. Doch durch die Altantür würde es nicht zu hören sein. Fünf Dezibel zu schwach.

Er würdigte den Gefallenen keines Blickes, als er vorüberging. Machte nur einen Bogen um den roten Kreis von zwei Meter Durchmesser um das herum, was einmal ein Körper gewesen war.

Das richtig Schwere. Die Altantreppe. Sie war nur ein paar Meter entfernt. Die Ohren unter Hochspannung. Hoffentlich ins Gespräch vertieft.

Redet jetzt, Genossen. Redet viel und eifrig. Es wird sowieso niemand weitertragen können.

Dichte Gardinen. Vorhänge. Verdunkelungsvorhänge. Vielleicht aus einem Weltkriegslager abgezweigt. Zweckdienlich.

Aber es gibt eine Lücke. Es findet sich immer eine Lücke.

Sein Blick suchte geduldig im Schwarzen. Schließlich glaubte er, sie zu erkennen. Am hinteren Teil der Treppe. Dorthin. Dann gerade aufwärts. Betontreppe immerhin. Knarrt nicht. Aber der nasse Schnee würde knarren. Wie nasser Schnee knarrt.

Vier Stufen. Langsam. Langsam.

Dann hinauf. Das Schwarz der Gardinen machte die Fenster zu Spiegeln. Er sah sich selbst. Es war ein anderer. Ein Mann aus einer anderen Zeit. Ein Relikt. Ein Überbleibsel dessen, was überstanden war.

Aus dem Krieg, in dem alles erlaubt war.

Er lächelte und fand die Lücke. Auge ans Fenster.

Auf zwei Stühlen, festgebunden, ein großer und ein kleiner Mann. Nackt und mit den Rücken zum Fenster. Vor ihnen zwei stehende Männer. Auf dem Sofa links ein sitzender Mann. Das machte drei aus dem anderen Lager, vier mit dem toten Wachposten. Keine Überraschung von außerhalb des Blickfelds. Hoffentlich die alten Vorgehensweisen.

Messer in den Händen der Stehenden, Geräte. Ritzten den Großen. Sein Stöhnen nicht zu hören. Aber zu sehen. Deutlich zu sehen.

Der Kleine brauchte nicht mehr geritzt zu werden. Es war zu spät.

Der Schauder war verfehlt und erst recht das Schluchzen. Dennoch kam beides. Der Schauder am Rückgrat abwärts, gefolgt von einem kurzen Schluchzen.

Mikhail, dachte er.

Aber damit musste es genug sein.

Der Mann auf dem Sofa hatte den Arm eingegipst. Und einer der Stehenden hatte ein Muttermal im Gesicht. Es hatte eine merkwürdige Form, wie eine Halbinsel.

Der mit dem Gips hielt eine Pistole in der linken Hand. Die beiden anderen hatten Schusswaffen in Schulterholstern über den stramm sitzenden weißen Hemden. Ein Stück bis dahin.

Noch lebst du, dachte er und konzentrierte sich auf den Großen, der auf den Stuhl gebunden war. Danke.

Die Erinnerung war glasklar, als er von dem Spalt zurücktrat. Wie eine Karte im Inneren seines Kopfes.

Er prüfte das Glas. Verdunkelungsvorhänge könnten Panzerglas bedeuten. Aber nein: normales Doppelglas. Das musste es sein.

Der Spalt zwischen den Vorhängen befand sich genau hinter der Altantür. Er betrachtete das Schloss. Es war sinnlos. Alles musste hier geschehen, wo er gerade stand. Genau hier entschied sich alles. Wie schnell würde er die Vorhänge zur Seite schlagen können? Davon hing alles ab. Schnelle Berechnung.

Die Pistole zurück ins Holster. Die Maschinenpistole klargemacht.

Er schloss die Augen. Die Herzfrequenz nahm ab. Warten, bis sie unter den Ruhepuls gesunken war. Ein gutes Stück darunter.

›Urrah!‹, dachte er.

In einer einzigen ununterbrochenen Bewegung zerschlug er das Fenster, riss den Vorhang zur Seite und erschoss den Mann mit dem Gips. Er drehte die Maschinenpistole zur Seite und erschoss den zweiten Mann. Der Mann mit dem Muttermal zog die Pistole, konnte sie aber nicht mehr in Anschlag bringen.

Der Lauf schwenkte eine Weile in dem schwach erleuchteten Raum hin und her. Aber es kam niemand mehr.

Er schlug die Fensterscheibe richtig aus und öffnete die Altantür von innen. Er trat zu den drei Gefallenen. Sie waren gründlich gefallen.

Dann trat er zu dem kleinen Festgebundenen und schloss

ihm mit einer Geste, die als Zärtlichkeit hätte gedeutet werden können, die Augen.

Jetzt wandte er sich dem großen Mann zu. Aus zahllosen Wunden in seinem Gesicht und im Oberkörper floss Blut. Er schluchzte laut.

Er ging vor dem Großen in die Hocke und legte die Hand auf seinen festgebundenen Arm. Schließlich öffnete der Große seine grauen Augen und richtete sie auf ihn. Er war nicht sicher, ob noch Lider da waren.

Trost?, dachte der Mann mit der Uhr. Wer bin ich, dass ich Trost schenken könnte?

»Denk an deine Brüder, Vladimir«, sagte er und begann die Knoten zu lösen. Aber die Person, die er befreite, war eine blonde Frau mit einem Tragegurt vor dem Bauch, die dastand und auf eine ganz und gar hellblaue Meeresbucht hinausblickte.

Es fühlte sich an, als wäre Sommer. Eine Sonnenblume keimte.

31

Kerstin Holm saß im Bett und war scharf.

Wie viele Jahre es gedauert hatte, einen solchen Gedanken auch nur zuzulassen. Und noch mehr Jahre, es zu akzeptieren. Und noch mehr, es natürlich zu finden. Und noch mehr, es wirklich gut zu finden.

Dass es für das Problem dann keine hundertprozentig zufriedenstellende Lösung gab, war von untergeordneter Bedeutung.

Neben ihr lag wie üblich ihr neunjähriger Sohn Anders. Er füllte viele Leerstellen in ihrem Leben. Doch nicht alle.

Sie trieb ihren inneren Mut noch ein paar Schritte weiter und atmete tief durch, um sich zu entspannen.

Es gab eine Methode, sich abzukühlen, nämlich zu dem dicken Papierstapel auf dem Nachttisch zu greifen und ihn durchzublättern. Es war wie eine kalte Abreibung.

Die abendlichen Berichte über die im Tagesverlauf an verschiedenen Stellen in der Stadt geführten Gespräche. Eine Formelsprache, eine deutliche Berichtsnorm, und dennoch all diese Stile und Eigenarten. Arto Södersteds glasklarer und ironischer Stil, Jorge Chavez' energischer, etwas geschwätziger, Sara Svenhagens souveräner. Und dann plötzlich Paul Hjelms durchreflektierte Selbstverständlichkeit.

Sie war nie seine Vorgesetzte gewesen und hatte seine Berichte eigentlich nie gelesen. Es war eine neue Erfahrung. Seine Worte passten genau zu ihm. Sie liefen irgendwie immer auf ein ›Vielleicht‹ hinaus.

Und ihre Hitze wollte nicht richtig weichen.

Sie blickte auf die Wortgebilde und musste sie verwandeln, musste ihnen Leben einhauchen.

Ihren immer noch heißen Atem.

Stockholm ist eine Mischwelt aus Inseln, Halbinseln und Festland. Selten denkt man darüber nach, auf welche Art Boden man gerade seinen Fuß setzt. Die Stadt ist im Laufe der Jahre zu einem homogenen Ganzen zusammengewachsen, und es ist ein Normalzustand geworden, dass man sich mehrmals täglich auf einer Brücke befindet.

Kungsholmen ist eine Insel. In ihrer Mitte ragt ein mächtiger Turm oder Stachel auf, als wollte er den Mittelpunkt des Universums markieren. Es ist der gewaltige Wolkenkratzer von Dagens Nyheter in Marieberg.

In seinem Schatten liegt die russische Botschaft. Während des Kalten Krieges hatte die freie Presse direkt hinuntergeblickt auf die Creme der sowjetischen Spionageelite. Einige sahen darin eine Ironie. Andere fanden es einfach logisch.

So war es nicht mehr. Die russische Botschaft war, wie in den meisten anderen Ländern der Welt, neutralisiert worden. Sie hatte nichts Besonderes mehr an sich.

Aber natürlich gab es weiterhin Spione.

Schon in der Sowjetzeit waren die Kulturattachés die weltgewandtesten unter den raubeinigen Bolschewiken. Sie waren auch die Spionagechefs.

Der Mann am Schreibtisch vor Arto Söderstedt und Viggo Norlander hieß Pavel Ljubimow und stand dem Mann mit dem erstaunlichen Titel Außerordentlicher und Bevollmächtigter Botschafter der Russischen Föderation im Königreich Schweden nahe. Der Kulturattaché strich sich über sein welliges blondes Haar, das in besorgniserregender Weise an Waldemar Mörners Toupet erinnerte, und beugte sich über den Schreibtisch. »DNA?«, sagte er in einem russisch gefärbten Englisch. »Sie scherzen, meine Herren.«

»Wir müssen auf jeden Fall fragen«, sagte Söderstedt in einem finnlandschwedisch gefärbten Englisch. »Vielleicht eine inoffizielle Untersuchung?«

»Was meinen Sie damit?«, sagte Pavel Ljubimow und fixierte den hellhäutigen Mann, der zwei kleine Plastikbeutel auf seinen Schreibtisch legte und sagte: »Wenn wir in einigen Minuten Ihr Botschaftsgebäude verlassen, werden diese beiden Beutel zurückbleiben. Natürlich machen Sie damit, was Sie wollen. Aber wir wären für jede Hilfe sehr dankbar. Es handelt sich immerhin um russische Staatsangehörige, die in Schweden gravierende Verbrechen begehen. Durch Ihre international tätigen Verbrecher beginnt das Ansehen Ihres Landes Schaden zu nehmen. Es wäre an der Zeit, im Kampf um Ihren guten Ruf als Nation ein wenig Handlungskraft an den Tag zu legen.«

Ljubimow hob eine Augenbraue. Die Beutel schienen leer zu sein.

»Fibern«, erklärte Viggo Norlander.

»Hmmm«, sagte Ljubimow.

Arto Söderstedt reichte ihm das Foto eines breiten, groben männlichen Gesichts mit slawischen Zügen hinüber. Ljubimow nahm es und nickte eine Weile mit immer pfiffigerer Miene. Söderstedt hatte darauf gehofft. Es gibt keine bessere Art und Weise, eine Zusammenarbeit einzuleiten, als den anderen sich intelligent fühlen zu lassen.

»Ich verstehe«, sagte der Außerordentliche und Bevollmächtigte Kulturattaché. »Die Zeitungen zeigen zwei Gesichter. Sie haben zwei Beutel, zeigen aber nur ein Gesicht.«

»Was worauf schließen lässt?«, fragte Söderstedt pädagogisch.

»Dass wir beide mit etwas hinter dem Berg halten«, sagte Ljubimow, legte das Foto hin und lehnte sich in dem üppigen Schreibtischstuhl von anno 1743 zurück. Circa.

»Wollen wir damit aufhören?«, fragte Söderstedt.

»Das finde ich nicht«, entgegnete Ljubimow launig. »Es macht richtig Spaß.«

»Erinnert an alte Zeiten?«

»Ungefähr. Darf ich auch das andere Foto sehen?«

Söderstedt reichte ihm das retuschierte Bild des Mannes mit dem Muttermal, das wie Jütland aussah.

Ljubimow zeigte fragend auf das Haar des Mannes.

»Vielleicht trägt er ein Toupet«, schlug Söderstedt vor.

Pavel Ljubimow betrachtete ihn streng. Dann gab er ein dröhnendes Lachen von sich und strich sich über sein welliges Haar. »Wir lassen von uns hören«, sagte der Kulturattaché und stand auf.

Merkwürdig war, dass die Hitze nicht abnahm. Als Kerstin Holm sich das Zusammenspiel des verschlagenen Söderstedt mit dem verschlagenen Ljubimow vorstellte, gab es kein Anzeichen für ein Absacken der Energie. Ihr erhitzter Geist wanderte weiter auf der Jagd nach Abkühlung.

Geirs Steingesicht war von tiefstem Abscheu gekennzeichnet. Dafür war Haavards Direktorengesicht völlig ausdruckslos. Beide beobachteten die nicht endende Arbeit der Kriminaltechniker an Boden und Wänden, und zumindest eines war ihnen gemeinsam: ihr Seufzen.

Sara Svenhagen gelang es, die Tatsache zu ignorieren, dass ihr Vater einer der am Boden kriechenden Techniker war, und warf einen Blick zu Lena Lindberg hinüber, deren Augen wie ein Feldstecher auf Geirs Zwerchfell gerichtet waren.

Sie saßen im Glaskäfig des örtlichen Filialleiters. Es war ziemlich eng. Die großbürgerlichen Bankdirektorenzimmer waren Vergangenheit. So wie hier sah es in einer Bank aus, die sich kürzlich aus dem Cyberspace materialisiert hatte. Als befände sie sich in einer Grauzone zwischen virtuell und wirklich.

»Manipulation an der Kabellage?«, sagte der Direktor der Andelsbank Haavard Naess auf Gemeinskandinavisch.

»Sicherheitsnetzwerkkabellage«, verdeutlichte Lena Lindberg, ohne sich zu verhaspeln.

Naess wandte sich an Geir, der in einer Geste des Nichtverstehens die Arme ausbreitete. Sie stand ihm schlecht zu Gesicht.

»Nein, davon ist uns nichts bekannt«, übersetzte Naess.

»Sind Sie sicher, dass kein Geld verschwunden ist?«, fragte Sara Svenhagen.

Geir gurgelte. Naess dolmetschte: »Wir haben die sicherste finanzielle Firewall der Welt.«

»Gerade deshalb«, sagte Lena Lindberg.

Sara beobachtete sie. »Wir wissen, dass etwas geglückt ist«, sagte sie.

»Geglückt ist?«

»Den Räubern ist es geglückt, hier drinnen etwas durchzuführen. Mithilfe *dieses* Geräts an *diesen* Kabeln.«

Zwei Fotos. Eines für jeden der beiden Norweger. Nach einem kurzen Blick tauschten sie die Bilder.

Sara Svenhagen fuhr fort: »Das erste ist ein kompliziertes schraubenzieherähnliches Werkzeug, das aus einer Sonde und einem Mikrochip besteht, der den Mikrostromfluss verzögert. Das zweite ist eine Sicherheitsnetzwerkverkabelung. Ein paar der Mikrokabel sind mit einer sehr feinen Nadel durchstochen. Unsere fragliche Sonde ist eine sehr feine Nadel, die Mikrokabel durchstößt.«

Steingesicht erwies sich bei dieser Gelegenheit als ein flexibler Begriff. Geirs granitkantige Züge schnurrten zusammen, während in Haavards smartem, PR geschultem Gesicht keine Regung zu erkennen war.

»Irgendwelche Kommentare?«, fragte Sara Svenhagen.

»Wir können keine Sicherheitsfragen kommentieren«, sagte Naess.

»Dies ist ein polizeiliches Verhör«, sagte Lena Lindberg, »keine Pressekonferenz. Sie kommentieren das, was wir Sie bitten zu kommentieren.«

»Genau genommen ist es wohl kein Verhör«, sagte Naess. »Ich sehe zum Beispiel keinen Anwalt.«

»Wir brauchen uns jetzt nicht in juristische Details zu vertiefen«, sagte Sara Svenhagen und warf ihrer Kollegin einen flammenden Blick zu.

Sie fuhr fort: »Aber wir können uns für einen Augenblick in technische Details vertiefen. Unmittelbar bevor wir zu Ihnen fuhren, habe ich mit einem Polizeitechniker gesprochen, den Sie ja getroffen haben. Er hat mich detailliert darüber informiert, wozu ein Ding wie dieses benutzt wird. Es lief darauf hinaus, dass man einen schwachen Strom für eine Anzahl von Sekunden stoppt, während man gleichzeitig Strom simuliert, sodass der Wirtscomputer glaubt, der Strom flösse weiter. Das praktische Anwendungsgebiet sind gewisse spezifische Formen von Datenübertragung. Aber ich glaube, dafür ist es in diesem Fall nicht benutzt worden. Wissen Sie, was ich glaube?«

Geir gab ein paar Grunzer von sich, die Naess nicht für übersetzenswert hielt.

»Ich glaube Folgendes: Jemand hat das schwächste Glied in der sichersten finanziellen Firewall der Welt ausgemacht. Es baute auf der Voraussetzung auf, dass man Zugang zur Sicherheitsnetzwerkverkabelung hatte, was nur in Ihren Bankfilialen möglich ist. Wenn der Strom in einem ganz bestimmten Kabel gestoppt wird, fällt für einen kurzen Augenblick das gesamte Sicherheitssystem aus, und das gesamte Geld der Bank wird zugänglich. Das setzt voraus, dass an einem anderen Ort irgendwo auf der Welt ein Komplize sitzt, der das Geld auf ein Konto transferiert. Warum es nicht einfach zugeben und eine polizeiliche Anzeige erstatten? Wir könnten uns vorstellen, dass Sie unsere Bankräuber gekidnappt haben und gegenwärtig damit beschäftigt sind, sie zu foltern, teils um das gestohlene Geld zurückzubekommen, teils um alle Lecks abzudichten. Das Zweite ist wichtiger als das Erste – stellen Sie sich vor, die Welt erführe, dass die sicherste finanzielle Firewall in der Welt gefallen ist. Jeder Sparer würde sein Geld abheben. Wir befürchten also, dass Sie, die Leitung der Andelsbank, ein bedeutend schwereres Verbrechen begangen haben als diejenigen, die Sie beraubt haben. Vielleicht Mord.«

Haavard Naess betrachtete Sara Svenhagen eine Weile und wandte sich dann an Geir. Als er mit ihm sprach, hörte es sich genauso an wie bei Geir. Schließlich drehte er sich wieder um und sagte: »Wir haben weder den Ehrgeiz noch die Mittel, jemanden zu foltern oder zu ermorden. Wenn das, wovon Sie sprechen, tatsächlich geschehen sein sollte.«

»Die Existenz der Bank steht auf dem Spiel«, sagte Lena Lindberg mit eingestelltem Feldstecher. »Es ist doch klar, dass unser Freund Geir hier über Leichen gehen würde, um sie zu retten. Genauso klar ist, dass wir zur Finanzaufsicht und zur Wirtschaftspolizei gehen, wenn Sie es weiter abstreiten. Und unterwegs gehen wir bei den Medien vorbei.«

Geir produzierte seinen bisher längsten Wortschwall. Naess zog die Stirn in Falten, und die Polizistinnen machten sich auf etwas richtig Ungehobeltes, wenngleich von Naess Frisiertes, gefasst.

Schließlich kamen die Worte: »Geir hat eine Nichte, die genau wie Sie ist, Lena Lindberg. Sie heißt Anne. Weibliche Polizisten imponieren ihm sehr.«

Sara Svenhagen lachte. Lenas Streitlust schien sich in Rauch aufzulösen. In den Rauch der Verwirrung. Gerade als sie zum vernichtenden Schlag ausholen wollte.

Stattdessen wieder ein Wortschwall von Geir. Naess zögerte, bevor er dolmetschte. Doch am Ende nickte er und sagte: »Wiederum rein hypothetisch: Wäre es möglich, die Medien herauszuhalten?«

»Wenn Sie mit uns zusammenarbeiten, haben wir keinen Anlass, sie einzuschalten«, sagte Sara Svenhagen.

Haavard Naess seufzte. »Ich würde mir wünschen, dass wir alle uns einig sind darin, dass die folgende Überlegung hypothetisch ist. So hypothetisch, dass sie nicht einmal in Ihren Berichten landet.«

Sara Svenhagen vermied es, Lena Lindberg anzusehen. Sie dachte kurz nach und sagte dann: »Wenn Sie vollkommen aufrichtig sind, werden wir die Angelegenheit mündlich diskutieren. Im Rahmen der Ermittlungen und nicht außerhalb. Sie sind also beraubt worden? Um welche Uhrzeit?«

»Gestern. Exakt um 13.45 Uhr.«

Sara nickte. Das war der Test. Danke, Cilla.

»Wie viel ist verschwunden?«

»Eine hohe Summe. Rein hypothetisch.«

»Eine hypothetische Million?«

»Zwanzig hypothetische Millionen.«

»Jesses«, sagte Lena Lindberg.

»Wie ist es passiert?«, fragte Sara Svenhagen.

»Genau wie Sie gesagt haben. Die Firewall brach zusammen, und bevor noch das System reagieren konnte, hatte sie sich wieder aufgebaut. Es dauerte nur zwei Sekunden. Eine unglaubliche Präzision.«

»Und wohin verschwand das Geld?«

»Auf ein schwer zugängliches Konto in der Schweiz. Als wir es geschafft hatten, da ranzukommen, war das Geld spurlos verschwunden. Und damit meine ich spurlos.«

»Jemand hat es abgehoben? In der Schweiz?«

»Das ist denkbar. Eine andere Möglichkeit ist eine Kontoserie. Sodass das Geld unaufhörlich von Konto zu Konto wandert, von Bank zu Bank, weltweit. Geir und ich haben so etwas schon früher einmal gesehen. Eine automatische Datenschleife. Aber dazu bedarf es enormer Kenntnisse in der Datenverarbeitung.«

»Was uns wohl zum Kern der Sache führt. Wer kann solche Datenkenntnisse besitzen? Und eine so eingehende Kenntnis Ihrer internen Sicherheitsverkabelung. Würde ein Hacker das schaffen, oder sind spezifische interne Kenntnisse erforderlich?«

»Ein richtig gewiefter Hacker würde alles schaffen. Außer herauszufinden, wo unsere Sicherheitsverkabelung zu finden ist. IRL. Es war unser letztes außervirtuelles Schutznetz.«

»IRL?«

»In real life«, sagte Geir. Aber mehr sagte er nicht. Er ließ Naess fortfahren.

»Wir haben uns natürlich ein bisschen unter denkbaren Kandidaten umgesehen. Aber darin sind Sie vermutlich doch besser als wir.«

»Welche?«

»Das System ist ja zentral von Oslo aus entwickelt worden, aber ich glaube, dass wir uns auf unsere Leute dort verlassen können.«

»Pli«, sagte Lena Lindberg.

Geir nickte ihr höflich zu und sagte auf Schwedisch: »Ganz genau, Lena.«

Lena kniff mehrmals fest die Augen zu.

»Dagegen haben wir«, fuhr Naess fort, »mit der Installation vor Ort in unseren außervirtuellen Büros eine Reihe international angesehener Computersicherheitsunternehmen beauftragt.«

»Außervirtuell ist ein interessantes Wort«, sagte Sara Svenhagen. »Wir müssen natürlich alles über die interne Gruppe in Oslo und die Berater in Stockholm wissen. In der nichtvirtuellen Welt.«

Haavard Naess nickte schwer. »Natürlich«, sagte er. »Ich lasse Ihnen so bald wie möglich eine Liste zukommen.«

Alle vier standen auf und verabschiedeten sich über Kreuz.

Als sie schon an der Ausgangstür waren, hörten sie Geirs Stimme: »Tschüss denn, Lena.«

Er winkte ihnen kokett hinterher.

Lena Lindberg winkte kokett zurück.

245

Okay, vielleicht nicht kokett, dachte Kerstin Holm. Aber das war ja gerade das Aufregende daran: Es gab genügend Spielraum für die eigene Lesart. Es war wie ein schöpferischer Akt. Wenn es auch vielleicht nicht die ideale Methode war, das innere Feuer zu löschen ...

Jon Anderson stand in einem großzügig geschnittenen Treppenhaus und nahm Maß. Seine Hände bewegten sich wie die eines Dirigenten. Schließlich hielten sie mitten in der Bewegung inne, und er zeigte auf eine der vier Türen. »Hier muss es sein«, sagte er.

Jorge Chavez betrachtete ihn angespannt, aber schweigend.

Anderson fuhr voller Begeisterung fort: »Natürlich wissen wir nicht genau, wie groß die Wohnungen sind. Es kann zwar sein, dass dies hier eine kleine Einzimmerwohnung ist, eingeklemmt zwischen den großen Östermalmwohnungen, aber wahrscheinlicher ist, dass die Wohnungen vom Grundriss her ähnlich sind. Und dann ist es diese hier.«

Chavez gab einen Stoßseufzer von sich und las das in eleganter Formgebung auf dem Messingschild an der Tür ziselierte Logo: Fischer Security AB.

Er klingelte.

Nach einem Augenblick öffnete ihnen eine Frau um die fünfundzwanzig. Sie war groß und üppig, trug ein eng anliegendes weißes Kleid, und aus ihrer blonden hochgesteckten Haarmähne fielen einige widerspenstige Strähnen herab. Sie strich sie zur Seite und sah die Polizisten fragend an.

Was sich in der gepanzerten und hochgradig gesicherten Tür zeigte, war ganz einfach Jorge Chavez' Idealfrau.

»Hrrhmmhrrrfff«, sagte Chavez, worauf Anderson, im Bewusstsein seiner Immunität gegen die Verlockungen der Weiblichkeit, sich an ihm vorbeidrängte, die Polizeimarke

246

zeigte und brüsk sagte: »Wir sind von der Polizei. Können wir hereinkommen?«

»Natürlich«, sagte die Idealfrau mit einer kleinen idealen Geste.

Anderson ging an ihr vorbei, während Chavez etwas länger brauchte.

Sie blieben in einem Flur stehen, dessen einzige geöffnete Tür zu einer Küche führte, die auch als Kaffeeraum zu dienen schien. Dort waren zwei robuste, gut gekleidete Männer mit deutlich ausgebeulten Sakkos zu erkennen, die über die Machoaktivitäten des bevorstehenden Wochenendes diskutierten. Es hörte sich an wie in einer Eishockey-Umkleidekabine. Der Kontrast zu der Idealfrau vor ihren Augen war auffallend.

»Was ist dies für ein Unternehmen?«, fragte Chavez schließlich mit einer Handbewegung in Richtung der bewaffneten Wachen im Kaffeeraum.

»Fischer Security ist ein Unternehmen in der Sicherheitsbranche«, sagte die Idealfrau. »Wir beschäftigen uns hauptsächlich mit Alarmsystemen und Objektbewachung, in der Regel in den Stadtkernen der größeren schwedischen Städte. Unsere Auftraggeber sind kleine bis mittlere Unternehmen.«

»Hmm«, sagte Chavez in Sherlock-Holmes-Manier. »Verstehe.«

»Und womit können wir Ihnen dienen?«, fragte das weltgewandte Ideal graziös.

»Wir würden uns gern eine Wand ansehen«, sagte Chavez und gewann seine Fassung zurück.

»Eine Wand?«

»Eine beschädigte Wand.«

Die Idealfrau bewahrte ihre kühle Anmut und sagte: »Einen Augenblick, ich sehe nach, ob Direktor Fischer frei ist.«

Sie verschwand wie in einer Fata Morgana hinter einer der

geschlossenen Türen. Und die kaffeetrinkenden Bodybuilder machten ebenfalls dicht.

In Träumen nur steigt der Olymp zu den Sterblichen hinab.

»Sicherheitsbranche«, flüsterte Chavez.

»Da sieht man mal«, flüsterte Anderson.

Ein durchtrainierter, durchgestylter Mann in den fünfzigern tauchte auf, wo die ideale Weiblichkeit verschwunden war. »Mein Name ist Sven Fischer«, sagte er und streckte die Hand aus. »Warum interessiert sich die Polizei für unsere Wände?«

»Klagen der Nachbarn«, sagte Chavez und ergriff die Hand des Großen.

»Haben wir jemanden belästigt?«, lächelte Fischer.

Chavez musterte das elegante Gesicht. Es zeigte nicht die geringste Spur von Verstellung.

»Hat es bei Ihnen also kein Eindringen gegeben?«

Komische Formulierung, dachte Chavez im selben Moment, in dem er sie aussprach.

»Nein«, sagte Fischer mit unverändert wohlwollendem Lächeln. »Kein Eindringen, keine beschädigten Wände.«

»Haben Sie etwas dagegen, dass wir uns umsehen?«, fragte Chavez.

»Keineswegs«, sagte der Firmenchef mit einer großzügigen Handbewegung.

Jon Anderson hob aufs Neue seine Hände wie ein Dirigent, dirigierte einen Moment und zeigte dann auf eine der Türen im Flur. »Können wir dort hineingehen?«, fragte er.

»Einen Augenblick nur«, sagte Fischer. »Ich möchte dem Kollegen Bescheid sagen, der dort mit einem Interessenten sitzt. In Zeiten wie diesen möchten wir keinen abschrecken.«

»Schwere Zeiten für die Sicherheitsbranche?«, fragte Chavez.

»Schwere Zeiten sind die Lebensluft des Kapitalismus«, sagte Fischer rätselhaft und verschwand durch die Tür.

Chavez betrachtete die Tür und Anderson. Der Kapitalismus?, dachte er. Wer sagt in diesen Zeiten Kapitalismus?

Nach zwei Minuten erschien Sven Fischer wieder und hielt ihnen die Tür auf. »Der Kunde ist bereits gegangen«, sagte er. »Bitte sehr.«

»Und ist es zu einem Vertragsabschluss gekommen?«, fragte Chavez auf dem Weg zur Tür. Anderson war bereits eingetreten.

»Es sieht so aus, als wären wir auf einem guten Weg«, lächelte Fischer.

Als Chavez das Zimmer betrat, stand Jon Anderson dicht vor der Wand, zu der ihn seine sensiblen Hände geführt hatten. Sie war in tadellosem Zustand.

Am Schreibtisch saß ein Mann, der aussah wie eine Blaupause von Fischer. Er nickte Chavez kurz zu, der die Nase in die Luft streckte und schnüffelte.

Anderson hielt die Hände flach an die makellos weiße Wand. »Hier muss es sein«, sagte er.

»Nichts?«, sagte Chavez und blickte sich in dem elegant eingerichteten Raum um.

»Nein«, sagte Anderson. »Nicht die Spur.«

Chavez schnüffelte weiter und wandte sich an die beiden Männer. »Was geschah, als Sie gestern nach der Evakuierung zurückgekehrt sind?«

Fischer zuckte mit den Schultern. Der andere saß reglos da.

»Nichts«, sagte Fischer. »Außer dass wir eine Menge Arbeitsstunden verloren haben. Zwei Vertragsverhandlungen.«

Chavez verließ den Raum und ging in den daneben liegenden. Zwei Männer mit gefüllten Whiskygläsern saßen an einem Schreibtisch und starrten ihn verblüfft an. Er trat an die Wand und befühlte sie.

Dann verließ er das Zimmer, wobei er auf die Whiskygläser zeigte: »Cragganmore«, sagte er und verschwand.

249

Er wiederholte die Prozedur im nächsten Büroraum, traf dort allerdings weder auf Menschen noch auf Whiskygläser. Er kehrte ins Zimmer zu Jon Anderson zurück, schnüffelte laut und vernehmlich und sagte: »Riecht das nicht ein bisschen frisch gestrichen?«

Jon Anderson, der an der Wand klebte, schnüffelte und betrachtete seinen aktiven Kollegen. »Ich ...«, war alles, was er herausbrachte, bevor Chavez ihn unterbrach.

»Außerdem hat diese Farbe hier eine ganz andere Struktur als die in den umliegenden Räumen. Ich glaube, dass Sie den Schaden ausgebessert haben. Während der Evakuierung ist bei Ihnen eingebrochen worden, und anschließend haben Sie die Spuren beseitigt. Warum? Lügen Sie der Polizei jetzt nichts mehr vor, die Prozesse in alle Richtungen machen nur Umstände.«

Dem Direktor der Fischer Security AB, Sven Fischer, verschlug es tatsächlich einen Moment die Sprache.

Chavez tippte eine Nummer in sein Handy und schob noch einen Trumpf nach: »Es ist ja klar, dass es für ein Sicherheitsunternehmen peinlich sein muss, wenn eingebrochen wird, nicht zuletzt, weil Sie sich bestimmt Ihrer eigenen supersicheren Alarmanlage bedienen, ich kann also verstehen, wenn Sie nicht wollen, dass es publik wird. Aber ich frage mich, ob das als Erklärung ausreicht.«

Er bekam offenbar eine Antwort am Handy, denn jetzt wandte er diesem seine Aufmerksamkeit zu und sprach laut und mit klarer Stimme: »Brunte! Hallo, Schwiegervater. Wie sieht es aus? Bist du noch in der Bank und fegst den Fußboden? Ausgezeichnet. Was hältst du als Chefkriminaltechniker beim Reichskriminalamt von einem neuen Auftrag in der Nachbarschaft? Jetzt, direkt.«

Kurze Pause. Dann: »Eine Wand demolieren. Skeppargatan 62, erster Stock, Türkode?«

Sven Fischer sagte den Türkode wie in Trance. Chavez wiederholte ihn für Brynolf Svenhagen, beendete das

Gespräch und dachte, mit einem schulmeisterlichen Nicken in Richtung Jon Anderson: *Das* ist energisch.

Zu diesem Zeitpunkt war Kerstin Holm obenauf. Aber mitnichten abgekühlt, und sie begann, den Zusammenhang von Schaffen und Begehren zu verstehen. Dass der letzte Bericht eine besondere Anstrengung erfordern würde, war ihr klar.

Paul Hjelm blickte aus dem Fenster auf Lidingövägen und das erste Grün um den Sportplatz Östermalm herum. Es sah aus, als wäre der Frühling im Anmarsch. Wahrscheinlich war es eine Illusion – der Wetterbericht hatte für die Nacht Schneeregen angesagt –, doch was war das Leben ohne Illusionen?

Er und Niklas Grundström saßen in dem eigenartigen Komplex, der von Stockholms Stadion, der Musikhochschule, der Gymnastik- und Sporthochschule, dem Tennisstadion, der Militärischen Hochschule, dem Dragonerregiment, der Olaus-Petri-Schule und dem Hauptquartier der Schwedischen Verteidigungsmacht gebildet wird. Irgendwo dort drinnen war auch der Militärische Nachrichtendienst untergebracht. Doch Paul Hjelm wusste nicht, wo. Sie saßen in einem Kaffeeraum in einem der öffentlichen Abschnitte des Hauptquartiers der Verteidigungsmacht und warteten.

Grundström wollte, wie es seine Gewohnheit war, nicht raus mit der Sprache, um welche Art von ›Kontakt‹ beim Nachrichtendienst es sich eigentlich handelte.

Eine Viertelstunde nach der vereinbarten Zeit begann Hjelm die Hoffnung aufzugeben. Geduld zählte nicht zu seinem durchaus ansehnlichen Register. Observationen waren nie seine starke Seite gewesen.

Niklas Grundström hatte dagegen einen gediegenen Hintergrund als Drogenfahnder. Er konnte problemlos in eine Art vegetativen Zustand eintreten. Hjelm hatte es einige Male erlebt und sich darüber gewundert. Und jetzt geschah es wieder.

»Wie machst du das?«, sagte Hjelm genervt.

Grundström blickte auf wie aus einem schwarzen Loch. »Training«, sagte er.

»Als Drogenfahnder also?«

»Nein«, sagte Grundström. »Schon früher.«

Dann kehrte er in seinen vegetativen Zustand zurück. Doch so leicht sollte er nicht davonkommen.

»Wovon redest du?«, fragte Hjelm.

»Ich wollte eine militärische Karriere machen«, sagte Grundström aus der Tiefe seines vegetativen Zustands. »Dolmetscherschule und Küstenwache. Ich habe die denkbar härteste militärische Ausbildung durchgemacht. Da wird dieser Zustand zu einer Art von Überlebenshilfe. Wir hatten eine Redensart, ich weiß nicht mehr, woher sie kam ...«

Da flog die Tür zum Kaffeeraum auf, und ein distinguierter grau melierter Mann in einer Uniform mit vielen Sternen erschien. Er durchquerte den Raum mit energiegeladener Autorität, um am anderen Ende den Chef der Sektion für Interne Ermittlungen in die Arme zu schließen. »Du alter Wiederkäuer«, stieß er aus, versetzte Grundström einen Faustschlag in den Solarplexus und wechselte abrupt den Tonfall, indem er Hjelm die Hand hinstreckte. »Generalmajor Svärd«, sagte er. »Und bitte keine Scherze über das Schwert.«

»Hjelm«, sagte Hjelm. »Und bitte auch keine Scherze über den Helm.«

Der Generalmajor lachte schallend und setzte sich. Mit wieder ernster Miene sagte er: »Du weißt sehr gut, Niklas, dass wir keinerlei Information weitergeben. An wen auch immer. Was erwartest du? Die internen Ermittlungen der Polizei haben doch kaum etwas mit uns zu tun.«

»Du weißt genau, was ich erwarte, Snuffe«, sagte Grundström mit einer Stimme, die Hjelm noch nie gehört hatte. Sie war maximal zwanzig Jahre alt.

Hjelm seufzte. Das konnte unerträglich werden. Alte Wehrpflichtspitznamen. Paul selbst war ein dermaßen mittelmäßiger Wehrpflichtiger im Innendienst gewesen, dass es fraglich war, ob man ihn überhaupt an der Polizeihochschule aufnehmen würde. Doch in ebenjenem Jahr hatte Polizistenmangel geherrscht.

Svärd beobachtete mit einer gewissen Schärfe seinen ehemaligen Kumpel vom Militärdienst (denn so musste man die Gemeinsamkeit wohl deuten) und sagte: »Und wenn schon?«

Grundström zuckte mit den Schultern. Seine ganze Körpersprache war verändert. Er war wieder der fügsame Jüngling, der versucht, sich in eine bedeutend härtere Gemeinschaft einzufügen, als er gewohnt ist.

Denn er war an gar keine Gemeinschaft gewöhnt.

»Hast du die Bilder gesehen?«

»Die beiden Bankräuber?«, sagte Svärd.

»Was glaubst du, Snuffe?«

»Was willst du denn von mir hören?«, sagte Generalmajor Snuffe Svärd und schüttelte den Kopf. »Ungleiches Paar?«

»Warum sagst du das?«

»Ich bin keiner von deinen Streifenpolizisten, der auf dem Rücksitz des Streifenwagens minderjährige osteuropäische Prostituierte gevögelt hat. Solltest du dir vielleicht merken.«

Hoppla, dachte Paul Hjelm und hielt die Klappe.

Aber für Grundström war dies offenbar nichts Neues. »Komm schon«, sagte er nur. »Es ist alles inoffiziell.«

Svärd beugte sich über den Kaffeetisch und sagte mit großem Nachdruck: »Wie viele Menschen im Universum wissen, dass du hier bist? Was glaubst du? Wie viele denken darüber nach? Wie viele Spuren hast du auf dem Weg hierher hinterlassen? So inoffiziell ist es.«

Grundström hielt sich zurück und schien nachzudenken.

Svärd fuhr fort: »Dies ist ein höchst offizielles Gespräch. Sonst hätten wir eine ganz andere Strategie gebraucht.«

»Okay«, sagte Grundström. »Wer weiß davon?«

»Wenn, wie du zu glauben scheinst, Nachrichtendienste in die Sache verwickelt sind, wissen *die* es natürlich. Allein dadurch, dass du hergekommen bist, hast du die alberne Lüge mit den beiden ungleichen Bankräubern auffliegen lassen. Sie wissen, dass ihr etwas ahnt.«

»Ist es so?«

»Dass Nachrichtendienste verwickelt sind?«

»Ja.«

»Nun brauchst du ja nicht gleich übervorsichtig zu werden«, sagte Svärd und lehnte sich zurück.

»Bin ich das?«, sagte Grundström und gab sich einen Ruck. »Ihr habt also gewusst, dass die Räuber nicht zusammenpassten?«

»Das ist schon offensiver, bravo, Nixon. Ein bisschen mehr *drive*.«

»Nun komm schon, Snuffe.«

»Der Russe ist unbekannt«, sagte Svärd klar und deutlich.

Grundström wandte sich einen Augenblick Hjelm zu und wechselte einen Blick mit ihm.

»Der Russe?«, sagte Grundström.

»Jetzt wirst du wieder so vorsichtig, Nixon. Du erwartest, dass ich nationale Geheimnisse preisgebe, aber selbst hältst du dich total bedeckt. Was ist eigentlich passiert? Wie konnten die Räuber fliehen?«

»Sie wurden befreit«, sagte Grundström.

»Oder entführt«, sagte Hjelm.

Svärd betrachtete ihn, als wäre er ein Stück unbekannte Materie. »Und ihr kommt von der Internabteilung«, stellte er schließlich fest. »War es ein Polizist, der sie geraubt hat?«

»Ein falscher Polizist«, sagte Grundström.

»Sag nicht, dass es der ...«

»Doch, das ist er. Der Zweite. Denn ich nehme an, du meinst, dass der sogenannte Russe der Erste ist. Der mit dem breiten Gesicht.«

»Was für eine raffinierte Rochade«, sagte Svärd offenherzig und betrachtete die Bilder, die Grundström ihm hinhielt. »Hast du dir das ausgedacht, Nixon?«

Grundström zuckte stolz mit den Schultern. Wie einer, der endlich mit von der Partie sein darf.

»Ihr habt zwei maskierte Räuber in der Bank«, nickte Svärd und rekapitulierte. »Aber ihr konntet nur einen von ihnen ohne Maske fotografieren. Es ist euch aber gelungen, den Mann zu fotografieren, der sie euch weggeschnappt hat. Also ersetzt ihr das Gesicht des immer noch maskierten Räubers mit diesem Bild. So konntet ihr mit dem Bild des falschen Polizisten an die Öffentlichkeit gehen, ohne zuzugeben, dass er ein falscher Polizist war – also auch ohne euren groben Schnitzer zuzugeben. Das ist ja richtig pfiffig. Aber wie zum Teufel konntet ihr einen falschen Polizisten die Räuber entführen lassen? Wie war das möglich?«

»Das ist das eigentliche Rätsel«, sagte Grundström.

»Und deshalb seid ihr zu mir gekommen«, sagte Svärd. »Und ich sage, dass wir den Russen nicht kennen.«

»Und sagst damit, dass ihr den falschen Polizisten kennt? Der kein Russe ist?«

Svärd lehnte sich wieder zurück auf dem tristen Küchenstuhl und starrte an die noch tristere Decke. Er verfolgte offenbar eine Art Gedankengang.

»Nicht Russe, aber Nachrichtendienst?«, hakte Grundström nach.

»Ich habe nie begriffen, warum sie ihm dieses Muttermal nicht wegoperiert haben«, sagte Generalmajor Svärd. »Es sieht verdammt noch mal aus wie Jütland.«

»Was sagst du da?«

»Der ist hell, meine Herren«, sagte Svärd und stand auf.
»Vergesst ihn.«

»Hell?«

»Freund.«

»Freund?«, platzte Hjelm heraus. »Dann hat also ein Freund gestern Nacht meine Frau zu ermorden versucht. Dann habe ich einem Freund den Arm zerschmettert.«

Svärd machte sich auf den Weg zur Tür des Kaffeeraums. Unterwegs sagte er: »Freundschaft wird in unserer Welt ein bisschen eigenartig definiert.«

Grundström ging ihm nach.

Hjelm blieb zurück. Er drückte die Hände hart gegen den Tisch, als er sich erhob. »Jetzt wartet mal, verflucht«, sagte er wütend. »Wovon reden wir hier? Ist es ein Amerikaner?«

»Es würde mir nie in den Sinn kommen, die Frage zu beantworten«, sagte Svärd und öffnete den Besuchern die Tür.

Grundström blieb in der Tür stehen und sagte nachdenklich: »Was hast du damit gemeint, Snuffe, als du gesagt hast, ich wäre übervorsichtig? Es war, als ich gefragt habe, ob Nachrichtendienste in die Sache verwickelt seien.«

»Aber das wisst ihr doch«, sagte Svärd.

»Warum sollten wir das wissen?«

»Es ist doch das Viertel *Gnistan*, herrje. Es konnte kein Zufall sein, dass es gerade dort geschah, also waren wir vom Beginn der Geiselnahme an äußerst aufmerksam.«

»Das sagt mir nichts«, meinte Grundström.

»Ist das dein Ernst? Wozu habt ihr eigentlich die Sicherheitspolizei?«

»Rück schon raus damit, Snuffe.«

»Es ist doch allgemein bekannt, dass die Stasi dort einen Unterschlupf hatte«, sagte Svärd.

»Stasi? Die Ostdeutschen?«

»Durch die Wohnung dort ist ein Strom von Spionen geflossen. Wir hatten sie ständig unter Beobachtung. Skeppargatan 62, erster Stock. Eine Gang alter Agenten blieb nach dem Fall der Mauer einfach da und gründete eine Sicherheitsfirma. Fischer Security AB. Mit dem Chefspion Sven Fischer als geschäftsführendem Direktor. Vollkommen legitim.«

»Hell«, sagte Paul Hjelm.

Nach einem zumindest zur Hälfte herzlichen Abschied verließen die beiden Internermittler den Generalmajor. Nachdem sie ein Stück den Korridor entlanggegangen waren, wandte Paul Hjelm sich Niklas Grundström zu, der mit seiner gewohnten klaren Stimme sagte: »Exfrau.«

»Was?«, sagte Hjelm.

»Du hast Frau gesagt. Du hast Exfrau gemeint.«

Paul Hjelm schwieg.

»Er ist der beste Vorgesetzte, den ich je hatte«, sagte Grundström.

»Snuffe und Nixon«, sagte Hjelm bissig.

»Aber wenn du glaubst, ich kenne ihn ...«

»Was läuft hier eigentlich ab, verdammt?«, platzte Hjelm heraus. »Russen, Amerikaner und Ostdeutsche? Sind wir im Kalten Krieg gelandet?«

»Darüber können wir uns jetzt Gedanken machen«, sagte Grundström.

»Was für eine Redensart war das?«, fragte Hjelm abrupt.

»Wieso, was?«

»Ihr hattet eine Redensart, hast du gesagt, für diesen vegetativen Zustand, der eine Art Überlebenshilfe bei der militärischen Ausbildung war.«

»Ach so, das meinst du«, sagte Grundström mit einem kleinen hellen Lachen. »Das ist vielleicht nicht so relevant.«

»Kein bisschen«, sagte Hjelm. »Wie hieß sie?«

»Ein Sonnenblumensamen in der Wintererde.«

Kerstin Holm zitterte am ganzen Körper. Es war Nacht, sie sollte schlafen, draußen vor dem pechschwarzen Hintergrund des Innenhofs in der Regeringsgata hatte Schneefall eingesetzt. Die weißen Flocken gingen allmählich in Schneeregen über.

Es gab vieles zu durchdenken. Der morgige Tag würde anstrengend werden. Der schon angefangen hatte. Seit einigen Stunden.

Es war tatsächlich eine richtig trübe Brühe.

Wo bist du gerade, Jan-Olov Hultin?

Eine seltsame Welt, die sie in sich hatte erstehen lassen. Was für ein phantastischer Unterschied zwischen verschiedenen Lesarten. Wie viel mehr Mühe es kostete, dem Trockenen Leben einzuhauchen, statt es einfach nur zu akzeptieren – aber wie viel mehr Kraft daraus erwuchs.

Wenn man nicht auf eine kalte Abreibung aus war.

Und das war sie nicht.

Flammen loderten in ihrem Inneren. Sie wollte, dass in ihrem Inneren Flammen loderten.

Sie stand auf und ergab sich in ihr Zittern. Sie ging zum Sekretär, zog die unterste Schublade auf und nahm einen kleinen Karton heraus. Sie öffnete ihn. Ein Massagestab lag darin.

Sie warf einen Blick zu dem Sohn in ihrem Bett und einen Blick auf den Massagestab in ihrer Hand, und sie dachte: Soll das wirklich so sein?

32

Freitag, den 2. Oktober 1942,
zwölf Minuten nach zehn abends

*Es wäre absurd, aufgrund eines Missverständnisses zu
sterben, darüber sind wir uns einig. Deshalb warten wir auf
die Bestätigung, dass der Irrsinnsauftrag wirklich stimmt.
Wenn in Stalingrad etwas schwer zu erhalten ist, dann ist es
Bestätigung, das haben wir bitter erfahren müssen.*

*Dieses Warten auf Bestätigung gibt mir ein paar Minuten
im schwachen Licht einer auf wunderbare Weise geretteten
Kerze. Es regt alle anderen in der Gruppe auf, sie glauben,
es lockt die Sturmtruppen an. Stalingrads Universität für
Straßenkämpfe, wie sie sich nennen. Auf mich hatte es lange
Zeit einen gegenteiligen Effekt – das Wort Universität
machte mich auf der Stelle warm.*

Es ist lange her jetzt. Tage, die sich hinziehen wie Jahre.

*In einer solchen Lage muss man schreiben. Kurz bevor
man aufbricht, um zu sterben.*

*Ich kenne kein einziges Gesicht mehr in der Gruppe.
Dennoch hat sie denselben Namen. Es muss bedeuten, dass
ich der einzige Überlebende der ursprünglichen Mitglieder
bin. Alle anderen sind gefallen. Alle. Ja.*

*Auch Jochen war vorher nicht in unserer Gruppe. Er
war ein Flieger, der hart gelandet war, nichts Schickes
wie Pilot, sondern einer, der Bomben abwirft, mehr
oder weniger von Hand: ein Bordschütze. Er hatte oben
im Stuka die Kontrolle verloren und angefangen zu
weinen, statt Bomben abzuwerfen. Die Strafe war nicht
Hinrichtung, nicht Kriegsgericht, die Strafe waren wir.
Die Niedrigsten der Niedrigen. Er bewegte sich unter*

uns wie ein gefallener Engel. Der Fall aus der abstrakten, entlegenen, hohen Gewalt in die konkrete, nahegehende, niedrige wurde zu groß. Er ist zu groß für alle Menschen. Außer möglicherweise für General Rodimtsev.

Auch Jochen starb, aber er schenkte mir noch das Bild der Stadt von oben, und sooft ich kann, fliege ich dorthin.

Bis in dreißig Kilometer Höhe ist die Sonne verdunkelt. Es sind die Ölzisternen, die brennen und brennen. Dreißig Kilometer schwärzester Petroleumrauch. Stalingrad ist von den Rückständen dessen eingehüllt, worum es in dem ganzen Feldzug geht: Öl. Schwarze Fossilien verdecken die Sonne, als ob der Gott, an den ich nicht glaube, sein Auge verhüllte. Als wollte er sich den Anblick einer Welt ersparen, die sich selbst auf dem Scheiterhaufen verbrennt. Es hat immerhin recht lange gedauert, sie zu erschaffen.

Die Flugzeuge kommen von Nordwesten herein und müssen dann durch den schwarzen Rauch nach unten gehen, um ihre Ziele zu erkennen. Sie sind immer wie von Neujahrsraketen umgeben, aber wenn man im Flugzeug sitzt, ist es etwas ganz anderes. Jochen hat es wie eine Sternenexplosion beschrieben. Die Luftabwehrraketen werden mehr und mehr, und von jenseits der Wolga gleiten immer häufiger die U2-Maschinen herein. Sie sind der materialisierte Schrecken. Man hört sie schon von weitem, sie hören sich wie Nähmaschinen an, dann wird es ganz still. Es ist eine Art Hohlraum in der Zeit. Ein auditives Vakuum. Der U2-Pilot schaltet den Motor aus und gleitet aufs Ziel zu.

Was man sieht, wenn man in das Inferno des schwarzen Rauchs hinabgesunken ist, ist ein diffuses geschwärztes Chaos aus Feuer und Ruinen. Ein naturhistorisches Museum mit Skeletten bizarrer Lebensformen, immer auf allen Seiten von Flammen umgeben. Sie sehen so klein aus, hat Jochen gesagt, wie Streichhölzer, die kurz vor dem

Ausbrennen sind. Dann kommt es darauf an, nicht das falsche Ziel zu bombardieren. Wir legen die roten Fahnen mit den schwarzen Hakenkreuzen in den weißen Kreis, um nicht von unseren eigenen Leuten bombardiert zu werden. Anderseits sind es für die U2-Maschinen die reinsten Zielscheiben. Man hat die Wahl.

Jochen starb in einer Kloake. Wir gerieten in Nahkampf mit einer Sturmtruppe in einem der Abwasserkanäle, in denen sie verstärkt mit Flammenwerfern und Dynamitstangen unter unsere Stellungen vorrücken. Sein Kopf wurde von einem scharf geschliffenen Spaten gespalten. Das einzig Versöhnliche in seiner Existenz waren die Tränen, die immer noch aus den Augen des gespaltenen Kopfes liefen. Als setzte das Weinen sich über den Tod hinaus fort.

Ich weiß noch immer nicht, wie ich vom Befehlsüberbringer zum schweinischsten Fußsoldaten in diesem Rattenkrieg verwandelt wurde. Vermutlich war ich es die ganze Zeit. Ich hatte nur noch die eine oder andere Illusion behalten. Sie sind jetzt verschwunden.

Es ist erst zwei Wochen her seit dem letzten Mal, aber es kommt mir vor wie ein ganzes Leben. Eine andere Hand hält jetzt den Bleistift, eine Hand, die getötet hat und immer weiter tötet.

Am dreizehnten September begaben wir uns in die brummende Stadt. Wie ich wusste, verwandelte sich das Brummen schnell zu einem Brüllen. Keiner kommt mit intaktem Gehör hier heraus, das ist unmöglich. Wenn überhaupt jemand überlebt, wird er taub sein.

Schon nach der ersten Woche setzte der strenge Frost ein. Die Hälfte von uns trägt irgendwelche russischen Uniformteile am Körper, die wir den gerade Getöteten abgenommen haben. Und die Russen tragen unsere. Wir beginnen uns zu gleichen.

Von dem Umstand abgesehen, dass sie härter sind.

Am Anfang versuchte ich, mich, so gut es ging, über den Verlauf der Kämpfe zu informieren; das war, als ich immer noch an so etwas wie einen Verlauf glaubte, an eine mit der Zeit erfolgende Veränderung. Vielleicht war das meine letzte Illusion.

Von Anfang an waren fünf Schlüsselpositionen besonders umkämpft. Der richtig große Kampf galt dem Hügel. Der Name klingt inzwischen mythisch: Mamajev Kurgan, der alte tatarische Grabhügel. Bedeckt von Leichen, innen wie außen. Der Tod Schicht auf Schicht. Danach der Kampf um das Silo, das gewaltige Getreidesilo, das inzwischen aufgehört hat zu brennen. Am achtzehnten September wehrten die höchstens fünfzig Verteidiger im Inneren des brennenden Giganten zehn Angriffe ab. Ich war bei den zurückgeschlagenen Angriffen dabei. Zwei Tage später schalteten die Panzer ihre beiden noch funktionierenden Maschinengewehre aus. Wir begaben uns in den Rauch und schossen auf die Geräusche. Sicht gab es nicht. Es war die Hölle auf Erden.

Aber es gibt viele. Das habe ich begriffen. Es gibt viele Höllen auf Erden.

Es gibt auch den Roten Platz – ich frage mich, ob es in allen russischen Städten einen Roten Platz gibt. Dort wurde um das große Kaufhaus Univermag gekämpft, in dem ein russischer Stab untergebracht war. Alle, die für dieses absurde Kaufhaus starben.

Und dann der Fähranleger. An drei Stellen kommen sie von der anderen Seite der Wolga herüber. Es ist erschreckend zu sehen. Es sind Schwärme aus dem Osten, ein endloser Strom von Kanonenfutter, der nach Westen übergesetzt wird. Wir nahmen den mittleren Anleger. Versenkten alle Boote. Für einen kurzen Augenblick hielten wir den Strom auf, aber auf die Dauer geht es nicht. Woher kommen sie alle? Wie groß ist dieses Land? Werden sie direkt aus der Erde geboren? Werden sie in genetischen Fabriken auf

mechanischem Weg hergestellt? Kanonenfutterfabriken?
Wir töten und töten. Sie töten und töten.

Dann der Hauptbahnhof. In fünf Tagen wechselte er
fünfzehnmal den Besitzer. Vor und zurück, bis nicht einmal
davon die Rede sein konnte, dass noch Ruinen übrig waren.
Die Ruinen von Ruinen eroberten wir schließlich. Aber
wozu wir sie eigentlich noch brauchten ...

Und dann die Kämpfe um den verfluchten Flusslauf. Die
Tscharitsaschlucht. Schukow hatte da sein Hauptquartier.
Den Tscharitsabunker. Wir nahmen ihn ein, doch sie
verlegten das Hauptquartier einfach aufs andere Ufer
der Wolga. Die Seite des Flusses ist immer noch eine Fata
Morgana. Wir kommen wohl nie hinüber.

Danach verlor ich den Überblick – eigentlich sind nur ein
paar Tage vergangen. Jetzt habe ich auch das Zeitgefühl
verloren. Ich musste in der Gruppe nach Datum und
Uhrzeit fragen. Jemand sagte zweiter Oktober, zwölf nach
zehn am Abend. Also, das sind Informationen aus zweiter
Hand. Ich selbst sehe im Moment nur den Feind, den
allernächsten Feind, den ich töten muss, bevor er – oder sie –
mich tötet. Ich habe auch Frauen getötet. Ich bin richtig gut
darin geworden. Frauen und Kinder. Auf alle, die auf mich
zu schießen scheinen, schieße ich. Und auf alle anderen
ebenfalls. Ich bin eine Art reiner Brennpunkt geworden. Ein
Visier aus Fleisch und Blut. Wenn ich dazu die Kraft hätte,
würde ich mich fragen, wie zum Teufel das zugegangen ist.

Ich glaube, wir sind irgendeine Elitetruppe. Vor ein
paar Wochen nur hätte ich noch exakt gewusst, was wir
waren. Wir sind diejenigen, die in die Ruinen und die
Kloaken hineingehen und sie säubern. Wir sind diejenigen,
die den engsten Kontakt mit den Scharfschützen und den
Sturmtruppen haben. Wir sind diejenigen, die mit scharf
geschliffenen Spaten erschlagen werden.

Und ich bin der Veteran. Das behaupten andere, nicht
ich. Es dauerte nicht lange, Veteran zu werden. Wenn ich

mich wirklich konzentriere, kann ich sehen, dass sie mich bewundernd ansehen. Es heißt, dass eine Statistik über meine Toten geführt wird. Es heißt, dass man mich mit Zajtsev in einem Wettkampf sieht. Es heißt, dass Wetten abgeschlossen werden.

Dafür dass sie Kollektivisten sind, haben sie viele individuelle Helden. In einer Weise hat der Krieg sich gewendet, als General Aleksandr Rodimtsev eintraf. Siebenunddreißig Jahre alt und ein echtes Kriegsgenie, wenn das Wort nicht eine Unmöglichkeit ist. Bei den Russen kehrte eine andere Moral ein. Wenn nicht auch das Wort eine Unmöglichkeit ist.

Und dann Vasilij Iwanowitsch Zajtsev. Der Meister aller Scharfschützen. ›Hüte deine Waffe wie deine Augen‹, sagen sie. Es heißt, dass er unsere Scharfschützennester auslöscht, indem er sein Visier an Panzerabwehrgeschützen anbringt und durch die schmalen Schießscharten feuert. Es kann ein Mythos sein. Aber wenn ich ihn sehe, bezweifle ich das.

Als ich Zajtsev zum ersten und zum einzigen Mal sah, mischten sich meine beiden Leben. Es ist noch nicht lange her. Da kehrte die Feder in meine Hand zurück. Die Feder oder das Schwert, das ist die Frage.

Es ist immer noch die Frage.

Ich glaubte, ich hätte ganz einfach das Leben gewechselt. Wäre ein anderer geworden. Durch und durch. Dass es so einfach wäre, alle Schichten von einem Menschen abzuziehen. Dass Kultur, Gelehrsamkeit und Bildung trotz allem nur Firnis wären. Etwas, was man über sein wirkliches Ich pinselt. Doch das ist nicht ganz richtig. Ich will es zumindest nicht glauben.

Tatsache ist, dass ich ihn für ungefähr eine halbe Sekunde im Visier hatte. Doch der Augenblick wurde gestört. Er wurde von einem Mann im Hintergrund gestört. Es war höchst sonderbar. Ich kannte den Mann. In Zajtsevs unmittelbarer Nähe. Ein Mann aus einem anderen Leben.

Der Name fiel mir auf der Stelle ein. Maxim Kuvaldin. Wir waren uns begegnet. Aber wo?

Zajtsev verschwand aus meinem Fadenkreuz. Nie länger als zwei Sekunden an derselben Stelle. Eine Grundregel. Maxim verschwand auch.

Doch nicht aus meinem Bewusstsein. Dieses scharf geschnittene Gesicht – und der Name, der sofort auftauchte. Woher?

Wie könnte ich einen Russen kennen? Einen Sowjetbürger? Einen Bolschewiken?

Es gab eine Zeit, als solche Bezeichnungen keine größere Rolle spielten. Und plötzlich erinnerte ich mich. Ein wissenschaftlicher Kongress in Zürich, ein paar Jahre vor dem Krieg. Er war da. Doktor Maxim Kuvaldin. Unsere Forschungsprojekte berührten sich. Wir unterhielten uns, zwischen uns ein offizieller russischer Dolmetscher. Es war auf einer altmodisch-akademischen Cocktailparty im Rathaus von Zürich, und das Gespräch wurde mehrfach vom Dolmetscher unterbrochen, gerade wenn wir im Begriff waren, auf Wesentliches zu sprechen zu kommen. Ich erinnere mich noch deutlich an Kuvaldins verschmitztes Lächeln, als wüsste er, dass er nie in seinem ganzen Leben etwas Wesentliches würde diskutieren können. Als wäre es sein Alltag, mit dieser Einsicht zu leben.

Als wir gezwungen waren, das Gespräch abzubrechen, und der Dolmetscher sich abwandte, um zu gehen, ergriff Kuvaldin meine Hand und flüsterte mir in gebrochenem Deutsch zu: ›Es gibt eine Alternative.‹

Ich verstand nicht, was er meinte. Vielleicht verstehe ich es jetzt.

Gerade als ich mich in ein Tier, ein Raubtier verwandelt hatte, tauchte ein Bild aus der Vergangenheit auf und erinnerte mich daran, wer ich war. Eigentlich.

Unser Läufer kehrt zu der Ruine zurück, in der wir sitzen. Die Kälte hat sich festgesetzt. Der Frost kommt. Der

Läufer spricht mit unserem Unteroffizier. Ich erkenne an der Körpersprache, dass wir unsere Bestätigung bekommen haben. Zeit zu sterben.

Wie ich in diesen Wochen getötet habe. Und dass ich plötzlich zum Leben erweckt wurde. Von einem Gespenst aus meiner Vergangenheit. Das muss einen Sinn haben. Hast du mich auserwählt, Gott, an den ich nicht glaube, weil ich so schnell zum schlimmsten Sünder geworden bin an diesem Ort, den du so klug in den Rauch des Öls hüllst, um das wir kämpfen? Hast du mich auserwählt, weil jemand als etwas anderes sterben muss als der Teufel? Ich glaube nicht, dass ich sterben werde. Ich glaube es nicht mehr. Dies hier muss einen Sinn haben. Ich soll auf die Probe gestellt werden.

Wir werden unsere Ruine verlassen und in die nächste gehen. Wir wissen ungefähr, was uns dort erwartet. Und ich weiß, dass Zajtsev da sein wird und wartet, mit schon lange eingestelltem Visier. Und hinter ihm hockt der frühere Dozent der Chemie Maxim Kuvaldin. Vielleicht berechnet er ballistische Bahnen. Vielleicht misst er den Wind. Aber bestimmt rettet er nicht mehr die Welt.

Vielleicht wird er mich erkennen, genau in dem Moment, in dem Zajtsev mich im Fadenkreuz hat. Vielleicht wird er seine Hand auf Zajtsevs Schulter legen und sagen: Den nicht.

Aber warum sollte er das tun?

Es ist Zeit. Die Feder nieder und das Schwert gezogen.

Ich höre Maxim Kuvaldins Stimme in gebrochenem Deutsch flüstern: ›Es gibt eine Alternative.‹

Aber ich weiß nicht, was er meint.

33

Es schneite weiter in Stockholm. Weil das Schneeräumen privaten Unternehmen übertragen worden war, herrschte ein majestätisches Verkehrschaos. Niemand wusste, wer eigentlich verantwortlich war. Schlupflöcher in den Bestimmungen ließen Hausbesitzer das Räumen der Dächer so lange aufschieben, bis Eiszapfen von siebengeschossigen Häusern den Schulkindern auf die Köpfe fielen. Und weder die U-Bahn noch der Vorortzug konnten verkehren, aufgrund von etwas so Verblüffendem wie vereisten Schienen.

Jedes Jahr, ja jede Winterwoche kam der Schnee als große Überraschung.

Zu allem Elend bekam Viggo Norlander ein Knöllchen, während er zwischen dem Auto und dem Parkscheinautomaten durch den Tiefschnee stapfte. Er kehrte mit einem Parkzettel für fast hundert Kronen zum Wagen zurück, nur um das Knöllchen vorzufinden. Und von der Politesse natürlich keine Spur. Die Parkplätze der Innenstadt waren ebenfalls privaten Unternehmen übertragen worden.

Frustriert versuchte er, die sinnlos gewordene Quittung einer Dame zu verkaufen, deren Schoßhund tief in den bräunlichen Schneewällen versank. Sie schlug ihn mit ihrer Handtasche.

Mit anderen Worten: Viggo Norlander war nicht besonders munter, als er an diesem Morgen Ende März die Kampfleitzentrale betrat. Das war indessen auch kein anderer. Der Fernseher lief und wiederholte Nachrichten über die Bombardierung Bagdads während der Nacht sowie das langsame Vorrücken der amerikanischen Truppen von der südlichen Grenze des Irak.

Niemand merkte, dass er zu spät kam. Glaubte er und

ließ sich auf einen Stuhl sinken. Da wurde der Fernseher abgeschaltet.

»Schön, dass du kommen konntest, Viggo«, sagte Kerstin Holm und legte die Fernbedienung zur Seite.

»Ich habe ein Knöllchen gekriegt«, sagte Viggo Norlander empört. »Als ich zwischen Parkscheinautomat und Wagen unterwegs war.«

»Es ist Samstag«, sagte Lena Lindberg. »Samstags werden keine Knöllchen verteilt.«

Norlander erstarrte und glotzte sie an. »Aber ...«, sagte er.

»Das wird polizeilich verfolgt«, sagte Niklas Grundström. »Falsche Bußzettel. Soll ein lukratives Geschäft sein.«

»Was bedeutet«, sagte Arto Söderstedt, »dass du das Parken schon für Montag bezahlt hast.«

»Nur leider hast du die Parkquittung in den Schnee geworfen«, sagte Paul Hjelm.

»Nachdem du versucht hast, ihn einer alten Dame anzudrehen, die mit hoher Wahrscheinlichkeit keinen Führerschein hat«, sagte Jorge Chavez. Mitleidig fügte er hinzu: »Wir haben dich gesehen.«

»Kein guter Start in diesen Samstag«, unterbrach Kerstin Holm mit leicht erhobener Stimme. »Samstag, der zweiundzwanzigste März. Und es gibt, wie ihr wisst, einen wichtigen Anlass, dass wir uns an einem Samstag treffen, der darüber hinaus noch ein langer Samstag zu werden droht. Wir stehen vor einem Fall, der eine richtig trübe Brühe ist.«

»Ist das deine professionelle Analyse?«, fragte Arto Söderstedt. »Trübe Brühe?«

»Professioneller kann sie nicht werden«, sagte Kerstin Holm. »Worte von höherer Instanz. Ich habe eine anstrengende Nacht mit euren Berichten verbracht und werde euch gleich eine Zusammenfassung aufzwingen. Aber vorher möchte ich erwähnen, dass ein weiterer Bericht von einem aufgekratzten Brynolf Svenhagen eingetroffen ist. Der Bericht betrifft eine eingerissene Wand in der Skeppargata sowie ein paar Ereignisse der vergangenen Nacht, die auf unserem Tisch gelandet sind. Sie können mit unserem Fall zusammenhängen. Das Erste ist ein Mord. Aus dem Bericht der Länspolizei geht hervor, dass es sich um einen ziemlich brutalen Mord an einem alten Engländer in seiner Wohnung auf Gärdet handelt. Es gäbe keine Veranlassung, ihn mit unserem Fall in Verbindung zu bringen, wenn es sich bei dem Ermordeten nicht um einen ehemaligen Agenten handelte. MI6. Er ist selbst damit an die Öffentlichkeit getreten und hat ein Buch darüber geschrieben. Er hieß Robert Andrews. Es gab Anzeichen von Folter. Dazu eine Zeugenaussage von einer der Inseln im Mälaren. Eine Insel namens Färingsö in der Gegend von Ekerö. Ein schlafloser Nachtwanderer mit Hund sah scharfe Blitze von einem einsam gelegenen Haus, scharfe Blitze, die, wie er steif und fest behauptete, von einer Maschinenpistole stammten. Er ist alter Heimwehrmann. Dass er keine Schusssalven hörte, lässt auf Schalldämpfer schließen. Schalldämpfer auf einer Maschinenpistole sind immer noch ungewöhnlich. Mit Brynolfs Bericht warte ich ein wenig.«

Sie fühlte, dass alle sie ansahen. Mit einer gewissen ... tja, sie hätte fast Bewunderung denken wollen, aber sie musste zugeben, dass es sich eher um Verkaterung handelte.

»Irgendwelche Kommentare?«, fragte sie.

»Ist das Haus untersucht worden?«, fragte Grundström, der sich artig nach unten in die Versammlung gesetzt hatte, obgleich er der Ranghöchste war.

»Ich dachte, dass ihr das tun könntet«, sagte Holm, um zu testen, wie weit sie gehen konnte.

»Okay«, sagte Grundström. »Wer ist der Besitzer?«

»Ein Nils Ingvarsson. Soll sich auf einem Langzeiturlaub in Brasilien befinden. Unerreichbar.«

»Hmm«, sagte Grundström.

»Was haben wir denn jetzt«, setzte Kerstin Holm an, wurde jedoch von Arto Söderstedt unterbrochen: »Denkt nur, dass wir es tatsächlich geschafft haben, das, was der Räuber zu Hultin gesagt hat, unter den Tisch fallen zu lassen.«

»Was denn?«

»Über die Evakuierung«, sagte Söderstedt. »Warum war er so interessiert am Fortgang der Evakuierung? Ja, weil das der Hauptgrund für die Geiselnahme war. Jemand wollte ungestört eine Wand bei einer Sicherheitsfirma einreißen, die einmal die Spionagezentrale der Stasi gewesen war. Es war sicher kein besonders leichtes Spiel, dort einzudringen. Dafür bedurfte es außerordentlicher Maßnahmen. Dass man im gleichen Aufwasch an die Sicherheitsnetzverkabelung gelangen und zwanzig Millionen abräumen konnte, setzt dem Werk die Krone auf. Drei Fliegen mit einer Klappe.«

»Was ist es denn dann?«, fragte Holm. »Ist es eine Organisation? Ist es trotz allem die russische Mafia?«

»Sind dafür nicht zu viele Nachrichtendienste involviert?«, sagte Paul Hjelm.

»Ist das wirklich so?«, sagte Söderstedt. »Keiner der Russen ist als Agent identifiziert worden. Eure geheime Quelle, die über den falschen NE-Mann mit Jütland in der Visage auf Anhieb im Bilde war (aber nicht sagen wollte, wer er ist), kannte den größeren Räuber nicht. Und der kleinere ist noch immer ein Rätsel. Zumindest bis Pavel Ljubimov sich meldet.«

»Euer eigener kleiner Botschaftsspion«, sagte Jorge Chavez. »Ich selbst habe ein hohes Tier von der Stasi getroffen, ohne auch nur zu merken, dass er Ausländer war. Ein guter Name, Sven Fischer – kann ebenso gut schwedisch sein wie deutsch.«

»Worauf ich hinauswill«, sagte Söderstedt, »ist ungefähr Folgendes: Es scheinen überall draußen Agenten im Spiel zu sein, aber war das auch in der Bank so? Niemand scheint jedenfalls das Gesicht des größeren Räubers zu kennen.«

»Aber der kleinere machte durchaus den Eindruck, ein Spion zu sein«, sagte Hjelm. »Denkt an das Gespräch mit

Hultin. Wir wissen, dass viele, die im Kalten Krieg für die Nachrichtendienste rekrutiert wurden, Intellektuelle waren, Akademiker. So wirkte er in diesem Gespräch. Intelligent, sprachbegabt, gebildet und mit einer gewissen Ortskenntnis, als hätte er ein paar Dienstjahre in Stockholm hinter sich. Schweden war ja damals ›neutral im Krieg und allianzfrei im Frieden‹. Ein perfektes Niemandsland für den Austausch von Spionen verschiedener Herkunft. Wahrscheinlich ist er der Botschaft bekannt. Außerdem ist er derjenige, der in der Bank als Boss agierte.«

»Ein alter KGB-Agent und ein Muskelmann?«, sagte Sara Svenhagen.

»Die von einer amerikanischen Organisation entführt werden«, nickte Hjelm. »Denkbar. Und anschließend nehmen sie die einzige Person aufs Korn, die den falschen Polizisten in der Bank identifizieren könnte. Cilla.«

»Also von vorn«, sagte Kerstin Holm und räusperte sich. »Eine russische Organisation, die unter anderem aus einem ehemaligen KGB-Agenten und einem Muskelpaket besteht (wenn wir diese Hypothese akzeptieren), schlägt mindestens zwei Fliegen mit einer Klappe: Man hat es auf etwas uns Unbekanntes in einer ehemaligen Stasi-Wohnung auf Östermalm abgesehen, und man hat eine Lücke in der weltweit besten Firewall für Finanztransaktionen gefunden, und zwar bei einer norwegischen Bank, die zufällig im gleichen Gebäudekomplex liegt. Wie kommt diese Idee zustande? Was sollen wir uns vorstellen? Was ist zuerst da? Die Firewall oder die physische Wand? Es ist alles unglaublich raffiniert. In der Organisation gibt es wahrscheinlich zwei weitere Mitglieder: einen Mann, der mit der Firewall bei der Andelsbank gearbeitet hat, vermutlich ein Datenexperte, und einen ehemaligen Stasi-Mitarbeiter, der an seine alte Wand will, die jetzt in der neuen und schwer zugänglichen Sicherheitsfirma Fischer Security AB seiner früheren Kollegen liegt.«

»Und warum will er an die Wand?«, fragte Chavez ungeduldig. »Also der Moment für Bruntes Bericht.«

»Genau«, sagte Kerstin Holm und blätterte in einem
Papierstapel. »Brynolf Svenhagens Wälzer, die Fortsetzung.
Er und seine Leute haben die ganze Nacht damit zugebracht,
vorsichtig eine Wand abzutragen.«

»Ich hoffe, nicht zu vorsichtig«, warf Jon Anderson ein.
»Ich hoffe, dass ein gewisses Badezimmer unbrauchbar
geworden ist.«

»So denken wir nicht bei der Polizei«, sagte Kerstin Holm
und fuhr fort: »Brynolf bestätigte Jorges Vermutung: Die
Wand war frisch aufgemauert, an manchen Stellen bis zu
dreißig Zentimeter tief, es war richtig kräftig gehackt worden. Also ist klar, dass die Evakuierung des Gebäudes nötig
war, damit die Organisation ihre Aktion unbemerkt durchführen konnte. Es dauerte ziemlich lange, bis die Techniker
eine Spur im Putz entdeckten. Sie fanden eine Art Rohr oder
eine Hülse aus Plastik, gut zwanzig Zentimeter lang und mit
einem Durchmesser von drei Zentimetern. Dieses Rohr war
fünfundzwanzig Zentimeter tief in der Wand eingemauert.
Es war leer, aber verschlossen, und die Grenze zwischen
altem und neuem Mauerwerk ging quer darüber. Als hätte man gerade dort aufgehört. Als hätte man es gerade auf
dieses Rohr abgesehen.«

»Allerdings nicht auf das Rohr an sich«, sagte Chavez,
»denn das lässt man in der Wand, sondern auf den Inhalt des
Rohrs. Sagt Brynolf etwas darüber?«

»Nur dass das Rohr, Zitat: ›freigelegt und beschlagnahmt‹
und einer, neues Zitat: ›gewissenhaften kriminaltechnischen
Untersuchung unterzogen wird‹.«

»Wenn einer weiß, wer an die Wand heranwollte und
warum, dann ist es der Direktor, Sven Fischer«, sagte Chavez. »Stimmt es, dass er über Nacht in U-Haft gesessen
hat?«

»Ja«, sagte Holm. »Während wir auf ein Dossier aus Berlin warteten, das eben eingetroffen ist. Er fügte sich ohne Umstände und ist wie ein gut erzogener Geheimagent in die Haftzelle gegangen. Es war vielleicht nicht ganz legitim, ihn dazubehalten, aber sonst wäre er wahrscheinlich getürmt.«

»Gut«, sagte Chavez. »Danke, Kerstin.«

»Zur Belohnung für deine Höflichkeit darfst du ihn verhören«, sagte Kerstin Holm. »Aber ich will dabei sein.«

»Ich bin dein untertäniger Diener.«

»Wie wahr. Das heißt Befehlsordnung.«

»Allerdings haben wir ja noch einen Direktor, der auf einer Menge Informationen sitzt. Und einen Sicherheitsbeauftragten.«

»Es wäre ziemlich spaßig gewesen, Geir über Nacht in Gewahrsam zu nehmen«, sagte Lena Lindberg.

»Haavard Naess und Geir Holt haben versprochen, uns mit allen denkbaren Namen zu versorgen«, sagte Svenhagen. »Interne Hacker und externe Sicherheitsberater. Irgendwo dort ist unser Mann. Fragt sich nur, wie viel Haavard und Geir wissen. Sie sind ziemlich gerissen.«

»Wie viel Organisation wohl dahintersteckt«, sagte Arto Söderstedt nachdenklich. »Ist es nicht eher das ganz spezielle Gehirn einer Person, in das wir hier blicken? Der Ausgangspunkt muss dieses Rohr sein. Wer kann in einer Stasi-Wohnung ein Rohr in einer Wand verstecken? Natürlich ein Stasi-Agent, einer, der sich frei in der Wohnung bewegt hat. Fragt sich nur, warum er ein Rohr in die Wand gebohrt hat. Es ist ein sicherer Aufbewahrungsort für etwas sehr, sehr Wichtiges. Zwanzig Jahre später braucht er dieses sehr, sehr Wichtige. Aber er kommt nicht mehr in die Wohnung hinein, ein so unerwartetes Ereignis wie der Fall der Berliner Mauer ist dazwischengekommen, die Wohnung ist gesichert durch hochmoderne Alarmvorrichtungen und durch bewaffnete Wachen. Er ist kein Stasi-Agent mehr, vielleicht hat er, wie Sven Fischer, die schwedische Staatsbürgerschaft angenommen, vielleicht ist auch er im Sicherheitsbereich tätig, unter anderem als Berater für eine norwegische Internetbank. Beide Punkte sind ja höchst geheim. Der eine scheint ganz intern zu sein – es kann wohl nur er selbst sein, der von dem in der Wand verborgenen Rohr weiß –, und der zweite, die Firewall, ist durch rigorose Sicherheitsmaßnahmen Marke Geir geschützt. Als er diese beiden Punkte miteinander verknüpft, wird der Plan geboren. Es ist der Plan eines Einzelnen.«

Kerstin Holm betrachtete ihren allerweißesten Untertan und sagte entschieden: »Nichts von dem, was du sagst, spricht gegen eine Organisation.«

Söderstedt wiegte den Kopf: »Wirklich nicht?«

»Nehmen wir an, du hast recht«, sagte Kerstin Holm. »Er hat also die Bankräuber angeheuert. Er selbst sitzt in der Wohnung nicht weit darüber, in Betonstaub gehüllt, und wartet, dass es 13.45 Uhr wird, denn genau dann führen die Kumpel zwei Etagen tiefer ihre Manipulation an der Verkabelung durch. Vielleicht haben sie auch einen späteren Zeitpunkt als Grenze dafür ausgemacht, wie lange sie bleiben müssen, damit er oben fertig wird. Aber dann haben sie ihre Arbeit getan. Sie werden einfach zurückgelassen. Was fällt dir dazu ein, Arto?«

»Auch das sehe ich als Argument für einen einzelnen *mastermind*«, sagte Söderstedt. »Eine größere Organisation hätte versucht, sie zu befreien, schon um keine Spuren zu hinterlassen. Es ist auch nicht unvorstellbar, dass sie sich einfach opfern und für ein paar Millionen einige Jahre in einem schwedischen Gefängnis in Kauf nehmen. Sie sind Kanonenfutter. Deshalb reden sie davon, dass die Polizei ihnen einen Plan machen soll – das ist ihre beste Chance. Die Geldscheine sammeln sie für den Fall, dass wir uns darauf einlassen. Das ist nur ein Bonus. Der wirkliche Raub geschieht virtuell.«

»Ein übrig gebliebener KGB-Agent und ein Muskelpaket?«, sagte Kerstin Holm.

274

»Vielleicht ein arbeitsloser ehemaliger KGB-Agent, ein alter Kumpel aus der Zeit in Stockholm während des Kalten Krieges. Und das Muskelpaket kann ja ein Kriegsveteran sein, mit seinen in Schweden nicht erhältlichen *Sobranie*-Zigaretten, direkt aus Russland importiert.«

»Aber bisher sind das alles nur Spekulationen, nicht wahr?« Söderstedt setzte eine übertrieben gekränkte Miene auf und fuhr fort: »Ich bin davon überzeugt, dass mein Kulturattaché bald mit einem konkreten Ergebnis der DNA-Analyse aufwartet. Wir sollten auch nicht vergessen, dass die Maschinenpistolen der Räuber leere Magazine hatten. Nach den einleitenden Schocksalven in die Decke leerten sie die Magazine. Um sicher zu sein, dass sie niemanden verletzten und so kurze Zeit wie möglich in den Knast kämen. Es ist sogar möglich, dass sie geplant hatten aufzugeben, sobald sie die *deadline* erreichten. Stattdessen folgte die Erstürmung.«

»Was passiert dann?«, sagte Kerstin Holm. »Niklas und Paul, habt ihr irgendeine Erkenntnis gewonnen, wer der falsche Polizist war? Wie kam er an eine Uniform und an die Ausrüstung? Und woher kannte er die Pläne der Einsatzleitung?«

»Bei der Nationalen Einsatztruppe fehlt keine Ausrüstung«, sagte Niklas Grundström.

»Heißt das, er hatte eine eigene?«

»So sieht es aus. Oder er konnte sich für die aktuelle Zeit eine leihen und brachte sie wieder zurück. Wir werden mit dem Verantwortlichen für die Materialausgabe reden.«

»Worauf lässt es schließen, wenn er eine eigene Ausrüstung hatte?«

»Dass er bestens vorbereitet war«, sagte Niklas Grundström. »Alles deutet darauf hin, dass er Amerikaner war.«

»CIA?«

»Oder etwas in der Art. Selbstverständlich inoffiziell und vertraulich.«

»Wir waren gestern da und haben es uns angesehen«, sagte

Paul Hjelm. »Er hockte in der Haustür des Nebenhauses, ganz einfach. Wir haben mit Hausbewohnern gesprochen, und sie haben bestätigt, dass ein Polizist direkt hinter der Haustür saß. In, Zitat: ›voller Kampfmontur‹.«

»Okay. Was passiert also? Er hängt sich bei der Erstürmung an unsere Leute und schnappt sich die Bankräuber. Er bringt sie an einen sicheren Ort und versucht dort, sie zum Reden zu bringen. Über was?«

»Über den Inhalt des Rohrs in der Wand«, sagte Söderstedt.

»Glaubst du, dass das der Kern ist?«, fragte Holm.

»Ja. Ich glaube, dass die Geldtransaktion mehr nebenbei passiert. Vielleicht als Ablenkungsmanöver.«

»Warum?«

»Hier steht etwas viel Größeres auf dem Spiel als Geld, spürt ihr das nicht? Es geht um ein grundlegendes Geheimnis, das vor zwanzig Jahren tief in einer Wand begraben wurde. Es wird mit großem Raffinement herausgeholt, um Aufmerksamkeit zu vermeiden. Vielleicht, um den Jägern zu entkommen. Vielleicht wird er gejagt. Vielleicht ist er ein entwaffneter Agent, den die Umstände gezwungen haben, wieder zu den Waffen zu greifen.«

»Aber ist er defensiv?«, sagte Paul Hjelm. »Gejagt vielleicht. Aber ist er wirklich auf der Flucht? Warum dann der gefolterte englische Spion auf Gärdet?«

»Ihr spinnt doch«, platzte Lena Lindberg heraus. »Es geht verdammt noch mal um einen Bankraub. Spione aus der Sowjetunion, der DDR, England und den USA. Wir leben im 21. Jahrhundert. Ihr seid wahnsinnig.«

»Absolut«, sagte Arto Söderstedt hitzig. »Vollkommen wahnsinnig. Produkte unserer Zeit. Meinst du, Paul, dass der Mord an dem alten Spion sein Werk ist?«

»Gehen wir zurück zur Bank«, sagte Hjelm. »Die Amerikaner reißen sich seine Mitarbeiter unter den Nagel. Das ist ein Strich durch seine Rechnung. Könnte man sich nicht vorstellen, dass er sich an sie dranhängt? Um seine Männer zu retten? Oder zumindest, um das Geheimnis zu retten?«

»Er kommt nur auf eine einzige Art und Weise an sie heran«, nickte Söderstedt. »Über einen ebenfalls entwaffneten alten Feind. Robert Andrews, ehemals MI6. Er erkennt, dass er die Büchse der Pandora geöffnet hat. Das Böse ist ausgeflogen. Sie sind zurück in der Schattenwelt aus verzerrten Einschätzungen, dem Kalten Krieg.«

»Er weiß, dass Andrews die Basis der Amerikaner kennt«, fuhr Hjelm fort. »Robert Andrews ist ein hartnäckiger Spionveteran, der nicht unnötig etwas preisgibt. Also muss unser Mann ihn foltern. Es ist sogar möglich, dass Andrews ihn versteht, denn das Weltbild, das in jener Zeit herrschte, als zwei Nationen bereit waren, den Erdball auszulöschen, um zu siegen, ist heute schwer zu begreifen. Die Spione bewegten sich in einem Paralleluniversum aus auf den Kopf gestellten Werten. In *der* Welt gab es nur sie. Und was sie – die sich weitgehend respektierten und sogar befreundet waren – in dieser Parallelexistenz miteinander machen konnten, ist in unserer tageslichthellen Welt nicht zu verstehen.«

»Schließlich treibt er auf jeden Fall Andrews über die Grenze«, sagte Söderstedt. »Er redet. Und tritt würdevoll, vielleicht nicht ohne eine gewisse Befriedigung, in das eigene Totenreich der fossilen Spione ein. Er ist einen stilvollen Tod gestorben; damit hatte er nach seiner Pensionierung nicht mehr gerechnet. Er ist kaputtgefoltert und sieht die Sache positiv. Was möglicherweise zur Folge hat, dass unser nächster Schritt uns auf die Mälarinseln führen sollte.«

»Stopp, stopp!«, rief Kerstin Holm. »Jetzt lasst mal die Kirche im Dorf.«

»Das sagst du nur, weil Grundström dabei ist«, entgegnete Söderstedt.

»Denn wir wissen doch, dass du wilde Spekulationen

liebst«, sagte Paul Hjelm. »Damit haben wir uns in der Vergangenheit reichlich oft beschäftigt.«

»Ich liebe sie auch«, sagte Grundström einfach. »Solange wir uns bewusst machen, dass es Spekulationen sind.«

»Okay«, sagte Kerstin Holm, und der Schatten eines Lächelns huschte über ihr Gesicht. »Also hat der Nachtwanderer mit dem Hund den Showdown gesehen? Die Konfrontation auf der Basis der Amerikaner, einem Landhaus, das einem Nils Ingvarsson gehört, der Langzeiturlaub in Brasilien macht?«

»Wenn ich du wäre«, sagte Jorge Chavez, »würde ich die Existenzform dieses Mannes gründlich unter die Lupe nehmen. Was passiert dann? Wer stirbt? Wer gewinnt?«

»Davon verrät die Geschichte nichts«, sagte Paul Hjelm. »Und wenn wir hinkommen, dürfte alles ganz normal sein. Wenn auch sehr ordentlich geputzt und staubfrei, erstaunlich nicht zuletzt angesichts der Tatsache, dass man gerade ein paar Monate Urlaub in Brasilien gemacht hat.«

»Er hat wohl eine schwarze Putzhilfe«, sagte Chavez.

»Ganz bestimmt hat er ein paar davon in der Hinterhand, die bei Bedarf herangezogen werden«, sagte Hjelm.

»Wenn euer *mastermind* denn existieren sollte«, sagte Kerstin Holm, wieder mit leicht erhobener Stimme, »dann wird ihn auf jeden Fall eine altehrwürdige Polizeiermittlung ausfindig machen. Also Arbeitsverteilung: Jorge und Jon, ihr begleitet mich in die Untersuchungshaft zum Verhör von Sven Fischer. Sara und Lena, ihr nehmt euch die Namensliste von Geir und Haavard vor. Niklas und Paul, ihr fahrt nach Färingsö. Arto und Viggo, ihr arbeitet weiter an der Identität der Bankräuber und achtet darauf, welche Fortschritte Brynolf mit dem sogenannten Rohr macht. Damit wir wenigstens eine Ahnung davon bekommen, worum es bei dieser Geschichte geht.«

»Eine kleine Ahnung haben wir uns immerhin zurechtgelegt«, sagte Arto Söderstedt.

34

Gunnar Nyberg konnte vom Dogenpalast nicht genug bekommen. Es war vielleicht nicht gerade der Inbegriff von *chic*, sich ausgerechnet auf den Dogenpalast zu kaprizieren, den absoluten Fixpunkt der Touristenströme, aber anderseits war keine Zelle in dem enormen Körper *chic* – und auch keine Zelle in dem gewaltigen Palast. Außerdem war es März, und es gab keine Touristenströme. Manchmal, wenn sie auf dem Weg vom Hotel an der Rialtobrücke durch die Gassen wanderten – aneinandergeschmiegt, sie fast verschwunden in seiner bärenhaften Umarmung zum Schutz vor den nasskalten Spätwinterwinden –, hatten sie das Gefühl, Venedig ganz für sich allein zu haben. Allerdings nicht den Dogenpalast, zu dem er immer wieder zurückkehrte, wie magnetisch angezogen von den prächtigen Sälen, aber auch von den merkwürdigen Rüstungskammern mit dem unendlich phantasievollen Arsenal an Waffen und Folterwerkzeug aus dem Mittelalter und der Renaissance – und vielleicht am meisten von den Folterkammern und Gefängniszellen im tropfnassen Kellergewölbe.

Ludmila schauderte es beim Anblick der pedantisch ausgeklügelten Folterwerkzeuge, obwohl sie sie schon zum dritten Mal sah. Sie sagte: »Auf Chios hast du an Massaker gedacht, und jetzt denkst du an Folter. Verwandelst du dich etwa in einen Psychopathen?«

Nyberg drückte sie, dass es knackte, und sagte: »Noch schlimmer. Heute Nacht fresse ich dich auf.«

Und dann dieses gemeinsame Lachen, das das Leben vermutlich um einige Wochen verlängerte. Allein auf dieser Reise hatten sie ein paar Jahre zusammengelacht.

Doch Tatsache war, dass Gunnar Nyberg selbst nicht

begriff, warum ihn dieses menschliche Verlangen, anderen zu schaden, so faszinierte, all dieser Erfindungsreichtum, wenn es galt, Leid zuzufügen. War es, weil er selbst in früher Jugend die Verlockung der Gewalt gespürt hatte? Aber es handelte sich nicht um Selbstbestrafung, nicht nur um die Reste eines in vielen Jahren aufgebauten Fakirverhaltens. Es war noch mehr. Es war wie ein Lockruf.

Ein Lockruf aus großen Tiefen.

Er schüttelte es ab, und sie gingen weiter durch die Säle.

Übermorgen würden sie das kleine Haus auf dem Land ansehen, zwanzig Kilometer von Venedig entfernt. Die Fotos, die Ludmila vom Makler mitgebracht hatte, zeigten ein hübsches kleines Haus auf einer Anhöhe nicht weit vom Meer. Er musste zugeben, dass es mindestens so anziehend wirkte wie das auf Chios. Doch Fotos waren eine Sache, die Wirklichkeit war eine andere.

Dass das Leben so gut sein kann, dachte er und drückte sie an sich.

35

Samstag, den 3. Oktober 1942,
acht Uhr vierundzwanzig morgens

*Es ist nicht wahr. Acht Uhr vierundzwanzig ist nur eine
Vermutung. Aber die Dämmerung ist da, das könnte dazu
passen, wie die Zeit einmal aussah. Das Licht sickert herein.
So dass ich schreiben kann. Es wird wohl jetzt ein bisschen
mehr geschrieben werden. Für eine Weile auf jeden Fall. Ich
bin im Limbo. In einem angehaltenen Todesaugenblick. Er
kann natürlich jede Sekunde enden.*

*Es ist etwas Merkwürdiges mit dem Tod. Man ist so lange
mit ihm umgegangen, man glaubt, ihn durch und durch
zu kennen. Und doch überrascht er einen. Es ist wohl so:
Man kann ihn nie kennenlernen. Nicht auf dieser Seite des
Lebens.*

*Aber ›auf dieser‹ ist nicht korrekt. Ich bin auf keiner Seite
des Lebens. Auf keiner Seite des Todes.*

*Es gibt im Augenblick nichts Besseres zu tun, als mit dem
Anfang zu beginnen. Mit dem allerersten Anfang. Wenn
ich es niederschreibe, beginne ich vielleicht selbst daran zu
glauben. An mein Schicksal zu glauben.*

*Es war gestern Abend wohl schon elf Uhr geworden,
bevor wir die Bestätigung erhielten, dass unser Auftrag,
die Front zu verlagern, will sagen die Nachbarruine
einzunehmen, stimmte. Wir wussten, dass uns dort
Infanteristen, Scharfschützen und möglicherweise auch
Artillerie erwarteten. Ich lese auf der vorigen Seite des
Tagebuchs, dass ich die Wartezeit mit Schreiben verbrachte.
Aber erinnern kann ich mich nicht. Das gehört einem
anderen Leben an. Einer anderen Art von Leben.*

Ich dachte: ›Die Feder nieder und das Schwert gezogen.‹ Ich hörte Maxim Kuvaldins Stimme in gebrochenem Deutsch flüstern: ›Es gibt eine Alternative.‹ Aber ich wusste nicht, was er meinte. Im gleichen Moment waren wir draußen. Die Stadt war schwarz wie Pech, wenn auch die ganze Zeit erleuchtet von unablässig da und dort aufblitzenden Explosionen. Die Stadt brüllte jetzt in der Nacht ebenso laut wie am Tag, es war kein Unterschied.

Wir liefen geduckt im geschlossenen Trupp. Ein Junge fiel neben mir, von der Kugel eines Scharfschützen getroffen. Er fiel einfach, ohne einen Ton. Sie fielen um mich her, ich lief weiter. Wir waren immer weniger, die weiterliefen, während die Kugeln um uns her pfiffen. Es gab keine echte Überlebenschance.

Wir näherten uns der Ruine eines kleineren Wohnhauses. Ein Loch klaffte zum Keller hinab. Das Haus sah wie eben gesprengt aus. Und dann begriff etwas in mir, dass es genau das war. Eben gesprengt. Von einer Bombe oder Granate, der weitere folgen würden.

Ich weiß nicht, warum ich reagierte. Ich erinnere mich nicht, ob ich wirklich dieses Pfeifen hörte, das der Explosion vorausgeht. Etwas in mir hörte es. Ich warf mich in das Kellerloch. Und dann explodierte die Welt. Die Ruine stürzte über mir zusammen, Steine, Eisenrohre fielen über mich. Staub, Erde. Ich war in mein eigenes Grab gesprungen.

Das Brüllen ging weiter, aber ich starb nicht. Oder doch? Alles war reines Hören. Kein Sehen, kein Fühlen. Nur ein Schrei aus dem Innern der Erde.

Und dann wurde es still. Vollkommen still.

In dem Augenblick wusste ich, dass ich tot war.

Vermutlich verging Zeit. Irgendwo. Aber nicht hier.

Es war pechschwarz. Ich habe vieles erlebt, aber nie eine solche Schwärze. Man kann sie nicht einmal in Begriffen wie hell und dunkel denken. Sie war absolut.

Ich muss mich aufgerichtet haben, muss in meinem Rucksack getastet und die Taschenlampe hervorgeholt haben, muss in die Schwärze geleuchtet haben. Und alles wurde anders. Von Neuem. Ich befand mich in einem Keller. Über mir lag eine massive Trümmerdecke. Ein paar Balken waren über Kreuz gefallen und hielten die ganze Ruine darüber. Und im Fußboden unter mir war eine Luke, sie war unter einem schweren Schrank verborgen gewesen, der jetzt in Trümmern dalag. Dem Inhalt des zerstörten Schranks nach zu urteilen – Geschirr und Besteck in großen Mengen – war dies der Keller eines Restaurants. Ich öffnete die Luke. Sie führte hinunter in einen Keller unter dem Keller. Ich kletterte hinab.

Und fand das Paradies.

Das heißt: reihenweise Flaschen mit Mineralwasser, Würste, getrocknete Schinken, hartes Brot, Konserven – Nahrungsmittel, die nicht anders gekühlt zu werden brauchten als durch die gleichbleibende Kälte des Erdkellers. Und sogar ein paar Flaschen Bier und Wein.

Der geheime Vorrat des Restaurants.

Ich kletterte wieder nach oben und schlief ein. Wenn man es Schlaf nennen kann.

Ich erwachte davon, dass mich die Kälte schüttelte. Sie nahm mir fast den Atem. In den Trümmern des schweren Schranks fand ich Tischdecken, große, schwere Leinentischdecken, in die ich mich wickelte. Dann kletterte ich auf einem scheppernden, rutschenden Haufen von Schutt nach oben. Ich erreichte eine Art Kante, anscheinend ganz einfach die Erdoberfläche. Ich tastete mit der Hand die Kante ab. Dann gelangte ich an eine Stelle, wo der Schutt loser war, und begann dort zu graben. Ich grub ein Loch nach draußen – ja, wohin? An die Außenwelt? Auf jeden Fall sickerte eine Art Licht herein. Ich machte die Taschenlampe aus und begriff, dass ich rationieren, das Tageslicht abwarten musste.

Es kam. Langsam ergoss es sich durch meinen ausgegrabenen Schacht und erhellte mein Limbo, mein Grab. Hier saß ich fest. Mir selbst und meinen Gedanken überlassen. Plötzlich kein Krieger mehr, nur noch ein Denker.

Der Aufruhr meines alten Ichs gegen mein neues.

Schließlich war es hell genug zum Schreiben. Am Anfang war das Wort. Ich nannte die Zeit acht Uhr vierundzwanzig. Das Wort wurde Fleisch. Ich tauschte das Schwert gegen die Feder. Ich werde es nie zurücktauschen.

Du Gott, an den ich nicht glaube, war dies deine Absicht? Ich beginne fast, es zu glauben, obwohl ich nicht an dich glaube. Du hast etwas mit mir vor. Ich wurde in einen Mörder verwandelt, einen Massenmörder. Ich verdiente es zu sterben.

Aber du hast mich nicht sterben lassen.

Du hast etwas mit mir vor.

Du Gott, an den ich nicht glaube, der du dich dafür entschieden hast, dein Auge zu verhüllen mit dem Rauch dessen, um das wir Krieg führen, willst du das zu mir sagen? ›Du hast dich geirrt, du bist nicht der, für den du dich hältst. Du bist kein Mörder. Du kannst – und im Innersten hast du immer daran geglaubt – die Welt ändern. Du kannst die Vergangenheit ändern.‹

Denn weit dahinter ist der Himmel vollkommen blau. Klarblau.

In meiner Forschung war es mir um die Vermeidung von Fossilien gegangen. Wie man Dinosaurier vermeidet, das Schicksal der Dinosaurier. Wie man fossile Brennstoffe vermeidet. Es gibt eine Alternative. Wir können sie finden, ernstlich. Ich war auf einem guten Weg, als der Krieg kam und mich mit sich riss. Ich frage mich, was geschehen wäre, wenn ich ins Ausland gegangen wäre. Hätte mich jemand haben wollen?

Alles steigt wieder auf in mir. Es reicht, das Gehirn aus

dem Morast herauszufiltern, aus den Ablagerungen des Todes und des Tötens, und zu denken. Zu diesem Zweck ist mir ein Raum geöffnet worden. Hier und jetzt.

Denn es ist klar, dass du einen Scherz mit mir treibst, Gott, an den ich nicht glaube. Du treibst einen Scherz mit mir, und es ist dein blutigster Ernst. Hier, genau an diesem Ort, an dem der Krieg sich verdichtet und sein wahres Gesicht zeigt, gerade da, wo der Kampf ums Öl in dem Rauch ebendieses Öls aufgeht, gerade hier muss es geschehen. Ich verstehe, wie du denkst.

Ich bin tot, und gleichzeitig lebe ich weiter. Du hast mich hierhergezwungen. Jemand in diesem Krieg, in dieser Höllenstadt, muss als etwas anderes sterben als als Teufel.

Du hast mir einen Raum des Denkens aufgetan. Der Raum liegt jenseits von Leben und Tod. Das werde ich mir zunutze machen.

Es gibt Papier, es gibt einen Stift, es gibt ein Gehirn.

Der Rest ist Überfluss.

Nein, der Rest ist Schweigen.

36

Dies war der Augenblick, in dem Paul Hjelm schließlich Niklas Grundströms Größe begriff.

Er hätte das Gefühl nie genau benennen können, das ihn jedes Mal überkam, wenn er dem Chef der Sektion für Interne Ermittlungen nahe war. Es war ein zeitweise ziemlich starkes Unbehagen und zugleich ein fast totales Vertrauen, eine so ungewöhnliche Kombination, dass er sie als ein *neues* Gefühl betrachten musste. Und wirklich neue Gefühle erlebt man mit zunehmendem Alter immer seltener.

Sie standen an einer Hügelkuppe auf einem schmalen Feldweg, der von dem etwas breiteren Fahrweg abzweigte. Der Schnee fiel in dicken Flocken und legte sich über Färingsö. Auf der anderen Seite der Anhöhe sah man die obere Hälfte eines ziemlich großen Hauses aus den Dreißigerjahren. Ein älterer Hundebesitzer zeigte unbeirrt auf besagtes Haus.

Während sein großer Jagdhund sich hemmungslos mit Niklas Grundströms Bein paarte.

Grundström betrachtete die Szene desinteressiert, als wäre das Bein gar nicht seins. Er hatte sich vorübergehend von seinem Bein getrennt. Es war imponierend. Und ziemlich erschreckend.

Er war ein Profi bis in die Fingerspitzen.

»Da hat es auch geschneit«, sagte der Mann. »Und es war stockdunkel. Die Blitze waren sehr deutlich. Sie kamen so schnell nacheinander, dass es eine Maschinenpistole gewesen sein muss. Ich bin pensionierter Major der Heimwehr«, fügte er stolz hinzu.

»Sie standen also genau hier?«, fragte Grundström. »Und sahen nur den oberen Teil des Hauses?«

»Ich habe das Haus eigentlich gar nicht gesehen«, antwortete der Hundebesitzer. »Aber die Blitze kamen von dort. Das weiß ich genau. Und ich stand genau hier.«

»Sie haben nicht daran gedacht, einmal genauer nachzusehen?«

»Eine Maschinenpistole genauer ansehen? Ich kann mich beherrschen.«

»Wann haben Sie es gemeldet?«

»Sobald ich nach Hause kam. Es war zwei Uhr fünfundzwanzig. Die Polizei in Ekerö sagte, es sei Freitagnacht, und sie hätten wichtigere Dinge zu tun. Und dafür bezahlt man seine Steuern.«

»Und Sie haben sonst nichts Ungewöhnliches gesehen?«

»Auf dem Weg dort unten stand ein Wagen. Zugeschneit. Ich glaube, er war weiß. Möglicherweise ein Saab 9000.«

»Stand er diesseits der Hügelkuppe?«

»Ja.«

»Dann danken wir Ihnen«, sagte Grundström und sah hinunter auf sein Bein. »Wir lassen von uns hören.«

Worauf der Hundebesitzermajor den fruchtlosen Paarungsakt abbrach und seinen Spaziergang fortsetzte.

»Ich glaube nicht, dass er irgendwelche Spuren hinterlassen hat«, sagte Hjelm, den Blick auf Grundströms Hose gerichtet.

Grundström sah ihn nur verständnislos an und ging hinüber zu einer fröstelnden Schar. An der Spitze stand ein Mann, den nicht fröstelte, denn er war in Marmor gehauen.

»Wollt ihr hier warten, Brynolf?«, fragte Grundström. »Das Haus ist noch nicht gesichert.«

Chefkriminaltechniker Brynolf Svenhagen wandte sich zu seinem Team um, erhielt ein verfrorenes mehrfaches Kopfschütteln zur Antwort und sagte: »Wir kommen mit. Die Männer frieren.«

»Okay«, sagte Grundström und stapfte durch den Tiefschnee zum Fahrweg hinunter. Hjelm versuchte, mit ihm

Schritt zu halten. Die Kriminaltechniker zockelten hinter ihnen her.

Sie gelangten an eine schneebedeckte Hecke. Hjelm blieb kurz stehen und warf durch ein Loch in der Hecke einen Blick auf einen Altan. Dann joggte er hinter Grundström her, der am Gartentor stehen geblieben war und den Handgriff untersuchte. Schließlich drückte er ihn nieder und betrat den Garten. Hjelm folgte ihm, dicht hinter ihm Brynolf Svenhagen. Die übrigen Techniker bildeten zehn Meter entfernt eine kleine ängstliche Gruppe. Es war ihnen anzumerken, dass sie lieber mindestens eine Stunde zwischen dem Verbrechen und sich selbst gehabt hätten, um außerhalb jeder Gefahr zu sein. Solche Rücksichten galten indessen nicht für ihren Chef, der die kriminaltechnische Untersuchung bestimmt gern eine Stunde *vor* dem Verbrechen beginnen würde.

Grundström knöpfte seinen eleganten Mohairmantel auf und machte das Schulterholster klar. Hjelm tat desgleichen mit seinem etwas weniger eleganten Mantel. Vom Schnee abgesehen, wirkte es wie eine Szene aus einem Western von Sergio Leone. Grundström klingelte. Der Klingelton hallte durchs Haus. Hallte leer, fand Hjelm und bewegte sich an der Fassade entlang auf den Altan zu. Er beobachtete den Schnee; es war unmöglich, in der schweren, frisch gefallenen Schneedecke irgendwelche Spuren auszumachen. Er bog um die Ecke, gelangte zur Altantreppe, blickte hinauf. Bodenlange dicke Gardinen hingen hinter den Fenstern. Er stieg die Treppe hinauf und suchte einen Spalt zwischen den Gardinen. Irgendeinen kleinen Spalt musste es doch geben. Er fand ihn an der Altantür – im selben Augenblick, als sie aufgestoßen wurde.

Ein eisiger Hauch durchfuhr ihn. Seine Hand bewegte sich instinktiv zum Pistolenholster.

Niklas Grundström sah zu ihm hinaus und sagte: »Hier ist es total sauber und aufgeräumt.«

Hjelm trat sich die Schuhe ab, so gut es ging. Er blickte sich im Raum um. Er war wie geleckt. Keine Staubflusen, wahrscheinlich kaum ein Staubkorn. Zwei Stühle mitten im Zimmer, ein Sofa, ein Tisch. Eine Art von Kahlheit, die andeutete, dass niemand hier wohnte.

Dies war keine Wohnung.

Merkwürdig war, dass die Leere die Musik wieder in Gang brachte. Mozarts *Requiem* war eine Zeit lang fort gewesen – jetzt hallte es wieder mit voller Kraft in ihm.

Paul Hjelm spürte es. Es war klar und deutlich – und selbstverständlich ungreifbar.

Hier waren Menschen gestorben.

Hier waren vor gar nicht langer Zeit Menschen gestorben.

Confutatis maledictis, flammis acribus addictis: voca me cum benedictis.

Wenn Empörung, Fluch und Rache wird gebüßt in heißen Flammen: oh, dann rufe mich zu dir.

Er machte eine Runde an den Altanfenstern entlang. Er zog die Hand über die Unterkante der Fenster. Der Kitt um das Türfenster sah etwas anders aus. Nicht viel, doch ausreichend.

Er wandte sich zu Grundström um, der seinerseits dastand und ihn beobachtete. Ihre Blicke begegneten sich. Nach einem Moment nickten beide.

»Ja, ja«, sagte Grundström. »Hier ist es.«

»Fasersuche«, sagte Hjelm zu Brynolf Svenhagen.

»Wir erwarten einen weiteren Wälzer«, sagte Grundström.

Svenhagen nickte lüstern und rief laut und vernehmlich durch die geöffnete Haustür. Und die Kriminaltechniker strömten erleichtert herein.

37

Walking in your footsteps, dachte Jorge Chavez plötzlich, als er zwischen Kerstin Holm und Jon Anderson in einem kargen Vernehmungsraum saß und darauf wartete, dass Sven Fischer geruhte, sich aus dem Zellentrakt des Polizeipräsidiums einzufinden.

Es war wirklich plötzlich.

Wie in einem Akt der Selbstgeißelung nach dem großen Fall des vergangenen Jahres hatte er die Musik aufgegeben. Sein musikalischer Rückfall während seines Vaterschaftsjahres hatte ein Ende mit Schrecken genommen. Nie mehr Musik, nie mehr ein E-Bass und, vor allem, nie mehr The Police.

Aber der sperrige Basslauf überfiel ihn aus einem tückischen Hinterhalt und rief nicht nur ein synkopiertes Trommeln auf den Vernehmungstisch hervor, sondern auch einige Textzeilen:

Hej Mr. Dinosaur / You really couldn't ask for more / You were God's favourite creature / but you didn't have a future / Walking in your footsteps.

»Hör auf zu trommeln«, sagte Kerstin Holm streng, woraufhin der elegante Geschäftsführende Direktor der Fischer Security AB eintrat, die Anwesenden höflich grüßte und sich auf der anderen Seite des Tisches niederließ, die Hände im Schoß gefaltet wie ein braver, aber nervöser Schuljunge.

Aber nervös war er allem Anschein nach nicht.

Dagegen mehr als willig, sich gefällig zu zeigen.

»So leicht ging es also nicht, die Vergangenheit zu ändern«, sagte Jorge Chavez mit einem abschließenden Trommelwirbel auf die Tischkante.

»Das habe ich nie versucht«, sagte Sven Fischer, und wenn

man genau hinhörte, konnte man irgendwo hinter der Fassade von Business-Internationalität einen deutschen Akzent wahrnehmen.

Chavez sagte: »Sie haben doch wohl nicht mit Ihrem Hintergrund als Berufsmörder im Dienst der DDR Werbung gemacht?«

Fischer zuckte verhalten mit den Schultern.

»Warum zucken Sie mit den Schultern?«, fragte Kerstin Holm. »Meinen Sie, dass Sie nicht auf unsere Fragen zu antworten brauchen?«

»Doch«, sagte Fischer und sah ihr mit einem scharfen, klaren Blick in die Augen.

»Doch?«

»Doch, ich habe durchaus damit geworben. Es hat sich als richtig gute Reklame erwiesen.«

»In welcher Weise?«, sagte Chavez verwundert.

»Unternehmen von der Art unserer Kunden wollen den Sicherheitskoeffizienten optimieren, sonst nichts. Ihrer Meinung nach lässt ein Hintergrund als Stasiagent – nicht Berufsmörder, das ist unrichtig – unverbrüchliche Loyalität und eine in diesem Zusammenhang angemessene Rücksichtslosigkeit vermuten.«

»Und vermuten sie richtig?«

»Ja. Solange die Rechnungen pünktlich bezahlt werden.«

»Wer sind Ihre Kunden?«

»Konfidenzintensive Unternehmen.«

»Konfidenzintensive Unternehmen, die den Sicherheitskoeffizienten optimieren wollen?«

»Kleine bis mittelgroße«, sagte Fischer ernst. »Die größeren Unternehmen wenden sich an größere Bewachungskonzerne. Und sind selbst schuld.«

»Übersetzen Sie bitte diese Wortkacke«, forderte Chavez ihn auf.

»Wie bitte?«, sagte Fischer mit hochgezogenen Augenbrauen.

»Was heißt ›konfidenzintensiv‹, und was ist ein ›Sicherheitskoeffizient‹?«

»›Konfidenzintensiv‹ heißt, dass der Informationsschutzbedarf unzweifelhaft ist. Ein ›Sicherheitskoeffizient‹ ist ein Risikobeurteilungsfaktor, der auf der Basis einer großen Anzahl von Parametern ein Bild des Totalschutzes ergibt.«

»Jetzt ist es doch viel klarer«, sagte Chavez mit gut verhohlener Irritation.

»Wir entwerfen individuelle Gesamtlösungen für Unternehmen, bei denen eine reale Gefahr von Industriespionage vorliegt.«

»Und was da? Arzneimittelunternehmen?«

»Zum Beispiel. Alle, deren gesamte Geschäftsidee auf etwas aufbaut, was geheim gehalten werden muss. Computerfirmen, biochemische Industrie, Süßwarenhersteller.«

»Süßwarenhersteller?«

»Wie Coca-Colas Geheimformel im Miniformat.«

»Banken?«, sagte Chavez beiläufig.

»Nein«, sagte Fischer. »Die großen Banken haben eigene Sicherheitsabteilungen.«

»Und die kleinen?«

»Die auch. In der Regel.«

»Sie meinen also, dass Sie die kleine norwegische Freibeuterbank direkt unter Ihren Füßen nie als potenziellen Kunden ins Auge gefasst haben?«

»Das ist zu speziell. Sicherheitsfirmen unserer Art können Banken nicht gerecht werden.«

»Wer kann das?«

»Sicherheitsunternehmen, die sich auf Computersicherheit spezialisiert haben«, sagte Fischer mit konsequent bewahrter Ruhe. »Die mehr auf der Finanzebene tätig sind. Wie man virtuelle Mittel schützt. Das ist nicht direkt das, was wir machen.«

»Und wer hat Ihre Wand aufgebrochen?«, fuhr Chavez fort und schlug einen neuen Trommelwirbel.

292

Sven Fischer sah mit einem Blick auf, der auf frühere Verhöre schließen ließ. Unter bedeutend schwierigeren Umständen. »Keine Ahnung«, sagte er.

»Sie haben sie ja ausgesprochen fix repariert.«

Fischer schwieg einen Augenblick. Legte die Worte im Mund zurecht. Dann sagte er: »Es ist eine harte Branche.«

»Eine glänzende Antwort«, sagte Chavez.

»Eine *unvollständige* Antwort. Ich bin unterbrochen worden.«

»Dann lassen Sie sich nicht unterbrechen.«

»Es ist eine harte Branche. Seit einigen Jahren ist der Markt gesättigt. Es ist ein Kampf auf des Messers Schneide, nicht zuletzt gegen die großen Konzerne. Wir glaubten, es wäre ein Konkurrent gewesen. Dass man uns einen schlechten Ruf anhängen wollte. Dass sie die Polizei angerufen und einen Einbruch gemeldet hätten. Wir haben die Wand neu verputzt, um dem vorzugreifen.«

»Eine gut vorbereitete Antwort«, sagte Chavez.

»Die nichtsdestoweniger wahr ist.«

»Gleichwohl hat Ihr gut getrimmtes Spionengehirn die Nacht in der Untersuchungshaft dazu benutzt, sich darüber Gedanken zu machen, nicht wahr? Wer? Warum?«

»Natürlich«, sagte Fischer gefasst. »Und außerdem über das Kompensationsanspruchsvolumen.«

»Wieder so ein Kackwort«, konstatierte Chavez.

»Schwedisch ist eine lustige Sprache«, sagte Fischer mit seinem ersten schwachen Lächeln. »Man kann Wörter wie auf einer Perlenkette aneinanderreihen und so tun, als hätte man ein neues Wort.«

»Und wie würden Sie ›Kompensationsanspruchsvolumen‹ übersetzen?«

»Es lag keinerlei juristische Rechtfertigung dafür vor, mich über Nacht festzuhalten. Zehntausend halte ich für einen angemessenen Schadensersatz. Aber noch interessanter war das Warum.«

»Das Warum?«

»Warum Sie mich eingesperrt haben. Weil man bei mir eingebrochen hatte?«

»Weil Sie der Polizei eine glatte Lüge aufgetischt haben. Und weil Sie, falls Sie in die Sache verwickelt wären, sich unmittelbums in Luft aufgelöst hätten.«

»Unmittelbums?«, sagte Fischer interessiert.

»Eine andere Eigenart des Schwedischen«, sagte Chavez. »Die Wortkreuzung. Man mischt die Synonyme ›unmittelbar‹ und ›bums‹ und erhält ›Hals über Kopf‹.«

Fischer starrte den kleinen Spanier mit den ersten Anzeichen von Verwirrung an. »Da sieht man mal«, sagte er.

»*Sind* Sie darin verwickelt?«, sagte Chavez.

»Nein.«

»Ihre Firma ist ein bekanntes ehemaliges Agentennest. Unter Ihren Füßen findet eine Geiselnahme statt. Als Sie nach der Evakuierung zurückkommen, ist in Ihrem uneinnehmbaren Büro eine Wand eingerissen worden. Sie mauern sie schneller wieder hoch, als man gucken kann. Und Sie wollen mich glauben machen, dass Sie nicht darin verwickelt sind.«

Sven Fischer zwinkerte kurz und hielt die Klappe.

»Ich dachte, Sie hätten vorgehabt, sich kooperationswillig zu zeigen«, sagte Chavez. »Um so schnell wie möglich hier herauszukommen.«

»Ich bin kooperationswillig gewesen.«

»Haben aber damit aufgehört. Was hatten Sie in der Wand?«

»Keine Ahnung.«

Chavez zuckte die Schultern und wandte sich, während er eine große braune Mappe öffnete, zunächst Kerstin Holm, dann Jon Anderson zu. Sie waren anscheinend nicht gewillt, ihn zu unterbrechen. Kerstins Blick sagte: Gut so, mach weiter.

Oder?

294

»Sie sind im Frühjahr 1978 als frischgebackener Stasiagent nach Stockholm gekommen«, sagte Chavez sachlich. »Sie waren fünfundzwanzig Jahre alt und hatten eine Grundausbildung bei den Eliteeinheiten der DDR-Armee absolviert. Sie hatten an der Universität vier Jahre Schwedisch gelernt und wurden von der Stasi speziell angefordert. In der Zeit bis zum 1. März 1984, als Sie die Leitung des Stockholmer Büros übernahmen, haben Sie, dem Dossier zufolge, fünf Menschen getötet. Zwei Engländer, einen Amerikaner, einen russischen Aussteiger sowie einen Bolivianer. Und das sind nur die schriftlich Bestätigten. Das Schicksal des Bolivianers in unseren kühlen Breiten ist ziemlich spannend. Wer war es?«

Sven Fischer starrte Chavez an. »Ich weiß nicht, wovon Sie reden«, sagte er heiser.

»Klar ist das ein bißchen überraschend«, sagte Chavez unbekümmert. »Da glaubt man, alle alten Dokumente wären vernichtet. Auf der Basis hat man sich ein Leben als erfolgreicher Unternehmer aufgebaut und ist ein friedlicher Schwede geworden. Und dann zeigt sich, dass es noch eine Kopie gab. Im Nachlass eines hohen Stasioffiziers, der kürzlich in Berlin gestorben ist. Wer war der Mann?«

»Ich weiß nicht«, sagte Fischer, leichenblass.

»Der Bolivianer also«, sagte Chavez.

»Ich habe nur Befehle ausgeführt«, sagte Fischer.

»Wie die Auschwitz-Wachen. Wer war der Bolivianer?«

»Was hat er mit der Sache zu tun?«, stieß Fischer aus. »Ich will einen Anwalt sprechen. Ich verlange einen Anwalt.«

»Offiziell?«

»Ja.«

»Ausgezeichnet«, sagte Chavez. »Dann landen alle Morde im Protokoll und werden offizielle Anklagepunkte.«

Fischer stöhnte. Sein Blick flackerte. Er war anscheinend für alle Situationen trainiert – nur nicht für diese. »Sie meinen, dass es eine Alternative gibt?«, brachte er schließlich hervor.

»Wer war der Bolivianer?«

»Hören Sie auf damit!«, schrie Fischer und stand auf.

»Setzen Sie sich«, sagte Chavez ruhig.

Fischer blieb einen Moment unentschlossen stehen, setzte sich dann wieder. Schwer.

Chavez fuhr fort: »Soweit wir es beurteilen können, waren die beiden Engländer, der Amerikaner und der ausgestiegene Russe Agenten, genau wie Sie. Es war Krieg. Kalter Krieg zwar, aber nichtsdestoweniger Krieg. Die Morde können als Kriegshandlungen angesehen werden. Aber wer war der Bolivianer?«

Fischer schloss die Augen. »Ein amerikanischer Agent, der sich als marxistischer Befreiungskämpfer ausgab«, sagte er dumpf. »Auf offiziellem Besuch bei der Partei, die sich damals VPK nannte, Vänsterpartiet Kommunisterna.«

»Wir lebten in zwei Welten, nicht wahr?«, sagte Chavez. »Unter der ziemlich friedlichen Oberfläche der gewöhnlichen Welt waren Armeen, Horden von Menschen damit beschäftigt, sich gegenseitig zu ermorden und zu foltern. Um des Friedens willen. Um des Gleichgewichts der Abschreckung willen. Damit wir nicht den Erdball in die Luft sprengten.«

»So habe ich es gesehen«, sagte Fischer. »Es war eine abscheuliche Welt. Ich möchte sie nicht zurückhaben.«

»Sie ist zurückgekommen. Ganz von selbst.«

»Es sieht so aus.«

»Wer hat Ihre Wand aufgebrochen?«, fragte Chavez.

»Ich weiß es nicht«, sagte Fischer.

»Aber Sie haben darüber nachgedacht. Über Nacht.«

»Es gibt auf jeden Fall keinen professionellen Anlass«, sagte Fischer, jetzt wieder konzentriert. »Es hängt nicht mit irgendwelchen vergangenen Aufträgen zusammen. Ich sehe keinen Moment vor mir, in dem es hätte geschehen können. Ich verbinde es auch nicht mit einer bestimmten Person. Es klingelt nichts bei mir. Das sollte es aber. Mein Überblick über unsere Aktivitäten war total. Außer gegen Ende, als die Mauer fiel und der kommunistische Block ausradiert wurde. Da war es eher chaotisch.«

»Vermutlich ist es also da geschehen? Um 1989/90?«

»Damals waren die Möglichkeiten auf jeden Fall größer.«

»Und da steht also eine bestimmte Anzahl von Personen zur Wahl? Denn es muss wohl ein aktiver Agent gewesen sein.«

»Andere hatten keinen Zutritt. Keiner kann sich unbemerkt Zugang verschafft haben. Als die Mauer fiel, waren wir eine Gruppe von Agenten, die zu bleiben und abzuwarten beschloss. Wir blieben, verbarrikadierten die Wohnung, bereit, uns freizuschießen. Aber es geschah nichts. Wir erhielten Bescheid, dass wir davongekommen waren. Die Papiere waren vernichtet. Da erwachte ziemlich bald der kapitalistische Geist in uns – der Unterschied zwischen den Feinden war immer haarfein gewesen, es ging, kurz gesagt, immer darum, wer der Stärkere war. Wir hatten ein gutes Kontaktnetz aufgebaut, das wir für unser Unternehmen nutzen konnten. Ich stellte ganz einfach meine früheren Kollegen an. Alle machten mit. Wir waren fünf.«

»Es dürfte also von Rechts wegen keiner von den fünf sein?«

»Es *kann* keiner von ihnen sein. Wir waren alle evakuiert. Saßen mit Laptops und mobilen Internetanschlüssen in einem Restaurant in Fältöversten und versuchten, die Geschäfte weiterzuführen.«

»Wer war es dann?«

»Es war, wie gesagt, eine chaotische Zeit. Agenten kamen und gingen mit verschiedenen lichtscheuen Aufträgen, nicht zuletzt, um ihre eigene Haut zu retten.«

»Aber Sie können versuchen, eine Liste für uns zusammenzustellen?«

»Das habe ich schon getan«, sagte Sven Fischer und klopfte sich an den Schädel. »Zum eigenen Gebrauch.«

Chavez nickte. »Ich will nicht wissen, wozu Sie sie haben wollten«, sagte er. »Berücksichtigen Sie dabei noch folgende Punkte: Computerfachmann im Finanzbereich, der für Andelsbanken als Sicherheitsexperte tätig war und geschickt genug ist, Ihr bombensicheres Alarmsystem auszuschalten.«

»Andelsbanken?«

»Die Bank unter Ihren Füßen«, sagte Jorge Chavez und schlug einen Trommelwirbel.

Hey mighty brontosaurus / Don't you have a message for us / You thought your rule would always last / There were no lessons in your past.

In diesem Moment riss Arto Söderstedt die Tür auf, stiefelte mit einigen Papieren in der Hand herein und sagte atemlos: »Wir haben ihn!«

38

Obduktion einer Wand, dachte Arto Söderstedt und blickte durchs Fenster in einen der Operationssäle im Keller
des Polizeipräsidiums. Auf dem rostfreien Tisch lag kein
Mensch, sondern ein Stück Wand. Aber die Handbewegun-
gen des ausübenden Technikers waren mindestens so vorsichtig wie die eines Gerichtsmediziners – einer Zunft, die
nicht unbedingt für besondere Finesse bekannt ist.

War doch die Gefahr, dass der Patient sich beklagen würde, minimal.

Und dies galt bestimmt auch für die Wand. Wenn es aber
eine *sprechende* Wand gab, dann war es diese hier. Die Hoffnung, dass sie vielleicht der A-Gruppe erzählte, was zum
Teufel sie eigentlich tat, war immer noch lebendig.

Es war ein so schwer greifbarer Fall. Ein Fall von der Art,
bei dem man sich nie darüber im Klaren ist, was eigentlich
vorgeht.

Der Mann, der sich vorsichtig durch das große Stück
Wand hackte, war kein gewöhnlicher Kriminaltechniker.
Brynolf Svenhagen hatte ihn eigens vom Nationalmuseum
angefordert. Er war Spezialist für die Restaurierung von
Kunstwerken.

Es war nämlich festgestellt worden, dass das Rohr – das
eher eine Hülse oder ein zylinderförmiger Behälter war –
etwas enthalten hatte, wahrscheinlich ein gerolltes Papier,
und zwar für ein, zwei Jahrzehnte. Das Papier hatte während
dieser Zeit höchstwahrscheinlich Abdrücke auf der Innenseite des Zylinders hinterlassen. Diese sollten jetzt rekon-
struiert werden.

Aber es dauerte so verflixt lange.

Donald Duck lachte laut und heiser. Es schien ebenso

unmöglich, sich daran zu gewöhnen, wie es loszuwerden. Söderstedt zog sein Handy aus der Tasche und drückte das von seiner Tochter Lina installierte Donald-Duck-Lachen weg.

»Söderstedt.«

»Hängst du immer noch da unten herum, du Pflegefall?«, sagte Viggo Norlander. »Wir haben auch noch was anderes zu tun.«

»Ach ja, was denn?«, sagte Söderstedt bissig.

»Das zweite Rätsel lösen«, sagte Norlander.

»Es muss das erste sein, von dem du schwafelst.«

»Nein, die Antwort auf das erste Haarrätsel war ›ja‹. Ja, Waldemar Mörner trägt ein Toupet. Hier geht es um das zweite.«

»Das zweite Haarrätsel?«, fragte Söderstedt gereizt.

Dann fiel der Groschen. Er joggte zum Aufzug und fuhr zu den Räumen der A-Gruppe hinauf. Er joggte weiter über den viel zu langen Gang und erreichte entsprechend atemlos Raum 302. Er riss die Tür auf. Norlander saß an seinem Platz des gemeinsamen Schreibtischs, während Söderstedts Platz von einem elegant gekleideten Herrn besetzt war. Kultur-attaché Pavel Ljubimow strich sich über sein welliges blondes Haar, das in besorgniserregender Weise an Waldemar Mörners Toupet erinnerte.

»Ich verstehe wenig Schwedisch«, sagte Pavel Ljubimow in seinem Englisch mit russischem Akzent.

»Shit«, sagte Viggo Norlander.

»Und Sie erhalten keine Antwort auf Ihr zweites Rätsel«, fuhr Ljubimow ungerührt fort. »Aber auf eine ganze Reihe anderer.«

Söderstedt trat hinzu und begrüßte den Hochwohlgeborenen. »Sie hätten doch nicht herzukommen brauchen«, sagte er großmütig.

»Es ist sicher besser so«, sagte Ljubimow. »Sie hinterlassen so viele Spuren.«

»Ich fürchte, wir sind nicht darin geschult, keine Spuren zu hinterlassen.«

»Also bin ich gekommen«, sagte der Kulturattaché und saugte an seinem Karamellbonbon.

Viggo blickte Arto an, Arto blickte Viggo an. Die Blicke sagten: ›Geduld, Kollege, lass ihn gewähren. Er kann beim geringsten Widerstand kalte Füße kriegen.‹

Doch die bekam er nicht. Nach einer Minute des Schweigens, wie um alle anonymen Opfer des Kalten Krieges zu ehren, sagte Pavel Ljubimow: »Ihren kleineren Räuber zu finden war kein größeres Problem. Seine DNA lag uns vor.«

»Lag vor?«

»Oder zurück, wenn man so will«, sagte Ljubimow. »In einem vergangenen Land. Einer vergangenen Epoche. Oder, wenn man das vorzieht: im Hause.«

Ljubimow opferte eine weitere Minute seiner kostbaren Zeit, bevor er seinen Schuss abfeuerte: »Ihr kleinerer Räuber heißt Mikhail Zinovjev und gehörte dem KGB an. Von 1987 bis zum Fall der Mauer war er an der Botschaft in Stockholm. Danach war er einige Jahre arbeitslos, bis er in einem Moskauer Vorort eine Stelle als Sportlehrer fand.«

»Sportlehrer?«, platzte Norlander heraus. »Und jetzt sitzt er in einer Bank in Stockholm und hält neun Personen als Geiseln fest?«

»Es liegt hier eine Kette von Ereignissen vor, die wir nicht zu deuten vermögen«, sagte Pavel Ljubimow. »Aber wir verfolgen Ihre Ermittlungen natürlich mit größtem Interesse.«

»Müssen wir das so verstehen, dass die andere DNA-Probe nichts ergeben hat?«, fragte Söderstedt.

»Ja«, sagte der Kulturattaché. »Aber das Foto Ihres größeren Räubers ist bei allen betroffenen Instanzen kursiert.«

Wieder Zeit für die berühmte Schweigeminute.

»Wir glauben, dass wir ihn identifiziert haben«, sagte Pavel Ljubimow schließlich. »Aber es ist wesentlich unsicherer. Das Bild ist nicht besonders gut.«

»Ja?«, wagte Söderstedt zu äußern.

»Er hat sich im Umfeld gewisser krimineller Gruppierungen bewegt«, sagte Hochwürden langsam. »Die Polizei in Moskau kannte ihn. Wenn es stimmt, dann heißt er Kuvaldin, Vladimir Kuvaldin. Veteran aus dem Afghanistankrieg.«

»There's a lot of war right now«, sagte Viggo Norlander.

»So ist unsere Welt nun einmal beschaffen«, sagte Ljubimow. »Wenn man seine Augen öffnet.«

»Ist es zu gewagt zu vermuten, dass sich in Ihrem Aktenkoffer ein paar bessere Fotos verbergen?«, fragte Söderstedt.

Ljubimow knallte seinen Aktenkoffer auf den Schreibtisch und fischte besagte Fotos heraus. Er legte sie nebeneinander auf den Tisch und zeigte auf ein längliches Gesicht mit geradem Nasenrücken und kurz geschnittenem Haar. »Ihr kleinerer Räuber, Mikhail Zinovjev, zweiundfünfzig Jahre alt. Und hier Vladimir Kuvaldin, Ihr größerer Räuber, einunddreißig Jahre alt. Beide wohnhaft in Moskau.«

Das Gesicht, das ihnen vom Schreibtisch aus entgegenblickte, war dem breiten slawischen aus der Bank zweifellos sehr ähnlich.

»Ja«, sagte Norlander. »Klar, das ist er.«

»Wir sind Ihnen überaus dankbar, Herr Ljubimow«, sagte Arto Söderstedt und streckte die Hand aus.

Ljubimow sah die Hand an, zog die linke Augenbraue hoch und sagte gemessen: »Ich hoffe, dass wir damit ein wenig Tatkraft im Kampf um unseren guten Ruf als Nation bewiesen haben.«

Worauf er sich umdrehte und verschwand.

Söderstedt ließ seine Hand sinken und drehte die Fotos um. Beide Rückseiten waren vollgeschrieben mit Informationen. Die Handschrift schien gut zu Ljubimows eigentümlicher Person zu passen.

»Eine gute Bekanntschaft«, stellte Söderstedt fest.

»Aber ich fresse einen Besen, wenn das kein Toupet ist«, sagte Norlander.

»Richtig geraten«, sagte Söderstedt. »Unsere Bankräuber waren ein älterer KGB-Veteran als Gehirn und ein jüngerer Kriegsveteran als Muskelpaket. Beide in hinreichend miesen Verhältnissen, um sich für die richtige Anzahl von Millionen ein paar Jahre lang hinter schwedische Gardinen zu setzen. Und irgendwo in den Kulissen hockt ein altes Mitglied des Ministeriums für Staatssicherheit. Wenn er nicht schon tot und das ganze Rätsel vom immer noch nicht geschlossenen schwarzen Loch des Kalten Krieges verschlungen worden ist.«

»Ministerium für was?«

»Oh, Muskelpaket«, sagte Arto Söderstedt in klagendem Ton.

»Oh, Pflegefall«, sagte Viggo Norlander barsch.

»Ministerium für Staatssicherheit. Stasi.«

Über diese Äußerung lachte erneut Donald Duck, lange und herzlich. Nein, es war unmöglich, sich daran zu gewöhnen. Söderstedt fummelte sein Handy aus der Innentasche seines Sakkos und sagte gereizt: »Jajajaja*ja.*«

»Da habe ich mich wohl verwählt«, sagte eine unbekannte Stimme etwas unwirsch. »Ich bin gebeten worden, diese Nummer anzurufen, wenn ich auf etwas stoßen sollte, aber ich wende mich vielleicht besser direkt an Svenhagen.«

Söderstedt zwinkerte eine Weile, bevor er die Stimme mit einem Museumsrestaurator in Verbindung brachte, der eine Wand obduzierte.

»Entschuldigung«, sagte er. »Handysalat. Sie haben ganz richtig gewählt. Sie haben also etwas gefunden?«

»Einige Abdrücke auf der Innenseite des Rohrs«, sagte der Restaurator. »Kommen Sie doch herunter.«

Sie gingen los. Im Aufzug nach unten ins Kellergeschoss betrachteten sie einander eingehend, wie um im Blick des anderen Erwartung zu entdecken.

War nicht dieses kleine Rohr der Dreh- und Angelpunkt des Ganzen?

Es bedurfte immer einer gewissen Selbstüberwindung, um die Schlupfwinkel des Gerichtsmediziners zu betreten. Dort drinnen wartete Tod, Geruch von Tod, Anblick von Tod, eine von Tod gesättigte Atmosphäre. Diesmal handelte es sich um die Ausnahme, die die Regel bestätigte.

Der Kunstrestaurator betätigte sich im Moment ganz und gar nicht als ein solcher. Keine Seidenhandschuhe, keine Lupen mit dicken Linsen, keine weichen Pinsel und keine feingliedrigen Pinzetten. Nein, er hielt eine mächtige Zange in der Hand und bog die kleine Plastikhülse um einen Metallzylinder, der mit einer Schraubzwinge am Obduktionstisch befestigt war, von innen nach außen.

»Aber was machen Sie da?«, entfuhr es Norlander.

Ohne von seiner dubiosen Beschäftigung aufzublicken, erwiderte der Restaurator: »Die Aufnahmen aus dem Inneren der Hülse sind schon gemacht – Sie finden sie dort auf dem Computer –, und jetzt müssen wir die plane Fläche beleuchten.«

»Beleuchten?«

»Die Details brauchen Sie nicht zu kennen«, erklärte der Restaurator in dem für Spezialisten üblichen herablassenden Tonfall. »Wir legen mit einem speziellen Infrarotlicht unterschiedliche Abdrücke frei.«

Die Zange ließ die von innen nach außen gewendete Plastikhülse los, die vom Metallzylinder zurückschnurrte und sich tatsächlich nahezu flach ausrollte. Der Mann legte das jetzt zu einem Plastikrechteck gewordene Röhrchen auf den Obduktionstisch und zog eine seltsam geformte Lampe heran. Dann streckte er den Rücken und sah die beiden Kriminalbeamten zum ersten Mal an. »Ich werde noch eine genauere Röntgenuntersuchung vornehmen«, sagte er. »Aber wie Sie auf dem Bildschirm sehen, kann man schon mit bloßem Auge einiges erkennen.«

Arto und Viggo betrachteten den Bildschirm des Laptops auf dem Tisch, auf dem normalerweise triefende Sägen und

304

anderes Obduktionswerkzeug zu liegen pflegten. Die Bilder waren sonderbar geformt, mit einer konstanten Krümmung, die das Gesichtsfeld verzerrte. Dennoch waren dunklere Partien zu erkennen. Irgendwelche Zeichen.

»Es sieht nach Tinte aus, möglicherweise Kugelschreiber«, sagte der Restaurator. »Allem Anschein nach hat in der Hülse ein zusammengerolltes Papier gesteckt. Entweder mit dem Text nach außen, oder die Tinte ist durchs Papier gedrungen. Im Lauf der Jahre hat der Text Spuren hinterlassen.«

»Der Text?«, sagte Söderstedt.

»Nennen wir es Text«, sagte der Restaurator ruhig. »Ziemlich kleine Zeichen, Striche, hier, die eine oder andere Krümmung, hier. Könnte Text sein. Aber es kann auch etwas anderes sein. Eine Skizze, eine Zeichnung. Das Licht wird mehr erkennen lassen.«

Die drei Herren wandten ihre Aufmerksamkeit dem auseinandergebogenen Plastikrohr auf dem Obduktionstisch zu. Der Kunstrestaurator fingerte nach dem Schalter an der seltsam geformten Lampe. Schließlich fand er ihn, man hörte ein Klicken, aber es war kein Licht zu sehen.

Nirgendwo, außer auf dem rechteckigen Stück Plastik.

Wie selbstleuchtend traten eine Anzahl von Strichen und Haken auf der Plastikoberfläche hervor, ergaben jedoch kein einziges erkennbares Zeichen.

Ein Tintenkringel sah aus wie eine leicht gedrehte Spaghetti, während ein anderer entfernt an einen Diamanten erinnerte.

Arto Söderstedt presste die Lider zusammen. Die Welt nahm plötzlich eine neue Form an.

Er sah sich selbst, wie er eine Reihe herausgezogener Schreibtischschubladen in einer bestimmten Reihenfolge schloss, an die er sich bis zu seinem Todestag erinnern sollte. Er hörte, wie es oben links in dem alten Schreibtisch knackte und ein kleines Schubfach sich zur Seite hin öffnete.

Doch es stimmte nicht.

Wie in Dreiherrgottsnamen sollte es auch stimmen?

Es waren zwei Welten.

Es gab nicht eine einzige Verknüpfung zwischen Arto Söderstedts neu angeschafftem Schreibtisch aus dem 18. Jahrhundert und dieser Hülse aus einer Wand in einem alten Spionennest. Nicht eine einzige.

Aber dann ...

The Big Bang.

Im Anfang war das Chaos. In einem grenzenlosen Universum segelten Erinnerungspartikel umher. Äonen vergingen, bevor die Atome anfingen, sich ineinander zu verhaken und Himmelskörper zu bilden. Die Himmelskörper wuchsen flammend in einem hemmungslos expandierenden Universum.

Etwas Weißes trat hervor. Vor dem Weißen wuchsen die Körper heraus, nacheinander in einer langen Reihe. Eine lange Reihe geparkter Autos im Schnee an einem Straßenrand. Ein großer Hof auf einem Feld mitten im Schnee. Menschen, eine Familie, zwei Familien, eine Menschenansammlung. Ein Auktionator mit Bauernkäppi und geöltem Mundwerk schritt auf und ab. Eine klapperdürre Dame von Mitte siebzig mit Namen Laura. Ein Mann im Nadelstreifenanzug mit karierter Fliege in der winterlichen Landschaft. Und noch etwas.

Viggos verschmitztes Lächeln.

Arto Söderstedt öffnete die Augen.

Viggo Norlander sah ihn entsetzt an. »Arto, verflucht«, sagte er. »Ist es das Herz?«

Söderstedt starrte ihn an. »Nein«, sagte er schließlich. »Das Gehirn.«

Norlander atmete pustend aus. Söderstedt sah sich um. Sah einen verwunderten Kunstrestaurator, sah eine Lampe ohne Licht, sah einen Obduktionstisch mit einem Stück Wand darauf, sah ein rechteckiges Stück Plastik mit leuch-

306

tenden Zeichen. »Beim nächsten Mal aber sauberes Spiel, meine Herren«, sagte er.

»Also Gehirnblutung?«, sagte Norlander beruhigt.

»Du hast mir geholfen, Viggo. Es war nicht ganz regelkonform, aber ich habe den Schreibtisch bekommen. Erinnerst du dich?«

»Ich habe nicht die leiseste Ahnung, wovon du redest.«

»Erinnerst du dich an die Auktion, Viggo? Hinterher, als wir den Schreibtisch zum Auto trugen, saß ein Mann in einem Anzug und mit karierter Fliege auf der Treppe und sagte: ›Beim nächsten Mal aber sauberes Spiel, meine Herren.‹«

Norlander versuchte, sich zurückzuversetzen. Es schien nicht richtig gelingen zu wollen. »Ich habe dir geholfen, den Schreibtisch zu tragen«, sagte er zögernd.

»Du hast mir während der Auktion geholfen«, sagte Söderstedt. »Ich bekam plötzlich Konkurrenz von zwei professionellen Antiquitätenhändlern. Ein Mann mit einer karierten Fliege und eine alte Dame namens Laura. Ich hätte den Schreibtisch von Rechts wegen nicht bekommen. Doch beide verstummten während des Bietens. Nachher saß der Mann mit der Fliege auf der Verandatreppe, rieb sich das Schienbein, drohte mit dem Zeigefinger und sagte: ›Beim nächsten Mal aber sauberes Spiel, meine Herren.‹«

»Ich kann mich bestenfalls an einen Mann erinnern, der dasaß und komisch aussah«, sagte Norlander angestrengt.

»Da hast du so verschmitzt gelächelt«, sagte Söderstedt, »wie um zu sagen, dass du es warst, der die Konkurrenten zum Schweigen gebracht hat.«

»Wieso die Konkurrenten zum Schweigen gebracht?«

»Während des Bietens. Während ich für den Schreibtisch bot.«

»Ich erinnere mich nicht richtig«, ächzte Norlander.

»Du hast unserem Freund mit der Fliege einen kleinen Tritt vors Schienbein verpasst. Und was du mit der armen

Frau Laura gemacht hast, wage ich mir gar nicht auszumalen.«

Norlander grübelte schweigend. Am Ende sagte er: »Während du für den verdammten Schreibtisch geboten hast, habe ich mich um Sandra gekümmert, die hingefallen war. Ich hatte einen Schnuller in der Tasche, mit dem ich ihr den Mund gestopft habe.«

»Aber der Fliegenmann? Frau Laura?«

»Ich habe keinen blassen Schimmer, wovon du redest.«

»Ich hätte es ahnen müssen«, stieß Söderstedt aus. »Es ist wohl klar, dass du so etwas nicht für mich getan hättest.«

»Danke sehr«, sagte Norlander gekränkt.

»Ich habe keinen klaren Kopf gehabt«, fuhr Söderstedt fort. »Ich war blind vor Glück über den Schreibtisch.«

»Du warst blind, kurz und gut. Und bist es geblieben.«

Söderstedt nickte und bremste sich. Versuchte, sich die Szene zu vergegenwärtigen, sie physisch noch einmal zu erleben. »Da war noch ein anderer«, sagte er schließlich. »Klar, da war doch noch ein anderer?«

»Hundert Leute, verdammt gutes Gedächtnis.«

»Er hat mit mir geredet«, sagte Söderstedt. »Über den Schreibtisch. Obwohl er behauptete, er wäre auf etwas anderes aus ... Besteck.«

»Besteck?«

»Besteck und Krüge. Das muss er gewesen sein. Er war ein bisschen hartnäckig, als wollte er mich kontrollieren. Kontrollieren, dass ich mitmachte.«

»Bist du jetzt völlig durchgeknallt, Pflegefall?«, sagte Viggo Norlander.

»Es war ein Mann mit einer Uhr«, sagte Arto Söderstedt.

39

Samstag, den 3. Oktober 1942,
acht Uhr zwölf am Abend

Der Tag einer merkwürdigen Verwandlung geht seinem
Ende entgegen; wir können es zwölf Minuten nach
acht am Abend nennen, das klingt schön. Das schwache
natürliche Licht, das mir das Schreiben am Tage ermöglicht
hat – allerdings an einem anderen Ort, ich schreibe
inzwischen meistens an einem anderen Ort –, ist von
der hereinbrechenden Dämmerung verdrängt worden.
Ich habe ein kleines, gut kontrolliertes Feuer gemacht,
das mir als Wärme- und als Lichtquelle dienen muss,
während ich, in viele Lagen von Tischtüchern aus dem
verlassenen Restaurant gewickelt, dasitze und versuche, den
außergewöhnlichen Tag Revue passieren zu lassen, an dem
ich, einst reiner Körper, zu reinem Gehirn geworden bin.
In diesem Augenblick zwischen Leben und Tod, der mein
Zuhause geworden ist, habe ich verstanden, wer ich bin.
Ich bin zurück in der Landschaft meiner Kindheit, in
den Wäldern Brandenburgs. Ich saß in dem kleinen Haus
meines Großvaters mitten in der Wildnis. Über uns wölbten
sich die Tannen, wir saßen am Feuer, und um uns her
brach die Dunkelheit herein. Großvater las mir etwas vor,
er las Jules Verne. Die geheimnisvolle Insel. Großvaters
barsche Stimme, die einen völlig anderen Klang bekam,
wenn er vorlas, faszinierte mich. Mehr noch fesselte mich
die Erzählung von den fünf Nordstaatlern, die während
des amerikanischen Bürgerkriegs in einem Heißluftballon
aus einem Gefangenenlager fliehen und auf einer seltsamen
Insel landen. Ein Satz des Ingenieurs Cyrus Harding hat

sich für immer in meinem empfänglichen kindlichen Sinn
festgesetzt. Er sagt: ›Ich glaube, dass eines Tages Wasser als
Brennstoff verwendet werden wird, dass der Wasserstoff
und der Sauerstoff, aus denen es zusammengesetzt ist,
entweder für sich oder zusammen eine unerschöpfliche
Quelle für Wärme und Licht bieten werden.‹

Wasser, diese dem Anschein nach harmlose Flüssigkeit, die
mehr als die Hälfte des Erdballs bedeckt, aus der mehr als
die Hälfte unseres Körpers besteht, bindet ja eine enorme
Energie. Diese Energie sollte freigesetzt werden können.

Ich glaube fest, dass es die Vision von Jules Verne war, die
mich dazu brachte, Physik und Chemie zu studieren, und
die Welt, in der ich aufwuchs, experimentierte von nun an
mit den Möglichkeiten des Wasserstoffs. Doch dann kam
der Krieg, der große Erdölkrieg.

Drei Viertel der Masse des Universums bestehen aus
Wasserstoff, neunzig Prozent aus allen seinen Molekülen.
Das ist wahrhaftig eine unendliche Energiequelle. Und wenn
Wasserstoff verbrennt, bleibt nur Wasser zurück. Zuerst
zieht man Wasserstoff aus dem Wasser, dann verbrennt
man ihn zu Wasser. Und in diesem Kreislauf hat man alle
Energie freigesetzt, die auf dem Erdball benötigt wird.

Ich bin 1913 geboren. Das bedeutet, dass ich im
nächsten Jahr dreißig geworden wäre, wenn ich hätte leben
dürfen. 1923 war ich also zehn Jahre alt. Da las ich die
Übersetzung eines Vortrags, den ein Mann namens Haldane
in Cambridge gehalten hat. Er sprach über die unendlichen
Möglichkeiten des Wasserstoffs, seine überlegene Fähigkeit,
Energie zu lagern wie auch zu produzieren. Er baute das
komplette Szenario einer Welt auf, in der alle Energie
sauber ist. Keine Ölabgase, keine Umweltverschmutzung,
keine Fossilien, die die Atmosphäre vergiften. Und es gab
keinen Grund zu glauben, dass es sich um eine Utopie
handelte. Haldanes Vision war vollkommen realistisch.
Wenn man wirklich wollte.

Dass es ein paar Grundprobleme gibt, die gelöst werden müssen, war mir früh bewusst. Ich machte mich daran, sie zu lösen. Das war mein Forschungsvorhaben.

Wasserstoff findet sich zwar überall im Universum, doch das große Problem besteht darin, es in Form von Wasserstoffgas zu erhalten. Es gibt verschiedene Methoden, und man kann sie in zwei Hauptgruppen teilen. Die einfachste besteht darin, fossile Brennstoffe mit Wasserdampf reagieren zu lassen, doch diese Methode ist nicht besonders effektiv, und außerdem ist das Endprodukt Kohlendioxid. Die zweite Methode ist die Elektrolyse, bei der auf elegante Art und Weise Wasser in Wasserstoff und Sauerstoff getrennt wird. Der Wasserstoff blubbert an der Kathode hoch, der Sauerstoff an der Anode. Doch es ist die Zufuhr von Elektrizität erforderlich.

Ich glaubte, eine dritte Methode gefunden zu haben, eine viel effektivere, und auf diese war der erste Teil meiner Forschung ausgerichtet.

Aber der grundlegende Prozess Wasser-Wasserstoff-Wasser bringt weitere Probleme mit sich. Das nächste ist das Problem der Aufbewahrung. Wie lagert man Wasserstoffgas? Eine Welt, die ihre gesamte Energie aus Wasserstoff bezieht, müsste über enorme Lagerungskapazitäten verfügen. Komprimierung ist möglich, doch nur bis zu einem gewissen Grad. Die beste, aber schwierigste Methode ist die Herstellung flüssigen Wasserstoffs, doch sie erfordert Temperaturen nahe dem absoluten Nullpunkt.

Auch hier glaubte ich, einer Alternative auf der Spur zu sein. Einer vorübergehenden, leicht lösbaren Vereinigung, die Wasserstoff zu einer leicht zu lagernden Substanz machte.

Schließlich die Verbrennung – oder vielleicht sollte ich es die Energiegewinnung nennen, denn es gibt sowohl kalte als auch warme Verbrennung. Die warme findet in Wasserstoffmotoren statt – so haben wir Deutschen es in

den Zeppelinen praktiziert, die vor gar nicht so langer Zeit
(auch wenn es einem so vorkommt) die alte und die neue
Welt verbanden, vollkommen friedlich. Das Wasserstoffgas
im Ballon konnte als Reservebrennstoff genutzt werden.

Kalte Wasserstoffverbrennung dagegen findet in
sogenannten Brennstoffzellen statt, die die wirkliche
Zukunft sind. Sie wurden schon 1839 erfunden und stellen
das Gegenteil des Elektrolyts dar. Man führt Wasserstoffgas
und Sauerstoff zu. Der Wasserstoff oxidiert an der Anode,
und der Sauerstoff wird an der Kathode reduziert. Energie
wird freigesetzt – es bildet sich Wasser.

Mit den Brennstoffzellen lässt sich auch vieles machen,
und ich arbeitete mit entsprechenden Ideen in meiner
Forschung.

Als sie unterbrochen wurde.

Hitler wusste, dass wir den letzten Krieg verloren hatten,
weil unsere Abhängigkeit von der Kohle viel zu groß war.
Stattdessen richtete er sich darauf ein, den Krieg mit Öl zu
betreiben. Dies ist ein Ölkrieg. Und es dürfte nicht der
letzte sein.

Es ist seltsam, in der jetzigen Lage in solchen Bahnen zu
denken. Aber etwas im Hier und Jetzt hat mich veranlasst,
die Perspektive schrumpfen zu lassen, fast als wäre dies
wirklich – beabsichtigt.

Der Tag verging in seltsamer Klarheit. All meine alten
Gedanken, Ideen, Einfälle, Ansätze breiteten sich vor
mir aus, und ich schloss wieder zu mir selbst auf. Als die
Dämmerung meine eigenartige Höhle – diesen Hohlraum
in der Zeit – in Dunkel zu tauchen begann, befand ich mich
an dem fortgeschrittensten Punkt, den ich je erreicht hatte.
Zahlreiche Fäden waren in die Zukunft ausgeworfen, und
ich war bereit, mich mit ihrer Hilfe hinüberzuziehen in
die nächste Phase. Mein zweites Notizbuch begann sich zu
füllen, und ich öffnete mit einer gewissen Zufriedenheit eine
Konservendose. Ich öffnete sogar eine Flasche Wein.

Es war ein besonderer Tag. Der Lärm des Krieges, das Brüllen der Höllenstadt, reichte nicht zu mir hinab; ich muss tief unter ihren Ruinen begraben sein. In den Augenblicken, die vergingen, während das schwache Tageslicht vor meiner kleinen Öffnung zur Außenwelt verschwand, wurde ich von deiner absoluten Abwesenheit durchströmt, du Gott, an den ich nicht glaube. Ich danke dir dafür, dass du alles in unsere Hände legst.

Zum ersten Mal seit einigen Jahren empfand ich eine gewisse Zufriedenheit, vielleicht sogar Zuversicht. Ich war leicht wie ein mit Wasserstoff gefüllter Ballon, bis an den Rand mit Wasserstoffgas gefüllt, und der Wein kreiste in meinem Mund und umspülte sämtliche Geschmacksknospen.

Es war kein Leben mehr, es war etwas anderes. Aber es fühlte sich gut an.

Eine Welt lag vor mir.

Eine Welt mit klarblauem Himmel.

Ich schlief mit dem Stift in der Hand ein. Gerade bin ich aufgewacht. Ich weiß nicht, wie viel Zeit vergangen ist. Das Einzige, was ich weiß, außer dass ich es niederschreiben muss, ist, dass es ein Geräusch ist. Zum ersten Mal seit sehr langer Zeit höre ich ein Geräusch, das nicht von mir selbst herrührt.

Jemand gräbt an meiner Öffnung.

Jemand dringt aus der Außenwelt herein.

So kurz war also mein Aufschub.

Ich muss dich gestört haben, Gott, an den ich nicht glaube. Meine Gewaltsamkeit muss selbst dich gestört haben, der du alles gesehen hast. Du hast mich in die Welt des Denkens zurückkehren lassen, wenn auch nur, um meine Lebensgeister wieder erwachen zu lassen und mich

*dann richtig zu Boden strecken zu können. Gelegen habe
ich ja schon.*

*Dies hier hat eine bessere Wirkung, ich stimme dir zu,
Gott, an den ich nicht glaube. Diesmal wird mein Fall tief.*

*Ich muss jetzt die Feder niederlegen und zum Schwert
greifen.*

*Es ist eine raffinierte Strafe, Gott, an den ich nicht glaube.
Ich bin beeindruckt.*

*Ich sehe es nicht, es ist kohlschwarz, aber ich nehme an,
dass das Loch zur Außenwelt in der nächsten Sekunde groß
genug ist, um einem Menschen Platz zu bieten.*

*Äußerst widerwillig, wie du merkst, Gott, an den ich
nicht glaube, lege ich die Feder nieder.*

Ich greife zu meiner Waffe.

40

»Es war ein Mann mit einer Uhr«, sagte Söderstedt.

»Uhr, wieso Uhr?«, sagte Viggo Norlander.

Der Restaurator, eben noch überaus beredt, sagte nichts. Er war zum Zuschauer einer Szene geworden, von der er nichts begriff. Er gab auf, da ihm die Statistenrolle nicht zusagte, und wandte sich wieder dem Plastikstück mit den leuchtenden Zeichenfragmenten zu.

Söderstedt zeigte einen Moment lang mit wippendem Zeigefinger auf Norlander. »Der Mann sagte, er zöge es vor, seine Uhr ›Chronometer‹ zu nennen«, sagte er schließlich und fügte hinzu: »Komm mit!«

Damit zerrte er den nicht unbedingt begeisterten Kumpel durch die Tür und bis zum Aufzug.

»Ich nehme an, es ist sinnlos, dich um eine Erklärung zu bitten, was du eigentlich machst«, murmelte Norlander.

»Jemand wollte, dass gerade ich diesen Schreibtisch bekomme«, sagte Söderstedt. »Und ich war der Meinung, das wärst du.«

»Ich bevorzuge Ikea-Schreibtische, wie du weißt.«

»Aber ich dachte, du wolltest nett sein. Ich hätte es besser wissen müssen.«

»Erkläre dich auf der Stelle«, verlangte Norlander.

»Ungeheuer gut versteckt befand sich in diesem Schreibtisch ein altes Blatt Papier, das fast haargenau so aussah wie das aus der Wand in der Skeppargata.«

Viggo Norlander erstarrte. Auch als die Aufzugtür sich öffnete, regte er sich nicht. Arto Söderstedt musste ihn mit einem leichten Schubs in den Aufzug drängen.

Im Aufzug sagte Norlander: »Aber das ist doch lächerlich.«

»Ich weiß«, sagte Söderstedt. »Um das Geheimfach in meinem außerordentlich schönen Barockschreibtisch zu öffnen, muss man die Schubfächer in einer bestimmten Reihenfolge schließen. Es ist ein subtiler Mechanismus, und es war wohl kaum beabsichtigt, dass ich das Papier finden sollte. Aber jemand wollte wissen, wo es war. Meine Wohnung sollte als eine Art Bankfach dienen.«

»Aber warum gerade deine? Warum ausgerechnet du unter allen Spinnern auf der ganzen Welt?«

»Angenommen, er ist es«, sagte Söderstedt. »Angenommen, es war wirklich unser ehemaliger Stasiagent, unser Mastermind, auf den ich während der Auktion gestoßen bin. Dann kann ihm nicht unbekannt sein, dass ich bei der Polizei bin. Wahrscheinlich ist ihm auch die A-Gruppe nicht unbekannt, und er weiß, dass aller Wahrscheinlichkeit nach wir diejenigen sind, die eingeschaltet werden, wenn seine Kumpane die Bank auf Karlavägen berauben. Also verfolgt er einen bestimmten Zweck damit, das Papier mir zuzuspielen. Nicht mir persönlich, sondern es *bei* mir zu deponieren.«

»Was sind das für Papiere?«, fragte Norlander. »Zwei gleiche?«

»Oder fast gleiche. Schwer zu sagen. Er hatte *eines*: Das legte er in den Schreibtisch und deponierte es bei mir. Und er holte ein *zweites* aus der Wand in seinem alten Spionennest. Sie hängen zusammen. Und möglicherweise ist er auf weitere aus.«

»Aber wie konnte er wissen, dass du diesen Schreibtisch kaufen würdest?«

»Ich hatte eine Suchanzeige im Internet: ›Schreibtisch älteren Baujahrs mit vielen Fächern zu kaufen gesucht.‹ Nach einigen Wochen erhielt ich eine Mail über eine Auktion, auf der ein Schreibtisch, der meinen Kriterien entsprach, angeboten wurde.«

»Außer Spion ist er ja Hacker«, sagte Norlander. »Er knackte die ›sicherste finanzielle Firewall der Welt‹. Er muss uns digital überwacht haben, die ganze A-Gruppe. Eine Art und Weise gesucht haben, sich einem von uns zu nähern. Er sah deine Suchanzeige und besorgte einen passenden Schreibtisch.«

»Aber was will er mit uns?«, fragte Söderstedt.

Der Aufzug fuhr auf und ab. Neu Einsteigende beäugten misstrauisch das weltabgewandte Paar, das an der hinteren Fahrstuhlwand stand und über Spione diskutierte.

»Wir sind keine Spione«, sagte Norlander.

»So einfach, meinst du? Wir sind eine offizielle Instanz, die von Nachrichtendiensten ganz unbeleckt ist?«

»Warum nicht? Schweden ist ja während des Kalten Krieges oft als neutraler Boden genutzt worden, hier hat man Gefangene ausgetauscht, hier hat man zwielichtige blockübergreifende Abmachungen getroffen.«

»Schweden als großer Checkpoint Charlie«, nickte Söderstedt und hielt den Fahrstuhl an.

Sie kehrten zu den Räumen der A-Gruppe zurück. Söderstedt ging voran, und Norlander begriff, dass es keinen Sinn hatte zu fragen, wen sie aufsuchen würden. Einfach abwarten.

Sie gelangten zum Zimmer 304 und traten ein, ohne anzuklopfen. Sara Svenhagen und Lena Lindberg saßen vor ihren Monitoren. Keine von beiden blickte auf, aber Sara sagte: »Im Moment bitte nicht.«

»Was ›im Moment bitte nicht‹?«, sagte Viggo.

»Stört uns jetzt bitte nicht«, sagte Sara. »Geir hat uns gerade alle Dateien geschickt. Wir müssen sie vor Feierabend noch ordnen.«

»Mit Fotos?«, sagte Arto Söderstedt und zeigte auf Sara Svenhagens Bildschirm, auf dem sich ein ziemlich unansehnlicher Mann breitmachte.

»Ja«, sagte Sara Svenhagen und betrachtete besorgt den energischen Finnlandschweden.

Söderstedt sah selbst ein, dass sein Blick vermutlich etwas

Manisches hatte. Er war sich auch durchaus bewusst, dass in der A-Gruppe eine konstante Erwartung an seine manischen Zustände geknüpft war.

Es war der geeignete Augenblick, sich dieser Erwartung zu bedienen. »Geirs Dateien«, sagte er. »Das bedeutet also sämtliche Dateien über Computerspezialisten, die mit der Programmierung der supersicheren finanziellen Firewall der Andelsbank befasst gewesen sind?«

»Ja«, flüsterte Sara Svenhagen.

»Blättre sie mal durch.«

Sara Svenhagen und Lena Lindberg wechselten Blicke über den Schreibtisch hinweg. Lena nickte kurz.

»Wenn du sagst, wozu du es brauchst«, sagte Sara und gab sich einen Ruck.

»Mach schon«, sagte Arto.

Mit finsterer Miene betätigte Sara Svenhagen die Maustaste und blätterte Bild auf Bild des Verzeichnisses der Computerspezialisten durch. Eine illustre Versammlung. Menschen, die dafür zuständig waren, dass unser Geld sich in Einsen und Nullen in einem digitalen Cyberspace verwandelte. Menschen, die dafür verantwortlich waren, dass die Weltwirtschaft nicht zusammenbrach. Menschen, deren Geschicklichkeit dafür sorgte, dass unser bescheidenes Erspartes in einem virtuellen Banktresor blieb, in den kein Virus je hineingelangen und dessen Schloss kein Eindringling je knacken würde. So sahen sie also aus: eine Kette durchschnittlicher Physiognomien. Es war nichts Auffallendes an ihnen, selbst wenn ein vorurteilsbeladener Blick die eine oder andere Abneigung empfinden mochte.

Söderstedt stand über Svenhagens Computer gebeugt. Seine engelblauen Augen glühten vor – ja, vermutlich vor Betastrahlung, weil sie weniger als zwanzig Zentimeter vom Bildschirm entfernt waren. »Ouä«, stieß er plötzlich aus.

Sara Svenhagen nahm den Finger von der Maustaste und sah ihn an. »Was?«, fragte sie.

»Zurück«, sagte Söderstedt.

Sie gehorchte, Klick für Klick, bis Söderstedt auf den Bildschirm zeigte. »Der«, sagte er.

Da drückte sie auf eine Taste ihrer Tastatur, und das Bild verschwand.

»Aber!«, sagte Söderstedt empört.

»Zuerst sollst du erzählen, worum es geht«, sagte Svenhagen energisch. »Jetzt sei ein guter Junge, dann kriegst du auch das Bild zu sehen.«

Aber Arto Söderstedt schien die Sprache verloren zu haben. Er starrte Sara nur an wie einen von bösen Geistern besessenen Menschen.

Norlander musste einspringen: »In Artos neu gekauftem Schreibtisch war genauso ein Papier wie in der Wand in der Skeppargata. Jemand wollte, dass Arto den Schreibtisch bekam. Der Mann auf dem Bildschirm.«

»Was?«, wiederholte Sara Svenhagen.

»Ich muss es zu Fischer bringen«, sagte Söderstedt und riss sich zusammen. »Schnell, bevor sie ihn gehen lassen.«

»Es wäre albern, wenn die Polizei selbst die polizeiliche Ermittlung behindert«, ergänzte Norlander.

Sara Svenhagen betätigte eine Taste auf der Tastatur. Das Bild kam zurück.

Ein robuster Mann um die fünfzig. Ein wenig bemerkenswertes Gesicht mit einem schwachen Lächeln.

»Johan Lidström«, las Sara vor. »Arbeitet für eine Firma mit Namen Svenska Säkerhetssystem AB. Wurde bei der Errichtung der schwedischen Filiale von Andelsbanken als Berater hinzugezogen. Vor allem verantwortlich für ...«

» ... die interne Sicherheitsnetzwerkkabellage«, unterbrach Lena Lindberg laut und deutlich.

»Bist du sicher, Arto?«, fragte Viggo Norlander. »Ich erkenne ihn jedenfalls nicht wieder.«

»Du hast in dem Augenblick deiner Tochter einen Schnuller in den Mund geschoben«, sagte Arto Söderstedt, ohne den Blick von dem ästhetisch wenig ansprechenden Bild abzuwenden.

»Das ist keine ausreichende Antwort auf meine Frage«, sagte Norlander.

»Ich bin sicher«, sagte Söderstedt. »Der Mann mit dem Chronometer.«

»Ich drucke es aus«, sagte Svenhagen.

Während der Drucker losratterte, versuchte Lena Lindberg, diverse lose Fäden miteinander zu verknüpfen. »Das ist mir einfach zu absurd«, sagte sie. »Was hat dein Scheißschreibtisch mit dem Überfall auf die Bank zu tun?«

»Das ist durchaus noch ein wenig unklar«, sagte Söderstedt hilfreich.

»Was sind das für Papiere?«

»Ich habe eines zu Hause. Ich hole es, so schnell ich kann.«

»Aber was ist es?«, Lena Lindberg ließ nicht locker. »Steht etwas darauf?«

»Auch das ist noch ein wenig unklar.«

»Nun hör schon auf«, sagte Sara Svenhagen und ging zum Drucker. »Hör auf oder sag, was Sache ist.«

»Dies ist alles ganz neu«, sagte Söderstedt. »Ich habe noch nicht alles zusammengesetzt.«

Der Drucker war fertig. Svenhagen nahm ein paar Blätter heraus. Söderstedt riss sie höchst unhöflich an sich und stürzte aus dem Zimmer. Nach einigen Momenten des Zögerns folgten ihm die anderen.

Arto Söderstedt hastete den Flur der A-Gruppe entlang. Ohne dem weiter Beachtung zu schenken, hörte er, wie er verfolgt wurde. Bei der zweiten Treppe musste er innehalten, um nicht ganz aus der Puste zu sein, wenn er den Trakt der Untersuchungshaft betrat. Während er die Sicherheitskontrolle passierte und darauf wartete, das Klarzeichen zu erhalten, traf zuerst Lena Lindberg ein, danach Sara Svenhagen und als Letzter, vernehmbar keuchend, Viggo Norlander. »Ich bin ein alter Mann«, ächzte er.

Eine eindeutig lebensmüde Wache begleitete sie durch die Flure der Untersuchungshaft und ließ sie durch eine der vielen Türen eintreten.

Söderstedt war der Erste. Auf der einen Seite eines Tisches saßen Kerstin Holm, Jorge Chavez und Jon Anderson. Ihnen gegenüber saß Sven Fischer.

Chavez schlug an der Tischkante einen Trommelwirbel, und Arto Söderstedt stieß atemlos aus: »Wir haben ihn!«

Woraufhin sich drei weitere Beamte hinter ihm in den kleinen Vernehmungsraum drängten.

Sven Fischer sah die sieben Polizeibeamten an und sagte: »Die schwedische Polizei hat phantastische Ressourcen.«

Kerstin Holm stand auf und zog Söderstedt in eine Ecke des Vernehmungsraums. »Was machst du, Arto?«, flüsterte sie, eher kollegial neugierig als chefmäßig erzürnt.

»Ich musste rechtzeitig kommen, bevor ihr ihn loslasst«, flüsterte Söderstedt zurück. Seine Stimme klang halb wie ein Röcheln, halb wie ein Pfeifen.

»Um ein Haar hätten wir das getan«, flüsterte Holm und nahm ihm die Papiere aus der Hand.

»Johan Lidström«, flüsterte Söderstedt, »hat vor gut einem Jahr bei der hiesigen Andelsbank als Berater für Datensicherheit gearbeitet.«

»Und wie bist du darauf gekommen?«

»Das ist eine lange Geschichte. Ich glaube nicht, das ich sie flüstern kann, ohne dabei in Ohnmacht zu fallen.«

»Okay«, nickte Holm. »Könnte es Komplikationen geben, wenn wir ihn Fischer zeigen?«

»Möglicherweise, wenn wir ihn gehen lassen müssen. Wenn sie irgendwie unter einer Decke stecken. Dann könnte er Lidström warnen. Aber ich glaube es nicht. Dies hier ist ein Alleingang von Johan Lidström.«

»Ich versuche, Fischer noch eine Weile dazubehalten. Aber ...«

»Aber ...?«

»Aber du musst deiner Sache verdammt sicher sein, Arto. Richtig verdammt sicher.«

Söderstedt schnitt eine Grimasse.

»Also?«, flüsterte Holm.

»Ich verlasse mich nur auf meine Erinnerung«, flüsterte Söderstedt. »Eine flüchtige Erinnerung von fünf Sekunden.«

»Wir dürfen uns keine Blöße geben. Wie sicher bist du?«

»Ganz sicher«, sagte Söderstedt laut.

»Also gut«, sagte Holm. »Dann mach.«

Söderstedt räusperte sich und trat zu den versammelten A-Gruppen-Mitgliedern, die einander mit einer gewissen Verwunderung betrachteten.

Viggo Norlander konnte sich kaum noch auf den Beinen halten. »Pflegefall«, sagte er, als Söderstedt näher kam.

Söderstedt drängte sich an der Gruppe vorbei und legte ein Papier auf den Tisch vor dem eleganten Direktor von Fischer Security A B, der indessen ein wenig gerupft aussah; Chavez schien ihn hart rangenommen zu haben.

»Kennen Sie den Mann?«, fragte Söderstedt.

Sven Fischer warf einen Blick auf den Computerausdruck. Er nahm ihn in die Hand und betrachtete ihn genauer. Dann begann er zu lachen. Es war ein merkwürdiges Geräusch. »Jahaa«, sagte er. »Das hätte man ahnen müssen.«

»Sie kennen ihn also?«, sagte Söderstedt.

»Ja«, sagte Fischer und legte das Papier auf den Tisch.

»Wer ist es?«

»Andreas Becker«, sagte Fischer. »Ein ausgezeichneter Agent.«

»Er nennt sich jetzt anders.«

»Ich wusste, dass er eine perfekte Parallelidentität hatte. Wir, die in der Firma geblieben sind, haben darauf verzichtet. Es konnte unglaublich kompliziert werden.«

»Eine perfekte Parallelidentität?«

»Eine schwedische Identität«, sagte Sven Fischer. »Komplett mit detailliertem falschen Hintergrund.«

»Spricht er so gut Schwedisch?«

»Er ist halber Schwede.«

»Halber Schwede?«

»Andreas Beckers Mutter war eine Kommunistin aus Göteborg, die nach Deutschland gereist ist, um am Aufbau der neuen Volksrepublik mitzuwirken, die sich aus dem Scherbenhaufen des Nationalsozialismus erhob. Das war nichts Ungewöhnliches. Viel weniger ungewöhnlich, als man glaubt. Die DDR war beliebt. Eine Chance, den Kommunismus in die Praxis umzusetzen. Und eine Chance für den Westen, seine Kommunisten loszuwerden.«

»Erzählen Sie mehr von ihm.«

»Er kam ziemlich spät in unser Büro, nachdem er an verschiedenen Orten in Europa gewesen war. Vielleicht war es im Frühjahr 1986. Wir wurden Freunde. Ich glaubte lange Zeit, es wäre selbstverständlich, dass er mein Partner in der Firma würde. Aber er wollte die andere Möglichkeit, als freier Schwede. Er verschwand, als es in den Fugen zu krachen begann.«

»Sie müssen entschieden mehr von ihm wissen«, sagte Söderstedt.

Sven Fischer vollführte eine nichtssagende kleine Geste, sagte aber nichts.

Jorge Chavez sah von seiner braunen Aktenmappe auf und sagte: »Sie hatten totale Kontrolle über Ihr Büro. Das haben Sie selbst gesagt. Ich glaube, Sie wissen alles, was wir über diesen Becker wissen müssen. Möglicherweise wissen Sie sogar, was er in die Wand eingemauert hat. Und warum.«

Fischer sah ihn nur an. Sein Blick verriet nichts.

Aus dem Hintergrund von der Wand sagte Kerstin Holm: »Arto, du fährst jetzt nach Hause und bringst dieses Papier in Sicherheit. Das ist ein Befehl.«

Söderstedt verschwand widerwillig.

Holm fuhr, an Sven Fischer gewandt, fort: »Kennen Sie einen alten MI-6-Agenten namens Robert Andrews?«

323

Fischer betrachtete sie forschend. Sie kannten den Blick. Tatsache war, dass die A-Gruppe das ganze Szenario kannte. Wieder einmal saß ein alter Agent bei ihnen in Haft, der mit der Präzision eines Computers und dem toten Blick eines Urzeithais Plus gegen Minus abwog. Beim ersten Mal hatte er Wayne Jennings geheißen und war Berufsmörder in Vietnam gewesen. Diesmal hieß er Sven Fischer und schien jetzt seine Überschlagsrechnung abgeschlossen zu haben. »Ja«, sagte er. »Selbstverständlich kenne ich ihn. Er hat ein Buch über sein Leben als Spion geschrieben.«

»Hatten Andreas Becker und Robert Andrews miteinander zu tun?«, fuhr Kerstin Holm fort.

Fischer zog die Stirn in Falten und antwortete mit diplomatischer Präzision: »Sie haben verschiedene Austauschaktionen durchgeführt, ja.«

»Austausch von Spionen?«

»Ja«, sagte Fischer. »Sie hatten unsere Agenten in Verwahrung, wir hatten ihre. Und zwischendurch haben wir sie ausgetauscht. Stockholm war dafür ein wichtiger Ort. Andreas hatte auf unserer Seite diese Angelegenheiten in der Hand. Andrews auf der englischen Seite. Wir nannten sie Andy Pandy.«

»Andy Pandy?«

»Bittere Feinde und vertraute Freunde.«

»Ist es richtig, wenn ich davon ausgehe, dass diese Angelegenheiten auf russischer Seite von einem KGB-Mann namens Mikhail Zinovjev gehandhabt wurden?«, fragte Kerstin Holm.

»Das ist richtig, tatsächlich«, sagte Sven Fischer überrascht.

»Gestern hat Andy Pandy umgebracht«, sagte Kerstin Holm.

»Oder möglicherweise Pandy Andy«, sagte Jorge Chavez. »Ein dreiundsiebzigjähriger Pensionär auf Gärdet grausam gefoltert.«

324

Fischer sah nicht direkt geschockt aus, aber er schüttelte den Kopf. »Das kann nicht stimmen«, sagte er. »Andreas wollte nichts mehr mit Waffen zu tun haben. Deshalb wollte er sich nicht an unserer Firma beteiligen. Nicht einmal von der eingeschränkten Nähe zur Gewalt, wie sie bei einer schwedischen Bewachungsfirma infrage kommt, wollte er etwas wissen. Er wollte seine Vergangenheit begraben und ein durch und durch friedlicher Mensch werden. Eine schwedische Familie gründen und wie ein echter Svensson leben.«

»Ich werde Sie erst gehen lassen, wenn wir ihn haben«, sagte Kerstin Holm. »Weil Sie keine Chance haben, ihn zu warnen, will ich ganz offen mit Ihnen reden.«

»Gut«, sagte Fischer ruhig und richtete seine klarblauen Augen auf Holms braune.

»Wir müssen ihn fassen«, sagte Kerstin Holm. »Er steckt hinter einem Raub mit gewaltsamer Geiselnahme, er hat das Konto einer Bank um zwanzig Millionen erleichtert, er hat uns dazu gebracht, einen großen Teil von Stockholm zu evakuieren, er zog eine Reihe rücksichtsloser Nachrichtendienste nach Schweden, und er hat sich auf geheimnisvolle Weise in die Reihen unserer Polizei eingeschlichen. Es ist wichtig, dass Sie mir alles sagen. Alles, was Ihnen einfällt.«

»Ich muss mich in meine Erinnerung vertiefen«, sagte Fischer.

»Die Welt, die Sie sich aufgebaut haben, Fischer, wird nicht einstürzen«, sagte Kerstin Holm. »Es sei denn, ich entscheide mich dafür. Es liegt in meiner Macht. Das verstehen Sie wohl?«

»Das ist mir bewusst. Ich werde mich anstrengen.«

»Haben Sie wirklich keine Ahnung, worum es hier geht? Was er in Ihre Wand eingemauert hat?«

»Nein, ich weiß es wirklich nicht. Aber es muss sich um Dokumente handeln. Wirklich wichtige Dokumente.«

»Wo ist er?«

»Aber ich habe nicht die geringste Ahnung«, sagte Sven Fischer. »Er verschwand damals. Und verschwinden war seine Spezialität.«

»Was könnte ihn dazu bringen, wieder zur Waffe zu greifen?«

Fischer sah mit glasklarem Blick auf. »Nur eine persönliche Katastrophe«, sagte er.

Kerstin Holm nickte und sagte: »Bleiben Sie hier sitzen, und überdenken Sie die Sache.«

Dann wandte sie sich zu ihrer A-Gruppe um: »Und jetzt, meine Freunde, haben wir andere Dinge zu tun.«

41

Sonntag, den 4. Oktober 1942,
zwei Uhr fünfundzwanzig am Nachmittag

Ich schreibe wieder. Es ist ein Wunder. Die Feder ist doch mächtiger als das Schwert.

Am besten versuche ich, das, was geschehen ist, zu rekapitulieren, solange ich noch daran glaube.

Spät gestern Abend. Spatenstiche an meiner kleinen Öffnung zur Außenwelt. Vollständiges Dunkel. Ich legte den Stift weg, löschte mein kleines Feuer und hob das Gewehr.

Nichts war zu sehen. Es war auch nichts mehr zu hören. Keine Spatengeräusche mehr.

Ich begriff, dass die Öffnung zur Außenwelt so erweitert worden war, dass Menschen eindringen konnten. Doch es war völlig still.

Man kann nicht von Zeit sprechen, die verstrich. Ich weiß nicht, wie ich es nennen soll. Reine Angst vielleicht. Ganz einfach.

Diffuse Geräusche. Und ich spürte, dass ich nicht mehr allein war in meiner Höhle.

Eine Lampe wurde angemacht, ganz plötzlich. Ich war geblendet. Der andere zum Glück auch. Als wir wieder sehen konnten, standen wir vielleicht vier Meter voneinander entfernt, die Gewehre aufeinander gerichtet.

Sein Gesicht sah wohl aus wie meins. Tarnfarben, wild starrender Blick aus dem Schwarzen. Und in derselben Sekunde erkannten wir uns.

Es war Doktor Maxim Kuvaldin. Wir starrten uns an, und von irgendwoher trat ein Lächeln auf seine Lippen.

Wahrscheinlich auch auf meine, denn ich sagte: »Es gibt eine Alternative.«

Ja, er fing an zu lachen. Er schüttelte den Kopf und legte das Gewehr weg. »Streppy«, lachte er.

Ich stand ein wenig unbeholfen mit gesenktem Gewehr da.

»Ich glaubte, es wäre eine Einbildung gewesen«, sagte Maxim Kuvaldin in seinem gebrochenen Deutsch. »Dass Streppy der Doktorand Hans Eichelberger von der Universität Berlin war.«

»Doktor Maxim Kuvaldin«, sagte ich.

»Nicht so viel Doktor«, sagte er und legte mir die Hand auf die Schulter.

Wir setzten uns auf den Boden des Erdkellers. Es war alles sehr unwirklich.

»Streppy?«, sagte ich.

»Zajtsev nennt Sie so«, sagte Kuvaldin. »Es ist ein Wortspiel mit dem russischen Wort für ›Schütze‹. Er sieht Sie als seinen Hauptgegner unter den Meisterschützen an.«

»Und Sie sind der ballistische Experte des Meisterschützen Zajtsev?«

»Ich kümmere mich darum, dass die physikalischen Voraussetzungen stimmen, ja. Aber jetzt gibt es kein Zurück mehr.«

»Jetzt?«

»Jetzt, da ich mich mit dem Feind eingelassen habe. Jetzt gibt es kein Zurück mehr.«

»Es gibt eine Alternative«, sagte ich. »Ich bin nicht mehr der Meisterschütze Streppy.«

»Sie sind also wieder Forscher?«, nickte Kuvaldin.

»Ich versuche es«, sagte ich und hielt ihm mein Notizbuch hin.

Er widmete ihm einige Stunden im Licht meines bescheidenen Feuers. Ich sah, wie auch er sich verwandelte. Alles, was einmal unser Leben gewesen war, unsere gemeinsame Faszination, kehrte zu ihm zurück, wie es zu mir zurückgekehrt war.

Während er las, versuchte ich, dich zu verstehen, Gott, an den ich nicht glaube. Deine Absicht, uns beide hier in einem Keller jenseits von Zeit und Raum zusammenzuführen, schien so offenbar zu sein, dass sie nicht außer Acht gelassen werden durfte. Du hast einen kleinen Raum der Versöhnung jenseits von allem geschaffen, Gott, an den ich nicht glaube. In der tiefsten Hölle hast du eine minimale Möglichkeit für den verlorenen Menschen geschaffen, seine Vergangenheit zu verändern. Dafür, dass du nicht existierst, Gott, an den ich nicht glaube, sind deine unergründlichen Wege zuweilen ausgesprochen deutlich.

Schließlich klappte Kuvaldin das Notizbuch zu, betrachtete mich fürsorglich und sagte: »Ich hatte recht. Sie sind ein Genie, Hans.«

»Sollen wir das Loch wieder zuschaufeln?«, sagte ich.

Maxim hat eine Uhr. Ich weiß wieder die Uhrzeit. Es gibt wieder die Zeit. Es ist sehr merkwürdig.

Es sind vierzehn Stunden vergangen, seit wir uns getroffen haben. Das Loch zur Außenwelt ist wieder zugeschaufelt. Dies ist die erste Pause, die wir machen.

Wir sind sonderbar weit gekommen.

42

Der Mann mit dem Bauernkäppi kratzte sich am Kopf, sodass das Käppi verrutschte, und sagte: »Barock?«

»Machen Sie sich nicht lächerlich«, sagte Arto Söderstedt. »Sie wissen genau, was Barock ist. Vermutlich kennen Sie sogar den angesehenen Möbelschreiner Weissenberger aus Leipzig.«

Sie saßen in einem Büro in Norrtälje und sahen hinaus auf den kleinen Bach, der durch das stille Roslagsstädtchen floss. Der Mann mit dem Käppi kratzte sich und lächelte in sich hinein; vermutlich wollte er sich so bäuerisch stellen, dass die beiden arroganten Großstadtpolizisten dachten, er hätte Läuse.

Oder er *hatte* Läuse.

»Ich versuche, diese Haltung zu verstehen«, sagte Söderstedt. »Wenn ich weniger ungeduldig wäre, würde ich sie genauer erforschen.«

Der Mann hörte auf, sich zu kratzen, und schlürfte von dem dickflüssigen Kaffee. Es war ihm nicht gelungen, den beiden Polizisten das Gesöff aufzuschwatzen. »Er ist verflucht billig weggegangen«, sagte der Mann. »Das weiß ich noch. Erst wurde gut geboten, von ein paar Professionellen. Aber plötzlich war die Luft raus.«

»Für wie viel ging er weg?«, sagte Söderstedt als kleinen Test.

»Elftausend«, sagte der Mann, ohne zu blinzeln. »An Sie.«

»Dann können wir jetzt mit dem Unsinn aufhören?«

»Glückspilz«, sagte der Mann, plötzlich ohne Dialekt.

»Wie sind Sie an den Schreibtisch gekommen?«

»Wir haben ihn in einer Wohnung in Stockholm abgeholt. In Södermalm.«

»Genauer?«

»Tantogatan. Eine genaue Adresse habe ich nicht. Er stand in einem Keller.«

»Sind Sie dem Verkäufer begegnet?«

»Ganz kurz«, sagte der Mann mit dem Käppi und sah sich plötzlich mit einem Foto in der Hand dasitzen. Er betrachtete es genau und sagte dann: »Ja, das ist er. Strömberg heißt er. Alvin Strömberg.«

»Sind Sie sicher?«

»Für wie dämlich halten Sie mich?«, sagte der Mann mit dem Käppi und kratzte sich am Kopf.

»Wir wissen doch nicht mal, ob er lebt«, sagte Jon Anderson und sah am Bildschirm vorbei.

»Nein«, sagte Jorge Chavez.

Ihre Blicke trafen sich genau über der Mitte des gemeinsamen Schreibtischs. Höchst energische Blicke von ganz unterschiedlicher Art, der eine geläuterter, etwas mehr zum ökonomischen Einsatz der Energien befähigt, der andere jugendlicher, weniger zielgerichtet, mit bedeutend größerer Energieentwicklung, aber auch bedeutend geringerem Wirkungsgrad.

Chavez hatte ein Gefühl wie vor einem Hallenfußballspiel gegen die Königlich-Technische Hochschule. Alle waren zwanzig und schossen und traten und rannten wie die Wilden. Aber das Tor machten die Älteren.

Das nannte man positives Denken.

»Es ist sogar ziemlich wahrscheinlich, dass Andreas Becker in dieser Villa auf Färingsö gestorben ist«, fuhr Anderson fort.

So leicht bringst du mich nicht aus dem Gleichgewicht, dachte Chavez und sagte: »Auf die Plätze, fertig – los!«

Und dann ging es ab in den Cyberspace. Suchlisten

erschienen auf den beiden Bildschirmen. Fieberhaft wurden Tastaturen und Maustasten bearbeitet, Computer klangen und pfiffen, Reihen von Codes flimmerten vorbei, und als Chavez das Gefühl hatte, nahe am Ziel zu sein, hörte er Andersons Stimme: »Fertig!«

»Tatsächlich?«, sagte Chavez enttäuscht und klickte weiter.

»Hier ist die IP-Adresse des Computers, der Arto Söderstedt aufgefordert hat, ein Gebot auf einen Schreibtisch in Roslagen abzugeben.«

Und dann folgte eine komplizierte Reihe von Ziffern, die Chavez gegen seinen Willen bis zum letzten Punkt im Kopf behielt.

Die IP-Adresse ist die einmalige Ziffernkombination, die jedem Computer mit Internetanschluss zugeteilt wird und die er bei jedem Besuch auf einer Homepage hinterlässt. Sie ist der Fingerabdruck des Computers.

»Klingt nach Tele2«, sagte Chavez und machte unbeirrt weiter.

»Du kannst aufhören«, sagte Jon Anderson stolz. »Ich habe gewonnen.«

»Wir müssen das auf jeden Fall kontrollieren«, brummte Chavez.

»Tele2?«, sagte Anderson und schlug einen Katalog auf. »Da bin ich nicht so sicher.«

Offenbar nicht, dachte Chavez und bearbeitete seine Tastatur weiter. Schließlich kam er an einen Punkt, wo die IP-Nummer angegeben war. Leider stimmten alle Ziffern mit denen überein, die Anderson herausgebrüllt hatte.

»Hallo, ist dort Spray?«, tönte Anderson in seinen Telefonhörer. »Also nicht Tele2? Nein. Habe ich mir doch gedacht. Hier spricht Jon Anderson von der Spezialeinheit für Gewaltverbrechen von internationalem Charakter bei der Reichskriminalpolizei. Wir suchen die Identität folgender IP-Adresse.«

332

Und dann kam die verdammte Ziffernreihe.

Ein sehr verstimmter Jorge Chavez beschäftigte sich näher mit der Ziffernreihe. Dann hatte er einen kleinen Einfall. Wo war dieser Computer vorher gewesen? Welche Seiten hatte er besucht? Wohin hatte er E-Mails versendet?

»Ja, das lässt sich bestätigen«, sagte Jon Anderson zum Telefonhörer. »Wir haben einen Polizeicode. Er lautet folgendermaßen.«

Aber Chavez hörte nicht zu. Er hämmerte auf seine Tastatur ein. »Nicht zu fassen«, sagte er.

»Nennen Sie mir den Namen des Benutzers«, sagte Anderson.

»Weißt du, wo er gewesen ist?« sagte Chavez. »Bei uns allen ist er drin gewesen. Hat unsere Post gelesen. Wie, zum Teufel, ist er da reingekommen?«

»Aber es ist doch alles bestätigt«, sagte Anderson. »Nennen Sie mir den Benutzernamen.«

»Irgendwie ist er in das interne Netz der Polizei gelangt und hat unsere E-Mails gelesen«, sagte Chavez. »Das hat schon vor ein paar Monaten angefangen. Mit Gunnar Nybergs Mail an Ludmila. Intime Geschichten. Dann hat er seine Tätigkeit ausgedehnt, und hier kann man sehen, wann ihm Artos Suchanzeige wegen des Schreibtischs vor Augen gekommen ist. Höchst faszinierend.«

»Den Benutzernamen!«, schrie Jon Anderson den völlig unschuldigen Telefonhörer an.

»Er hat meine privaten Mails an Sara gelesen«, sagte Chavez. »Und deine an zwei Ehrenmänner namens Horny Heinrich und Buttrocky.«

»Was?«, rief Anderson. »Was redest du da?«

»Und an eine etwas weniger subtile Figur namens Storballen.«

»Das war weniger toll, als es klingt«, sagte Anderson relativ ruhig. »Er ist tatsächlich drin gewesen und hat unsere Post gelesen? Warum? Was will er mit uns?«

»Arto ist Schließfach der Bank geworden«, sagte Chavez.
»Vielleicht ist das schon alles.«

»Das klingt aber gar nicht so. Hört sich verdammt unangenehm an.«

»Lässt sich nicht leugnen«, nickte Chavez und blätterte die Liste weiter durch.

»Ja, den Benutzernamen«, brüllte Jon Anderson.

»Der hat tatsächlich irgendwas mit uns vor«, murmelte Chavez.

»Danke«, sagte Anderson und knallte den Hörer auf.

»Na?«, sagte Chavez und hob den Blick.

»Nein, kein Lidström«, sagte Anderson. »Allvin. Andreas Allvin.«

»Ein Pseudonym. Allerdings mit der Adresse Tantogatan 41.«

»Andreas?«, sagte Chavez.

»Johan Lidström?«, sagte Geir in verständlichem Schwedisch.

Sara Svenhagen warf einen Blick auf Lena Lindberg, die gegenüber dem Norweger mit den Vatergefühlen eine zielbewusst arrogante Miene aufgesetzt hatte. Oder was für Gefühle es sein mochten.

Sie waren wieder in dem Bankgebäude am Karlaväg. Das nahm allmählich wieder seine alte Form an. Die Männer von der Spurensicherung waren fertig und hatten Bauarbeitern Platz gemacht.

Der Geschäftsführende Direktor Haavard Naess war auch da. Er war wie immer: auf Null gestellt.

»Ja«, sagte Sara Svenhagen und zeigte das Foto.

»Geir braucht kein Foto«, übersetzte Naess. »Er weiß sehr gut, wer Johan Lidström ist. Er hat ihn konsultiert.«

»Erzählen Sie.«

»Wir haben uns an Svenska Säkerhetssystem AB gewandt und aus dem Personal dort einige Experten ausgewählt. Lidström war ein sanfter, zurückhaltender Mann, extrem kompetent. Er hatte acht Jahre für die Firma gearbeitet. Kein fröhlicher Kumpan, mit dem man am Feierabend ein Bier trinkt, aber sehr sympathisch.«

Svenhagen fragte sich, wie ein fröhlicher Kumpan in Geirs beziehungsweise Haavards Augen aussah. »Hat er gut gearbeitet?«, fragte sie.

»Sehr gut.«

»Hat es Anzeichen für persönliche Probleme gegeben?«

»Im Gegenteil«, sagte Geir via Haavard. »Er machte einen sehr ausgeglichenen Eindruck. Er hat uns ein Bild von seiner Familie gezeigt. Eine schöne blonde Frau und einen Sohn, der gerade erst geboren war.«

»Ein später Vater also?«

»Es ist nie zu spät«, sagte Geir direkt zu Lena Lindberg.

»Können Sie noch mehr über ihn sagen?«, fragte Sara mit einem besorgten Blick auf Lena, die jedoch ganz gelassen wirkte.

»Nur dass er ein ziemlich altmodisches Schwedisch sprach«, sagte Haavard Naess.

Geir wandte sich Lena Lindberg zu und nahm ihre Hand. Blitzschnell, Sara konnte nicht eingreifen. Während Geirs folgender Replik hatte sie Angst vor einem groben polizeilichen Übergriff: »Darf ich Sie heute Abend zum Essen einladen, mein Fräulein?«

Dann brach Lena in ein sehr scheues Lachen aus, wie Sara es noch nie gehört hatte.

Und plötzlich war alles gut.

Kerstin Holm machte nicht ohne gewisse Angst den Schritt von dem Teil des Polizeipräsidiums auf Kungsholmen, der die Reichskriminalpolizei beherbergte, zu dem der Länspolizei. Es war eine Wanderung, die sie schon einmal gemacht hatte, unter ganz anderen Vorzeichen. Damals war sie geradewegs in einen blauen Bannkreis hineingewandert, der sich dann aufgelöst hatte.

Vielleicht.

Es war einige Monate her, seit sie Bengt Åkesson getroffen hatte, den Kommissar in der Abteilung für Gewaltverbrechen bei der Länspolizei. Im vorigen Sommer hatten sie einen gemeinsamen Babysitter gehabt. Und waren nahe daran gewesen zusammenzuleben. Ein blonder Vamp namens Vickan hatte im Weg gestanden.

Sie war bei Åkessons Zimmer angelangt und stand einen Moment unentschlossen vor der Tür. Dann erinnerte sie sich daran, warum sie hier war, und klopfte fest an.

»Herein«, sagte eine gedämpfte Stimme.

Åkesson erhob sich von dem überladenen Schreibtisch und ging auf sie zu. Er lächelte breit und richtete seinen klarblauen Blick auf sie, und später sollte sie mit großer Rücksichtslosigkeit ihre Gefühle in diesem Moment analysieren.

Aber nicht jetzt.

Jetzt ging es um etwas anderes.

Sie setzten sich. Zwischen ihnen der Schreibtisch. Sie deutete fragend darauf.

»Ich weiß«, sagte Bengt Åkesson. »Ich gehe alte Fälle durch, um zu sehen, welche wir ad acta legen müssen. Einsparungen. Nur nicht für die A-Gruppe.«

»Neid steht dir nicht«, sagte Kerstin Holm und spürte, dass sie lächelte.

»Nein«, sagte er und lächelte ebenfalls. »Kein Neid. Würde mir nicht einfallen.«

»Ist der aktuelle Fall auch dabei?«, schaltete sie um.

»Liegt ganz oben«, sagte Åkesson und nahm einen braunen Ordner vom Stapel. »Deinetwegen.«

»Prima. Erzähl mal.«

»Formal ist es immer noch ein unabgeschlossener Fall, aber Tatsache ist, dass wir festsitzen. Wir werden ihn wohl einstellen. Der Fall einer Vergiftung in einer Villa in Enskede. Es sah wie ein Unglück aus, war aber wohl, nach allem zu urteilen, ein Verbrechen. Eine Weile hatten wir den Ehemann im Verdacht, aber dazu war viel zu offensichtlich, dass Johan Lidström seine Familie über alles liebte.«

»Kannst du ein bisschen genauer sein?«

»Es war im Herbst, am Nachmittag des dritten Oktober, als Anna Lidström und ihr zehn Monate alter Sohn vergiftet wurden. Ein Apfel, der viel zu stark gespritzt war. Eine Weile verdächtigten wir also den Ehemann Johan Lidström. Computerfachmann. Normalerweise war er der Einzige in der Familie, der Äpfel aß, aber ausgerechnet an diesem Tag war Anna auf die Idee gekommen, den Sohn mit Apfelstückchen zu füttern. Und den Rest selbst zu essen. Es war ziemlich scheußlich. Ein Nachbar, Vater von Kindern im gleichen Alter, hat sie gefunden. Es war kein schöner Anblick. Die Gesichter waren lila-blau, und die Augen fast aus den Schädeln getreten. Willst du ein Bild sehen?«

»Nicht nötig«, sagte Kerstin Holm. »Wie hat Johan Lidström reagiert?«

Åkesson las in der aufgeschlagenen Akte. »Er hat sich selbst angeklagt. Sehr laut und dramatisch, dem verantwortlichen Ermittler zufolge. Als wäre es sein Fehler gewesen. Und seine Trauer war nicht zu verkennen. Hier steht auch ein Zitat: ›Ich sollte sterben, begreift ihr das nicht?‹«

»Was ist aus ihm geworden?«

»Er ist verschwunden. Auch das hat die Polizei beschäftigt, aber verschwundene Personen haben in Einsparzeiten nicht gerade höchste Priorität. Keine lebenden Verwandten, außer auf Annas Linie. Die erhielten schließlich die Genehmigung, die Villa zu verkaufen.«

»Er ist also weiterhin verschwunden?«

»Hat sich in Luft aufgelöst«, sagte Bengt Åkesson, und Kerstin Holm befand sich wieder in einem klarblauen Bannkreis.

Lauras Antikladen lag an der Artillerigata auf Östermalm in Stockholm. In dem wunderbar duftenden kleinen Geschäft befanden sich zwei Personen, die auf Arto Söderstedt und Viggo Norlander warteten. Eine klapperdürre kleine Frau um die fünfundsiebzig stand hinter der Kasse, und vor ihr saß in einem kostbaren alten Sessel ein distinguierter älterer Herr im Nadelstreifenanzug mit karierter Fliege.

Der Mann stand auf und sagte: »Beim nächsten Mal aber sauberes Spiel, meine Herren.«

»Herr Adlerstråhle«, sagte Söderstedt und streckte die Hand aus. Herr Adlerstråhle ergriff sie und schüttelte sie männlich. »Ich war wirklich der Meinung, Sie wären es gewesen«, sagte er. »In dieser Branche gibt es so viele Tricks.«

»Aber die Wahrheit ist also, Herr Adlerstråhle, dass Sie den Mann nie gesehen haben, der Ihnen vors Schienbein getreten hat?«

»Es war sehr voll auf dieser Auktion. Wie immer auf dem Lande.« Söderstedt trat ein paar Schritte zur Seite und begrüßte mindestens ebenso höflich Frau Laura selbst.

»Laura Riddarsporre«, sagte sie. »Willkommen, meine Herren, in meinem einfachen Laden.«

»Gnädige Frau.« Söderstedt verbeugte sich und vermied es, Viggo Norlanders Blick zu begegnen.

»Es ist sehr viel angenehmer, Ihnen unter diesen Umständen zu begegnen, Herr Söderstedt«, sagte Frau Laura und lächelte einnehmend. »Mit dem Schreibtisch haben Sie wirklich einen guten Fang gemacht.«

»Wenn auch nicht ohne fremde Hilfe«, sagte Söderstedt. »Wie kam es, dass Sie nicht weiter geboten haben?«

»Ein Mann hat mich weggezogen unter dem Vorwand, mir ein phantastisches Geschäft anzubieten. Ich hatte das Gefühl, gekidnappt zu werden, aber die Leute rundherum haben nichts bemerkt. Dann ließ er mich plötzlich los und verschwand.«

»Um Herrn Adlerstråhle vors Schienbein zu treten«, nickte Söderstedt. »Haben Sie den Mann erkannt?«

»Es war der Mann, der kurz vorher mit uns gesprochen hatte. Der, der wollte, dass man ›Chronometer‹ und nicht ›Uhr‹ sagt.«

»Dieser Mann?«, fragte Söderstedt und hielt ihr ein inzwischen ziemlich zerknittertes Foto hin.

»Ja«, nickte Frau Laura. »Der war es.«

»Und dann ist er also spurlos verschwunden?«

»Ich habe nicht ›spurlos‹ gesagt«, lächelte Frau Laura.

Dass Söderstedt und Norlander sie so verwirrt ansahen, ließ sie noch ein bisschen breiter lächeln.

Sie fuhr fort: »Ich habe ihn danach noch einmal gesehen. Als er in sein Auto stieg.«

»Was für ein Auto?«, schnaufte Söderstedt.

»Mit Automarken kenne ich mich überhaupt nicht aus ...«, sagte Frau Laura mit einer abweisenden Handbewegung, aber Söderstedt konnte nicht umhin, die drei Punkte zu registrieren, mit denen der Satz endete.

»Aber ...?«, sagte er.

»Aber mit Buchstaben und Ziffern.«

Sara Svenhagen und Lena Lindberg befanden sich in einer stilvollen alten Villa in Saltsjöbaden. Am Schreibtisch in einem großen Arbeitszimmer saß ein eleganter Herr.

»Sie sind also Geschäftsführender Direktor der Svenska Säkerhetssystem AB?«, sagte Sara, als das Händeschütteln überstanden war.

»Ja. Leif Grahn. Zu Diensten.«

»Erzählen Sie von Johan Lidström.«

»Ein außerordentlicher Profi. Ich habe ihn im Frühjahr 1992 eingestellt, er hatte tadellose Zeugnisse. Zivilingenieur bei Chalmers, dann ein paar Jahre Ausland in der Datensicherung, vor allem in Deutschland.«

»Haben Sie mit früheren Arbeitgebern gesprochen?«

»Das war nicht nötig. Seine Kompetenz war unbezweifelbar. Die Dokumente in seiner Bewerbung waren erstklassig.«

»Wie war er als Mensch?«

»Wir standen einander nicht sehr nahe, aber ich glaube, das tat niemand in der Firma. Alle hatten Respekt vor Johan, nicht zuletzt wegen seiner Kompetenz.«

»Die sich worin ausdrückte?«

»Datensicherung. Niemand erkannte wie er Löcher im Datensystem. Seine Arbeit bestand darin, sie zu stopfen. Und das tat er mit Bravour.«

»Wie haben Sie die Tragödie mit seiner Familie aufgenommen?«

»Mein Gott, ja, er war ein Mann, der sich minutiös darauf vorbereitet hatte, die richtige Frau zu finden, um eine Familie zu gründen. Und er fand sie. Anna war eine phantastische Frau, schön, offen, angenehm, froh, klug – in vieler Hinsicht das Gegenteil von ihm. In seinem Wesen gab es etwas sehr Dunkles. Irgendeinen Schatten. Er liebte zum Beispiel Ingmar Bergmans grässliche Filme. Und dann diese Katastrophe. Ich wollte mit ihm reden, aber es war nicht möglich, er war nicht anzutreffen. Und dann verschwand er. Ich bin die ganze Zeit davon ausgegangen, dass er sich das Leben genommen hat. Das hätte ich in seiner Situation getan. Und das hat er nicht, wollten Sie das sagen, meine Damen?«

»Vielleicht ist es eine Frage der Definition«, sagte Sara Svenhagen.

Kerstin Holm saß zwischen Jon Anderson und Jorge Chavez auf der Schreibtischkante und ließ die Beine baumeln. Ihre Miene war nachdenklich, aber über den bekümmerten Stirnfalten schien gleichzeitig etwas Leichtes zu schweben. Ein Lächeln.

Jorge Chavez war, bevor er sich die Hörner abgestoßen hatte, Experte (wenn auch ein selbst ernannter) darin gewesen, weibliche Seelenzustände nach ihrer Erscheinungsform im Äußeren zu deuten. Und hätte er Kerstin Holm nicht so gut gekannt, hätte er jetzt eine gewisse männliche Einwirkung vermutet.

Außerdem überlegte er, ob sie sich nicht ein ganz kleines bisschen näher zu ihm als zu Jon Anderson gesetzt hatte. Als kleines Zeichen.

»Versuchen wir also zusammenzutragen, was wir haben?«, sagte sie – und lag da nicht eine neue Musikalität in ihrer Stimme?

Jon Anderson hatte, nicht ganz unerwartet, ein Flipchart hervorgeholt. »Wir haben Folgendes. Dank Laura Riddarsporre einen alten weißen Saab 9000 mit dem Kennzeichen GON 986, zugelassen auf einen nicht existierenden Rolf Strand mit einer nicht existierenden Adresse in Bandhagen. Wir haben noch zwei weitere Pseudonyme: Andreas Allvin und Alvin Strömberg. Und vor allem haben wir die Adresse Tantogatan 41, wo es aber eine Menge Bewohner gibt. Hier ist die Liste. Wie finden wir heraus, welcher unser Mann ist? Einen Andreas Allvin gibt es nicht, einen Alvin Strömberg gibt es nicht, einen Rolf Strand gibt es nicht.«

Doch, dachte Jorge. Sie sitzt eindeutig näher bei mir.

»Könnte er die Adresse nicht auch gefälscht haben?«, sagte Kerstin Holm. »Kann man das bei einer IP-Adresse?«

»Nicht in diesem Fall«, sagte Jon Anderson. »Sie ist mit der Breitbandschaltung des ganzen Hauses verknüpft. Außerdem haben wir den Keller eines unbekannten Hauses in der Tantogata, wo Artos Schreibtisch von der Auktionsfirma abgeholt wurde. Ich würde sagen, unser Mann ist einer der Bewohner der Tantogata 41. Und das sind nach meiner Liste vierunddreißig.«

»Die sind verdammt groß, diese Tanto-Häuser«, sagte Chavez, hauptsächlich, um nicht ganz stumm zu sein.

Die drei betrachteten die von Jon Anderson peinlich genau aufgestellte Liste.

»Nichts, was wie Allvin oder Alvin aussieht«, sagte Kerstin Holm.

»Es gibt hier einen Strand«, sagte Chavez.

»*Märta* Strand«, seufzte Anderson.

»Keinen Lidström«, sagte Chavez.

»Andreas Becker ist auf der Flucht«, sagte Kerstin Holm. »Seit Oktober. Sein Alter Ego Johan Lidström ist geplatzt, davor flieht er jetzt. Weil jemand ihn gefunden hat, jemand aus der Vergangenheit, der ihn lange gejagt hat und weiß, dass er ein kostbares Geheimnis hütet. Die Tour mit dem Apfel kennt man vom Kalten Krieg. Sie wissen, dass in der Familie nur er selbst Äpfel isst, sie vergiften einen Apfel mit Spritzmittel, damit es plausibel erscheint. Nur dass Anna Lidström ausgerechnet an diesem Tag beschließt, den kleinen Andreas (der Sohn hieß tatsächlich Andreas) ein Stück Apfel probieren zu lassen. Beckers wohlgeplante kleine Familie wird ausgelöscht. Er erkennt die Zeichen und löst sich in Luft auf. Er verschafft sich eine anonyme kleine Wohnung in einem großen Haus in Tanto. Als die schwerste Trauerarbeit überstanden ist, beschließt er zu handeln. Was tut er? Ein halbes Jahr vorher hatte er dienstlich zufällig mit dem Sicherheitssystem einer Bank zu tun, ausgerechnet in dem Viertel, wo früher die Stasi untergebracht war. Die Dinge fügen sich zusammen. Er hat tief in der Wand des Büros ein Geheimnis begraben, er weiß, dass seine alten Kumpane dort drinnen inzwischen eine gut bewachte Sicherheitsfirma betreiben. Außerdem weiß er, wie man an die Sicherheitsnetzwerkverkabelung in der Bank kommt. Ein Geiseldrama

einschließlich Evakuierung, und er schlägt mehrere Fliegen mit einer Klappe. Er erleichtert die Bank um zwanzig
Millionen, und er kriegt das zweite wichtige Papier in die
Hand – das erste hat er bereits in einem Schreibtisch der
A-Gruppe verstaut, da er uns offenbar als eine Art Rückversicherung benutzen will, einen Plan B, einen Ausweg
aus dem Spionagesumpf. Er geht zu einem ziemlich heruntergekommenen KGB-Genossen und einem mindestens
ebenso heruntergekommenen Muskelmann und lässt sie
den Raub ausführen. Dass sie mit größter Sicherheit gefasst
werden, ist ein Teil des Plans. Sie werden mit Geld schadlos
gehalten. Aber statt dass die Polizei sie erwischt, werden
sie von der amerikanischen Organisation geschnappt, die
sehr wahrscheinlich auch seine Familie ermordet hat. Er
muss sie befreien, das ist Ehrensache. Indem er einen alten
Agentenfreund oder -feind erpresst, findet er heraus, wo die
amerikanische Organisation ihr *safe house* hat, und macht
sich auf den Weg nach Färingsö. Dort verliert sich die Spur
in einer Villa. Er kann tot sein, er kann auch am Leben sein.«

»Danke für die Zusammenfassung«, sagte Jorge Chavez.

»Bitte«, sagte Kerstin Holm. »Und wenn er lebt, kann er
in diesem Augenblick durchaus in der Tantogata 41 sitzen.
Und wir haben ein beschäftigungsloses Team von hohen
Polizeioberen, die sich weit außerhalb der Grenzen ihrer
Zuständigkeit tummeln. Sie sind mit der nationalen Ein-
satztruppe vor Ort. Was sie brauchen, ist nur eine bestimmte
Wohnung.«

»Er liebt sprachliche Übereinstimmungen«, sagte Jon
Anderson. »Alvin und Allvin. Strömberg und Lidström.«

»Obwohl es auch einen Rolf Strand gibt«, sagte Kerstin
Holm. »Ohne sprachliche Übereinstimmungen.«

»Er nennt seinen Sohn Andreas«, sagte Anderson. »Er
will die Vergangenheit nicht ganz auslöschen.«

»Er will sie nur verändern«, sagte Chavez.

»Wenn man sich verstecken will, ist es doch nicht besonders klug, sich Andreas zu nennen?«, sagte Kerstin Holm. »Es gibt einen Andreas. Andreas Lindh-Ramberg.«

»Ein Doppelname wäre nicht sehr wahrscheinlich«, sagte Anderson. »Er wollte ja einigermaßen anonym sein.«

»Ich glaube, der ist es«, sagte Chavez und zeigte lässig auf das Flipchart.

»Wohnung sieben?« sagte Holm. »Lars Bergman? Warum?«

Jorge Chavez zuckte die Schultern und sagte: »Er mag Bergman-Filme.«

Musik schallte über Tantolunden. Als Paul Hjelm durch ein Fenster im Treppenhaus des hohen 60er-Jahre-Hauses auf die Großstadtoase blickte, hatte er den Eindruck, dass die Töne über dem schmutzigen Schneematsch von ganz Årstaviken zitterten.

Er sah hinter sich ins Treppenhaus und ließ die Einsatzbeamten mit ihren schwarzen Anzügen und Visieren vorbei. Dann nickte er Niklas Grundström zu, der auf der anderen Seite der kleinen Tür stand.

Zum ersten Mal glaubte Paul Hjelm zu ahnen, woher die Töne der Totenmesse kamen. Sie kamen aus dem Raum hinter der Tür mit dem Namen Bergman, die die nationale Einsatztruppe zu demolieren im Begriff war.

»Los«, sagte Niklas Grundström.

Und als die Tür zersplitterte, war es, als ob die magischen Wörter, eines nach dem anderen, durch die Risse im Holz drangen.

Requiem aeternam dona eis, Domine, et lux perpetua luceat eis. Kyrie eleison. Christe eleison. Kyrie eleison.

Dort drinnen hatte sich der Tod eingerichtet.

Nach ein paar Minuten kam ein Einsatzbeamter heraus und klappte sein Visier hoch. Hjelm erkannte einen Mann namens Nicke Renberg, obwohl er zehn Jahre älter aussah als zuletzt. Vermutlich war er zum ersten Mal im Leben ernsthaft infrage gestellt worden.

»Niemand da«, sagte Renberg.

Hjelm nickte und gab Grundström ein Zeichen, damit er als Erster durch die zersplitterte Tür hineinging.

Die Wohnung war weitgehend unmöbliert. Bett, Sessel, Schreibtisch. Und auf dem Schreibtisch ein Foto in einem Rahmen. Mehr nicht.

Hjelm nahm das Foto und betrachtete es. Es zeigte eine hübsche blonde Frau, die auf eine vollkommen hellblaue Meeresbucht blickte, mit einem Tragegurt vor dem Bauch.

»Es hat eine Familie gegeben«, sagte Paul Hjelm.

Familienvater Grundström betrachtete das Foto und sah sich dann in der kahlen Einzimmerwohnung um. »Hier hat keine Familie gewohnt«, sagte er.

»Sie sind bestimmt tot«, sagte Hjelm und fühlte sich von sakralen Tönen durchströmt.

Grundström sah ihm in die Augen, runzelte die Brauen und sagte: »Ja. Natürlich sind sie tot.«

Hjelm stellte das Foto zurück. Mozarts Töne klangen in seinem Inneren mit einer Intensität nach, wie er sie bisher nicht kannte. Die Totenmesse fraß sich gleichsam in ihn hinein, fraß sich in das Schwärzeste, aber auch Reinste seiner Seele. Als ob Andreas Beckers Gefühle tatsächlich Besitz von ihm ergriffen hätten.

Die Kriminaltechniker wühlten bereits in Lars Bergmans kleiner Einzimmerwohnung in ihrer freimütig kontrollierten Art herum.

Lars Bergman alias Rolf Strand alias Andreas Allvin alias Alvin Strömberg alias Johan Lidström alias Andreas Becker.

Das Leben eines Spions.

Sosehr er auch versucht, kein Spion zu sein.

Hjelm dachte an das Reihenhaus in Norsborg, an seinen Besuch in der eigenen Vergangenheit. Er dachte an die eiskalt auf den Kopf seiner früheren Frau gerichtete Pistole. Und er konnte sich mit dieser Zunft, dieser Menschensorte, nicht versöhnen, es ging nicht.

Vielleicht, weil sie in ihrer verdrehten Art ihm selbst so ähnlich waren. Ihm, dem Internermittler. Dem Spion unter den Polizisten.

Andreas Becker hatte seine Familie getötet.

Genau so, wie Paul Hjelm es beinahe getan hätte. Sie wären nie auf Cilla gekommen, wenn es ihnen nicht gelungen wäre, sie mit Paul in Verbindung zu bringen. Cilla war eine Polizistenfrau, wenn auch eine ehemalige. Das hatte sie auf die richtige Spur gebracht. Vermutlich war es auf einem Polizeisender oder in einer E-Mail erwähnt worden. Und sie sahen und hörten alles.

Hjelm nahm das Foto noch einmal in die Hand und sah es genau an. Es war mehr und mehr Cilla, die er sah. Cilla und Danne. Cilla und Tova.

Wir sind alle Spione, dachte er. Wir sind alle Fossilien.

Es war klar, dass Andreas sich schuldig fühlte, seine Familie getötet zu haben. Die Vergangenheit hatte ihn eingeholt. Der unbedachte Entschluss in seiner Jugend würde ihn für immer verfolgen. Also musste er das Beste aus der Situation machen.

Sich rächen.

Aber woran? Und wie?

An einer Welt, einer Zeit, die ihn hervorgebracht hatte, die ihn aus einem Menschen zu etwas anderem gemacht hatte.

Wie rächt man sich am zwanzigsten Jahrhundert?

Vielleicht, indem man seine Verbrechen sühnt …

43

Sonnabend, den 10. Oktober 1942,
acht Uhr dreiundvierzig am Abend

*Wie kann man die Augenblicke erklären, in denen sich der
Mensch über sich selbst erhebt und für eine Weile etwas
anderes und Besseres wird? Und wie kann man erklären,
dass es ausgerechnet hier geschieht, in dieser Stadt, die
mehr als irgendeine andere den Menschen zeigt, wenn er
etwas anderes und Schlechteres ist? Ich kann es nur durch
dich erklären, Gott, an den ich nicht glaube. Nicht, weil
du existierst, sondern weil ich mich trotz allem mit dir
unterhalten kann. Weil deine Schöpfung, Gott, an den ich
nicht glaube, das Vorbild für alle Schöpfer ist. Wir sehen
deine Schöpferkraft, und für einen Augenblick gelingt es
uns, sie zu imitieren ...*

*Draußen herrscht die Hölle. Deine Zerstörungslust, Gott,
an den ich nicht glaube, warum gibt es sie? Oder ist es
unsere eigene? Vielleicht gibt es sogar einen Teufel, an den
man nicht glauben muss? Aber der interessiert mich jetzt
nicht.*

*Wir sind Schöpfer gewesen, Gott, an den ich nicht glaube.
Die Feinde haben sich für eine Weile in diesem Keller jenseits
von Zeit und Raum zusammengetan und sind Schöpfer
geworden. Für einige Tage hatte die Zeit keine Bedeutung.*

*Die beiden Mörder Maxim Kuvaldin und Hans
Eichelberger haben in einem Keller im brennenden
Stalingrad den Grundstein für eine neue Weltordnung
gelegt.*

*Wenn man für einen Moment, der schnell vorbei ist, ein
wenig anmaßend sein will ...*

Das Erste, was du geschaffen hast, Gott, an den ich nicht glaube, muss Wasserstoff gewesen sein. Der Grundstoff, der das Universum zum größten Teil füllt. Darin muss eine Absicht gelegen haben. Er sollte angewendet werden. Er sollte die Grundlage für alles sein, was im Universum an Leben entstand. Alles andere sollten Irrwege sein.

Wir glauben, dass wir von Sauerstoff leben. Das ist auch der Fall. Aber wir leben ebenso von Wasserstoff. Die Sonne schenkt ihn uns in Form von Wärme.

Wir können die Schöpferkraft der Sonne imitieren.

Die Lösungen, die wir im Laufe dieser seltsamen Oktobertage gefunden haben, sind sicher nicht endgültig, guter Gott, an den ich nicht glaube. Aber sie sind die Grundlage für neue Ideen, was Produktion, Lagerung und Verbrennung von Wasserstoff betrifft.

Alles kommt von Wasser und wird wieder zu Wasser. Der vollendete Kreislauf.

Und die fossilen Brennstoffe dürften keine Rolle mehr spielen.

Das, worum sich jetzt noch alles dreht.

Das, worum sich die Hölle über uns dreht.

Und worum sich so viele Kriege in der Zukunft drehen werden. Wenn wir es nicht verhindern können.

Keine weiteren Fossilien mehr, die unsere Welt vergiften.

Heute ist unsere erste Pause. Wir ruhen aus am siebten Tag.

Wir haben das Gefühl, es verdient zu haben.

Maxim macht Essen. Ich habe ein paar Weinflaschen geöffnet und mir Zeit genommen, um ein bisschen zu schreiben. Ich muss es deinetwegen tun, mein Sohn, den ich nie gesehen habe und dem ich nie begegnen werde. Ich wünschte, du erhieltest den Namen Achim. Warum, weiß ich nicht. Es ist ein schöner Name.

Du bist jetzt bald eineinhalb Jahre alt, mein Sohn, und es ist das erste Mal seit fast einem Jahr, dass ich an dich denke.

Morden und gleichzeitig an dich denken, das ging nicht.
Es war mir unmöglich.
Aber irgendwo hinter allem ist der Himmel blau.
Klarblau.

44

Der Fernseher in der Kampfleitzentrale war nicht eingeschaltet. Es war nicht nötig. Selbst die streng auf ein Ziel
konzentrierten Polizeibeamten waren sich der Tatsache
bewusst, dass der Ölkrieg im Irak inzwischen den dritten
Tag andauerte. Es war der späte Nachmittag des Samstags,
22. März. General Tommy Franks, Oberbefehlshaber der
Koalitionstruppen, versprach in einer Pressekonferenz, dass
der Angriff auf den Irak ›mit nichts in der Geschichte zu
vergleichen sein‹ werde, und Präsident George W. Bush
sagte, er akzeptiere ›keinen anderen Ausgang als einen Sieg‹,
aber es könne länger dauern und schwieriger werden, ›als
wir gedacht haben‹.

Und im Süden brannten die Ölquellen.

Kerstin Holm blickte über die versammelte Mannschaft
und sagte: »Also, wie kriegen wir Andreas Becker zu fassen?«

»Es können keiner, einer, zwei oder drei sein«, sagte Paul
Hjelm. »Keiner, wenn alle in dem Haus auf Färingsö umgekommen sind. Einer, wenn er zu spät kam und nur Mikhail
Zinovjev und Vladimir Kuvaldin umkamen. Zwei, wenn er
einen der Räuber herausgeholt hat. Und drei, wenn es ihm
gelungen ist, alle beide aus dem verdammten Haus zu befrei-
en. Das wäre eine phantastische Leistung, wo das Haus mit
amerikanischen Elitesoldaten vollgestopft ist. Leider ist es
wahrscheinlicher, dass alle tot sind und wir nicht weiterkommen.«

»Aber davon dürfen wir nicht ausgehen, oder?«, sagte
Kerstin Holm streng.

»Nein«, sagte Helm, »wir müssen davon ausgehen, dass er
den großen Räuber Vladimir Kuvaldin mitschleppt, da die

Medien schon eine Weile das Bild von ihm haben. Inzwischen liegt ja auch das Bild von Mikhail Zinovjev an den Grenzübergängen, wenn auch nicht bei den Medien. Unsere Chancen steigen, wenn Becker nicht allein ist.«

»Obwohl sein Bild ja auch an die Medien gegangen ist«, sagte Jorge Chavez.

»Und auch bei allen Grenzposten des Landes liegt und eine landesweite Fahndung und erhöhte Alarmbereitschaft und der ganze Trubel veranlasst worden sind«, sagte Kerstin Holm.

»Was wäre also der nächste Schritt?«, fragte Paul Hjelm. »Wonach sucht er?«

»Nach so etwas hier«, sagte Arto Söderstedt und wedelte mit einem vergilbten Papier. »Kerstin?«, fügte er hinzu.

Kerstin Holm schaltete einen altmodischen Overheadprojektor an. Auf der Wand neben ihr erschien ein Lichtquadrat. Sie schob eine durchsichtige Overheadfolie in den Apparat, und in dem Lichtquadrat wurde eine Reihe schwer zu deutender Zeichen sichtbar. Ein Tintenkringel sah aus wie eine gedrehte Spaghetti, während ein anderer vage an einen Diamanten erinnerte. »Dies ist eine Kopie des Papiers, das Arto in seinem Barockschreibtisch gefunden hat«, sagte sie. »Und Arto hat die soeben von den Technikern gelieferte Kopie des Papiers aus der Wand in der Skeppargata.«

Söderstedt stand auf und ging nach vorn. Dabei wedelte er mit einer anderen Overheadfolie und sagte: »Der Abdruck in der Plastikhülse ist etwas diffuser als das Papier, das in meiner Schreibtischschublade lag, aber es ist ganz klar, worum es sich handelt.«

Er blieb neben dem Projektor stehen und schob seine durchsichtige Folie vorsichtig über die andere. Die diffusen Zeichen passten zusammen, Kringel und Bögen verbanden sich miteinander, Striche verlängerten sich, Zeichen wurden zumindest zu halben Buchstaben. Wenn auch nicht zu normalen lateinischen Buchstaben. »Schwer zu lesen, muss man sagen«, sagte Arto Söderstedt, »aber Russisch ist es auf jeden Fall. Es gibt ein paar Zeichen, hier, dort, die eindeutig nicht lateinisch sind. Außerdem sehen einige dieser Bögen aus wie Wege oder Flüsse. Es scheint tatsächlich eine Karte zu sein. Aber wir können nicht sagen, was sie darstellt. Es fehlt nämlich ein Blatt.«

In der Kampfleitzentrale war es mucksmäuschenstill. Wieder einmal war es Söderstedt gelungen, die Aufmerksamkeit auf sich zu ziehen. Für einen Moment erfüllte ihn rhetorische Zufriedenheit. Gott sei Dank ging es schnell vorüber. Er fügte mit großer Deutlichkeit hinzu: »Andreas Becker ist auf der Suche nach dem dritten Papier.«

»Also müssen wir herausfinden, wo sich dieses Papier befindet«, sagte Kerstin Holm. »Denn dorthin ist er unterwegs. Dann können wir ihn stoppen. Und dann erfahren wir, was das hier für eine Karte ist. Und worum sich das Ganze dreht.«

»Hat er ein Muster verfolgt?«, sagte Sara Svenhagen. »Dann geben vielleicht frühere Posten einen guten Hinweis. Vielleicht hat er eine andere Plastikhülse in einer anderen Wand eingemauert.«

Kerstin Holm streckte sich und sagte mit einem angedeuteten Lächeln: »Deswegen habe ich gerade ein längeres Gespräch mit unserem Freund Sven Fischer geführt, Andreas Beckers Chef in Stockholm. Wenn überhaupt einer, dann weiß er, woher Becker gekommen ist. Ich bin aber ziemlich sicher, dass er es nicht genau weiß. Es war Absicht, dass er es nicht erfuhr. So etwas wurde an höherem Ort beschlossen.«

»Seltsame Befehlsordnung«, sagte Niklas Grundström.

»Dagegen hat Fischer in informellen Gesprächen mit Becker über frühere Posten gesprochen. Small Talk zwischen Spionen.«

»Au weia«, sagte Jorge Chavez, und wenn jemand ihn angesehen hätte, würde der bemerkt haben, dass er bleich geworden war.

352

Aber niemand sah ihn an. Vielmehr sahen sie Kerstin Holm an, die sagte: »Die Orte, die Fischer in Beckers Fall erwähnt hat, waren Salzburg, Madrid, Venedig, Oslo und Athen. Wie es scheint, ist er viel herumgereist, bevor er einen festeren Posten in Stockholm bekam.«

»Ja«, nickte Chavez. »Selbstverständlich.«

»Aber du bist ja leichenblass«, rief Kerstin Holm und stand auf. »Was ist los mit dir, Jorge?«

Seine Frau Sara Svenhagen drehte sich zu ihm um und machte eine kleine abweisende Handbewegung. »Mit ihm ist alles in Ordnung«, sagte sie. »Er glaubt nur, einen genialen Einfall zu haben.«

»Glaubt er das?«, fragte Kerstin Holm.

»Plan B«, sagte Chavez. »Natürlich.«

»Drück dich bitte deutlicher aus«, verlangte Holm.

»Die A-Gruppe als Plan B.«

»Jetzt ist ja alles klar.«

»Als Andreas Becker die E-Mails der A-Gruppe auf dem internen Server der Polizei zu untersuchen begann, sah er sich zuerst Gunnar Nybergs Mails an Ludmila an. Private Mails, in denen eine kleine Auseinandersetzung über die Frage Italien oder Griechenland geführt wurde. Die griechische Inselwelt oder Venetien.«

»Ich verstehe noch immer nicht ganz«, gestand Holm.

»Die Idee, uns zu benutzen, kommt ihm in dem Moment, als er sieht, dass Gunnar Nyberg nach Venedig will«, sagte Chavez.

Die Mitglieder der A-Gruppe sahen von einem zum anderen und versuchten herauszufinden, was die anderen dachten.

»Als Plan B«, fuhr Chavez fort. »Falls etwas misslang oder er sterben sollte. Dann sollten wir Superschnüffler, die wir sind, das eine mit dem anderen verbinden und die Karte den gierigen Fäusten der vereinigten Nachrichtendienste entreißen.«

353

Kerstin Holm dachte nach. Sie warf einen kurzen Blick auf Niklas Grundström und einen etwas längeren auf Paul Hjelm. Der nickte kurz.

»Es ist besser als nichts«, sagte sie. »Wir brauchen die Passagierlisten sämtlicher Flüge nach Norditalien von Arlanda, Landvetter, Sturup und Kastrup aus. Aber vor allem von Arlanda. Sara und Lena.«

Sara Svenhagen und Lena Lindberg verließen eiligst die Kampfleitzentrale.

»Ist Gunnar in Gefahr?«, fragte Viggo Norlander.

»Ich glaube nicht«, sagte Chavez. »Noch nicht.«

»Wie hängt das alles mit meinem Schreibtisch zusammen?«, fragte Arto Söderstedt, der immer noch wie angenagelt neben dem Overheadprojektor stand.

»Man könnte Vermutungen anstellen«, sagte Chavez. »Zum Beispiel so: Er ist gerade auf die pfiffige Kombination Einbruch/Raub/Geiseldrama gekommen. Er klickt sich spielend leicht in den Polizeiserver ein und sucht bei der schwedischen Polizei nach einer verlässlichen Instanz ohne Verbindung zur Sicherheitspolizei oder dem Nachrichtendienst. Einer demokratischen Instanz ohne heimlichen Austausch mit der CIA, wenn man so will. Er schaut sich eine Menge Polizeibeamte an. Das Erste, was er in den privaten E-Mails der A-Gruppe sieht, ist, dass einer von uns genau dorthin will, wohin er selber muss. Er kommt vielleicht sogar auf den Gedanken, die ganze Sache Gunnar in Venedig zu überlassen. Nichts Böses ahnend, bemerkt Schwedens größter Polizist eines Tages in der Schlange vor dem Campanile auf dem Markusplatz, dass ihm ein Briefumschlag in die Hand gedrückt wird. Er dreht sich um. Niemand da. Andreas Becker verschwindet spurlos aus der Weltgeschichte.«

»Und der Schreibtisch?«, beharrte Söderstedt.

»Wenn er sicher ist, dass Gunnar in Venedig ist, braucht er einen Ort für das Papier, das bereits in seinem Besitz ist.

Das ist der letzte Schlüssel. Die Papiere aus den Wänden in Stockholm und Venedig werden Gunnar Nyberg in Venedig übergeben. Er schickt sie hierher. Wir legen dein Papier dazu. Und haben eine komplette Karte. Die nicht in den schwarzen Löchern der Nachrichtendienste verschwindet.«

»Imponierend«, sagte Niklas Grundström.

Niemand war sicher, ob er Andreas Becker oder Jorge Chavez meinte.

Obwohl Chavez die zweite Deutung bevorzugte.

Nach einer Weile tauchten Sara Svenhagen und Lena Lindberg mit langen Papierschlangen in den Händen auf. Sara sagte: »Die Passagierlisten sollen dir auch per E-Mail zugeschickt worden sein, Kerstin.«

Kerstin Holm aktivierte den kleinen Laptop auf dem Katheder vor sich und sagte: »Hier sind sie.«

Mit ein paar Mausklicks verwandelte sie das Dokument mit imponierender Geschwindigkeit in eine PowerPointpräsentation, die sie an die Wand warf.

»Macht was her«, sagte Chavez und biss sich auf die Zunge.

Viel zu spät.

Aber Kerstin Holm schien nicht zu Scherzen aufgelegt. Sie betrachtete den Text auf der Wand. »Es ist jetzt 17.23 Uhr«, sagte sie. »Der nächste mögliche Flug geht um 17.55 Uhr von Arlanda nach Mailand ab. Also in einer halben Stunde. Wir können ihn immer noch stoppen. Dann gibt es im Laufe des Abends noch ein paar Flüge nach Bologna und Florenz. Keinen Direktflug nach Venedig.«

»Arlanda ist wohl am wahrscheinlichsten?«, sagte Paul Hjelm. »Oder ist er nach Kopenhagen und Kastrup gefahren, nachdem er in der Nacht zuvor zwei Bankräuber befreit hat, die möglicherweise gefoltert worden sind? Das glaube ich nicht. Das kleine Landvetter ist auch nicht wahrscheinlich, Sturup noch weniger.«

»Wir verstärken die Kontrollen für alle Flüge nach Norditalien von den genannten Flughäfen aus«, beschloss Kerstin Holm. »Machst du das, Niklas?«

Niklas Grundström war ein Mann, der sich mit jeder Situation abfand. Er nickte kurz und verließ den Raum.

»Hier ist die Passagierliste des Fluges, der in einer halben Stunde abgeht«, fuhr Holm fort. »Irgendwelche interessanten Namen?«

»Da kommen viele infrage«, sagte Jon Anderson. »Neben den Pseudonymen Lars Bergman, Rolf Strand, Andreas Allvin, Alvin Strömberg sollten wir auch an die echteren Namen Johan Lidström und Andreas Becker denken. Der Mädchenname der Frau war Nylander. Sollte auch in Erwägung gezogen werden. Wie auch die Tatsache, dass er Deutscher ist.«

Die A-Gruppe betrachtete die Passagierliste, die aus knapp einhundert Namen bestand. Kerstin Holm fragte sich, wer als Erster aufstöhnen würde. Es war – nicht ganz unerwartet – Viggo Norlander.

»Aber das wird doch nichts!«, fauchte er. »Wir müssen hin!«

Kerstin überlegte. Nach kurzer Zeit begannen die Buchstaben vor den Augen zu tanzen. Und kein Name erschien besonders interessant.

»Wird er diesen Weg nehmen?«, fragte Paul Hjelm. »Ist er nicht viel zu raffiniert, um ausgerechnet jetzt nach Arlanda zu fahren? Vielleicht weiß er, dass wir Fischer geschnappt haben.«

»Hat jemand das in einer E-Mail erwähnt?«, fragte Chavez. »Wir wissen, dass er unsere E-Mails liest. Hat jemand bei irgendeiner Gelegenheit im Laufe der Ermittlung einem anderen per E-Mail eine Mitteilung geschickt, die ihm Einblick in die weitere Entwicklung des Falls verschaffen könnte?«

Sie sahen sich an.

»Stellt euch vor, er hört unsere Telefone ab«, sagte Lena Lindberg. »Dann sehen wir blass aus.«

»Das Risiko, dass die anderen unsere Telefone abhören, ist größer«, sagte Arto Söderstedt.

»Keiner kann sich erinnern, so eine Mail verschickt zu haben?«, fragte Holm. »Ganz sicher?«

»Die anderen?«, sagte Norlander.

»Wer immer sie sind«, sagte Söderstedt. »Die Yanks.«

»Um alle Fragen gleichzeitig zu beantworten«, sagte Kerstin Holm. »Wenn Andreas Becker nicht weiß, dass wir mit der Ermittlung so weit gekommen sind, müsste er sich relativ sicher fühlen. Dann könnte er es wagen, in aller Ruhe einen Flieger nach Norditalien zu nehmen.«

»Da stimmt was nicht«, sagte Paul Hjelm. »Sollte er einen der Russen oder beide bei sich haben, sind sie mit Sicherheit physisch sehr mitgenommen, haben vermutlich schwere Gesichtsverletzungen, nach allem, was ich von Folter weiß. Mit denen fährt er nicht nach Arlanda.«

»Vielleicht fährt er allein«, sagte Chavez. »Und die Bankräuber kommen nach.«

»Oder sie tauchen ein paar Wochen ab«, sagte Lindberg. »Das sind zu viele unsichere Momente.«

»Aber Gunnar Nyberg ist nur noch ein paar Tage in Venedig«, sagte Kerstin Holm.

»Die Sache steht und fällt nicht mit Gunnar«, sagte Hjelm. »Nein, nein, er plant etwas anderes.«

»Sie argumentieren nicht schlecht«, sagte eine unbekannte Stimme.

Sie sahen auf. Durch die Tür der Kampfleitzentrale kam Niklas Grundström herein. Eigentlich sah der oberste Chef der Sektion für Interne Ermittlungen so aus wie immer. Der elegante Anzug saß tadellos, der Schlipsknoten war Präzisionsarbeit, das blonde Haar sorgfältig gekämmt, die Schuhe waren ohne ein Stäubchen. Das Einzige, was nicht ganz stimmte, war die Pistolenmündung an seiner Schläfe.

Schräg hinter seinem blassen, aber kontrollierten Gesicht erschien ein grün und blau geschlagenes aufgeschwollenes

Gesicht voller Verletzungen. Die slawischen Züge waren dennoch zu erkennen.

Es war Vladimir Kuvaldin, der größere der Bankräuber von der Andelsbank am Karlaväg.

Aber gesprochen hatte nicht er. Der Mann, der gesprochen hatte, stand schräg dahinter, mit einer Mini-Maschinenpistole im Anschlag.

Es war Andreas Becker. Er lächelte entschuldigend und sagte: »Keine plötzlichen Bewegungen, bitte.«

Er schloss die Tür zur Kampfleitzentrale hinter sich.

Die Spezialeinheit für Gewaltverbrechen von internationalem Charakter bei der Reichskriminalpolizei erstarrte. Waren sie denn völlig begriffsstutzig gewesen? Hätte man dies nicht voraussehen können?

»Ist jemand unter Ihnen, der bewaffnet ist?«, fragte Andreas Becker in perfektem Schwedisch. »Ich möchte Hosenbünde und offene Jacken sehen, danke. Und dann die Hände über den Kopf, alle miteinander.«

Einige waren bewaffnet. Becker nickte Kuvaldin zu und fuhr fort, während er sich mit erhobener Waffe langsam in die Mitte der Kampfleitzentrale begab: »Ich bin mir bewusst, dass der Chef für Interne Ermittlungen nicht die ideale Geisel ist. Aber man muss nehmen, was man kriegen kann. Seien Sie sich aber darüber im Klaren, dass Vladimir ihn bei der geringsten Bewegung Ihrerseits erschießen wird.«

Becker begann, die Waffen einzusammeln. Als er zu Paul Hjelm kam, lächelte er ein wenig, und bei Arto Söderstedt sagte er: »Nett, dass man sich wiedersieht.«

»Danke für die Hilfe bei dem Schreibtisch«, sagte Söderstedt höflich.

»Obwohl nicht vorgesehen war, dass Sie die Schublade aufkriegen«, sagte Andreas Becker mit einem freudlosen Lächeln.

»Woher wissen Sie, dass ich sie aufgekriegt habe?«, fragte Söderstedt.

»Sie haben es Ihrem Bruder in Vasa in einer E-Mail berichtet«, sagte Becker.

»Ach ja, stimmt«, sagte Söderstedt.

Dann betrat Andreas Becker das Podium mit Kerstin Holms Katheder. Er nickte ihr zu, wie sie steif dasaß, und sagte: »Keine Waffe, Fräulein Holm?«

Sie schüttelte den Kopf.

»Erlauben Sie, dass ich kontrolliere?«

Sie stand auf und spürte seine Finger am Hosenbund und auf der Brust.

»Tut mir leid«, sagte er. »Würden Sie bitte hinuntergehen und sich zu den anderen setzen?«

Und dann ertönte ein russischer Wortschwall in Richtung Kuvaldin, der noch in der Ecke stand und Grundström im eisernen Griff hielt. Kerstin Holm stolperte hinunter und setzte sich neben Paul Hjelm, der für einen Moment die Hand auf ihren Arm legte. Ihre Blicke begegneten sich. Und beider Blicke sagten: Hätten wir damit nicht rechnen müssen?

Andreas Becker legte die eingesammelten Waffen auf das Katheder, warf einen Blick auf seine Uhr und setzte sich auf die Kathederkante, die Maschinenpistole auf dem Knie. Er sah auf die A-Gruppe hinunter und sagte: »An Samstagnachmittagen ist es hier im Haus ja wirklich sehr ruhig. Schweden ist immer noch ein recht angenehmes Land. Trotz allem.«

»Wie sind Sie hereingekommen?«, sagte Kerstin Holm mit einer Stimme, die zumindest in ihren Ohren sehr eigentümlich klang.

Becker zuckte mit den Schultern und sagte: »Ich habe Vladimir als meinen Gefangenen hereingeschleppt. Mit einem Dienstausweis der Polizei ist man gut gerüstet. Es war kein Problem, an der Wache in der Anmeldung vorbeizukommen. Und dann habe ich eine Universalsteckkarte und einen kleinen Apparat, der die meisten Codeschlösser knackt. Eine

Zeichnung des Gebäudes und die übrigen Codes hatte ich schon aus dem Intranet der Polizei, zu dem ich, wie Sie wissen, Zugang habe. Falls Sie technisch interessiert sind.«

»Was wollen Sie?«, fragte Kerstin Holm mit einer noch eigenartigeren Stimme.

»Was ich die ganze Zeit gewollt habe«, sagte Becker. »Aber jetzt gilt Plan B. Sie haben mich umzingelt.«

Dann sagte er wieder etwas Russisches zu dem großen Mann. Der ließ Niklas Grundströms Hals los, führte ihn durch den Raum und zu einem der Stühle. Er selbst ging zum Katheder und setzte sich auf Kerstin Holms Platz schräg hinter Becker.

»Mikhail Zinovjev haben Sie nicht rausgeholt?«, fragte Arto Söderstedt.

Andreas Becker sah Söderstedt an und kniff die Augen ein wenig zusammen. »Ich habe gewusst, dass ihr gut seid«, sagte er nur.

Dann drehte er sich zu dem PowerPoint- und dem Overheadbild hinter seinem Rücken um. Er nickte. »Unter normalen Umständen hätte ich den Flug tatsächlich genommen«, sagte er und zeigte auf das PowerPointbild. »So war es geplant. Aber es ging nicht. Ich habe mir eine Blöße gegeben, als ich Vladimir befreit habe. Nein, Mikhail konnte ich nicht mitnehmen. Es gab nur noch einen Weg, und der führte hierher.«

Dann zeigte er auf das Overheadbild. »Hat das Papier einen Abdruck auf der Plastikhülse hinterlassen? Das hat mich beunruhigt, ich sah, dass ich es falsch herum aufgerollt hatte, aber das ganze Rohr herauszustemmen wäre zu umständlich gewesen.«

»Sie hatten ja auch anderes zu tun«, sagte Söderstedt. »Zum Beispiel die Andelsbank um zwanzig Millionen zu erleichtern?«

»Eine Ölbank«, schnaubte Andreas Becker. »Haben wir nicht allmählich genug von all diesen fossilen Brennstoffen?«

360

Dann nahm er seinen Rucksack ab und stellte ihn neben sich auf das Katheder. Während die Pistole immer noch auf seinem Knie ruhte, öffnete er den Rucksack. Er nahm ein altes Notizbuch heraus und strich behutsam über den abgenutzten braunen Wachstuchumschlag. »Es gibt zwei davon«, sagte er. »Zwei Notizbücher. Das andere ist das wertvollere. Dies hier enthält nur – Wörter.«

Er schlug das Notizbuch bei einem Lesezeichen auf, während er fortfuhr: »Aber es hat natürlich einen emotionalen Wert. Es war nämlich Vladimirs Großvater, der in Stalingrad im Keller saß und mit Hans Eichelberger zusammenarbeitete. Aber das Tagebuch hat Eichelberger geschrieben.«

Dann nahm Andreas Becker das Lesezeichen und hielt es in die Höhe. »Dies hier ist übrigens das Papier Nummer zwei«, sagte er. »Das dritte befindet sich, wie Sie ja inzwischen wissen, in Venedig. Und jetzt wollen Sie vermutlich, dass ich die ganze Geschichte erzähle?«

Er musterte die A-Gruppe. Wahrscheinlich bot sie von dort vorn am Katheder einen ziemlich traurigen Anblick. Eine geduckte Truppe. Geiseln.

Becker lachte. »Verzeihung, wenn ich dramatisch werde«, sagte er. »Bei uns Fossilien ist das normal. Lassen Sie mich damit beginnen, dass ich ein Stück aus dem Tagebuch vorlese. Es wurde am Sonntag, den elften Oktober 1942, um achtzehn Uhr dreiundvierzig in einem Kellerloch in Stalingrad geschrieben.«

45

Sonntag, den 11. Oktober 1942,
achtzehn Uhr dreiundvierzig

*Es war eine merkwürdige Nacht. Maxim und ich haben uns
beobachtet. Wir haben gesprochen ohne Worte. Wir wissen
beide, dass wir nicht weiterkommen können; wir haben
unser Wissen so weit vorangetrieben, wie es ging. Wir wissen
auch, dass unsere Zeit begrenzt ist; früher oder später bricht
die Außenwelt herein, und sie wird gewalttätig sein. Wir
wissen auch, dass wir aufhören können; wir wissen, dass wir
uns mit dem begnügen können, was wir erarbeitet haben,
uns begnügen können mit dem Prozess selbst, dem Wissen
um das, was wir geleistet haben.*

*Aber wir wissen, dass das nicht genügt. Wir wissen, dass
unsere Resultate mehr wert sind. Wir wissen, dass die
Nachwelt sie braucht.*

*Es ist möglich, dass wir das Ende des Krieges abwarten
können. Es ist möglich, dass die Vorräte ausreichen. Aber
auch das genügt nicht.*

*Wir müssen eine andere Möglichkeit finden, das Wissen
zu bewahren.*

*Wir müssen einen Platz finden, wo das zweite Notizbuch
vor der Hölle geschützt ist. Wo es von den Flammen des
Infernos nicht erreicht wird und wo die richtigen Personen
es finden.*

*Es ist eine heikle Aufgabe. Nicht zuletzt für zwei zum
Tode verurteilte Feinde in einer brennenden Stadt.*

*Maxim glaubt zu wissen, welches Gebäude nach dem
Krieg noch stehen wird. Wir wollen versuchen, dorthin zu
gelangen. Es ist nicht weit entfernt.*

Aber es wird uns etwas kosten.

Es wird uns das Leben kosten.

Wir haben einen Plan. So kann man es vielleicht nennen. Wenn man sich seinen Sinn für Humor bewahrt hat. Das haben wir. Ich frage mich, ob wir es sonst geschafft hätten, unsere Gedanken zu Ende zu führen.

Das Notizbuch ist voll. Die Dämmerung ist angebrochen. Es wird Tag.

Wir müssen gefangen genommen werden. Von den richtigen Menschen. Die richtigen Menschen sind die Russen – mir graut bei dem bloßen Gedanken. Wenn auch nicht irgendwelchen Russen. Wir müssen von Zajtsev gefangen genommen werden. Dem Meisterschützen Zajtsev. Dann kommt die Karte vielleicht auf den Weg zur richtigen Adresse.

Die Karte, ja. Maxim hat sie schon gezeichnet. Für den Fall, dass wir es bis dorthin schaffen. Für den Fall, dass wir das Notizbuch an der Stelle platzieren können, wo Maxim es geplant hat.

Er hat die Karte gezeichnet. Er hat sie in einen Umschlag gelegt, den er in einer Schublade fand und auf dem der Name des Restaurants steht. Er hat den Umschlag zugeklebt. Wir werden ihn in dieses Tagebuch legen. Und dann wird Maxim Zajtsev überreden, es an seine Adresse nach Moskau zu schicken. Maxims Sohn Fjodor soll es in Verwahrung nehmen. Er ist fünfzehn Jahre alt und sehr klug, sagt Maxim. Er wird verstehen, dass er es sorgfältig aufbewahren muss.

Er wird die Erinnerung an seinen Vater ehren.

Zajtsev ist ein treuer Bolschewik. Warum sollte er so etwas tun? Warum sollte er die unbarmherzigen Gesetze des Krieges brechen, um Maxim den Gefallen zu tun? Er würde uns töten, mit Trauer im Herzen würde er seinen bewunderten Feind Streppy töten und mit noch größerer Trauer seinen früheren Gefährten Maxim Kuvaldin. Er

würde ihn töten, aber er würde ihm einen letzten Wunsch
gewähren. An diesem letzten Wunsch hängt der Rest unseres
Jahrhunderts.

Wir beobachten einander im Licht meines kleinen Feuers.
Maxim sieht so alt aus. Als hätte er sich zu Ende gedacht.
Als hätten wir unsere letzten Kräfte verbraucht, das Letzte
an Leben, das wir in uns hatten.

Er hält seinen Spaten hoch, den Spaten, mit dem er sich
hereingegraben hat. Er hält ihn hoch und lacht. Der Spaten
wird uns mit der Außenwelt verbinden.

Ich fühle, dass ich ihn umarmen muss. Allein hätte ich es
nie geschafft. Man muss Mensch sein, um denken zu können.
Und um Mensch zu sein, muss man gesehen werden.

Unsere Umarmung dauert lange. Du könntest mein
Vater sein, Maxim.

Irgendwo habe ich einen Sohn. Ich werde ihm nicht
begegnen, ebenso wenig, wie ich meinen dreißigsten
Geburtstag erleben werde.

Wir lassen einander los, widerwillig. Wir trocknen uns
gegenseitig die Tränen. Seine Tränen sind von meinen nicht
zu unterscheiden.

Es sind gemeinsame Tränen.

Die Tränen eines Jahrhunderts über sich selbst.

Wir beginnen zu graben, er mit dem Spaten, ich mit
einem Tablett aus dem Restaurant. Schon nach den
ersten Spatenstichen dringt das Gebrüll der Stadt herein.
Stalingrads Abgrundsgebrüll.

Urrah!

Und bald kommt auch das Licht. Kommen die Flammen
des Höllenfeuers.

Dort hinaus müssen wir.

Wir graben weiter. Wir graben uns dem Tod entgegen.
Aber auch dem Leben. Dem Leben der Kommenden.

Dem Leben meines Sohnes.

Aber der Himmel sieht nicht sehr blau aus.

46

Andreas Becker lächelte ein wenig, klappte das Tagebuch zu, legte es auf das Katheder neben sich, klopfte leicht auf den abgenutzten braunen Wachstuchumschlag und legte sich die Maschinenpistole auf dem Knie zurecht. »Es gibt noch mehr«, sagte er. »Ein kleines Stückchen Text. Aber das kann warten.«

Er räusperte sich und sah über die A-Gruppe hinweg. »Lassen Sie mich eine kleine Geschichte erzählen«, sagte er. »Ich bin Anfang der Fünfzigerjahre in Ostberlin geboren, was an sich schon eine traurige Sache ist. Meine Eltern waren Kommunisten, meine Mutter war Schwedin, wie Sie sicher wissen, Hanna Westerberg aus Göteborg. Sie wurde bald zu Hanna Becker, Doktorandin in Marxismus und Ehefrau des Philosophieprofessors Anton Becker. Ich war, mit anderen Worten, ein im wahren sozialistischen Geiste erzogenes Kind. Schon seit der Grundschule hatte ich einen guten Freund, einen wirklichen Freund, der Achim hieß und zehn Jahre älter war als ich. Er war ein Sonderling und wohnte eine Etage unter uns in einer winzigen Wohnung, die immer nach Seife roch. Er hatte keine Eltern und keine Arbeit und auch sonst nicht viel. Er war mein Bundesgenosse in den schwierigen Pubertätsjahren, und wir versprachen uns, den anderen nie im Stich zu lassen. Wir waren echte Freunde. Und ich habe ihn verraten. Wie der Verrat ein selbstverständlicher Teil meines Lebens gewesen ist.

Achim und ich schlugen unterschiedliche Lebenswege ein. Ich studierte Sprachen an der Universität und ließ mich von der Stasi anheuern. Achim dagegen war ein wenig oppositionell oder einfach nur unabhängig. Er begann als Handwerker zu arbeiten und schlug sich durch ein ziemlich einförmiges, einsames Leben. Auf seine Art war er sicher glücklich. Bis er Mitte der Achtzigerjahre einen Brief aus Moskau erhielt.

Wir hatten die ganze Zeit sporadischen Kontakt, die Freundschaft blieb bestehen, trotz unserer Unterschiedlichkeit. Seit unserer Kindheit hatten wir ein geheimes Versteck, in dem wir Dinge für den anderen hinterlegten, ein Loch in einem Baum in einem Berliner Park. Er nahm Kontakt zu mir auf und erzählte mir von dem Brief; er wusste natürlich nicht, dass ich aktiver Mitarbeiter der Stasi war.

Der Brief kam von einem Mann namens Fjodor Kuvaldin. Er hatte gerade eine letzte Todesnachricht aus Afghanistan erhalten. Der russische Krieg in Afghanistan war ja seit Dezember 1979 im Gange. Er war als schneller Angriffskrieg gegen die Guerilla geplant gewesen, hatte sich aber mithilfe vor allem amerikanischen Geldes in einen regelrechten Guerillakrieg verwandelt, und die Sowjetunion pumpte förmlich junge russische Soldaten ins Land. Fjodor Kuvaldin hatte drei Söhne, die alle einberufen wurden und nach Afghanistan gingen. Alle drei sind dort umgekommen.

Als die drei Söhne jung waren, hatte er ihnen ihr Erbe, das Wichtigste, was er besaß, im Voraus gegeben, und weder Achim noch ich verstanden den eigentlichen Zusammenhang. Es handelte sich um ein Tagebuch und eine Karte, und das Tagebuch stammte von Achims Vater, dem er nie begegnet war. Achim war sogleich Feuer und Flamme.

Ich meinte, er solle die Gelegenheit nutzen und nach Moskau reisen, um etwas mehr über seinen im Krieg gefallenen Vater zu erfahren. Das tat er. Und als ich das Ereignis dann in meinem wöchentlichen Rapport für die Stasi erwähnte, war der Teufel los. Schon seit dem Krieg, dem großen vaterländischen Krieg, hatte es Gerüchte über eine phantastische wissenschaftliche Entdeckung gegeben, die während des Krieges von einem Russen und einem Deutschen zusammen gemacht worden war. Die Gerüchte waren nie bestätigt worden, aber man behauptete, sie gingen auf den Scharfschützen Zajtsev in Stalingrad, den Helden der Sowjetunion, zurück. Trotz massiven Drucks war er nicht bereit gewesen, mehr zu berichten. Vermutlich wusste er nicht mehr. Der Meisterschütze nahm das Geheimnis mit ins Grab.

Aber die verschiedenen Nachrichtendienste in der Welt konnten die Sache nicht auf sich beruhen lassen. Wenn es stimmte, was aus Zajtsev herauszuholen gewesen war, gab es irgendwo ein Buch voller Formeln, wie man Erdölprodukte durch Wasserstoffgas ersetzen konnte. Der unbekannte Deutsche und der unbekannte Russe hatten zusammen die Utopie der Wasserstoffgas-Ökonomie begründet, eine neue Weltordnung, die das Zeitalter der fossilen Brennstoffe ablösen konnte. Eine unerhörte Bedrohung sowohl für die Sowjetunion wie für die USA. Die Macht der Supermächte beruhte in hohem Maße auf Produktion und Verbrauch fossiler Brennstoffe. Die Ölgesellschaften auf beiden Seiten des Eisernen Vorhangs zitterten vor Entsetzen. Und also auch die Nachrichtendienste.

Was ich meinen Vorgesetzten in der Stasi beiläufig berichtete, ging natürlich schnell weiter an den KGB und an die CIA. Jetzt mussten die Formeln, wenn schon nicht mit Beschlag belegt, so doch für immer vernichtet werden.

Unterdessen reiste Achim Eichelberger, nichts Böses ahnend, zu Fjodor Kuvaldin nach Moskau. Der fünfzehn Jahre ältere Kuvaldin hatte über den Meisterschützen Zajtsev tatsächlich ein Tagebuch und eine Karte von seinem Vater Maxim Kuvaldin erhalten. Maxim Kuvaldin war in Stalingrad wegen Verrats hingerichtet worden, was bedeutete, dass seine Familie ruiniert war. Der mittellose Fjodor hielt sein väterliches Erbe in Ehren, und ohne zu wissen, worum es eigentlich ging, vererbte er es weiter an seine drei Söhne. Damit diese zusammenblieben, kopierte er die Karte in drei Teilen, sodass sie nur zu lesen war, wenn man alle drei Teile übereinanderlegte. Die Söhne nahmen das Erbe an sich, ohne etwas davon zu begreifen, und verschwanden nach Afghanistan. Als der Letzte der drei in einem Sarg zurückkehrte, sah sich Fjodor Kuvaldin seinen vierten Sohn an – den Nachzügler Vladimir, der auf der Bildfläche erschienen war, nachdem die drei anderen ihr väterliches Erbe erhalten hatten – und beschloss, statt das Erbe ihm zu überlassen, Kontakt mit dem Sohn des Kompagnons seines Vaters aufzunehmen. So viel hatte er dem Tagebuch in der fremden deutschen Sprache entnommen, dass Maxim Kuvaldin und Hans Eichelberger in Stalingrad zusammengearbeitet und etwas Bedeutendes geschaffen und an einem Ort versteckt hatten, zu dem nur die Karte führte.

Achim hörte der Erzählung des vom Unglück geschlagenen Fjodor erstaunt zu. Drei Söhne in Afghanistan tot, dachte er. Der arme Mann. Aber er dachte auch an das Tagebuch, eine Chance, seinen toten Vater posthum kennenzulernen, die Vergangenheit zu verändern. Wozu die dreigeteilte Karte gut sein sollte, begriff er jedoch nicht. Russische Zeichen auf der Karte einer Stadt, die dem Erdboden gleichgemacht worden war – welchen Wert konnte sie haben?

Aber Fjodor Kuvaldin wollte ihm alles geben. Als Dank für die gemeinsame Zeit ihrer Väter in dem Keller. Als Zeichen gegenseitigen Respekts und Verständnisses. Achim bedankte sich und begab sich mit seiner tödlichen Last nach Hause. Denn bald tauchten sie auf, die Verfolger. Sie schienen überall zu sein, wohin er auch kam in seinem Ostberlin, und er rief mich an und sagte, er würde verrückt, er könne die äußeren Dämonen kaum noch von den inneren unterscheiden. Er hatte das Tagebuch immer wieder gelesen, und ihm war klar geworden, wie wichtig die Arbeit seines Vaters gewesen war. Und er verstand auch, warum er gejagt wurde. Er teilte mir mit, dass er die Unterlagen in unserem geheimen Versteck in dem Baum im Park hinterlegen werde. Er selbst sei am Ende, sagte er. Für ihn gebe es keinen Ausweg. Vielleicht für die Karte und das Tagebuch. Aus alter Freundschaft überließ er sie mir.

Zum Glück hat er nie erfahren, dass ich Stasi-Mitarbeiter war. Das hätte ihn erst recht zerbrochen. So konnte er wenigstens in dem Glauben sterben, die Dämonen überlistet zu haben.

Ich glaube, an jenem Frühsommermorgen 1985, als er sich auf den Weg zu unserem Versteck machte, wurde er tatsächlich vom KGB und von der CIA verfolgt. Und auch, als er seinem Leben durch einen Schuss in den Kopf ein Ende bereitete.

Die Stasi kannte unser geheimes Versteck nicht – es war ein Kindheitsort, den ich unangetastet gelassen hatte. Und jetzt unterließ ich es, meinen Arbeitgebern davon zu berichten. Ich holte das Material am Tag nach Achims Tod aus dem Versteck. Drei Stücke Papier mit fragmentarischen Karten und das Tagebuch. Das war alles. Dafür waren nicht nur Maxim Kuvaldin und Hans Eichelberger, sondern auch Achim Eichelberger gestorben. Mein Freund.

Ich nahm das Material in Verwahrung. Ich verstand seine historische Bedeutung. Kurz darauf wurde ich in verschiedenen Städten Europas stationiert, und während meiner Zeit in Venedig mauerte ich eines der Kartenfragmente in einem Plastikrohr in der Wand des Hauptquartiers ein. Dann wurde ich für eine längere Zeit nach Schweden versetzt, in die Heimat meiner Mutter. Dort tat ich das Gleiche. Das dritte Papier behielt ich und verwahrte es in einem Bankfach.

Was habe ich mir dabei gedacht? Keineswegs dachte ich an die Umwelt und die Zukunft. Ich war ein geschulter Taktiker und dachte an mich selbst. Die Nachrichtendienste waren sicherlich nur froh darüber, dass das Material von selbst verschwunden war, aber trotz allem bestand das Risiko, dass sie mich, den alten Kameraden, ins Visier nehmen würden. Für diesen Fall brauchte ich eine hundertprozentige Rückversicherung. Ich glaubte, mir eine verschafft zu haben.

Auf jeden Fall konnte ich das Material an den Höchstbietenden verkaufen, wenn die Mauer fiel. Denn während meiner Zeit in Stockholm wurde immer deutlicher, dass die Tage der Mauer gezählt waren. Ich konstruierte eine Parallelidentität und bereitete mich darauf vor, als Johan Lidström in ein ehrbares schwedisches Durchschnittsleben einzutreten. Mein Chef Sven Fischer wollte, dass ich mich am Aufbau einer Sicherheitsfirma beteiligte, dort, wo das alte Stasi-Hauptquartier gelegen hatte, aber ich wollte auf eigenen Beinen stehen. Ich wollte möglichst weit weg von dem ganzen Spionagewahnsinn.

Ich wurde Computerexperte, denn ich hatte viel Erfahrung im Knacken von Datencodes. Jetzt drehte ich den Spieß um und schützte sie. Mithilfe einer Menge falscher Dokumente bekam ich einen Spitzenjob bei Svenska Säkerhetssystem AB in Saltsjöbaden. Das füllte mich völlig aus, ich verdiente gut und hätte die Karte und das Tagebuch und die versteckten Formeln fast vergessen. Viel zu viele Jahre, die produktiv für die Entwicklung von Alternativen zu fossilen Brennstoffen hätten genutzt werden können, vergingen. Ich sah, dass die Entwicklung zur Wasserstoffgas-Gesellschaft viel zu langsam ging, das begann an mir zu nagen. Und ich brauchte viel zu viel Zeit, um die schwedische Familie zu gründen, die ich immer hatte haben wollen. Aber schließlich traf ich die richtige Frau. Meine Anna. Und nachdem wir es jahrelang versucht hatten, bekamen wir schließlich einen Sohn, und ich fand den Mut, ihn Andreas zu nennen. Als kleine Huldigung an den, der ich trotz allem den größeren Teil meines Lebens gewesen war. Und als neue Chance, Andreas' zweite Chance.

Ich war unglaublich glücklich.

Kurz darauf hatte jemand dann doch zwischen mir und Achim die Verbindung hergestellt. Auch diesmal eigentlich nicht, um die Formeln in die Hand zu bekommen, sondern um dafür zu sorgen, dass sie nicht auftauchten. Sie versuchten, mich zu vergiften, aber stattdessen vergifteten sie meine Familie. Ich war wieder allein.

Ich wusste, dass sie hinter mir her waren. Nicht, dass es mich weiter gekümmert hätte – als Anna und Andreas starben, bin auch ich gestorben –, aber ich wollte mit meiner Trauer in Ruhe gelassen werden. Wollte in Ruhe sterben.

Irgendwann in diesem Prozess, während ich als Lars Bergman in Tantolunden lebte, kam mir der Gedanke zurückzuschlagen. Einen Gegenschlag zu führen gegen eine überholte Weltordnung, die trotzdem weiterlebte, auf geliehene, nein *gestohlene* Zeit. Was wäre als Rache an diesen Fossilien besser gewesen als eine Präsentation der Lösung der Energieprobleme der Welt, einer Lösung, die anscheinend niemand haben wollte? Und die Bank der Ölindustrie gleichzeitig um ein bisschen Geld zu erleichtern ...

Schon als ich ein paar Jahre vorher im Gebäude des alten Hauptquartiers gesessen und eine Firewall für eine norwegische Ölbank konstruiert hatte, begann der Plan Gestalt anzunehmen. Aber damals war ich glücklich, und der Plan war nicht aktuell. Glückliche Menschen rächen sich nicht. Jetzt aber lagen die Dinge anders.

Ich war der Familie Kuvaldin einiges schuldig. Ich versuchte, mit Fjodor in Kontakt zu treten, aber er hatte sich das Leben genommen. Stattdessen bekam ich Kontakt zu seinem jüngsten Sohn, Vladimir, dem einzigen Überlebenden, der ebenfalls nach Afghanistan geschickt worden war. Er kehrte zurück, zerbrochen, aber nicht tot – oder, Vladimir? –, und als ich Verbindung zu ihm aufnahm, wollte er um jeden Preis mitmachen. Ich nahm Kontakt zu einem alten Freund beim KGB auf, Mikhail Zinovjev, der ebenfalls am vorgetäuschten Banküberfall teilnehmen sollte, damit ich die Wand über der Bank erreichen konnte. Es ging gut – es gelang ihnen auch, an die Verkabelung in der Bank heranzukommen, sodass ich meine eigene Firewall überwand. Was schiefging, kam später.

Die Amerikaner müssen verstanden haben, dass ich es war, der hinter der Geiselnahme steckte, aber zum Glück begriffen sie nicht so schnell, dass ich sie als Ablenkungsmanöver benutzt hatte, um in den Raum zu gelangen. Ihre Aktion mit dem falschen Einsatzpolizisten war hohe *intelligence art*. Höchst professionell.

Ich konnte Mikhail und Vladimir nicht im Stich lassen. Ich musste sie finden. Ich bearbeitete meinen alten Feind Robert Andrews, um herauszufinden, wo sie waren. Ich fuhr hin. Mikhail war bereits tot, Vladimir beinahe. Ich konnte ihn befreien. Aber jetzt sind sie mir auf der Spur.

Es gab noch einen Ort, an den ich gehen konnte. Ich hatte mich nicht verrechnet, als ich indirekt die schwedische Polizei eingeschaltet hatte. Es ist nicht alles vorbei. Es gibt immer noch eine Chance.

Es gibt eine Alternative.«

Es war ziemlich still in der Kampfleitzentrale. Als ob der Sauerstoff im Raum ausgegangen wäre, als ob alle Worte sinnentleert wären. Andreas Becker saß still da. Sein Blick schweifte in die Ferne.

Schließlich bekam Arto Söderstedt ein bisschen Luft unter die Flügel. »Uns haben Sie bei der Geschichte ausgelassen«, sagte er.

Becker sah ihn ernst an. »Ja«, sagte er. »Das Datum wurde durch die Anwesenheit Ihres Mannes in Venedig bestimmt. Wenn alles nach Plan verlaufen wäre, hätte ich alles Weitere einfach ihm überlassen. Mit einer kleinen Instruktion, wie man die sehr gut versteckte Schublade im Schreibtisch öffnet.«

»Und das gilt nicht mehr?«

»Er hat jetzt eine andere Rolle«, sagte Becker. »Wenn er will. Wenn *Sie* wollen. Sie können auch alles fallen lassen. Sie bestimmen selbst.«

»Die Waffe haben Sie«, sagte Söderstedt.

»Sie wissen, dass ich Ihnen nicht schaden werde. Vielleicht sind Sie ein bisschen unsicher, was Vladimir betrifft. Ich war nur gezwungen, mir Ihre Aufmerksamkeit zu sichern.«

»Sie sind wirklich der Meinung, dass es sich um eine völlig neue ökonomische Ordnung handelt?«, fragte Holm.

»Was genau Hans und Maxim hinterlassen haben, wissen wir nicht«, sagte Becker. »Vielleicht ist es nur Luft. Aber dem Tagebuch zufolge scheint das nicht der Fall zu sein.«

»*Hydrogen economy*«, sagte Sara Svenhagen.

»Ja, das ist ein Begriff«, sagte Andreas Becker. »Jetzt beginnt man in solchen Termini zu denken wie Hans und Maxim vor mehr als sechzig Jahren. All diese Gedanken sind nach dem Ende des Weltkriegs verschwunden. Stattdessen machte man das Öl zur Basis der Zivilisation. Aber man kann die Vergangenheit verändern. Wir können uns die zweite Hälfte des vorigen Jahrhunderts neu überlegen. Können versuchen, die Dinge zurechtzurücken.«

Kerstin Holm kratzte sich intensiv an der Stirn. Sie wandte sich an Niklas Grundström, den die Pistolenmündung, die er eben noch an der Schläfe gehabt hatte, nicht im Geringsten beeindruckt zu haben schien. »Du bist hier der höchste Dienstgrad, Niklas«, sagte sie.

Grundström nickte. »Als Internermittler kann ich keine Abweichungen vom Reglement autorisieren. Aber ich kann in eine andere Richtung blicken. Um einer anderen Welt willen. Um meiner Kinder willen. Aber dann müssen die Waffen abgegeben werden.«

Andreas Becker machte eine routinierte Mantelbewegung und legte die Maschinenpistole auf das Katheder. Er stand auf und sagte: »Sie war nicht geladen.«

Dann sagte er etwas zu Vladimir Kuvaldin, der seine Waffe sofort neben die von Becker legte.

Dann verließen beide das Podium, gingen hinunter und stellten sich mit ausgestreckten Armen hin. Sie wurden abgetastet und nahmen auf zwei Stühlen Platz.

»Die Geiselnahme ist vorbei«, sagte Becker und lächelte schwach. »Ich hoffe, es gibt hier keine falschen Polizisten.«

»Da ist keine Gefahr«, sagte Kerstin Holm. »Wie stellen Sie sich das Weitere vor?«

»Sie überwachen sicher alle meine früheren Dienstorte, Salzburg, Madrid, Venedig, Oslo, Athen, aber es werden kaum mehr als ein oder zwei Agenten in jeder Stadt sein.«

»Wir haben auf den Bildern gesehen, was Sie mit Robert Andrews gemacht haben«, sagte Sara Svenhagen. »Warum sollten wir überhaupt in Erwägung ziehen, mit Ihnen zusammenzuarbeiten? Wie viele Amerikaner haben Sie in der Villa auf Färingsö umgebracht?«

»Vier«, sagte Becker. »Es waren diejenigen, die meine Frau und meinen Sohn getötet haben. Und die um ein Haar Ihre Frau getötet hätten, Paul Hjelm.«

Hjelm zuckte zusammen. »Exfrau«, sagte er.

»Die Antwort auf Ihre Frage, Sara Svenhagen, ist, dass Sie nicht mir helfen. Diese Welt hat sich in eine Sackgasse manövriert, als sie sich entschloss, ihre ganze Zukunft auf fossilen Brennstoffen zu errichten. Nicht genug damit, dass wir die Zukunft durch Kohlendioxydemissionen, die Treibhauseffekte produzieren, und Bleiemissionen, die Krebs und alle möglichen anderen Krankheiten verursachen, vernichtet haben. Wir haben unsere Zukunft auf einem Giftherd errichtet. Nein, nicht genug damit, die fossilen Brennstoffe gehen außerdem noch zu Ende. Hitlers Feldzug in Russland, der zu dem Wahnsinn von Stalingrad führte, war ein reiner Ölfeldzug. Er hatte aus den Fehlern im Ersten Weltkrieg gelernt, wo die Deutschen wegen ihrer Abhängigkeit von der Kohle technisch unterlegen waren. Jetzt hielt er eine ganze Armee, einen ganzen Weltkrieg auf der Basis von Öl in Gang. Und er brauchte die Ölquellen im Kaukasus dringend. Heute ist die Lage noch schlimmer. Wir wissen, dass es nur noch ein paar Jahrzehnte dauern wird, bis die fossilen Brennstoffe, all die fossilierten Dinosaurier, zur Neige

gehen. Die Rohölvorräte der Erde leeren sich mit phantastischer Geschwindigkeit. Und es wird nicht mehr viele Jahre
dauern, bis sämtliche Ölquellen der Erde von islamischen
Ländern beherrscht werden. In dieser Lage kann die westliche Welt zweierlei tun: Sie kann sich von fossilen Brennstoffen mehr und mehr unabhängig machen (die kluge Wahl),
oder sie kann die versiegenden Ölquellen mit Waffengewalt
zu erobern versuchen (die weniger kluge Wahl). Raten Sie,
wie die Wahl ausfällt. Es war ein faszinierender Zufall, dass
mein kleines Geiseldrama genau auf den Tag der amerikanischen Invasion im Irak fiel. Wir befinden uns in einem
Ölkrieg der nächsten Generation, bei dem es darum geht,
sich die Kontrolle über die letzten Ölquellen des Planeten
zu sichern.«

»Wer sind *sie*?«, sagte Paul Hjelm. »Die Amerikaner?«

»Ich weiß nicht recht«, sagte Becker. »Vielleicht eine
selbstständige Organisation, die lose mit der CIA verbunden ist, aber ziemlich freie Hand hat. ›Wir wollen nicht
wissen, wie ihr es macht, aber seht zu, dass es gemacht
wird.‹«

»Ich glaube, ich kenne diese Organisation«, sagte Paul
Hjelm und erschauderte. »Böses Blut kehrt wieder«, fügte
er hinzu.

Kerstin Holm sah ihn schräg an und sagte zu Becker:
»Und Gunnar?«

»Gunnar Nyberg muss in unser altes Stasi-Hauptquartier
in Venedig eindringen, das Kartenfragment aus der Wand
stemmen und vor den Agenten in Deckung gehen. Es ist
inzwischen eine Zahnarztpraxis auf halbem Wege zwischen
Markusplatz und Rialtobrücke. Ich sage noch genau, wo die
Stelle ist.«

»Vor den Agenten in Deckung gehen?«, sagte Paul Hjelm.

»Ja«, sagte Andreas Becker und sah ihm tief in die Augen.
»Vor den Agenten in Deckung gehen.«

47

Ludmila Lundkvist fand das Leben wunderbar. Mit jeder Faser ihres Körpers liebte sie ihr neues Leben. Ihre Kindheit und Jugend hatte sie in der Sowjetunion verbracht, sie war ein Kind der Unterdrückung. Sie war einem schwedischen Mann begegnet, war über Finnland nach Schweden geflohen und hatte mit diesem Mann ein Leben aufgebaut. Der Mann war gestorben, und sie war allein. Und als es für alles im Leben zu spät zu sein schien, war dieser große sanfte Mann in ihr Leben gesegelt, und alles kam wieder ins Lot.

Der Frühling in Venedig war mild genug, dass sie die Samstagsdämmerung, wenn auch unter den Gasflammen der Wärmeaggregate, im Freien auf dem Markusplatz verbringen und sich Bar-Jazz anhören konnten. Musikalisch gesehen, war es nicht besonders aufregend, aber das Gesamterlebnis war berauschend.

Ludmila legte eine Hand auf ihren großen Draufgänger, und er umwickelte sie mit seinen Armen. Die unverfänglichen Harmonien schwebten davon und vereinigten sich mit den erleuchteten Fassaden der Markuskirche und des Dogenpalastes, und in der Ferne waren Boote und hier und da eine Gondel zu erkennen. Es war eine Art von Ansichtskartenperfektion, und es war angenehm, sich mitten darin zu befinden. Wenn auch nur als zufälliger Gast.

In diesem Moment spürte Ludmila, wie Gunnar sich verwandelte. Der große Körper machte eine abrupte Verwandlung durch. Er wurde steif, hart, kantig. Sie sah ihn erstaunt an, aber in dem diffusen Dämmerlicht konnte sie nicht erkennen, ob sich auch sein Gesichtsausdruck verändert hatte. Aber etwas war passiert.

Es war eine kurze Spiegelung. Gunnar Nyberg hatte mit

halb geschlossenen Augen dagesessen und sich zu einem
Bestandteil der Ansichtskartenidylle gemacht. Alles war gut.
Überirdisch gut. Keine Störung weit und breit. Bis sich die
Spiegelung zeigte. In dem spiegelblanken metallischen Wär-
meaggregat neben ihrem Tisch tauchte ein Bild auf. Und
verschwand wieder.

Aber eine Luftspiegelung konnte es nicht gewesen sein.
Das Bild war viel zu deutlich. Und rief viel zu deutlich
die dunkelsten Teile in Gunnar Nybergs Vergangenheit zurück.

Der kurz geschorene Schädel, der eisigblaue Blick mit dem
Urzeitdunkel darin. Wie das Auge eines Hais.

Es war völlig unwahrscheinlich.

Und doch war es Wayne Jennings.

Geheimagent und Berufsmörder.

Sie hätten sich einmal beinahe gegenseitig umgebracht.

Böses Blut kehrt wieder. Gunnar Nyberg spürte an Ludmilas Druck auf seinen Körper, dass sie die Veränderung
bemerkt hatte. Sie war unglaublich sensibel, und die Veränderung war vermutlich so deutlich gewesen, dass keine
besondere Sensibilität dazu gehörte, sie wahrzunehmen.

Er musste die Situation wieder normal erscheinen lassen.
Er versuchte, seine Muskeln wieder in die Ansichtskarten-
harmonie zu bringen, und sagte, so leichthin wie möglich:
»Verdammt, mir tat plötzlich der Rücken so weh.«

»Was ist?«, sagte Ludmila. »Ist was passiert?«

»Ich weiß nicht, es ist vorbei«, sagte Nyberg. »Vielleicht
der Ischiasnerv.«

»Ist es wieder gut?«

»Ja«, sagte er und legte den Arm um sie. »Es ist vorbei.«

Aber beide hatten das Gefühl, jeder auf seine Weise, von
der Ansichtskartenidylle heruntergerutscht zu sein. Oder
zumindest am Rand der Ansichtskarte festzuhängen.

Gedanken schossen wie Elektroschocks durch Nybergs
Gehirn. Das war zu viel des Zufalls. Wayne Jennings konnte

nicht unabhängig von Gunnar Nyberg hier sein. Es hatte miteinander zu tun. Aber wie, zum Teufel? Hatte man ihn schließlich als Sicherheitsrisiko eingestuft? Und beschlossen, dass es an der Zeit wäre, alle Spuren der Ereignisse in Stockholm und Visby vor einem halben Jahrzehnt zu tilgen?

Und Jennings war schlicht und einfach hier, um Gunnar und Ludmila zu ermorden?

Wayne Jennings. Der Mann, der in Vietnam zur Berufsmördermaschine geworden war, der eine offiziell autorisierte Welle von Serienmorden in den USA gestartet hatte, nach Schweden gekommen und zum angepassten schwedischen Bürger geworden war, dessen Vergangenheit ihn plötzlich eingeholt hatte.

Der Mann mit dem bösen Blut.

Wiedererstanden, um sich in Gunnar Nybergs Albträumen einzunisten.

Das Handy klingelte, er hatte es geahnt. Er antwortete. Es war Kerstin Holm.

Er versuchte, kurz und forsch zu antworten. Als wäre es ein ganz normales Gespräch unter Kollegen. Während ihm eine sehr merkwürdige, sehr unbehagliche Geschichte aufgetischt wurde, hörte er sich selbst auf ganz andere Dinge antworten, ein kleines Lachen, ein Glucksen, ein Schnauben.

Er beendete das Gespräch.

»Es war Kerstin«, sagte er.

»Am Samstagabend?«, sagte sie.

»Sie hat sich wohl einsam gefühlt«, sagte er und zuckte die Schultern.

»Ist alles in Ordnung?«, sagte sie.

»Ich glaube, ja«, sagte er. »Es schien so.«

»Gut«, sagte sie.

»Gehen wir eine Runde?«, sagte er. »Ich werde allmählich steif.«

Er überlegte, wie viele Lügen in wenigen Minuten eine Beziehung aushalten konnte.

Ludmila beobachtete ihn, während sie umschlungen nach Norden spazierten. Sie gingen an der Fassade des Markusdoms vorbei und bogen nach rechts ab, wo sich eine kleinere Baustelle am nördlichen Ende des Dogenpalastes ausbreitete. Nyberg betrachtete sie. Ein massives Steintor, das gerade repariert wurde, stand halb offen. Abschreckende Plastikbänder umzäunten die Stelle.

»Es ist etwas passiert«, sagte Ludmila, und ihre Stirn über den gepflegten schwarzen Augenbrauen war gefurcht.

»Nein, nein«, sagte Nyberg und lächelte unbekümmert. »Ich war nur ein bisschen um meinen Rücken besorgt. Stell dir vor, ich hätte Ischias gekriegt.«

Er hasste jede einzelne Lüge. Jede Silbe trieb einen Keil zwischen sie. Und er war gezwungen, weiter zu lügen.

»Ich hätte Lust, in den Dogenpalast zu gehen«, sagte Nyberg.

»Nicht schon wieder«, seufzte Ludmila, immer noch mit gefurchter Stirn. »Sie machen jeden Moment zu.«

»Wir schaffen es noch«, sagte Nyberg und zog sie einfach mit sich durch das Tor.

Der Innenhof des Dogenpalastes zitterte im bleichen Dämmerlicht. Gunnar eilte zur Treppe zu den Kellerlöchern.

Ludmila sperrte sich ein wenig. »Nein«, sagte sie. »Nicht wieder in die Folterkammern.«

»Es geht mehr um die Gefängnislöcher«, sagte er. »Ich möchte sie nur noch einmal sehen.«

»Na ja, okay«, seufzte Ludmila und folgte ihm die immer dunklere, immer feuchtere Steintreppe hinunter.

Sie kamen in den Gang über dem Kanal. Die Seufzerbrücke. Die Fensteröffnungen zu den schönsten Seiten Venedigs als letzter Blick der Verurteilten. So manchen Seufzer wert. Dann kamen sie in die Kellerlöcher hinunter.

Hohläugige Touristen gingen vorbei, mit unheimlichen Visionen vor Augen.

»Ich drehe schnell eine Runde«, sagte Gunnar Nyberg. »Wartest du hier?«

Ludmila nickte wenig erfreut, setzte sich in eine eiskalte Fensternische und zog den Mantel enger um sich.

Nyberg begab sich ins Innere der Kellerlöcher. Bei einer massiven Steintür blieb er stehen und blickte sich um. Er schob den Riegel vor; es ging unerwartet leicht. Dann machte er die Tür wieder auf und betrat die Zelle. Hinter einer steinernen Querwand ging er in die Hocke und wühlte in seinem Rucksack. Er zog ein Paar Schuhe heraus und stellte sie so auf, dass die Schuhspitzen hinter der Querwand gerade noch zu sehen waren. Dann verließ er die Zelle und kehrte eilig zu Ludmila zurück. Während des kurzen Eilmarsches fuhr ihm ein Gedanke durch den Kopf: Wie zum Teufel habe ich sie dort zurücklassen können? Aber sie saß noch in der Fensternische. Die Brauen waren nach wie vor hochgezogen.

»Jetzt reicht es mir«, sagte er forsch.

Sie schüttelte den Kopf und folgte ihm die Treppe hinauf und zurück über die Seufzerbrücke. Der Weg in die Freiheit. Die Seufzer klangen in dieser Richtung anders.

Im Tor des Dogenpalastes stand ein ungeduldiger Aufseher, der die Nachzügler am liebsten auf den Kai hinausgeschaufelt hätte. »Closing time«, zeterte er mit heiserer Stimme und italienischer Ungeduld.

Sie kamen wieder auf den Markusplatz und wanderten langsam zu den Bootsanlegern, wo ein *vaporetto* bereitlag. In einer einigermaßen dichten Menschenansammlung beugte sich Gunnar Nyberg zu Ludmila hinunter und flüsterte: »Du hast recht, es ist etwas passiert.«

Und dämpfte ihr Zusammenzucken mit reiner Muskelkraft in Form einer Umarmung. »Du darfst dir nichts anmerken lassen. Nimm dieses *vaporetto* zur Polizeiwache, du weißt, wo sie ist. Geh hinein und bezichtige dich irgendeines schweren Vergehens. Sorge dafür, dass sie dich unter Aufsicht halten.«

Ludmila zitterte. Gunnar dämpfte das Zittern mit einer noch festeren Umarmung. »Und du?«, sagte sie.

»Ich muss etwas erledigen. Ich hole dich, sobald ich kann.«

»Was musst du erledigen? Warum soll ich etwas gestehen, was ich nicht begangen habe?«

»Du darfst nicht zum Hotel zurückfahren. Du brauchst Polizeischutz. Ich komme bald. Ich umarme dich. Ich liebe dich, das weißt du.«

»Du wirst sterben, Gunnar.«

»Sei still, meine Liebe. Ich werde nicht sterben. Ich habe um zu viel Leben zu kämpfen.«

»Ich liebe dich«, sagte Ludmila und bestieg das *vaporetto*. Er winkte und sah dem Boot nach, bis es außer Sichtweite war. Wayne Jennings war nicht eingestiegen. Er hatte es auf *ihn* abgesehen.

Gunnar Nyberg seufzte tief und starrte in die schwindende Sonnenscheibe, deren rosarote und orangefarbene Strahlen im glatten Meer badeten. Makellose Schönheit legte sich auf die Wasserstadt. Sie schmerzte ihn bis in die tiefsten Winkel seiner Seele. Es war ein schrecklicher Schmerz.

Dann ging er eilig nach Norden. Glitt durch die Gassen, verirrte sich und fand sich wieder zurecht. Er brauchte sich nicht umzusehen, um zu wissen, dass er verfolgt wurde. Er spürte es bis ins Mark.

Die Zahnarztpraxis befand sich in einem Haus aus dem siebzehnten Jahrhundert an einem kleinen Platz auf halbem Weg zwischen Markusplatz und Rialtobrücke. Er las die Namenschilder und zog an der Haustür. Sie war offen. Er stieg zwei Treppen hinauf. An der Tür der Praxis standen die Öffnungszeiten. Es waren italienische Zeiten, die Praxis schloss erst um zehn Uhr abends. Er hatte noch Zeit genug. Bevor er auf den kleinen Platz hinaustrat, sah er durch das Fenster in der Tür. Vielleicht war es nur Einbildung, aber er glaubte, einen Schatten zu sehen, der sich hastig in eine Gasse zurückzog.

Das alles ist so unsäglich dumm.

Er schüttelte den Kopf und wanderte weiter. Er wusste, wohin er als Nächstes gehen musste. Auf dem Weg zurück zum Markusplatz sah er einen Eisenhandel, ging hinein und kaufte einen Satz Meißel, ein Stemmeisen, einen Zollstock, eine Taschenlampe und ein Messer mit breiter Klinge. Er blieb bei einem noch geöffneten Wechselbüro stehen und hob mehr Euros ab, als er je in der Hand gehalten hatte. Dann war er am Ziel.

Es war ein ziemlich elegantes Restaurant, das nachts geöffnet war und das er am Abend zuvor mit Ludmila besucht hatte. Sie hatten in der Tür kehrtgemacht, als Gunnar die Klientel gesehen hatte. Wenn er etwas sofort erkannte, dann waren es Verbrecher. Er hatte Ludmila um hundertachtzig Grad gedreht und war mit ihr auf sicheren Boden zurückgekehrt.

Aber jetzt nicht. Er ging schnurstracks zur Bar, sah dem Barkeeper in die Augen und erkannte, was er zu erkennen gehofft hatte.

»I need a gun«, sagte er.

Der Barkeeper starrte ihn unverhohlen an und sagte: »You're insane, Sir.«

Nyberg setzte seine feine Grizzlybärmaske auf und hoffte, dass sie international anwendbar war. »Ich weiß, was das hier für ein Laden ist«, sagte er. »Aber keine Sorge. Alles, was ich brauche, ist eine Schusswaffe, und ich bin bereit, gut dafür zu bezahlen. Sehr, sehr gut.«

Der Barkeeper starrte ihn mit einem anderen Blick an und sagte schließlich: »One moment, Sir.«

Ein paar Minuten vergingen. Nyberg drehte sich um und stützte die Ellbogen auf den Tresen hinter sich. Scheinbar entspannt zurückgelehnt, suchte er das ganze Blickfeld ab. Keine Spur von einem Jennings. Das war auch nicht zu erwarten gewesen. Der Barkeeper tauchte wieder auf. Mit einer kleinen Handbewegung deutete er an, dass Nyberg ihm folgen sollte. Sie kamen in eine Art Chefbüro. An einem Schreibtisch saß ein kleiner Mann mit dunklen Schatten unter den Augen, die nicht von einem extrem wachsamen Blick ablenkten. An der Wand hinter ihm stand ein Mann von Nybergs Größe mit ausgebeulter Innentasche. Es war wie in einem Film. Nyberg konnte sich ein kleines Lächeln nicht verkneifen. Dann dachte er an Ludmila, und das Lächeln verschwand.

»Sie brauchen also eine Schusswaffe«, sagte der Mann am Schreibtisch.

»Ja«, sagte Nyberg knapp.

»Eine Handfeuerwaffe?«

»Eine Pistole«, sagte Nyberg.

»Munition?«

»Zwei Magazine genügen.«

Der Mann nickte und zog eine Schreibtischschublade auf. »Wenn Sie verschwinden und sich nie wieder blicken lassen, können Sie diese Luger mit zwei Magazinen für zweitausend Euro haben.«

Nyberg betrachtete die Waffe mit fragender Miene. Der Mann nickte kurz und griff nach dem Magazin.

Nyberg nahm die Waffe in die Hand. Er rief sich die fremde Gestalt in Erinnerung, die er vor zwanzig Jahren gewesen war, um ein Gefühl für das kalte Metall zu bekommen. So lange war es her, seit er sich für Waffen interessiert hatte. Er wog die Pistole in der Hand und nickte. »Wichtig ist, dass sie funktioniert«, sagte er.

»Das tut sie«, nickte der Mann mit einem schwachen Lächeln. »Zweitausend.«

Gunnar Nyberg blätterte zweitausend Euro auf den Tisch und erhielt die Magazine. Er bedankte sich mit einem kurzen Nicken und ging. Draußen im Restaurant hielt er inne und setzte sich an einen Tisch. Der Barkeeper betrachtete ihn misstrauisch.

»Ich bin hungrig«, sagte Gunnar Nyberg.

Er blieb gute zwei Stunden im Restaurant und aß. Von Zeit zu Zeit sah er den großen Mann mit der ausgebeulten Jackentasche auftauchen.

Gunnar Nyberg trank ein Glas Chianti zu der erlesenen Saltimbocca mit Pasta. Das musste genügen. Ungefähr wie bei italienischen Fußballspielern vor einem Spiel.

Denn was ihn erwartete, war ein Spiel. Ein Spiel aus den Zeiten des Kalten Krieges.

Ein Rückspiel.

Als er auf die menschenleere Gasse trat, war es stockdunkel. Nur an einigen Straßenecken flackerte ein schwaches Licht. Der Himmel war sternenklar. Der Große Bär lag in einem anderen Winkel als in Schweden.

Er zog den schwer gewordenen Rucksack über die Schultern und machte sich auf den Weg. Eine Gasse nach der anderen. Und von Wayne Jennings war nichts zu sehen.

Er kam zu dem kleinen Platz. Die Tür zu dem Haus aus dem siebzehnten Jahrhundert war immer noch offen. Er schlich sich die beiden Treppen zur Zahnarztpraxis hinauf und suchte den Satz Meißel heraus. Er war etwas aus der Übung, aber die alte Fingerfertigkeit stellte sich schnell wieder ein, und bald hörte er das vertraute Klicken des Schlosses. Die Tür ging auf.

Eigentlich befriedigte es ihn mehr, Türen einzutreten, aber man musste sich nach den örtlichen Gegebenheiten richten. Es war eine große Wohnung, für die damalige Zeit ein perfektes Hauptquartier für die Stasi. Jetzt schienen hier mindestens drei Zahnärzte zu praktizieren. Er ging an zwei Empfangszimmern vorbei und kam in das dritte. Er holte den Zollstock hervor und maß zwei Komma vierundzwanzig vom Türrahmen und eins Komma dreiundfünfzig vom Fußboden. Ein Kreuz mit dem Ende des Zollstocks, und dann das Stemmeisen angesetzt. So leise wie möglich begann er, ein Loch in die Wand zu stemmen. Gute zehn Zentimeter, hatte Kerstin gesagt.

Es dauerte eine gute halbe Stunde, das kleine Rohr freizulegen. Aber es steckte genau dort, wo es sein sollte. Mithilfe des Messers mit der breiten Klinge gelang es ihm, den Korken aus dem Rohr zu entfernen. Er zog das vergilbte Papier heraus und schob es vorsichtig in das Außenfach des Rucksacks. In das Innenfach legte er Stemmeisen und Zollstock und holte Taschenlampe und Pistole heraus.

Er legte eines der beiden Magazine ein und schob das andere in die rechte Tasche seines alten Lumberjacks. In die linke schob er die Taschenlampe. Er sicherte die Pistole und steckte sie rechts in den Hosenbund. Auf die linke Seite steckte er die Scheide mit dem Messer mit der breiten Klinge. Er bewegte sich ein wenig zur Probe, die Ausrüstung war nicht weiter lästig. Wenn man davon absah, dass die ganze Situation lästig war.

In dem Augenblick, als er Wayne Jennings verzerrtes Spiegelbild in dem Wärmeaggregat erkannt hatte, wusste Gunnar Nyberg, dass es kein Zurück gab.

Er joggte ein wenig auf der Stelle, lockerte seine von der Arbeit etwas steif gewordenen Arme, warf sich den Rucksack über und machte sich auf den Weg. Er schloss die Tür zur Praxis sorgfältig hinter sich und trat auf den kleinen Platz hinaus. Er war menschenleer. Und von Jennings natürlich keine Spur. Außer einer überall spürbaren Anwesenheit.

Nyberg machte sich auf den Weg zum Markusplatz. Er schlug die etwas östlicher gelegenen Gassen ein, überquerte einige kleinere Brücken und sah zu dem unbarmherzigen Himmelsgewölbe hinauf.

Fünf Minuten vom Markusplatz entfernt atmete er tief ein. Die Nachtluft Venedigs duftete ganz und gar nicht schlecht. Sie duftete nach Leben. Noch einmal sog er das pure Leben tief ein, zog die Taschenlampe aus der Jackentasche und rannte los.

Er lief durch die letzte kleine Gasse in Richtung Markusplatz und kam genau bei der kleinen Baustelle heraus.

Er ließ den Lichtstrahl über die Plastikbänder huschen und zwängte sich durch das halb offene Steintor.

Und befand sich in den Kellern des Dogenpalastes. Das Licht der Taschenlampe flackerte über die engen Steinwände des langen Korridors, der zu den Gefängniszellen führte. Er lief zwischen den Zellen umher, mit dem schwachen Lichtkegel als einziger Hilfe gegen das totale Dunkel. Und irgendwo im Hinterkopf hörte er das schwache Geräusch anderer Laufschritte.

Er fand den Weg. Er kroch hinter die geöffnete Steintür, schaltete die Lampe aus und hielt den Atem an.

Es gab eindeutig Schritte. Und da war eine Taschenlampe, aber eine ganz andere als seine. Ein extrem konzentrierter Strahl, fast wie Laser. Aber er sah ihn. Er hörte die Schritte. Und er sah die Gestalt.

Nur ein paar Meter entfernt.

Gunnar Nyberg hielt noch immer den Atem an.

Er sah, wie der Lichtstrahl genau vor der Steintür an ihm vorbeizielte. Er sah, dass er in eine andere Richtung gehalten wurde. Ins Innere der Zelle.

Und er sah ihn in der Zelle verschwinden.

Mit aller Kraft drückte Gunnar Nyberg die Steintür zu und schob den Riegel vor.

Er setzte sich vor die Tür und lehnte sich mit dem Rücken dagegen. Von drinnen hörte er ein paar dumpfe Tritte, und er begann wieder zu atmen. Aber was er einatmete, war nicht mehr Leben, sondern Tod. Jahrhunderte von Tod.

»Clever, das mit den Schuhen«, hörte er eine Stimme in gebrochenem Schwedisch sagen. Sie kam aus dem anderen Korridor, neunzig Grad gegenüber. Dort befand sich das Fensterloch.

Nyberg glitt hinüber und sah um die Ecke. Der schmale Lichtstrahl kam aus dem Fensterloch und sprang auf und ab.

»Wenn auch ziemlich klassisch«, fuhr die Stimme fort. »Ich meine, das schon in einem schwedischen Kinderkrimi gesehen zu haben. Ich hätte nicht darauf reinfallen dürfen. Ich werde alt.«

»Jennings«, keuchte Nyberg. »Ich werde auch alt. Wir hätten uns nicht noch einmal begegnen dürfen.«

»Ja, es war ein Fehler«, sagte Jennings' vom Stein gedämpfte Stimme. »Du erinnerst dich sicher, dass ich dich am Leben gelassen habe. Unter der Voraussetzung, dass du mich aus deinem Bewusstsein streichst.«

»Das war nicht so einfach«, sagte Nyberg.

»Ich verstehe«, sagte Wayne Jennings. »Aber es gibt ständig neue Aufträge. Man muss eben gehorchen.«

Dann war es ein paar Minuten still.

»Du weißt, dass du mich nicht leben lassen kannst?«, sagte Wayne Jennings schließlich. »Denn dann jage ich dich.«

Nyberg zog die Pistole aus dem Hosenbund und betrachtete sie. Er hatte noch nie einen Menschen getötet. So friedliebende Menschen wie Jan-Olov Hultin und Paul Hjelm hatten es getan, aber er, der eigentliche Gewalttäter der A-Gruppe, nicht. Nicht Gunnar Nyberg.

»Ich werde dich und Ludmila jagen«, fuhr Jennings fort.

»Du willst ja sterben«, rief Nyberg. »Du willst tatsächlich, dass ich dich töte.«

»Du meinst, das will ich mit meinen Worten erreichen? Denk nach.«

Nein, dachte Nyberg. Du willst mich zu einer unüberlegten Handlung provozieren. Ich habe in deine eisblauen Haifischaugen gesehen, und dort gibt es keinen Todestrieb. Aber auch keinen Trieb zum Leben.

Indem du sagst »Denk nach«, willst du vielleicht doch sterben.

»Die Frage ist, wie das gehen soll«, sagte Jennings. »Ich bin eingesperrt, aber ich bewache die einzige Öffnung wie ein Habicht. Ich sitze in derselben Ecke wie du, mit zwanzig lumpigen Zentimeter Stein zwischen uns, und wenn du mich erschießen willst, musst du es schräg von oben durch das Fensterloch tun. Und dann habe ich dich schon erschossen.«

»Nennen wir es ein Remis?«, hörte Nyberg sich sagen.

Wayne Jennings lachte. Es war ein unbekanntes Geräusch.

Das Lachen hallte durch die Korridore und trug all die monströsen Erfahrungen in sich, die sich in den steinernen Wänden abgelagert hatten. Am Ende war es ein Gebrüll aus der Tiefe der Geschichte der westlichen Welt.

»In diesem Spiel gibt es kein Remis«, sagte Jennings.

»Nein«, sagte Nyberg. »Du hast verloren. Ich habe das Papier. Ich werde es gleich nach Stockholm faxen. Du kommst vor morgen nicht raus.«

»Und dann jage ich dich.«

»Warum? Um Rache zu nehmen? Ist das nicht ein bisschen unprofessionell?«

»Für mein Selbstgefühl«, sagte Jennings.

Gunnar Nyberg schwieg und dachte nach.

Er suchte im Rucksack. Da drinnen lag Ludmilas Spiegel. Vorsichtig kroch er zum Fensterloch und hob den Spiegel hoch. Für einen kurzen Moment sah er Wayne Jennings zusammengekauert in der Ecke. Dann sah er, dass Jennings Hand zuckte, und ließ den Spiegel schnell sinken. Eine Kugel flog vorbei und schlug ein Stückchen weiter in die steinerne Decke ein.

»Es könnte ein paar Querschläger geben«, sagte Jennings. »Sieh dich vor.«

Nyberg hockte unter dem Fensterloch. Etwas ballte sich in ihm zusammen. Er sah Ludmila tot vor sich. Er sah sie mit einem Kopfschuss.

Es muss sein, dachte er und hob die Pistole zu dem vergitterten Fensterloch.

Er schloss die Augen.

Ich bin du geworden, dachte er.

Und dann leerte er das erste Magazin in der Richtung, die passend zu sein schien. Es dröhnte durch das Kellergewölbe des Dogenpalastes. Es schrie herzzerreißend in den Ohren.

Als das Echo sich gelegt hatte, war es völlig still.

Gunnar Nybergs Herz raste, als wollte es explodieren.

Jesus Christus, was habe ich getan?

Kein Laut.

Schließlich hob er den Spiegel wieder zum Fensterloch. Jennings lag in seiner Ecke. Die Pistole mit dem Schalldämpfer auf dem Fußboden neben ihm. Aber Blut war nicht zu sehen.

»Jennings?«, rief Nyberg. »Lebst du?«

Keine Antwort. Er merkte sich Jennings Stellung und wartete. Wartete fünf, wartete zehn Minuten. Dann hob er wieder den Spiegel. Es war doch dieselbe Position? Er war sich nicht hundertprozentig sicher.

Er ließ das leere Magazin aus der Luger gleiten und schob das volle hinein.

»Ich werde jetzt noch einmal schießen, Wayne«, sagte er. »Damit du Bescheid weißt.«

Und dann tat er es.

Dieses Mal dröhnte es nicht so fürchterlich. Die schrecklichen Gewölbe schienen bereits vertrauter.

Der Mensch kann sich an alles gewöhnen.

Im Spiegel erschien diesmal ein rotes Loch mitten in Jennings Brust. Und ein Loch mitten auf der Stirn. Es gab keinen Zweifel mehr. Gunnar Nyberg hatte Wayne Jennings getötet.

Trotzdem wartete er eine Viertelstunde.

Es war eine Viertelstunde, über die er mit keinem Menschen sprechen würde. Die schwärzeste Viertelstunde seines Lebens.

Er hob den Spiegel noch einmal. Jennings lag in derselben Position.

Wie ein Fossil, in Stein gebettet.

Gunnar Nyberg ließ den Spiegel sinken und weinte.

»Du widerlicher Teufel!«, schrie er. »Was hast du mit mir gemacht?«

48

In der Kampfleitzentrale war aus dem Samstag der Sonntag geworden. Sara Svenhagen hatte Kaffee gekocht, der Kühlschrank und die Vorräte in der Kaffeeküche waren geleert worden. Zumindest der schlimmste Hunger war gestillt.

Wenn auch nicht jeder Hunger.

In dem kleinen Konferenzraum, der sich seinen Namen plötzlich verdient hatte, saßen ein blau geprügelter Mann in den dreißigern und ein kultivierter kleinerer Mann in den fünfzigern. Vladimir Kuvaldin und Andreas Becker.

Mit der fast kompletten A-Gruppe und ein paar anderen. Sie warteten.

Sie warteten auf ein Fax aus Venedig.

Aber erst kam ein Telefonanruf. Der Empfang war schlecht, als ob Gunnar Nyberg sich nicht draußen in der freien Luft befände. Kerstin Holm schaltete die Lautsprecherfunktion am Telefon ein, sodass Gunnar Nybergs Stimme durch die Kampfleitzentrale hallte. Sie war belegt, stumpf, obwohl nicht leicht zu sagen war, ob es am Empfang lag oder an Gunnar Nyberg.

»Es ist vorbei«, sagte er.

»Ist es gut gegangen?«, fragte Kerstin Holm atemlos.

»Es ist vorbei«, wiederholte Gunnar Nyberg, und ob es daran lag, dass er die folgende Frage nicht gehört hatte, war auch nicht zu entscheiden.

»Bist du in Ordnung?«, versuchte es Kerstin.

»Überhaupt nicht«, sagte Nyberg. »Ich faxe euch den verdammten Zettel gleich rüber. Hoffentlich berichtet mir jemand irgendwann, worum es hier eigentlich geht.«

»Vielen Dank, Gunnar«, sagte Kerstin. »Ein klasse Einsatz.«

»Mmm«, murmelte Nyberg. »Aber hier will ich ums Verrecken nicht wohnen.«

»Was?«

»Ich gehe nach Chios. Jetzt ist es entschieden.«

Dann war er weg.

Die Versammelten sahen einander an. Kein Jubel, aber eine Art von innerer Befriedigung.

Bis Andreas Becker sagte: »Ich erkenne das wieder.«

»Was?«, sagte Kerstin Holm.

»Diesen Ton«, sagte Becker. »Er hat getötet. Es ist der Ton des Siegers. Irgendetwas stirbt in einem bei jedem Sieg. Siegen ist unheimlich.«

»Vom Verlieren nicht zu reden«, sagte Paul Hjelm.

»Ja«, sagte Becker. »Davon nicht zu reden.«

Es war eine Weile still. Dann sagte Becker: »Vladimir hat einen guten Freund in Wolgograd. Er heißt Alexander. Er hält sich bereit.«

»Wolgograd?«, sagte Viggo Norlander.

Andreas Becker lächelte. »Stalingrad heißt jetzt Wolgograd«, sagte er. »Es ist eine ganz neue Stadt.«

»Und Alexander hält sich bereit?«, sagte Kerstin Holm. »Warum verkauft dieser Alexander das Notizbuch nicht an den Höchstbietenden, sobald er es in der Hand hat?«

»Weil er Vladimirs Freund ist«, sagte Becker. »Ein richtiger Freund.«

Vladimir sagte etwas auf Russisch.

»Er fragt, ob er rauchen darf«, übersetzte Becker.

Kerstin Holm lachte. »Er darf einem hohen Polizeibeamten eine Pistole an die Schläfe halten und in die Kampfleitzentrale eindringen, aber er darf nicht ohne Erlaubnis rauchen. Das ist echt schwedisch.«

»*Sobranie*?«, sagte Arto Söderstedt und lachte.

»Da«, sagte Vladimir Kuvaldin, und als er sich seine *Sobranie* ansteckte, verzerrte sich sein geprügeltes Gesicht zu etwas, das ein Lächeln darstellen sollte.

392

Da begann der Faxapparat Papier auszustoßen.

Obwohl ausstoßen etwas hoch gegriffen war. Was heraus kam, war ein einziges Stück Papier. Mit schwer zu deutenden Zeichen. Ein einziges, aber teuer erkauftes Stück Papier.

»Aha«, sagte Kerstin Holm und betrachtete es. »Können wir das hier gleich in ein Overheadbild verwandeln? Jon?«

»Wird gemacht«, sagte Jon Anderson und verschwand.

Andreas Becker zeigte auf die Doppelprojektion an der Wand und sagte: »Ich hoffe, das da unten rechts ist ein Gebäude.«

Was er meinte, war eine ziemlich vage Anhäufung von Strichen und Winkeln.

»Wir werden sehen«, sagte Kerstin Holm.

Jon Anderson kam mit einer neuen Overheadfolie zurück, die er über die beiden schon vorhandenen schob. Er korrigierte das Bild, bis alle Teilstücke perfekt aufeinanderlagen.

»Da sieht man's«, sagte Andreas Becker. »Es ist tatsächlich ein Gebäude. Und wenn ich mich nicht irre, brauchen wir den Rest der Karte kaum noch. Das ist doch die Walzenmühle?«

»Ich habe keine Ahnung, wovon Sie reden«, sagte Kerstin Holm.

»Das ist eines der wenigen Gebäude, die in Wolgograd stehen geblieben sind. Als Denkmal für Stalingrad. Sie haben sich jedenfalls für das richtige Haus entschieden. Maxim Kuvaldin hat geahnt, dass die alte Walzenmühle bleiben würde. Er kannte seine Bolschewiken.«

»Dort beim ersten Stock ist ein Kreuz«, sagte Arto Söderstedt. »Ist das an einer Wand?«

Andreas Becker lachte laut. »In Wänden verbirgt sich so manches«, sagte er.

Dann fingerte er an seinem Gürtel.

Viggo Norlander, dessen Aufgabe es war, die Waffen im Raum zu bewachen, machte eine hastige Bewegung zum Katheder.

»Keine Angst«, sagte Becker mit erhobener Hand und zog ein kleines Handy aus seinem Gürtel. »Unter der Oberfläche verbirgt sich so manches.«

Er reichte es Paul Hjelm, der sich zu seinem Erstaunen dabei ertappte, dass er es mit der größten Sorgfalt untersuchte. Nicht, dass er eine Ahnung gehabt hätte, wonach er suchte …

»Es ist ein abhörsicheres Mobiltelefon«, sagte Becker. »Ich habe vor, in Wolgograd anzurufen.«

»Wir können kein Russisch«, sagte Kerstin Holm. »Sie könnten alles Mögliche sagen.«

»In einer Gruppe wie dieser sollte es jemanden geben, der Russisch kann«, sagte Andreas Becker. »Aber Alexander spricht Englisch, keine Sorge.«

Hjelm gab ihm das Handy zurück, und Becker wählte die Nummer. »Alexander«, tönte es laut zurück. Vermutlich war die Lautsprecherfunktion eingeschaltet.

»Hello, Alexander, it's Andreas Becker.«

»I've been waiting all night«, sagte das Telefon.

»Ich weiß«, sagte Becker. »Es hat sich etwas hingezogen. Kannst du zu der alten Walzenmühle gehen? Kommst du da so spät noch rein?«

»Auf meine Art schon«, sagte Alexander. »Es ist ja eine Art Museum. Ich brauche zehn Minuten. Ruf mich wieder an.«

Becker legte auf. Hjelm und Holm tauschten einen Blick. »Eigentlich wissen wir gar nicht, wen und wo Sie anrufen«, sagte Paul Hjelm. »Es kann ein Trick sein.«

»Manchmal muss man seinen Mitmenschen einfach vertrauen«, sagte Andreas Becker.

»Sind Sie ein Mitmensch?«, fragte Hjelm.

»Gute Frage«, sagte Becker ernst. »Aber hier ist die Nummer. Landesvorwahl Russland, Ortsvorwahl Wolgograd.«

Er reichte Holm das Mobiltelefon. Holm gab es an Chavez weiter, der zum Laptop auf dem Katheder ging und zu tippen begann.

»Stimmt«, sagte er nach einer Weile. »Russland, Wolgograd und ein Alexander Maltsev.«

»Maltsev?«, sagte Norlander. »Der Hockeyspieler?«

»Genau der«, sagte Andreas Becker beiläufig.

»Die DDR ist nie eine besonders gute Eishockeynation gewesen«, sagte Norlander. »Da war mit Doping wohl nichts zu machen.«

Chavez gab das Handy zurück, und Becker rief eine andere Nummer an. »Alexanders Mobiltelefon«, erklärte er, während es klingelte.

»Ja, ich bin drin«, sagte dieselbe Stimme wie zehn Minuten vorher.

»Du musst in den ersten Stock«, sagte Becker. »In den dritten Raum auf der linken Seite, von der Front her gesehen.«

»Einen Augenblick«, sagte Alexander Maltsev, verschwand für einige Minuten und war dann ein wenig atemlos wieder da: »Okay, das muss dieses Zimmer sein. Es ist voll mit Gerümpel. Warte eine Sekunde. Ja, jetzt bin ich drin. Staub und Dreck.«

»Wenn ich es richtig verstehe, musst du an der Wand links von der Tür ein paar Meter in den Raum gehen. Ein Meter über dem Fußboden. Ist da irgendein Spalt?«

»Nein«, sagte Alexander. »Warte.«

Sie warteten. Die ganze Kampfleitzentrale wartete.

»Irgendeinen Spalt gibt es immer«, sagte Becker mit einem in sich gekehrten Lächeln.

»Spionensprüche«, sagte Alexander. »Doch, hier ist tatsächlich ein kleiner Spalt in der Wand, wenn man genau hinsieht. Warte mal.«

Paul Hjelm versuchte sich eine Art von Schema vorzustellen, das darstellte, wohin die Gedanken all der Menschen in der Kampfleitzentrale gingen. Wie weit die Grenzen der Gedanken hinausgeschoben waren.

»Hier liegt ein Buch«, sagte Alexander. »Sieht aus wie ein altes Notizbuch.«

»Wie sieht der Umschlag aus?«, fragte Becker und strich über den Umschlag des alten Tagebuchs.

»Alter brauner Wachstuchumschlag«, sagte Alexander. »Ich schlag es mal auf.«

»Ja«, sagte Andreas Becker und schloss die Augen. »Jetzt ist es so weit.«

Es war eine Weile still.

Vollkommen still.

Als hielte die Welt den Atem an.

Dann sagte Alexander Maltsev in Wolgograd: »Jemand hat die Seiten herausgerissen.«

Andreas Becker öffnete die Augen, stand auf und sagte: »Wieso?«

»Es sind keine Seiten mehr drin«, sagte Alexander. »Anscheinend aufgeraucht.«

»Aufgeraucht?«

»Fast alles Papier, das man in Stalingrad kriegen konnte, wurde aufgeraucht. Man drehte aus jeder Art von Papier Zigaretten.«

»Überhaupt keine Seiten?«, sagte Andreas Becker und sank sehr, sehr langsam auf seinen Platz in der Kampfleitzentrale nieder.

»Von der letzten Seite ist ein bisschen übrig geblieben«, sagte Alexander in Wolgograd. »Da steht was. Warte.«

Sie warteten.

»Da steht ›Maxim Kuvaldin und Hans Eichelberger‹.«

»Mehr nicht?«

»Nein, das ist alles«, sagte Alexander.

Andreas Becker schaltete das Handy aus und sackte in sich zusammen. »Sie haben es aufgeraucht«, sagte er. »Die Soldaten in Stalingrad haben die Formeln für unsere Zukunft aufgeraucht.«

Es gab nicht viel hinzuzufügen.

»Ich habe es versucht«, sagte Becker. »Jetzt könnt ihr mich ordnungsgemäß einsperren.«

396

Kerstin Holm sah Paul Hjelm an. Sie sah Arto Söderstedt und Sara Svenhagen an. Sie sah Jorge Chavez und Lena Lindberg an. Sie sah Niklas Grundström, Jon Anderson und Viggo Norlander an. Und sie sah zu Vladimir Kuvaldin und Andreas Becker hinüber.

Es war den Versuch wert gewesen.

»Bringst du sie zur Zelle, Viggo?«, sagte Kerstin. »Nimm Lena und Jon mit.«

»Sperrt mich ordnungsgemäß ein«, wiederholte Andreas Becker. »Lasst mich in Ruhe zum Fossil werden.«

Sie verließen den Raum.

»Ja«, sagte Kerstin Holm. »Waren wir nahe dran oder nicht? Haben wir es richtig gemacht?«

Paul, Jorge, Arto, Sara, Niklas – habe ich es richtig gemacht?

Aber das sprach sie nicht aus.

»Das lässt sich nicht sagen«, sagte Paul Hjelm.

»Sicher haben wir es richtig gemacht«, sagte Arto Söderstedt. »Aber richtig ist nicht immer genug.«

Sie warteten, bis Viggo, Lena und Jon zurückkamen. Dann saßen sie eine Weile zusammen.

Und dann trennten sie sich.

Es war schon Sonntagmorgen.

49

Am Sonntag wanderte Paul Hjelm durch Stockholm. Irrte durch die Stadt. Er versuchte, das Geschehene zu begreifen. Und in ihm tönte ununterbrochen Mozarts Requiem.

Requiem aeternam dona eis, Domine; et lux perpetua luceat eis.

Ewige Ruhe gib ihnen, Herr; und ewiges Licht leuchte ihnen.

Die Vergangenheit zu verändern ist eine übermächtige Aufgabe.

Die Zukunft zu verändern ist vielleicht trotz allem möglich.

Der Krieg im Irak dauerte schon vier Tage.

Auf Bagdad fielen Bomben. Ölquellen standen in Flammen.

Und Andreas Becker, das Fossil, das plötzlich erwacht war, wurde wieder zum Fossil. Fünf Morde bedeuteten mit Sicherheit lebenslange Haft. Und dabei war die Vergangenheit noch nicht einmal mitgerechnet.

Vladimir würde nicht so lange sitzen müssen. Wenn er herauskam, hatten die Ärzte ihn hoffentlich wieder zusammengeflickt.

Und Sven Fischer würde so davonkommen.

Es war kein langer Fall, dachte Paul Hjelm. Tatsächlich war er recht kurz gewesen. Ein paar jämmerliche Tage am Beginn des Irakkrieges an einem Ort, wo nicht viel geschah.

Paul Hjelm wusste nicht recht, was er fühlte.

Plötzlich, mitten auf der Hamngata, sah er eine blonde Frau im Menschengewimmel. Sie kam direkt auf ihn zu.

Cilla und Paul Hjelm blieben voreinander stehen. Sie sahen sich mit einem gewissen Schrecken an. Als würden sie unfreiwillig in eine Vergangenheit zurückgeworfen, zu der sie sich nicht recht bekennen wollten.

Schließlich beugte sich Cilla vor und umarmte ihn. Und als er sie umarmen wollte, war die Umarmung schon vorbei.

Ohne ein Wort ging sie weiter.

Sie hob die Hand zum Abschied.

Einem endgültigen Abschied.

Und verschwand.

Paul Hjelm stand da. Er war der einsamste Mensch auf der Welt.

50

Die Sonne schien mit aller Kraft über dem schmalen Sund zwischen Griechenland und der Türkei. Sie glitzerte und funkelte noch erstaunlicher als auf einer Ansichtskarte. Unter der Oberfläche befanden sich einige der noch nicht ausgebeutete Ölquellen der Welt. Die Auseinandersetzungen zwischen Griechen und Türken hatten es verhindert.

Jetzt herrschte Frieden zwischen den Völkern.

Gunnar Nyberg hoffte, die Quellen würden trotzdem nicht angerührt werden.

Nicht zuletzt, weil sie dort wohnten. Weil sie dort ein kleines Haus besaßen, er und Ludmila.

Er saß am Steilhang im Grünen und sah hinunter auf den Sund. Hier auf Chios fühlte er sich zu Hause. So weit ihm das möglich war.

Er hatte getötet. Und wofür?

Und nicht nur getötet, sondern hingerichtet.

Aber welche Wahl hatte er gehabt? Das war trotz allem der Kern der Sache. Er hatte zwischen Ludmila Lundkvist und Wayne Jennings gewählt. Und er hatte richtig gewählt.

Aber in sich selbst würde er sich nie mehr zu Hause fühlen.

Er sah sich um nach dem kleinen Haus und blickte weiter zum Berggipfel hinauf. Er dachte an das Massaker von Chios. Er dachte an die Massen von Flüchtlingen, die den Gebirgskamm erklommen hatten, um sich dann in den Abgrund zu stürzen und das Delta des kleinen Flussbetts rot zu färben.

Für einen kurzen Moment war vor Gunnar Nybergs Augen das ganze Meer rot.

Dann kam Ludmila und setzte sich neben ihn. So saßen

sie im Gras und blickten auf den Sund. Das tiefblaue Wasser funkelte. Überstrahlte jede Ansichtskarte.

Sie legte die Hand auf seine Brust. Er spürte, wie sich sein Herzschlag in ihre Hand fortsetzte.

Sie drückte ihn nach hinten, legte ihn auf den Rücken ins Gras und begann langsam, sein Hemd aufzuknöpfen.

Als er ihre Worte hörte, dachte er, dass er trotz allem zu Hause war: »Mach mich platt, große Dampfwalze.«

Und der Himmel war völlig blau.

Klarblau.

51

Sonntag, den 11. Oktober 1942,
acht Uhr zwanzig abends

*Man hat mir erlaubt zu schreiben. Es werden meine letzten
Sätze sein. Und das ist gut, es ist richtig. Ich bin vollkommen
ruhig. Das Exekutionskommando ist bereit. Sie müssen nur
noch mit dem Essen fertig werden. Zajtsev überwacht sie.
Manchmal sieht er zu uns herüber, aber er spricht nicht mit
uns. Er wartet ein wenig unruhig darauf, dass ich mit dem
Tagebuch fertig werde, damit er es in den Umschlag legen
kann, den er an Maxims Sohn Fjodor in Moskau schicken
wird. Ich hoffe, Zajtsev versteht irgendwann die Bedeutung
dessen, was er tut.*

*Ich sterbe in der ruhigen Gewissheit, dass die zweite
Hälfte unseres Jahrhunderts anders sein wird.*

*Man wird verstehen, was die fossilen Brennstoffe die Welt
kosten. Niemals wird man eine ganze Weltökonomie auf Öl
gründen können. Was wir der Welt gegeben haben, wird
eine Alternative sein.*

*Ich werfe einen Blick auf Maxim. Er lächelt. Ich sehe,
dass er genauso fühlt wie ich. Das Pfund, das wir von dir,
Gott, an den ich nicht glaube, erhalten haben – wir haben
es schließlich verwaltet. Wir haben der Welt ein Geschenk
gemacht, an das sie glauben kann.*

Ich weiß, es wird gern angenommen werden.

Die Welt hat einen klarblauen Himmel verdient.

*Ich verlasse dich jetzt, Gott, an den ich nicht glaube, und
ich verlasse dich, mein Sohn, dem ich nie begegnen werde.
Ich glaube immer noch, dass du Achim heißt. Ich weiß
immer noch nicht, warum.*

Ich verlasse euch alle.

Und was immer man von mir sagen kann, ich habe ein Erbe hinterlassen.

Ich beantworte Maxims Lächeln.

Es ist ein Lächeln, das an die Zukunft glaubt.

Das Exekutionskommando hat fertig gegessen und steht auf. Sobald ich den Schlusspunkt gesetzt habe, übergebe ich das Tagebuch der Zukunft.

Ihr werdet euch seiner annehmen.

PIPER NORDISKA

Arne Dahl

Ungeschoren

Kriminalroman. Aus dem Schwedischen von Wolfgang Butt.
416 Seiten. Gebunden

Mittsommer, die hellste Nacht des Jahres steht bevor, die magische Zeit der Hoffnung, Sehnsüchte und Mythen. Kaum aber ist die Abschiedsfeier von Jan-Olov Hultin, dem Leiter der Stockholmer Sonderermittlungsgruppe, vorüber, werden binnen kurzem die Leichen von vier Menschen gefunden. Auf unterschiedlichste Weise zu Tode gekommen, verbindet sie doch ein grausiges Detail: Alle Opfer tragen eine winzige Tätowierung in der Kniekehle, die zusammen ein Wort ergeben: P-U-C-K. Wo aber liegt die Motiv des Täters? Und was verbirgt sich hinter dem rätselhaften Hinweis auf Puck, Shakespeares boshaften Geist aus dem »Sommernachtstraum«? Getrieben von einer perfiden Moral aber hat der Täter sein Werk noch nicht vollendet – und scheint zu gerissen für die Stockholmer Sonderermittler.

»Ungeschoren« heißt der neue Fall für das Stockholmer A-Team, der Sonderermittlungsgruppe für Mordfälle von internationaler Tragweite, die nun von der jungen Kommissarin Kerstin Holm geführt wird. Raffiniert und atemberaubend spannend, geradezu spielerisch leicht und teuflisch zugleich geht dieser Kriminalroman an die Grenzen des Genres und gehört unbestritten zu den brillantesten seiner Art.

08/1008/01/R

PIPER NORDISKA

Arne Dahl

Rosenrot

Kriminalroman. Aus dem Schwedischen von Wolfgang Butt.
400 Seiten. Gebunden

Wie schnell die Gedanken laufen, wenn die Pforte des Todes-
reiches in Sichtweite ist. Nicht schnell genug allerdings für
Winston Modisane. Aber vielleicht verdunkelt auch der Zorn
während dieses Augenblicks, der das Leben vom Tod
trennt, seine Vernunft. Der Zorn auf alles, was das Leben des
Südafrikaners in Stockholm ausmacht. Jedenfalls ist Winston Modisane fünf Sekunden später tot – erschossen von Dag
Lundmark, einem Polizisten. Lundmark leitet die Polizei-
razzia, die angeblich illegale Einwanderer aufstöbern sollte.
Doch Lundmark hat andere Motive, ganz andere – das
wird auch Kerstin Holm rasch klar, denn sie kennt Dag Lundmark noch aus alten Tagen. Nach einem ersten Verhör aber
verschwindet Lundmark spurlos, und viele Fragen bleiben offen: Warum mußte Modisane wirklich sterben? Hängt sein
Tod vielleicht mit seiner Beschäftigung in dem Pharmaunter-
nehmen Dazimus zusammen, in dem AIDS-Medikamente
entwickelt werden? Der Mord an einem internationalen Seri-
entäter aber lenkt Paul Hjelm und Kerstin Holm zunächst
von diesem brisanten Fall ab …

08/1004/01/R

PIPER NORDISKA

Markku Ropponen

Finnischer Mittsommer

Kriminalroman. Aus dem Finnischen von Stefan Moster.
336 Seiten. Broschur

Die Sonne geht nicht unter in Jyväskylä, hell leuchtet sie auch
auf die finsteren Verbrechen, mit denen sich Privatermittler
Otto Kuhala ausgerechnet zum Mittsommerfest beschäftigen
muss: Anstatt sich einen Whisky einzugießen und seine
professionelle Beobachtungsgabe ausnahmsweise mal auf die
reizvolle Annukka zu konzentrieren, macht er sich auf die
Suche nach einer vermissten jungen Frau. Die Ermittlungen
enden in einer Sandgrube, wo Kuhala ein Paket findet, aus
dem eine rote Frauensandale ragt – und der dazugehörige Fuß.
Die Spur führt ihn ins Haus des reichsten Mannes von
Jyväskylä, des Drogenbarons Bister: Wie heiß die Spur ist,
bemerkt Kuhala aber erst, als ihm das Dach über dem Kopf
abgefackelt wird.

08/1014/01/R

Hakan Östlundh
Gotland

Kriminalroman. Aus dem Schwedischen von Katrin Frey.
352 Seiten. Broschur

Ein grausamer Doppelmord erschüttert die herbstliche Ruhe
auf Gotland. In einer Villa werden die Leichen der wohlha-
benden Kristina Traneus und eines bis zur Unkenntlichkeit
verstümmelten Mannes gefunden. Die Annahme der Polizei, es handle sich um Kristinas verschwundenen Ehemann
Arvid, stellt sich als falsch heraus: Der Tote ist Arvids
Cousin. Arvid selbst, der für seine Brutalität und Gefühlskälte
bekannte Geschäftsmann, bleibt unauffindbar. Kriminalkommissar Fredrik Broman hofft nun auf die Hilfe der beiden
erwachsenen Kinder des Paars, Ricky und Elin. Wie die übrige Familie auch verhalten sich die beiden merkwürdig passiv.
Aber auf der einsamen herbstlichen Insel kann am Ende
keiner seiner Vergangenheit entgehen.

08/1015/01/R

JETZT NEU

Jede Woche vorab in einen brandaktuellen Top-Titel reinlesen, ...

... Leseeindruck verfassen, Kritiker werden und eins von 100 Vorab-Exemplaren gratis erhalten.

Achtung!
Klassik Radio
löst Träume aus.

- **Klassik Hits** 06:00 bis 18:00 Uhr
- **Filmmusik** 18:00 bis 20:00 Uhr
- **New Classics** 20:00 bis 22:00 Uhr
- **Klassik Lounge** ab 22:00 Uhr

Alle Frequenzen unter www.klassikradio.de

Bleiben Sie entspannt.